健康哨兵

专业报国
抗疫战场的

赵山河 主笔

广州金域医学检验集团股份有限公司 编

南方日报出版社
NANFANG DAILY PRESS
中国·广州

图书在版编目（CIP）数据

专业报国：抗疫战场的"健康哨兵" / 广州金域医学检验集团股份有限公司编. — 广州：南方日报出版社，2021.1
ISBN 978-7-5491-2217-2

Ⅰ. ①专… Ⅱ. ①广… Ⅲ. ①纪实文学－中国－当代 Ⅳ. ①I25

中国版本图书馆 CIP 数据核字（2020）第 252956 号

ZHUANYE BAOGUO：KANGYI ZHANCHANG DE JIANKANG SHAOBING
专业报国：抗疫战场的"健康哨兵"

编　　者：	广州金域医学检验集团股份有限公司
出版发行：	南方日报出版社
地　　址：	广州市广州大道中 289 号
出 版 人：	周山丹
出版统筹：	阮清钰　刘志一
责任编辑：	巫殷昕　吴俊贤　李　哲
装帧设计：	易　界
责任技编：	王　兰
责任校对：	肖　颖　裴晓倩
经　　销：	全国新华书店
印　　刷：	广东信源彩色印务有限公司
开　　本：	787mm×1092mm　1/16
印　　张：	21.75
字　　数：	310 千字
版　　次：	2021 年 1 月第 1 版
印　　次：	2021 年 1 月第 1 次印刷
定　　价：	68.00 元

投稿热线：（020）87360640　　读者热线：（020）87363865
发现印装质量问题，影响阅读，请与承印厂联系调换。

序

怀着感动而又欣慰的心情，阅读了这本《专业报国——抗疫战场的"健康哨兵"》。书中记录了这次抗击新冠肺炎疫情，金域医学同仁们所展现出来的智慧、汗水和担当，令人动容。一幅"特别敢于战斗、特别能够战斗、特别善于战斗"的医学检验"健康哨兵"形象，也浮现在我的眼前。这是金域人的抗疫群像，无疑也是中国第三方医检人的战"疫"缩影。他们与千千万万奋战在抗疫第一线的医护人员一起，共同建立抵御新冠病毒肆虐的钢铁长城。

相比2003年的"非典"病毒，这次新冠病毒的传染性更强，危害性也更大。与全球其他一些国家和地区不同，中国通过联防联控等一系列举措，很快就遏制住了新冠疫情蔓延的势头。其中一个关键举措就是推行"四早"：早发现、早报告、早隔离、早治疗。

疫情发生以来，我也在多个场合强调"四早"是联防联控的关键。其中"早发现"的前提，就是核酸检测，为了人民的生命健康，尽快把患者找出来、把传染源找出来。

正因如此，本次抗疫中的医检人员，包括第三方医学实验室的检验人员，都是战"疫"队伍的重要组成部分。他们既在幕后，又处在第一线，虽然不直接接触患者，但同样要直面高风险的病毒标本。他们表现出了无私、无畏的情怀和担当，展现出快速、准确的技术和水平，都是好样的。

专业报国 | 抗疫战场的"健康哨兵"

金域医学是这次抗疫中最早请战的第三方医学实验室之一，也是在全国参与核酸检测地区最多、检测量最大的实验室之一，为疫情的有效防控、为"四早"的及时落地，作了很大的贡献。

金域医学最早是广州医学院（现广州医科大学）的一家校办企业，身上有着广医人"艰苦创业、脚踏实地、开拓进取"的精神烙印。我看着他们在中国开创第三方医检这个行业，从小到大，从服务广州、广东到走向全国，一步一个脚印，用技术和服务创新，解决了很多医疗机构特别是基层医疗机构，诊断资源不够的难题。"扎扎实实的步伐、永不休止的目标"的金域人精神，就是我给他们的评价和鼓励。

2017年金域医学上市后，决定成立自己的学术委员会，为企业的科技发展指导、把关，并邀请我出任委员会主席。我是很乐意的，因为我始终认为，让先进检测技术转化落地真正为临床服务，打通科技成果转化"最后一公里"，科技创新才有它的意义和价值。

到了2018年，广州呼吸健康研究院和金域医学联合成立"临床呼吸道病毒诊断与转化中心"，我亲自担任中心主任。当时，我们就希望能够通过技术转化和基层推广，在未来应对可能的突发传染病时，将检测关口前移。若"非典"再来，我们有信心、有能力第一时间独立完成诊断。

在此次疫情中，在武汉乃至湖北出现"一测难求"、抗疫最吃劲的时候，我也通过视频的方式，挂牌"国家呼吸系统疾病临床医学研究中心病毒诊断研究武汉分中心"，进一步帮助前线提升病毒诊断能力，为金域医学、为前方的核酸检测人员打气。后来，随着疫情的发展,他们又在黑龙江、吉林、北京、山东、新疆和香港等地,接连参与了数场局部地区聚集性疫情歼灭战,表现都十分出色。

可以说,在这次抗疫过程中,金域医学的同仁们充分展示了作为一支社会化专业力量的精神面貌和责任担当。他们为社会作出贡献,最终也得到了政府、社会和公众对第三方医学实验室的尊重和认可。

当下,疫情仍在全球蔓延,国内零星散发病例和局部暴发疫情的风险仍在。习近平总书记指出,要抓紧补短板、堵漏洞、强弱项,加快完善各方面体制机制,着力提高应对重大突发公共卫生事件的能力和水平。要构筑强大的公共卫生体系,完善疾病预防控制体系,建设平战结合的重大疫情防控救治体系,强化公共卫生法治保障和科技支撑,提升应急物资储备和保障能力,夯实联防联控、群防群控的基层基础。

金域医学是全国第三方医检行业龙头,已经具备一定的实力和影响力,应该好好梳理总结抗疫经验,以进一步发挥自己的优势。真心地期待和祝愿,在未来的公共卫生体系建设,推动医疗资源均等化、可及性,以及医学检验技术的创新、转化及推广中,金域医学能一如既往地发挥新的、更大的价值。

(作者系中国工程院院士、国家呼吸系统疾病临床医学研究中心主任、"共和国勋章"获得者)

引言 / 001

 **实力出击** "健康哨兵"异军突起 / 003

第一节
备战之速 严阵以待应对新冠 / 005
"逆行"武汉，钟南山证实"人传人" / 006
同病毒赛跑，高位部署应战 / 008
闻令而动，专业力量倾力支援 / 010
杜渐防微，系统培训确求万全 / 013
有备无患，强后勤保战"疫"供给 / 016
严阵以待，"健康哨兵"枕戈待旦 / 019

第二节
请缨之志 首批标本吹响战"疫"号角 / 021
壮心长缨，资深员工请战报国 / 022
四海响应：若有战，召必回 / 024
勇敢不是不怕，而是怕也要上 / 026
首战告捷，牛刀小试露锋芒 / 028
资质既备，请战抗疫全力出击 / 032

第三节

驰援荆楚　全力以赴打赢湖北保卫战 / 035

至暗时刻，金域人"逆行"赴汉 / 036

钟院士授牌，武汉金域医学信心倍增 / 039

破解"一测难求"，实现应收尽收 / 041

激情澎湃，雷神山战瘟神 / 045

在雷神山意外走红的老兵 / 050

火线战荆州，践行"广东模式" / 054

万里征程，开辟援汉"生命通道" / 059

第四节

南粤之役　雷厉风行激战广东 / 062

三院求援，省卫健委一锤定音 / 063

"三个必查"启动，集团火速支援 / 065

死扛应战，深夜"扫楼"只为"搬救兵" / 068

负压实验室工作，八小时走出一万步 / 070

腾出部分产能，支援企业复工 / 072

第五节

突围全国　不计代价破解检测困局 / 074

长沙金域医学：不惜代价为清零 / 075

合肥金域医学："民兵"也有担当 / 079

西安金域医学：挺住的"医者仁心" / 082

贵州金域医学：打响疫情防控"前哨战" / 085

南京金域医学：保障复工 / 088

上海金域医学：助守中国"东大门" / 091

黑龙江金域医学：守护绥芬河，打好病毒阻击战 / 094

目 录

北京金域医学："王牌检测小分队"硬战新发地 / 098
吉林金域医学：制定"小时排班表"防控疫情 / 104
沈阳金域医学："抗疫新兵"成长记 / 107
香港金域医学：守望相助，以内地经验助港抗疫 / 110
石家庄金域医学：移动方舱实验室出动，全力守护河北 / 114

第六节
多方联动　精锐尽出实现产能跃升 / 117
产能跃升方法论 / 118
每个小创新都是在为平安抢时间 / 123
链接：钟南山等院士专家纵论"科技助力新冠防控" / 126

第七节
高举旗帜　让党旗在抗疫一线飘扬 / 129
关键时刻，党员就要冲锋在前 / 131
"火线"聚英雄，战"疫"勇担当 / 134
党旗，飘扬在北京抗疫最前线 / 137
链接：广州金域医学集团党委情况简介 / 140
　　　发扬金域人抗疫精神，以初心和使命再立新功 / 141

  专业担当　"健康哨兵"是怎样炼成的 / 145

第一节　【决策】
家国情怀　把企业与国家命运相连 / 146
梁耀铭：以专业报国情怀投身战"疫" / 147
任健康：企业做大做强必须有情怀 / 157

3

第二节 【客户】
一战成名 要急客户之所急 / 163
主动请战，让"酒香飘出深巷" / 164
积极应战，排除万难提高产能 / 167
越战越勇，收获赞誉赢得口碑 / 170
加强汇报沟通，争取各方支持理解 / 172

第三节 【技术】
专业力量 协同创新驱动产能 / 174
聚焦临床的检测能力 / 176
专业线管理提高应对效率 / 179
统分结合驱动产能跃升 / 181

第四节 【运营】
得道多助 全国"一盘棋"，打破产能瓶颈 / 183
只要能买到，就不惜一切代价 / 185
你们只管请战，集团给你们撑腰 / 188
全力以赴抗疫，合作伙伴叫好 / 190
强化顶层设计，打造差异化实验室 / 192
对标奎斯特（Quest），加强多元化服务 / 194

第五节 【文化】
拧股成绳 "家文化"锻造"金域医学铁军" / 195
"90后"员工表现令人印象深刻 / 196
众志成城完成"哨兵"使命 / 199
金域医学将走向新的发展高度 / 202

目录

 业界之光　"病毒猎手"当之无愧 / 205

第一节
直击！ 突围"一测难求" / 206

金域医学：以检测科技助力提升新冠肺炎确诊效率 / 207

探秘病毒核酸检测实验室 / 211

全省97家检测机构开展核酸检测 / 212

武汉新冠肺炎诊断又添新力量 / 216

雷神山医院联合金域医学开展核酸检测 / 220

病毒猎手：24小时不停机 / 222

广东医疗队的荆州战法 / 224

武汉："病毒样本快递员"刘森波 / 228

第二节
八方！ 全国战"疫"刻不容缓 / 232

一份样本的检测之旅 / 233

防疫物资企业积极复工复产　多渠道广泛支援抗击疫情 / 236

湖南核酸检测社会化　找出潜在传染源 / 237

战"疫"，"基因之城"贡献科技力量 / 239

助力疫情防控　服务复工复产 / 241

Clinical labs ramp up testing of new arrivals / 243

金域医学一月驰援四地核酸检测 / 246

广东援疆支持喀什全面提升新冠肺炎救治、检测、防护能力 / 250

广州检测机构扩大产能　助力香港开展全民核酸筛查 / 252

青岛奋力 / 254

专业 报国　抗疫战场的"健康哨兵"

第三节
榜样！龙头企业的高分答卷 / 258

核酸检测"广州战队"日检样本占武汉1/4 / 259

ICU里的"救兵" / 264

金域医学：第三方核酸检测，民间队伍彰显"硬核"力量 / 266

北京核酸检测的日与夜 / 270

第四节
担当！公共卫生体系的新角色 / 273

梁耀铭：专业报国　新冠病毒核酸检测一线的广州担当 / 274

从堰塞湖到存量清零：武汉周边核酸检测40天之变 / 278

第三方核酸检测：被忽视的"逆行者" / 282

后疫情时代，第三方医疗机构如何发展？ / 287

附录

一线日记 / 293

感谢信 / 321

抗疫荣誉 / 324

诗歌·战"疫"哨兵 / 326

跋 / 334

一场横跨2019年至2020年的新型冠状病毒肺炎（简称"新冠肺炎"）疫情，扰乱了几乎所有人的生活。

2019年12月8日，湖北省武汉市通报首例不明原因肺炎患者发病；12月31日，武汉市卫健委发布公告称，部分医疗机构发现接诊的多例肺炎病例与华南海鲜批发市场有关联。

17年前的"非典"至今仍让人印象深刻。不明肺炎的出现，让人产生恐慌的同时，也警醒了大家。

新年伊始，2020年1月1日，武汉市江汉区市场监督管理局和卫生健康局联合发出公告表示："经研究，决定对华南海鲜批发市场实行休市，进行环境卫生整治。"

国家高度关注。1月8日，国家卫健委宣布，不明原因的病毒性肺炎病例的病原体初步判定为新型冠状病毒。病毒被命名第二天，一名61岁中国男子就因确诊新冠肺炎救治无效死亡。

武汉之外，深圳在1月19日也确诊了首例新冠肺炎病例。

放眼全球，日本、泰国、韩国、美国、意大利、法国等地也陆续报告了新冠肺炎病例。

疫情发生后，1月7日，习近平总书记主持召开中央政治局常委会会议时，就对新冠病肺炎疫情防控工作提出了要求。

一边是新冠病毒传染源尚未找到，疫情传播途径尚未完全掌握；一边是武汉发热门诊日就医人数超5000人，并不断上升。春节临近，一场春运人口"大迁徙"正如期上演。总书记再次作出批示，必须高度重视疫情，全力做好防控工作，要求各级党委和政府及有关部门把人民群众生命安全和身体健康放在第一位，采取切实有效措施，坚决遏制疫情蔓延势头。

一场疫情防控人民战争、总体战、阻击战一触即发！

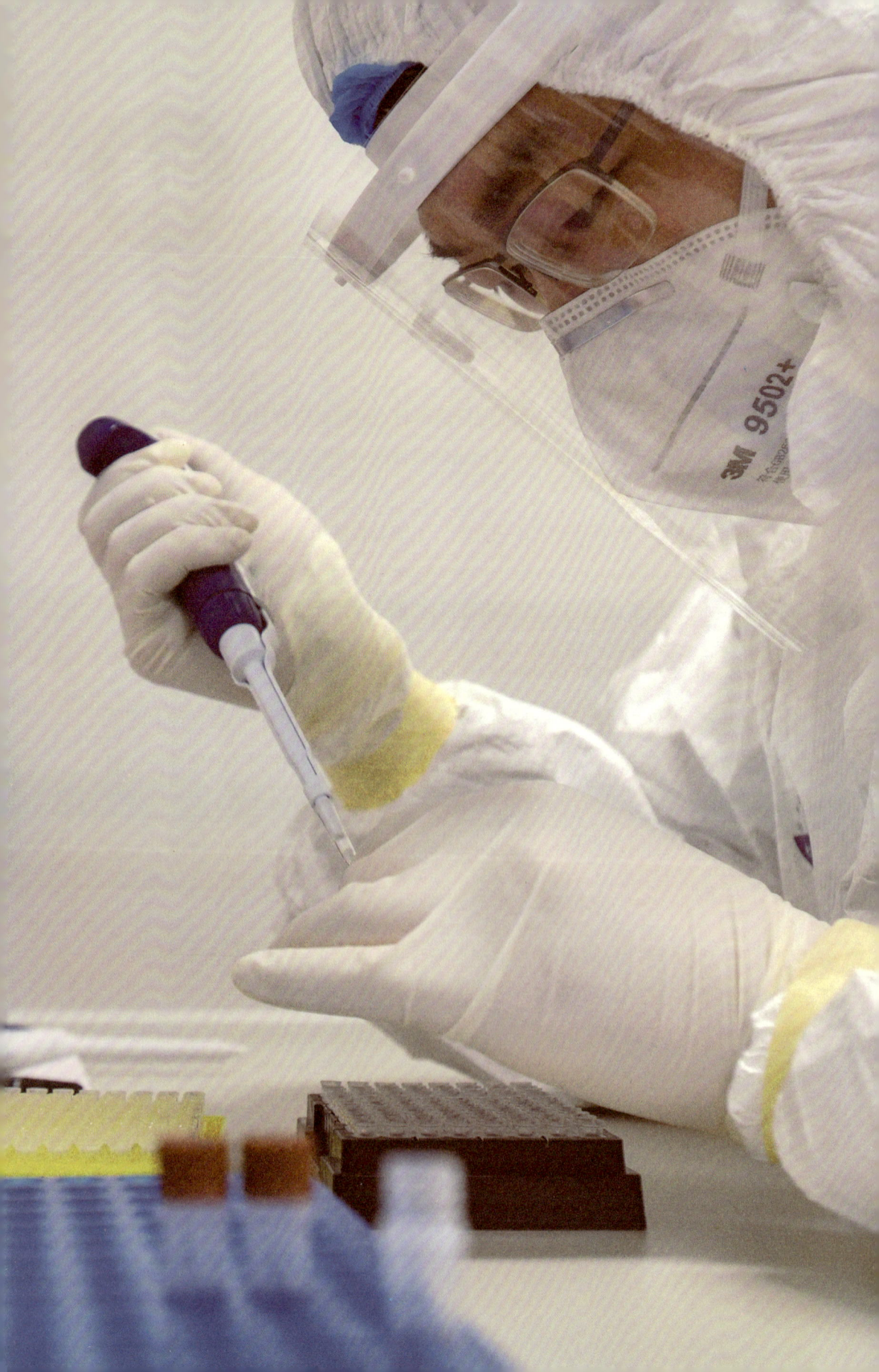

壹

"健康哨兵"异军突起

在这场应对新冠肺炎疫情的战役中,全国上下众志成城。一批如金域医学等的第三方医学实验室,以过硬的专业检测实力和勇于担当的精神,参与到这场没有硝烟的人民战"疫"中。从发展的时间轴看,这批第三方医学实验室的成长受益于改革开放,又在社会主义市场经济中不断锤炼成长。如今,他们又以"专业报国"的使命感,积极投身到保障人民生命健康的伟大事业中。

在2020年新冠肺炎疫情期间,金域医学全体员工以高度的专业素养和职业精神,勇于承担起国家、社会、人民赋予的"健康哨兵"的职责与使命。从疫情初期前期积极备战到主动请战,从武汉保卫战、湖北保卫战到局部地区聚集性疫情防控战,从全国"一盘棋"到产能破题,无不展现出能打仗、打胜仗的"医检铁军"优良作风。金域医学全体党员更是身先士卒,冲锋在前,"啃下一个又一个难啃的骨头",让党旗在抗疫一线高高飘扬。

"健康哨兵"不仅是金域医学的自我期许,也是金域医学全体员工"不忘初心"的投影。"健康哨兵"并不是金域医学自封的称号,而是全体金域人以勇气、专业和担当来捍卫的职业荣誉。经此一役，社会对第三方医学实验室有了新的认识，国家也将在公共卫生体系建设中，更加重视如何更大限度发挥第三方医学实验室的作用。

壹 **实力出击** "健康哨兵"异军突起

第一节
备战之速
严阵以待应对新冠

2020年1月20日晚间,钟南山院士在央视证实新冠肺炎存在"人传人"现象,拉响了全国疫情防控警报。

在接下来的日子里,全球疫情愈发严峻,几乎没有一座城市能独善其身,没有一个人能置身事外。在广州,以往火爆的花市,顿然冷冷清清。但对于严阵以待的金域人来说,备战工作从年前就已经紧锣密鼓地开启。

在大年二十九广东疫情防控的一次沟通会议上,随着钟南山院士一句"扬广东特长,做广东特色"的提议,后来在疫情防控中发挥重要作用的"四早"模式也随之问世,并迅速推广至全国。这也使一直处于幕后的第三方医检机构走进了大众视野。

历经26年淬炼的金域医学,已成长为国内第三方医检行业的龙头企业。在疫情面前,广州金域医学检验集团股份有限公司党委书记、董事长兼首席执行官梁耀铭把集团当成一支"军队",厉兵秣马,枕戈待旦。1月21日,他向集团下达疫情防控、物资采购、人员培训等要求,并发动各子公司积极备战。

虽然已临近春节,但各地子公司闻令而动,50名医检和物流人员从全国各地集结至广州培训。物资保障组开始调查防护物资供应渠道、资质、质量,为采购足够的防护物资,还把目光投向海外……未等祖国召唤,以"健康哨兵"为使命的金域人以迅雷不及掩耳之势,完成了精锐检验人员的集结。

专业报国 抗疫战场的"健康哨兵"

"逆行"武汉，钟南山证实"人传人"

新冠肺炎疫情发生后，2020年1月18日，受国务院、国家卫健委委托，钟南山、李兰娟院士等一行六人抵达武汉，听取武汉有关情况的汇报，查看有关现场。而他们的任务就是研判新冠肺炎疫情，并于1月20日上午，在李克强总理主持召开的国务院常务会议上作了汇报。

就在高级别专家们"逆行"武汉研判疫情之时，另一边，正在子公司调研的梁耀铭也登上了从西安飞往广州的飞机。从事医学检验行业的他，通过近日的新闻报道、业界交流以及听取了公司呼吸道疾病学科相关专家的看法后，早已隐隐感觉疫情非同寻常。而他首先要做的，就是尽快赶回广州总部，希望抢先一步安排集团提前做好部署。

回到公司，梁耀铭安排了一场公司高管的视频会议，部署会议一直开到凌晨。他主要传达两个意见：一是对这次的新冠病毒应引起重视；二是从公司层面，要提前谋划，做好疫情应对。

反应之迅速，学医使然。

1988年，梁耀铭从广州医学院（现广州医科大学）毕业后留校工作，先后任职于教务处和科研处，后来又做了校产办主任，负责校办企业运营。依托检验资源优势，梁耀铭在学校新办了一家企业专门从事检验试剂销售，这便是金域医学的前身。

然而梁耀铭很快发现，彼时市场上出现许多小型试剂贸易公司，这些企业无论是资金投入，还是市场反应速度，都占据天然优势。作为年年上缴全部利润的国企，在激励机制和市场判断等诸多方面，他们都无法与之竞争。

2002年前后，梁耀铭辞去校内行政职务，以创业者身份，对校办企业进行一场改制。2003年，广州金域医学检验中心有限公司正式成立。2006年，广州金域医学检验集团股份有限公司成立。可以说，梁耀铭这一决定，推动了中国最早的第三

壹　"健康哨兵"异军突起

方医学实验室诞生。金域医学是中国最早进入医学检测服务外包领域的企业，而梁耀铭也成为中国第三方医学检验服务发展模式的开创者。

如今的金域医学，不仅拥有全国首个获CAP（美国病理学家协会）和ISO 15189（医学实验室认可）双认可的医学实验室，其实验室规模、服务覆盖网络、检测项目数量、检测平台等各方面实力也均在全国领先。

2020年1月17日，是金域医学疫情应对的分水岭。梁耀铭开始密切关注湖北省武汉市等多个地区发生的新冠肺炎疫情，金域医学集团层面应对疫情的部署也在酝酿。

正值春运高峰，1月19日，国家卫健委确认了广东首例输入性新冠肺炎确诊病例。结合多方信源和实地调查，1月20日上午，钟南山院士代表专家组汇报，肯定存在两个现象，一是"人传人"，二是医务人员受感染。

通过这两个现象可以判定，新冠病毒正在武汉迅速蔓延。

春节前，金域医学实验室提前采购相关试剂进行比对试验

专业 报国 抗疫战场的"健康哨兵"

同病毒赛跑，高位部署应战

2020年1月20日晚，钟南山院士接受了央视主持人白岩松采访，首度向全国通报了新冠病毒存在"人传人"的消息，全国哗然。在回答如何做好疫情应对的问题时，钟南山提到要做到"四早"：早发现、早报告、早隔离、早治疗。

梁耀铭从电视机屏幕看到多日未见的钟南山院士，其表情显示出少有的严肃和焦虑，状态也很疲劳。"我总的看法就是，没有特殊的情况，不要去武汉。"钟南山院士的这句叮嘱，更让全体国人意识到武汉疫情的严重性。

"早发现，早诊断"可以说是疫情防控的关键一步。

无论是出于社会责任还是职业判断，梁耀铭都心急如焚。武汉疫情正出现蔓延趋势，还有很多待确诊的患者，标本检测量必然会超出医院负荷，第三方医学实验室能为疫情防控出一份力。这对于金域医学而言，既是机遇也是挑战。唯有提前准备，积极应对，才能扛下这场硬战。

相比一般公立医院，连锁化经营的金域医学有一大亮点，就是在全国大中城市都有布点。截至2019年，金域医学在中国内地及香港地区建立了37家医学实验室，服务网络延伸至乡镇和社区一级，覆盖全国90%以上人口所在的区域。也就是说，只要国家一声令下，集团统一指挥，这些实验室即可马上投入到核酸检测的"战斗"中。

1月21日，梁耀铭立马在集团组织召开了紧急视频会议，向全国各地实验室的一线部门下达了疫情防控、物资采购、人员安全培训等工作要求。同时，梁耀铭还针对疫情防控工作作进一步宣传贯彻，并邀请外部专家进行现场培训。但对是否需要将所有员工召集回来，要投入多大成本参与应对此次疫情，公司高层众说纷纭。最终，梁耀铭一锤定音：不惜一切代价全力备战。

就在这一天，国家卫健委牵头成立应对新冠肺炎疫情联防联控工作机制，成员单位共分为32个部门，明确职责，分工协作，形成防控疫情的有效合力。

壹　实力出击　"健康哨兵"异军突起

2020年1月21日，金域医学召开视频会议部署防控工作

疫情来势汹汹，各部委纷纷行动：国家医疗保障局决定对确诊患者采取特殊报销政策，将相关药品和临时服务纳入医保报销范畴；交通运输部启动二级应急响应；教育部要求教育系统做好新冠肺炎疫情防控工作。

聚焦南粤，广东省也拉响了疫情阻击的战斗警报，成立疫情防控工作领导小组，要求各地各单位提高政治站位，强化责任担当，用最严格的要求和最有力的举措，把各项防控工作落实到位，强调要坚持以人民为中心，全力做好疫情防控和节日保障工作。

为及时有效做好全集团"一盘棋"调控，1月21日，金域医学集团新冠肺炎疫情防控专项小组成立，梁耀铭亲自挂帅，任小组组长，下设防控、应急、检测、统筹、员工管理、物资保障和后勤保障等七个工作组。全体进入"备战状态"。

然而，国家法律规定，严重传染病须由政府指定机构进行检测。作为国内最大的第三方检测机构，梁耀铭深感责任重大，但如果政府没有授权，金域医学即便一身武艺，也无用武之地。对于金域医学什么时候真正上场，他心里还是没底。即便如此，"国家有难，金域医学必须挺身而出"的想法，已经牢牢印在梁耀铭心中。

闻令而动，专业力量倾力支援

随着对新冠病毒的认识和研究逐步深入，专家发现高传染性是这次疫情最为可怕之处。从传播指数来看，流感的传播指数接近1.5，"非典"是2—2.5，但新冠肺炎则接近3，传染性更强，传播率更高。

一方面是病毒的高传染性，另一方面则是重点疫区核酸检测能力的严重不足。2020年1月中旬前后，湖北核酸检测能力每天只能检测300份样本。但在1月20日左右，仅武汉当地发热门诊的日就医人数就已经超过5000人。

梁耀铭看着新闻，内心万分着急。凭借集团的调度能力和武汉金域医学的检测实力，要是能参与核酸检测，一定能够大大助力扭转湖北筛查滞后的局面。

念念不忘，必有回响。第三方医学检验机构登场的时机终于来临。

1月22日，国家卫健委办公厅印发《关于医疗机构开展新型冠状病毒核酸检测有关要求的通知》，明确提及各省可以购买服务的方式，与具备条件的第三方检测机构合作开展检测。

1月23日，湖北新增新冠肺炎病例69例，累计确诊新冠肺炎病例444例，死亡17例。广东也出现23例确诊病例。

为全力做好新冠肺炎疫情防控工作，有效切断病毒传播途径，坚决遏制疫情蔓延势头，确保人民群众生命安全和身体健康，武汉市新型冠状病毒感染的肺炎疫情防控指挥部发布了"封城"通告：

自2020年1月23日10时起，全市城市公交、地铁、轮渡、长途客运暂停运营；无特殊原因，市民不要离开武汉，机场、火车站离汉通道暂时关闭。恢复时间另行通告。

恳请广大市民、旅客理解支持！

武汉市新型冠状病毒感染的肺炎疫情防控指挥部
2020年1月23日

壹　实力出击　"健康哨兵"异军突起

武汉宣布"封城"的前一晚，梁耀铭吃过晚饭后去理发店理发，突然接到一个电话。电话那头，一个急切的声音向他传递了一个信息，邀请他第二天参加由广东省科技厅、广东省卫健委组织的新冠肺炎防控联合攻关项目座谈会，与钟南山院士和45家省内单位一道，为广东省疫情防控工作出谋划策。

电话一结束，梁耀铭激动地对理发师说："奋斗了26年，为国家为社会作贡献的时候到了！"

第二天，梁耀铭带着金域医学实验室管理中心总经理程雅婷、感染性疾病学科负责人刘勇去到会议现场。他没有想到，这个会议一开就是一天。

会议上，大家同声同气，商量对策，也正在这次会议上，参会的钟南山院士提出了"扬广东特长，做广东特色"。广东特长是什么？广东在抗击"非典"的战役中积累了经验，有在全国名列前茅的第三方医检机构。

于是，整场会议重点讨论了如何做好早期筛查、筛查以后如何治疗、如何做好数据上报和统计分析等问题，并取得一个重要共识：早发现、早报告、早隔离、早治疗，"以'非典'经验抗击新冠肺炎疫情"。

这种最早起源于广东的早期筛查及治疗的做法，后来随着疫情发展被总结为"四早"，迅速推广至全国乃至全世界。

虽然不清楚是谁提议自己参加这个会议，但梁耀铭非常感激政府的信任。凭借平时对医院的了解和评估，他认为，一般三甲医院的核酸检测产能，大概在日检500例左右，医院和疾控中心的检测产能，将难以满足大面积筛查的需求，以金域医学为代表的第三方医学实验室，极有可能会成为早期筛查的主力军。

梁耀铭并非痴人说梦。

除了早已在集团层面做好初步安排，金域医学26年来在检测领域的专业积淀也给了他底气。截至2019年，金域医学搭建了临床基因组中心、临床质谱检测中心、临床血液病诊断中心、病毒诊断与转化中心、病理诊断中心等多个高新技术中心，拥有完善而全面的检验诊断技术体系，并以此为基础建设了包括高通量测序技术平台、基因芯片技术平台、流式细胞分析技术平台、质谱分析技术平台、免疫组化技术平台、细胞遗传技术平台、荧光原位杂交技术平台、分子诊断技术平台等，范围覆盖了从常规到高端的主流技术领域，可提供超过2700项检验项目，年检测标本量超过7000万例。

在广州呼吸健康研究院专家团队的指导下，金域医学按照P2+实验室建设标准，于2018年建立金域医学临床呼吸道病毒诊断与转化中心，由钟南山院士担任主任。该中心还是呼吸疾病国家重点实验室病毒诊断研究分室，是全国领先的呼吸道病毒临床和实验室诊断的第三方精准检测平台。

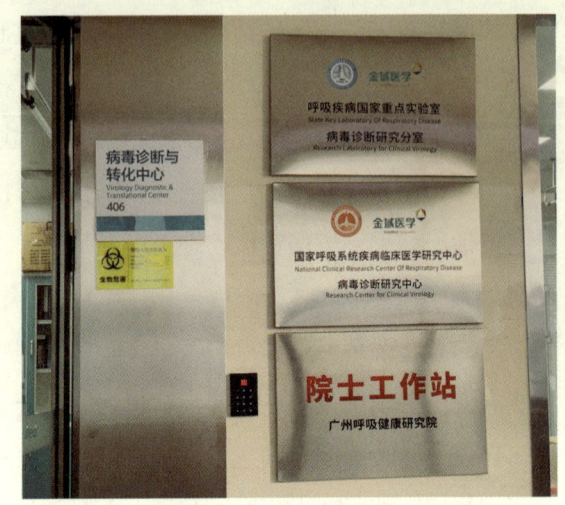

2018年，金域医学临床呼吸道病毒诊断与转化中心成立

当时设立该中心的初衷之一，就是要在应对急性、突发性传染病时能发挥至关重要的作用。"如果下一次'非典'来临，我们有信心第一时间独立完成诊断。"钟南山院士在中心成立之时如是说。

就在召开这个会议的当天，广东省新型冠状病毒感染的肺炎疫情防控工作领导小组宣布：启动重大突发公共卫生事件一级响应。这也意味着，广东正式拉响了疫情阻击的战斗警报。

春节来临之际，机场、车站、码头等交通枢纽，到处可见拉着行李箱回家的人流。但在疫情当前，没有人可以置身事外，全省各地各部门闻令而动。

作为应对公共卫生事件的主管部门，广东省卫健委迅速建立省级疫情防控应急指挥机制，组织全省最强医疗力量救治患者。疾控部门加强疫情监测研判，开展流行病学调查，做好各项应急防控工作，"一点响应，多点支撑"的协同响应机制迅速构建。

在广州国际生物岛金域医学的总部，梁耀铭没有时间想如何过年的事，如何快速调配资源聚焦到疫情应对工作中，让他陷入深深思考。人员召集、防护物资采购、后勤保障、安全培训……每一项工作都至关重要，每一项工作都是如此迫切。

壹 实力出击 "健康哨兵"异军突起

杜渐防微，系统培训确求万全

不谋全局者，不足以谋一域。备战工作已经刻不容缓。

参加完2020年1月23日的新冠肺炎防控联合攻关项目座谈会回来，刘勇立马提议要先把检验技术人员留住。"马上就是大年三十，大家都准备好回家过年了，得想办法把人留住，保证有人。"

之后，刘勇就开始动员临床呼吸道病毒诊断与转化中心的检验人员春节留在广州——身为术业有专攻的医者，国家有难，我们需要随时做好接受核酸检测紧急任务的准备。

要开展新冠病毒标本的运输及核酸检测，需要做到三级防护，防护物资和防护知识必不可少。"一定要把员工安全、企业安全放在第一位。"这是梁耀铭从疫情发生以来一直反复强调的事。

三级防护，即穿戴一次性医用防护帽、防护面屏、护目镜、医用防护口罩（N95）、防护服或工作服外的一次性防护服、双层乳胶手套、鞋套。

在三级防护中，脱防护用品的顺序也有一定规范。人员在离开污染区前，先喷洒消毒双手，然后在污染区与半污染区之间的缓冲区，摘外层手套——摘防护面屏——脱掉一次性防护服，将隔离衣污染面向里，衣领及衣边卷至中央——摘下护目镜——进入半污染区与清洁区之间的缓冲区，脱鞋套——脱防护服——脱内层手套——摘掉医用防护口罩，注意双手不接触面部——摘一次性医用防护帽，手消毒——进入清洁区。经淋浴、更衣后，检测人员才可返回生活区。

脱防护服过程中各个环节都要进行手清洗或手消毒；以上防护物品，除护目镜等要进行消毒外，其余一次性物品都要放入脚踏式带盖医疗废物桶内集中处理。

学医的人大体知道，病毒对于标本检验人员意味着什么。尽管每天和病毒打交道，但要面对如此高传染性的病毒，还是让留下来的员工感到忐忑不安。梁耀铭多次强调：员工的安全是第一位的。他积极鼓励大家，只要认真做好防护，只要防护做到位，就能最大限度确保安全。

开展新冠病毒核酸检测，要做好人员培训。经过内部考核合格，方可进行新冠病毒核酸检测操作，这也是国家卫健委的要求。在稍显寂静的广州国际生物岛金域医学实验室，一场又一场的生物安全培训紧锣密鼓地开展起来。

金域医学先是邀请广州呼吸健康研究院杨子峰教授现场培训，全力提高全员的生物安全防控意识和理念。紧接着又邀请广州呼吸健康研究院临床病毒学组的专家杜秋伶博士和陈丽萍博士，为检测人员开展新冠病毒实验室检测生物安全防护培训。

讲完理论课程之后，陈丽萍老师对实验室防护进行现场演示。原来大家对三级防护还没有什么概念，培训以后大家的心里踏实了，对于即将到来的新冠检测充满了信心。

请外部专家只能"开小灶"，若要在全国37家实验室开展培训，则需要更加系统的课程。此时，金域医学呼吸道疾病学科带头人陈敬贤教授和微生物专家任健康

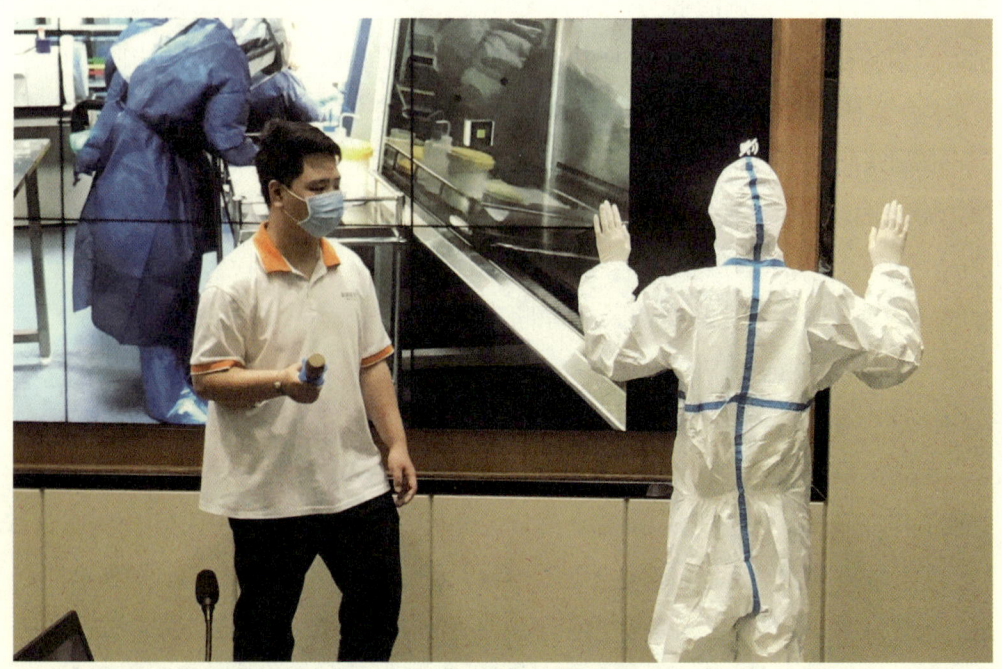

2020年1月23日，金域医学邀请广州呼吸健康研究院专家开展新冠病毒检测生物安全防护培训

壹　实力出击　"健康哨兵"异军突起

2020年1月27日，首场生物安全培训课程在广州国际生物岛金域医学总部举行。金域医学集团党委书记、董事长兼首席执行官梁耀铭致辞，金域医学呼吸道疾病学科带头人陈敬贤教授和微生物专家任健康教授为检验人员进行培训

教授扛起了检验人员培训的大旗。

任健康教授是临床微生物学检验的专家，也是这次金域医学新冠肺炎疫情防控专项小组防控组的组长。接到公司的任务后，他大年三十晚上安排好家事，二话不说从西安飞回广州岗位。一方面根据世界卫生组织及国家生物安全相关标准以及病毒的生物学特性和传染途径，为实验室和物流起草安全指引；另一方面安排课程，并着手编写课件，给学员开展培训。

陈敬贤教授则是疫情防控专项小组检验组的美籍专家，2003年"非典"以后，他协助钟南山院士建设广州呼吸疾病研究所病毒实验室，将美国临床病毒实验室的病毒检测方法引入中国。2018年9月，金域医学临床呼吸道病毒诊断与转化中心成立时，他又被金域医学诚邀加盟担任学科带头人。

这一次，新冠病毒来袭，他再一次挺身而出，全程参与从检测材料的选择、检验人员的培训、检测流程的制定到检测结果的把关。他不厌其烦地跟年轻检验人员说，做病毒检测并不需要过于害怕，最重要的是提高安全意识，做好个人防护，按照规范指引操作。为了编写好课件，陈敬贤常常专注得忘记了时间。

专业报国 | 抗疫战场的"健康哨兵"

有备无患，强后勤保战"疫"供给

2020年1月21日，金域医学召开抗击新冠疫情工作部署会。

梁耀铭要求各部门做好随时检测新冠病毒样本的准备。集团各实验室立即盘点现有的人员、场地和设备，并紧急采购了新冠病毒核酸检测试剂、采样拭子和生物安全防护物品，以备新冠病毒样本的到来。

正值春运之际，金域医学行政管理中心副总经理张栋原本计划回家探亲。未等公司召唤，他早已毅然决定放弃休假坚守岗位，在集团应急防控指挥部中，承担起后勤保障工作。

后勤保障，作为后方的支撑部门，在抗疫中尤其是早期，实则影响全局。实验室基础设施如何保障？子公司来穗培训人员的吃住行如何安排？在岗人员的用餐如何保障？公司办公场所、公寓等环境及人员如何做好疫情防控……这些千头万绪的问题，在平时都很常规，但碰上疫情和春节两个叠加因素，一个个扑面而来，都成

金域医学物流冷链事业部召开全国视频会议

壹　实力出击　"健康哨兵"异军突起

了大问题。

整个后勤保障组紧急行动起来,首先,安排后勤保障组主力人员留守岗位,动员餐厅人员取消休假,原地待命。其次,协助各部门包括检验人员、物流人员等赶紧回到岗位待命。针对部分已返乡人员,则通过电话、微信等方法动员返岗。

在做好人力资源盘点的同时,后勤保障组与时间赛跑,盘点物资,对集团水电设施、餐厅的供餐能力及外围供应商供货能力、公寓客房资源、清洁消毒物资等进行查漏补缺,并发动所有途径来筹集和储备"参战"所需的生活、防疫物资。

兵马未动,粮草先行。但春节期间,不少商铺都陆续停业,金域医学的不少长期合作的供应商也休假了。为保障三餐果蔬肉蛋供应,后勤保障组基本上跑遍了广州市的肉菜市场和超市,每天安排的两辆采购车,有时要跑很多间店才能买到几百个面包。保障组想方设法联系及发动肉菜供应商协助供货,全力保障上班员工、居住公寓员工及抵穗培训的子公司员工等人员的用餐,包括早餐、中餐、晚餐、夜宵。仅1月24日至2月25日这一个月时间,公司就免费供应正餐34,056份,早餐及夜宵11,034份。

为了给来总部实验室参加培训、支援的人员及加班人员提供安全舒服的住宿环境,金域医学在其生物岛公寓房源有限、物资不足、人手紧缺的情况下,克服重重困难,临时调度所有资源,全力做好住宿保障工作。公寓入住人员流动大,每天需要更换床品、打扫卫生,但由于个别人员已返乡,清洁等岗位人手不足,清洗床品的供应商又迟迟不能恢复营业,后勤保障人员便亲自动手打扫卫生、清洗床品。

比住宿、饮食问题更棘手的,是防疫物资极度匮乏的局面。市面上别说防护服,连一片口罩也买不到。士兵无甲,如何奔赴沙场?

备战初期,后勤保障组重点关注湖北、广东的物资供应情况。虽然从1月22日开始大量采购,但在此前金域医学专门的采购体系中,不少供应商已经休假,在岗供应商也面临多个订单,防护服等防疫物资一时难以备全。

粤语中有句俗语,叫"马死落地行"(失去了所含有的优势条件)。为了做好防护物资储备,不同于以往由集团制定统一采购政策,金域医学采取"多线作战"的思路,通过各地子公司供应商渠道想办法。金域医学集团采购管理中心副总经理张瑜动员全国供应商帮忙寻找货源,联系到不少核心防疫物资生产厂商,通过直接与厂家取得联系并直接采购,确保在疫情期间医药、防护等核心物资的储备。各个子公司纷纷行动,每当发现货源,采购组都会事先与实验室进行沟通,确定其符合要求后,即便比平时价格更高,也毫不犹豫立马购买。

作为物资调动采购的总指挥,集团高级副总裁郝必喜深深感受到得道多助的力量。得知金域医学正在备战新冠肺炎的核酸检测,许多供应商和企业都被金域医学的行为所感动,纷纷伸出援手帮忙联系防护物资生产厂家,还为金域医学送来一批批N95口罩、防护服、护目镜等稀缺物资。

然而即便拥有渠道,防护物资采购工作还是遇到不少困难。因为全国防护物资都紧缺,许多防护物资供货商都是走熟人通道,采取特事特办的采购方式,往往要求立刻直接打钱到指定账户。这种时候采购人员必须当机立断,否则机会稍纵即逝。

除此之外,采购还要面临高价买物资、物资被征用、钱打过去货收不回来等种种风险。前期在国内采购有困难,金域医学就计划高价从海外购买几批防护服和口罩等物资,但都因特殊情况或被截留,或被取消订单。金域医学只好重新高价采购,并提前派采购人员在仓库外蹲守,一旦物资进仓库,就立刻装上车拉走。

有一次,北京金域医学的一名采购人员为了采购咽拭子,大雪天里天天守在工厂外面。北京的冬天非常寒冷,但也只有这样才能确保一旦出货就能马上取货。也只有真正把物资装车运走了,采购人员才能稍稍松一口气。因为物资总是处于供不应求的状态,采购人员不得不每天制订物资到货清单,做好物资科学分配,最大限度确保实验室人员人身安全。

有了生活物资和防护物资,春节要求外地员工回岗还面临着不少复杂问题。在各地实行抗疫交通管制的情况下,后勤保障团队还需要想方设法给他们开证明,向机场、公安证明他们是医疗机构人员,确保关键力量能快速投入抗击疫情的战场。

就这样,通过各种后勤保障,通过加强与各子公司、供应商协同作战,金域医学尽最大努力完成了各项物资的采购分配,做好了员工返岗的各项后勤保障工作,为全心投入战"疫"奠定了坚实的物资基础。

壹　实力出击　"健康哨兵"异军突起

严阵以待，"健康哨兵"枕戈待旦

有人说金域医学集团像一支军队，将令行禁止的优良作风体现得淋漓尽致。集团的备战指令迅速传达到郑州、重庆、合肥、长沙、哈尔滨等各地的子公司后，金域医学全国备战工作紧锣密鼓地有序展开。

2020年1月23日，金域医学副总裁、华东大区总经理谢江涛已回湖南老家。参加集团总裁办公视频会议，收到启动应急工作状态的要求后，他立即连线上海、福州、南京、杭州、合肥五家子公司总经理，召开了一场会议，部署疫情应对工作。

会上，谢江涛明确四点要求：一是要求各地实验室做好开展核酸检测的生物安全防护；二是人员的准备，子公司的部门经理层随时听候命令，各地员工随时准备返回公司参与战"疫"；三是要求子公司派出具有PCR（聚合酶链式反应）检测资质的技术人员来广州进行培训；四是做好物资方面的准备。

每项工作，都要求各子公司马上部署，争分夺秒完成，与广州总部筹备工作相呼应。

同一时间，金域医学副总裁、西南大区总经理欧阳小峰迅速向西南大区和各省子公司传达总部精神。欧阳小峰首先想到的是员工投身战"疫"后的安全防护问题：员工不仅需要采集标本，还要亲身参与检测，感染的风险非常大。但随着专家线上培训的开展，西南大区金域医学员工对病毒特点加深了认识，大家逐步树立起应对疫情的信心。

与此同时，金域医学中南大区总经理李慧源临危受命，在集团的统筹支援下，迅速整合中南大区的人力、物资、设备资源，以长沙金域医学为主要支援方，搭建接力通道，使长沙成了支援武汉前线的桥头堡。

大年初三，华南大区进入紧急的备战状态。金域医学华南大区总经理杨万丰记得，当时广州一位湖北籍员工年前准备回老家，他及时沟通，加上后来钟南山院士"尽量不要到武汉"的提示，该员工最终退了火车票。

担心"封城",杨万丰号召能回来的员工赶紧回来。为掌握防护技巧,成立不足两年的江西、海南子公司,提前派出五名有PCR检测资质的员工到广州培训。广州金域医学执行总经理马骥腊月二十八日才回到安徽老家,腊月二十九日收到通知后,腊月三十日就买了返程的火车票返回广州。

1月22日下午,当被来自国家卫健委的一通电话询问"你们在武汉有没有检验中心?有没有实验室?能不能做核酸检测?",金域医学集团高级副总裁申子瑜作了明确答复,并立即向梁耀铭作了汇报。

东南西北中,金域人迅速行动。时间属于奋进者,历史属于奋进者。战"疫"打响只差一个冲锋的号角。梁耀铭向全国各地子公司发出号令:积极向各地卫健部门主动请战!

驻守全国各地的金域医学"健康哨兵"准备登场。

壹　实力出击　"健康哨兵"异军突起

第二节
请缨之志
首批标本吹响战"疫"号角

疫情就是命令，生命重于泰山。

2020年1月29日，31个省（区、市）启动重大突发公共卫生事件一级响应。早发现、早报告、早隔离、早治疗，被认定为疫情应对的关键。

起初，各地只有三级医院、疾控中心等机构可开展病毒标本检测。许多具备检测能力的第三方医学实验室，却因未获资质徘徊门外。

因检测产能受限，多地出现"一测难求"的局面。

在核酸检测供需错配的矛盾下，广东省卫健委、中山大学附属第三医院、肇庆市疾控中心等"抗疫前锋"投石问路，找到金域医学。怀着"帮助医生看好病"的初心，金域医学不谈条件，积极主动融入全国疫情防控的队伍。在梁耀铭的号召下，一批批员工主动请战，加入新冠病毒核酸检测中。

从大年初二起，拥有成熟的PCR检测技术和冷链物流能力的金域医学，向国家卫健委、国家疾控中心以及各省疾控中心、防控指挥部"请战"，成为国内首批向政府"请战"的第三方医学实验室之一。

| 专业 报国 | 抗疫战场的"健康哨兵"

壮心长缨，资深员工请战报国

2020年1月23日，29个省（区、市）累计报告了830例新冠肺炎病例。广东、浙江、湖南、重庆等地启动重大突发公共卫生事件一级响应。

1月24日，正值大年三十，金域医学向全体员工发出《关于全力抗击新型冠状病毒感染肺炎疫情的总动员令》（简称"《总动员令》"），号召全体员工全力以赴。

在向政府统一请战前，集团就已经有员工挺身而出，他就是金域医学集团临床呼吸道病毒诊断与转化中心技术主管冯力敏。已经买了过年回家车票的临床呼吸道病毒诊断与转化中心检验技术员程馨仪，也要求留下来参与战斗。

疫情来势汹汹，局势并不明朗。当在节前的沟通会上被告知，可能春节需要留下来承接一部分公立医院、疾控中心的新冠病毒标本检测时，作为技术人员中年纪最大、资历最老的员工，冯力敏也有顾虑：安全防护很关键，但如何做好防护，不被病毒感染，他心里也没有底。留在广州的技术员多为"90后"，他们对于17年前的"非典"并没有什么深刻的记忆。

然而，还是有一个信念让他主动站了出来：在国家危难之际，能够贡献自己的专业力量是一件幸福的事。

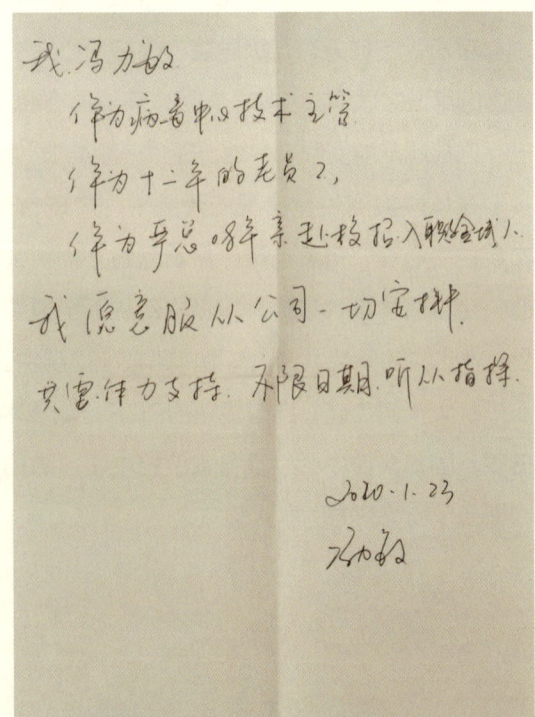

冯力敏手写的请战书

壹　**实力出击**　"健康哨兵"异军突起

散会后,冯力敏找到一个偏僻的角落,迅速在一张A4纸上手写下一份请战书,并交到广州金域医学实验室高级运营总监江真君手里。他内心笃定:如果面对未知的恐惧都能毅然前行,又还有什么困难是克服不了的呢?

江真君因忙于他事,当时并未留意冯力敏交给他的那张A4纸,随手将其夹在了一个笔记本里。过了两天,当他翻开笔记本,才发现那是一封饱含赤子之心的请战书,不禁对冯力敏肃然起敬。

四海响应：若有战，召必回

冯力敏不是一个人在战斗。重大疫情当前，为了老百姓的生命安全和身体健康，金域医学从上到下，都觉得义不容辞。

作为全国最大的第三方医学检测机构，金域医学关键时刻挺身而出，积极响应国家卫健委和各地卫健委的工作部署，要求全国实验室及物流部门，做好开展新冠病毒标本运输及检测工作的一切准备。

在二级生物安全实验室做病毒核酸检测，有一个专门的行业资质规定，只有持PCR上岗证的人员，才可以操作。PCR即聚合酶链式反应，是一种用于放大扩增特定的DNA（脱氧核糖核酸）片段的分子生物学技术，可以看作是生物体外的特殊DNA复制。

PCR最大特点是无论是化石中的古生物、历史人物的残骸，只要能分离出一丁点DNA，就能用PCR加以放大进行比对。这也是在疫情应对中"早发现"所需用到的核心技术。

金域医学当时已有200多名持有PCR上岗证的员工。

此情此景，令梁耀铭思绪万千，百感交集。他清晰地记得，17年前遭遇"非典"疫情，初创的金域医学还不具备实力参加战斗，心有余而力不足让他颇为遗憾。如今公司逐步发展壮大，已成为国内最大的第三方医学检测机构，已经完全具备专业报国的实力。

2020年1月24日，梁耀铭鼓起勇气给广东省卫健委的一名官员发去一条短信：金域医学已做好开展新冠病毒核酸检测的一切准备，随时可接受任务委派，特向组织请战！

当日下午3点50分，金域医学正式向全体员工发出《关于全力抗击新型冠状病毒感染肺炎疫情的总动员令》，饱含深情地提出："重大疫情当前，吾辈义不容辞。"

壹　实力出击　"健康哨兵"异军突起

《总动员令》发出后,金域医学总部及各地子公司实验室检验人员和物流人员纷纷请战。短短两天时间,他们从祖国四面八方赶来广州总部,迅速集结,组成专业且高效的战队。

截至1月26日24时,国家卫生健康委收到30个省(区、市)累计报告确诊病例2744例。在金域医学总部,首批"备战部队"已正式开始为期五天的三级安全防护和检测培训。

"现在国家对疫情防控的重视程度前所未有,全体金域人要把疫情作为命令,把防控作为责任,提高生物安全防控意识和理念,练好基本功,打有准备之仗,在这次疫情里当好健康的'哨兵'。"梁耀铭这样对"备战部队"说。

梁耀铭多次强调,金域医学已为积极参与新冠肺炎疫情防控阻击战做好一切充分准备,严阵以待,一旦祖国召唤,定能立马"出征"。

2020年1月24日,金域医学发出《关于全力抗击新型冠状病毒感染肺炎疫情的总动员令》

专业报国 抗疫战场的"健康哨兵"

勇敢不是不怕，而是怕也要上

"……只要体力支持，不限日期，听从指挥。"这是在公司尚未发布《总动员令》之前，冯力敏写下的请战书，表达了自己做好准备，服从公司安排的意愿。

勇敢不是不怕，是怕也要上。随着《总动员令》的发布，像冯力敏这样主动请缨的不在少数，全国各地200多位员工纷纷响应，请战抗击新冠肺炎疫情。

标本运输也是关键环节。金域医学物流管理中心、金域达物流总经理刘为敏取消出差行程，迅速赶回广州，代表金域医学与多个地市和部分医院商讨，承接标本的冷链运输工作。物流人员的培训工作，也在悄然进行。

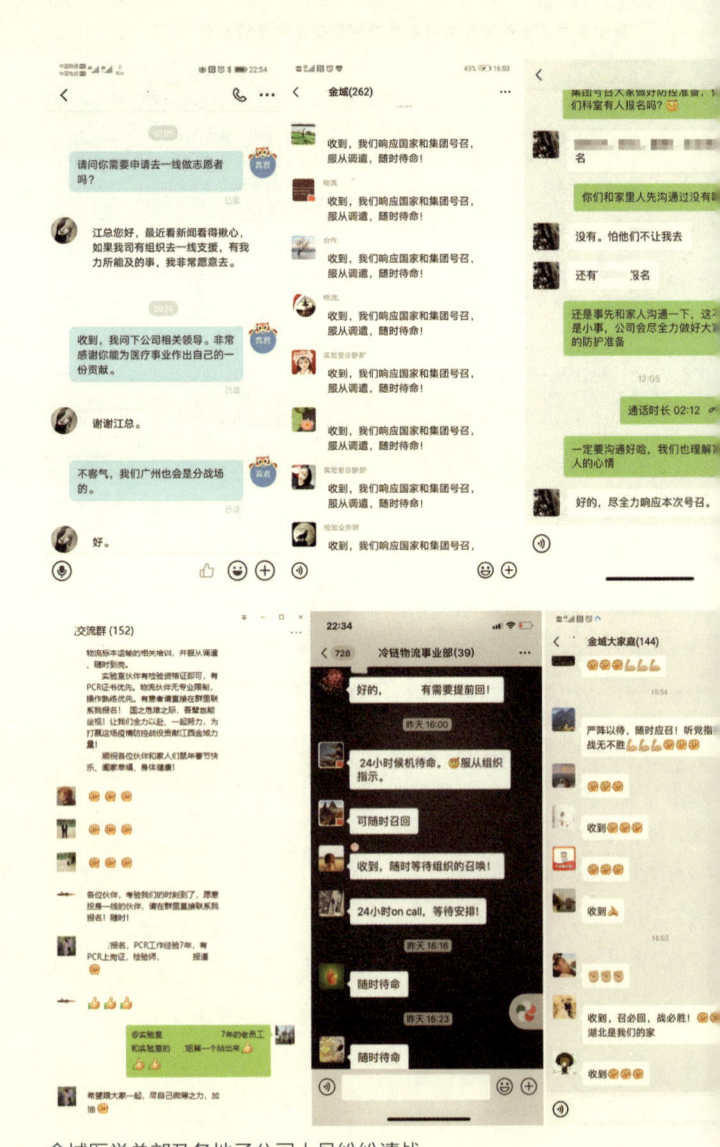

金域医学总部及各地子公司人员纷纷请战

壹　实力出击　"健康哨兵"异军突起

"我工作经验丰富，这次总部培训我报名，这也是我的职责所在！"黑龙江金域医学物流部质量主管郑汝媛在集团发出培训通知时就第一时间报名。"我们做标本运输工作的，要懂得如何做好防护措施，只有保护好自己才能更好地保护别人。"培训结束后，她很快又返回黑龙江，随后又在当地开展线下转训。

金炜是南京金域医学物流部的质量负责人，他本来买好2020年1月23日的高铁票返回浙江台州过年，但在集团开完疫情防控视频宣贯会议后，毅然决定把高铁票退掉，留在南京待命。当集团计划强化全国物流人员的生物安全防控培训时，他踊跃报名。他认为："来培训不仅仅是自己能学到知识，更重要的是要把疫情防控知识和理念带回南京，从而对南京金域医学的120位物流伙伴进行转训，让大家正确掌握防控要求，进一步加强规范操作，最终在标本收取和运输过程中，能更好地保护自己，保护标本安全。"

为了全力应对备战工作，江真君也把自己过年期间的所有活动安排取消，并马上着手对实验场地整改。当时大部分家在外省的员工早已提前回家，而家在省内的大多数人也计划在公司吃完年夜饭后回家过年。1月23日，他第一时间找到临床分子感染室的技术副主管郭晓磊，紧急通知所有在岗PCR人员及有返乡计划的人员退票待命。此外，他还积极协调仪器设备、防护品以及安全培训的筹备工作，使集团工作部署顺利在广州子公司落地。

专业 报国 | 抗疫战场的"健康哨兵"

首战告捷，牛刀小试露锋芒

"迈入崭新的2020年，金域医学将积众力，聚众智，谋变革，抓创新，始终坚守'帮助医生看好病'的初心，全力当好老百姓的'健康哨兵'，在助力'健康中国'建设的伟大征程上，勇毅笃行，一往无前！"

这是鼠年新春辞旧迎新之际，梁耀铭发表的《行稳致远天地宽》新春贺词。

大年三十晚上，梁耀铭收到了广东省卫健委一名官员发来的信息："金域医学是否能够承担新冠肺炎疑似病例的核酸检测工作？""我们已经准备好了，随时可接受任务。"经过多日筹备，梁耀铭已经底气十足。广东省卫健委部门最终决定，让粤东西北检测力量较为薄弱的地区先交一部分标本给具备医疗冷链物流运输能力的金域医学进行核酸检测。

2020年1月25日，大年初一的清晨5时，人们还在沉睡当中，两名金域医学冷链物流人员就已配备上专业的运输设备和防护工具，专人专车火速赶往粤东一地级市——汕尾接收标本。

不同于以往的标本运输，此次病毒标本的转运要求在最短时间完成，这让"老司机"广州金域医学冷链物流运输人员杜伟泉多少有点忐忑。大年三十晚上10时多，杜伟泉顾不上一家人团聚的温馨，一个人回到金域医学广州物流总部，提前做好防疫物资检查，一直忙到第二天凌晨两点半。凌晨5时，天刚蒙蒙亮，杜伟泉和另一名物流人员项文忠两人就从广州出发一路飞驰，不到9时便到了汕尾疾控中心。在疾控中心等了一个多小时，才终于等到从下面的区县送上来的两位患者的三份标本。

虽然标本量不多，但对于杜伟泉和项文忠来说，这是第一次与新冠病毒近距离接触。他们首先检查标本主容器的完整性及密闭性，确认完好后，再用金域医学运输专用的冷藏标本袋对主容器进行密封，然后放置到专用的95 kPa罐中固定后再密封，最后才能放入配有温度监测设备的专用冷藏箱内，并在外箱体明显处贴上"易感染物质"标识，装上专用的医疗冷链物流车。

"由于此次任务接收的标本属于高感染性标本（A类标本），我们按世界卫生组织对A类标本的运输管理管控要求，专门采用了专属的包材及相关耗材对其进行包装，由专人专车进行运输，并全程进行监控。"刘为敏此时也在广州总部实时掌握动态。

标本还在路上，在广州的总部实验室，两拨人正兵分两路做着两手准备。

一边是金域医学感染性疾病学科负责人刘勇一早7时就回到实验室，组织大家做预实验，包括如何穿防护服、检验流程如何操作等内容。"大家先认认真真做一遍，做一次实践。"然而，第一次穿防护服，戴N95口罩，因为不熟悉，仅仅在穿戴步骤上就"折腾"了40分钟。最后做完预实验已经是下午1时多。

另一边，江真君则赶往广东省疾控中心"借"防护物资。全国防护服紧缺，购买的防护服还在路上，要确保接下来的核酸检测能安全开展，必须先储备好一定数量的防护服。经过多方筹措，他顺利"借"到了30套防护服，解了燃眉之急。

大年初一临近中午，梁耀铭和集团副总裁、微生物专家任健康以及实验室管理中心总经理程雅婷一起在实验室门口等待第一批新冠待测标本的到来。下午2时20

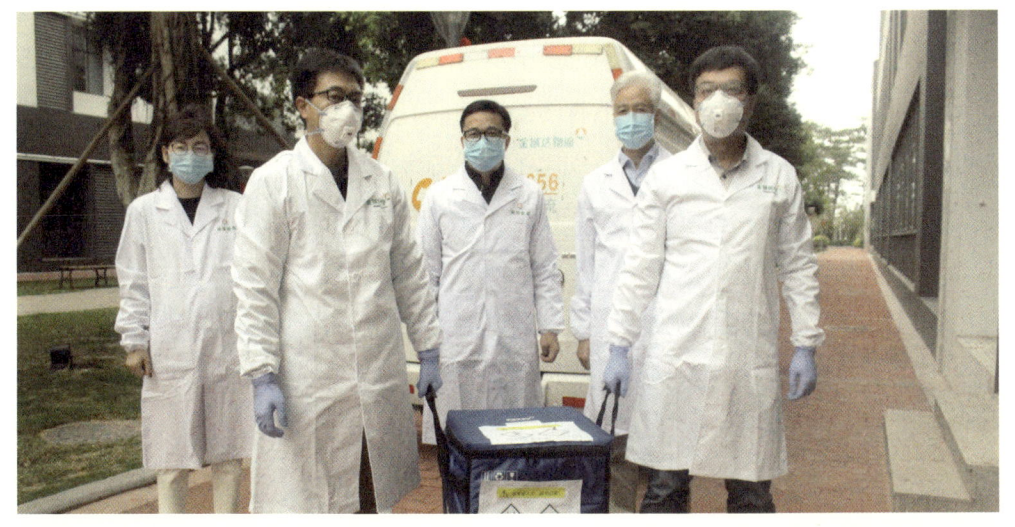

大年初一，金域医学接收了第一批新冠标本

分，经过九小时的马不停蹄，熟悉的金域医学物流车缓缓驶至标本接收处。金域医学承接的首批新冠病毒标本从汕尾安全运回广州金域医学实验室。

此时在四楼临床呼吸道病毒诊断与转化中心，刘勇还在向即将参加第一批标本检测的人员强调注意事项；主检冯力敏带领助手肖婷婷、涂欣宏做检测前最后的准备。

装有标本的运输箱和密封罐经过表面消毒之后，由传递窗转运至核酸提取室，开始检测的第一道工序：标本前处理。

混在标本保存液中的，就是从疑似患者鼻咽部采集到的上皮细胞，里面可能含有新冠病毒。技术人员需要对送检标本进行核酸提取处理，以裂解细胞，释放出病毒核酸。

与此同时，在另一个独立的试剂配制室里，程馨仪采用了两个不同来源的试剂盒，分别配制了新冠病毒核酸PCR扩增反应体系，通过传递窗送到隔壁的检测实验室。

冯力敏等人把提取好的核酸标本小心地通过微量移液器加到装有扩增反应体系的小孔中盖好盖子，混匀反应液，然后放到实时荧光定量PCR仪上面进行扩增反应。

标本前处理是整个检测过程中最危险的工序之一，标本管开盖环节必须在生物安全柜中完成，稍有不慎就会产生气溶胶。气溶胶是比飞沫更微小的颗粒物质，可借助空气传播，因此也是核酸检测过程中需要高度警惕的地方。

"由于防护物资紧缺，为了节省防护服，我们的检测技术人员进去一次至少四个小时不能出来，四小时内要完成规定工作量的检测，不能喝水，不能上厕所。最辛苦的是主操作手，需要双手悬空操作，不能离开生物安全柜的操作台一分一毫。一个班次出来，常常汗流浃背，甚至累到虚脱。"刘勇说。

在密闭的负压二级生物安全实验室内，主检冯力敏按照以往的演练，在三名助手的配合下，有条不紊地进行核酸提取及上机检测工作。此时，梁耀铭不停地在透视窗外察看，向刘勇询问技术准备细节。

三个小时后，这一批关乎金域医学接下来能否为疫情防控承担更大重任的标本，顺利完成检测。两种不同试剂盒对三份标本的检测结果完全吻合。刘勇随即以

壹　实力出击　"健康哨兵"异军突起

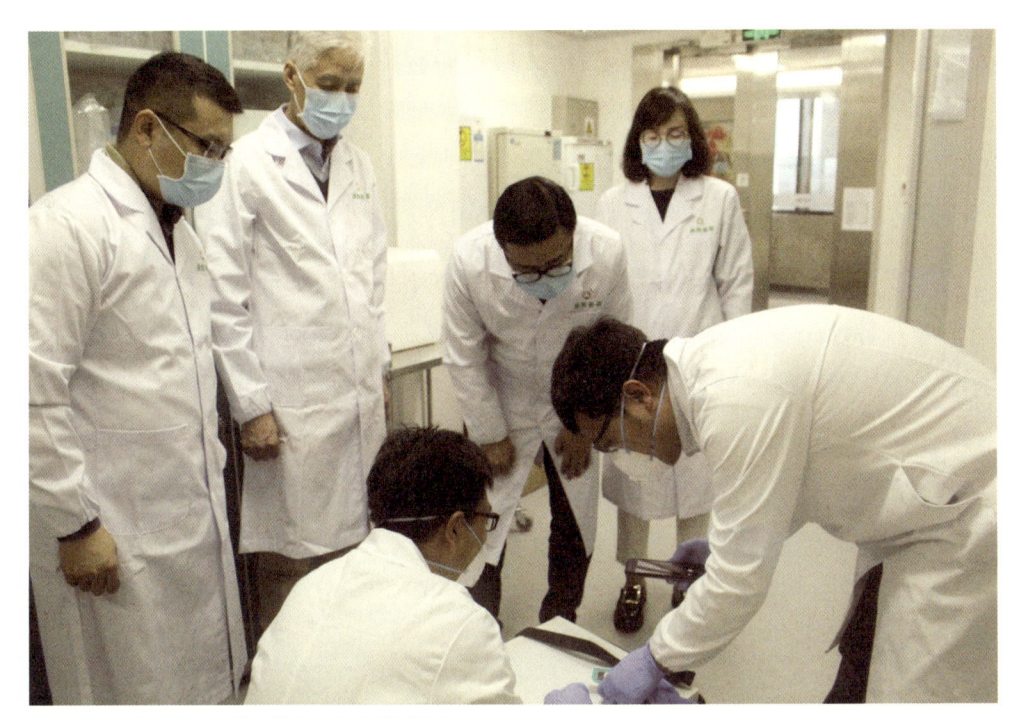

梁耀铭（中）亲自把关第一批新冠标本检测流程

电话方式将检测结果向省、市疾控中心作了汇报。

金域医学呼吸道疾病学科带头人陈敬贤教授一直在实验室做好把关工作，确保一切检测流程正常开展。"面对新冠病毒，很多年轻的检验人员可能会心里没底，检验组的压力非常大，我是病毒检验的'老兵'了，我在，可以分担一些事情，也能给年轻人更多指导和信心。"

经过实战，以冯力敏为代表的金域医学检测团队逐渐熟练掌握操作规范要领，对病毒核酸检测的流程摸索积累了很好的"金域医学心得"。

当首批接收的病毒核酸检测完成后，陈敬贤要求用不同厂家的试剂再检验一次进行交叉验证，确保检测结果无误。根据首次的实践，陈敬贤指导程馨仪当晚就撰写了一份清晰的标本检测操作指引，包括如何戴脱手套、穿脱防护服等操作细则，以便下发到金域医学各实验室。

古时作战，前锋需要缨授。如今，有了首批新冠病毒检测的成功经验，金域医学也有了承接更多检测任务的信心和勇气。

资质既备，请战抗疫全力出击

2020年1月26日，金域医学向各地实验室下达了向各地政府积极请战的指令，号召各地子公司向当地卫健部门递交请战书，以表达积极参与战"疫"的坚定决心。1月27日，大年初三，来自金域医学的请战书，就传递到了全国各个省（区、市）的卫健部门。

1月27日，武汉金域医学经请战，获授权成为湖北省新型冠状病毒核酸检测机构，承担天门市、荆门市、荆州市以及孝感市孝南区等地的新型冠状病毒初筛任务。到2月3日，南京金域医学、合肥金域医学、重庆金域医学陆续获当地授权成为

2020年2月4日，中央会议明确提出"允许符合条件的第三方检测机构开展核酸检测"

新冠病毒核酸检测机构。

2月4日，中央应对新型冠状病毒感染肺炎疫情工作领导小组会议再一次强调，要提高检测确诊能力，缩短检测时间，允许符合条件的第三方检测机构开展核酸检测。在如此高级别的会议上被特别提及，第三方医学实验室被重视的程度可谓前所未有。

金域医学担当得起这样的重视。创业26年来，金域医学拥有覆盖全国90%以上人口的37家中心医学实验室和200多位专业PCR检验人员，为各医院提供病理诊断与医学检验服务，每年服务超过23,000家医疗机构的90万名临床医生，年检测标本量超7000万例。这一检测总量，相当于40余家三甲医院的检测量。金域医学对于大批量标本规模化处理经验丰富。

金域医学还组建了一支近3000人的医疗冷链物流团队，已经形成了覆盖中国内地及香港地区700多个城市的物流网络，县级网点超过2300个。事后证明，这些下沉到县乡一级的物流网点，在这次全国疫情中发挥了极其重要的作用。

在病毒诊断领域，金域医学也早有布局。早在2018年，金域医学在广州呼吸健康研究院专家团队的指导下，按照P2+实验室建设标准建设了"临床呼吸道病毒诊断与转化中心"。该中心还是呼吸疾病国家重点实验室病毒诊断研究分室，是全国领先的呼吸道病毒临床和实验室诊断的第三方精准检测平台。担任该实验室主任的钟南山院士坦言，设立该中心的初衷之一，就是希望其在应对急性、突发性传染病时能发挥至关重要的作用。当新冠病毒肆虐，这未雨绸缪的实验室，也成为金域医学"向前一步"请战的王牌。

"我们愿利用自身领先的病毒检测能力及生物样本冷链运输网络，为老百姓的生命安全和身体健康贡献一份力量！"梁耀铭表示，金域医学已经做好一切准备，号召全国各地实验室更多一线人员、党员骨干"参战"，并加大对人员的相关培训，以确保在全国各地的战"疫"前线需要时，为全国的疫情防控承担更多检测工作。

从海口到哈尔滨，从上海到新疆，从广州总部发出的这个号召，瞬间在全国各地金域医学实验室掀起一股请战浪潮，凝聚起第三方医疗检测机构挺身而出的

2020年1月27日，金域医学集团向国家卫生健康委员会递交请战书

磅礴力量。

战"疫"以来，金域医学快速形成了一支听党指挥、能打胜仗、作风优良的第三方医检队伍，获得授权承接新冠病毒核酸检测的实验室多达32家，成为国内参与新冠核酸检测最大的第三方医检机构。

第三节

驰援荆楚
全力以赴打赢湖北保卫战

武汉胜则湖北胜，湖北胜则全国胜。

武汉是我国新冠肺炎疫情的暴发地。打赢新冠肺炎疫情防控的人民战争、总体战、阻击战，湖北和武汉是重中之重。

疫情发生以来，党中央及时敏锐抓住全国疫情防控全局中的主要矛盾和矛盾的主要方面，把湖北和武汉作为全国疫情防控的主战场，坚决遏制疫情扩散蔓延势头。

在这场没有硝烟的战争中，来自29个省（区、市）、新疆生产建设兵团及军队系统的346支医疗队4.2万名医护人员白衣执甲，"逆行"驰援。其中就有金域医学的137名"逆行者"，涌现出如李根石独自一人驱车"逆行"驰援武汉、长沙物资火线驰援湖北、"二孩"妈妈毅然征战雷神山、退伍老兵主动请战支援等感人故事。

面对人力、设备、物资、产能不足等矛盾，金域医学集团党委书记、董事长兼首席执行官梁耀铭运筹帷幄，调兵遣将，克服了一个又一个困难。基层物流人员也拼搏进取，更在武汉"封城"的情况下，打通了昼夜不歇的"生命通道"。

在确定广东支援荆州后，金域人再度随队战荆州，在24小时内帮助洪湖建立起核酸检测实验室，提升了当地核酸检测速度，为及时诊断与科学防控打下坚实基础。

金域医学的检测产能、金域人的战斗力，也在这场战"疫"中悄然跃升。

专业报国 ｜ 抗疫战场的"健康哨兵"

至暗时刻，金域人"逆行"赴汉

新冠病毒具有高传染性，重点疫区核酸检测能力严重不足，不能及时有效隔离感染病例，武汉成为疫情重灾区。

2020年1月中旬前后，湖北新冠核酸检测能力每天只有300人份。但在1月20日左右，仅武汉当地发热门诊的日就医人数就超过5000人。1月27日，据新华社报道，武汉发热门诊就诊人数高峰时超过1.5万人，但湖北同期单日的新冠核酸检测能力还不到4000人份。

起初，人们认为检测能力不足是因为试剂盒等耗材产能没有跟上。但国家工业和信息化部相关数据显示，2月1日，新冠病毒核酸检测试剂盒的日产量已经达到77.3万人份，约等于当时疑似患者人数的40倍。"一测难求"的问题，其实是出在实验室的检测能力不足上。

1月23日，农历除夕的前一天，本应是家家团圆、人人喜庆的日子，武汉市疫情防控指挥部发布1号通告：自当日上午10时起，全市城市公交、地铁、轮渡、长途客运暂停运营；机场、火车站离汉通道暂时关闭。

当这座"英雄的城市"为防止疫情扩散关闭了所有离汉通道，全球各地的人们都因为疫情，记住了这座城市的名字。

而此时，作为疫情重灾区，武汉乃至湖北进入了"至暗时刻"。

至暗即光明之始。全国各地"白衣天使"的到来，同心协力终将把"英雄的城市"引向光明。

1月24日除夕夜，万家团圆时，陆军军医大学、海军军医大学、空军军医大学共450名人员，拿起背包出发了，向着目的地江城武汉集结；上海市医疗队出发了，奔赴武汉市金银潭医院；广东医疗队也出发了，由广东医疗界的133名"精兵强将"组成……他们行动迅疾、义无反顾，与时间赛跑，同病魔较量，为当地患者带去生的希望。

壹　实力出击　"健康哨兵"异军突起

得知武汉的疫情态势，梁耀铭打通了武汉金域医学总经理李根石的电话："疫情形势严峻，你作为武汉金域医学总经理，先回武汉实验室准备一下。"

回武汉，也是集团《总动员令》发出后，李根石一直在琢磨的事情。

"这是一场悲壮的'逆行'。"大年初二，已回到广东韶关老家的李根石，没有温暖的送行，没有鲜花，带着金域人的使命感，独自一人带上干粮，在空旷的高速公路一路疾驰，经过九个小时的长途驾驶，直奔疫情的"风暴中心"——武汉。能不能进城不知道，去了再说——这是他当时的唯一想法。"我是学医的，又是党员，这时候更要挺身而出。"

大年初二，李根石独自驾车九小时赴武汉

陈建波是集团实验室管理中心高级总监。收到通知要支援武汉时，身在湖北荆州老家的他立马决定只身奔赴武汉战"疫"一线。而仍在生病的老父亲便开着三轮车一路将他送到高速路口。他那同为金域人的妻子王芳一边是担心，一边又十分支持，默默扛起了照顾一家老小的重任。"我们都是金域医学十几年的老员工了，全公司都在全力以赴，我们决不能当逃兵。"

"逆行者"的无畏，得到了武汉金域医学一众伙伴纷纷响应——

武汉金域医学实验诊断部副经理任婵君，放下尚在发烧的孩子，从大年二十九就一直留守公司，部署准备工作；已经回到黄冈老家的物流部经理雷登峰因还没能拿到疾控中心的相关工作证明，在县城兜兜转转几个小时后才得以出城；市场部副经理王丽，在经历了交通管制、大雾、爆胎等各种突发状况后，也顺利赶到了集合点，搭上护送医护人员的专车，开启"逆行"之路……

因为"封城","逆行"之路很安静也很寂寞。但与此形成鲜明对比的是,武汉各大医院已是人满为患。问题就出在检测环节,仅有试剂盒还不行,还需要有足够的可开展核酸检测的实验室场地、设备及人员。

1月16日以前,武汉的新冠病毒标本须送往北京指定检测机构检测,加上往返时间,需要三五天才能拿到结果。1月22日,国家卫健委才明确各省可以购买服务的方式,与具备条件的第三方检测机构合作开展检测。

彼时,武汉三甲医院虽已在加班加点加快核酸检测,但蜂拥而至的成千上万个标本,让原有公立医疗资源不堪重负。

李根石一到武汉,就向湖北省新型冠状病毒肺炎疫情防控指挥部及武汉市指挥部提交了请战书,主动请缨承接新冠病毒核酸检测工作。

1月27日,湖北省卫健委印发《关于进一步加强全省新型冠状病毒核酸检测工作的通知》,正式将武汉金域医学等第三方医学实验室纳入湖北省新型冠状病毒核酸检测的服务机构当中。

1月30日,李根石接到通知参加湖北疫情防控指挥部会议。当时武汉有13家第三方医学实验室参加。会上,湖北省疫情防控指挥部明确第三方检测机构可以做核酸检测,要求各个医院、第三方机构在做好防护措施的前提下,加紧改造实验室,提高核酸检测产能。

当时要求各家机构报检测产能,武汉金域医学报了每天800—1000例,而整个武汉17家医院和第三方机构加起来,一天也只能检测3000—4000例。然而1月27日官方称,武汉发热门诊就诊人数高峰时超过1.5万人。大量的患者仍不能得到及时的检测。

检测的"欠账",严重增加了武汉疫情防控的压力。而一旦开始接收标本开展核酸检测,武汉金域医学的防护物资、检测人员、检测设备、检测试剂耗材又远不能满足产能需求。金域医学内部,也面临各地加大排查,人手不足的困境。在这个时刻,梁耀铭作出郑重决定,调用全集团的力量,不惜一切代价,支援武汉湖北重灾区。

钟院士授牌，武汉金域医学信心倍增

为了解决人手不足问题，金域医学集团从广东、广西、湖南、云南、四川等地调集了51位技术骨干前往武汉支援。

因地利之便，在长沙坐镇的中南大区总经理李慧源第一个接到梁耀铭的电话："慧源，看疫情发展态势，武汉需要你的支持了。"

梁耀铭言辞恳切，李慧源心领神会。这一天是大年初五，李慧源带着实验室骨干、IT（互联网技术）人员及检测试剂和防护用品等直奔武汉。

2020年2月1日，中共广州金域医学检验集团委员会正式成立抗击新型冠状病毒肺炎武汉先锋队临时党支部。李慧源同志任临时党支部书记，李根石同志、人力行政部经理姚妮同志为支部委员。

"我宣誓，我志愿加入武汉金域医学抗击新型冠状病毒肺炎先锋队……全力以赴，不负使命，义无反顾，勇往直前！坚决打赢疫情防控阻击战，筑起保护人民群众生命安全健康的钢铁长城！"

2020年2月1日，中共广州金域医学检验集团委员会正式成立抗击新型冠状病毒肺炎武汉先锋队临时党支部

专业报国 | 抗疫战场的"健康哨兵"

武汉金域医学挂牌"国家呼吸系统疾病临床医学研究中心病毒诊断研究武汉分中心"

为充分发挥党组织在抗击当前新冠肺炎疫情中的战斗堡垒作用和党员先锋模范作用,一个简单而又庄严神圣的宣誓仪式在武汉金域医学举行。

一句句铿锵有力的誓言,一个个坚定执着的眼神,无不展示着金域医学"逆行者"坚决保护人民群众健康的决心和战胜疫情的信心。

党旗,飘扬在金域医学"武汉战'疫'"的最前线。

广州呼吸健康研究院、国家呼吸系统疾病临床医学研究中心也对武汉金域医学给予强有力的支持。2月3日,前者紧急决定:在武汉金域医学挂牌"国家呼吸系统疾病临床医学研究中心病毒诊断研究武汉分中心"。

2月4日,由中国工程院院士、国家呼吸系统疾病临床医学研究中心主任钟南山通过网络视频为武汉金域医学"云授牌"。

在全国上下正为新冠肺炎疫情防治共同努力、共同抗争的关键时刻,钟南山对武汉金域医学寄予厚望,希望国家呼吸系统疾病临床医学研究中心病毒诊断研究武汉分中心不负期待,拿出勇气,把最关键的早发现、早诊断工作做好,为武汉抗击新冠病毒取得胜利作出应有的贡献。

看着钟南山院士期待的眼神,武汉金域人鼓起了迎难而上的勇气。

壹　实力出击　"健康哨兵"异军突起

破解"一测难求"，实现应收尽收

"武汉是这次疫情的中心，早期发现病人，早期隔离最为关键，这比任何都重要。"对于疫情防控态势，钟南山多次重磅发声。

湖北和武汉关于疫情防控的会议，也开得一次比一次紧急。

——2020年2月2日，湖北省新冠肺炎疫情防控指挥部下达任务书，要求各医疗检测机构立下"军令状"，最大限度挖掘检测潜能，2天内消化存量；

——2月5日，武汉市新冠肺炎疫情防控指挥部召开会议，要求各区在未来两天内，最晚至2月7日，完成武汉市所有疑似病例的核酸检测；

——2月9日，湖北省新冠肺炎疫情防控指挥部发出通知，将排查出的所有确诊患者、疑似患者全部集中收治，分类隔离，确保应收尽收、应诊尽诊；

——2月10日，湖北新冠肺炎疫情防控工作例行新闻发布会上称，武汉市正全力推进核酸检测工作进度，预计11日可完成对所有疑似患者的核酸检测工作。

2月12日，湖北除武汉以外市州的每日新增确诊病例数达到最高峰的1400多例；到2月13日，武汉每日新增确诊病例数也达到了最高峰的3910例。

武汉金域医学主要承担武汉市、天门市、荆门市、荆州市以及孝感孝南区等地

钟南山院士"云授牌"寄语

> 专业报国　抗疫战场的"健康哨兵"

的新冠病毒标本初筛任务。仅2月9日、10日、11日三天，武汉金域医学就累计检测了7000多例。

疫情防控阻击战到了攻坚阶段，检测需求有增无减，2016年才开业，人少、设备少，相比金域医学其他实验室技术力量更薄弱的武汉金域医学能否扛得住？

当时武汉已经"封城"，交通停摆，物资、运输都十分不便，长沙成为集团总部支援武汉的桥头堡。在集团的统筹下，长沙金域医学开辟了一条往返长沙和武汉高速口之间的接力通道，金域医学所有要到武汉支援的人员和物资，都是先到长沙汇集，然后再由长沙派专车直接送到武汉的高速出口，武汉金域医学派人在高速出口接应。这就是疫情期间，在武汉、长沙之间，金域医学架起的著名的"生命通道"。

李慧源记得，当时从长沙出发，他已经把仅有的20套防护服全部带上，但前方物资仍严重紧缺。开始首次实验时发现防护服尺寸偏小，男生体型大，一旦撑破了，后果不堪设想。最后只能由女同事参与最高危的核酸提取工作。得知武汉的情况，金域医学集团作了一个决定，宁可在其他地方少做甚至不做，也要把资源匀出

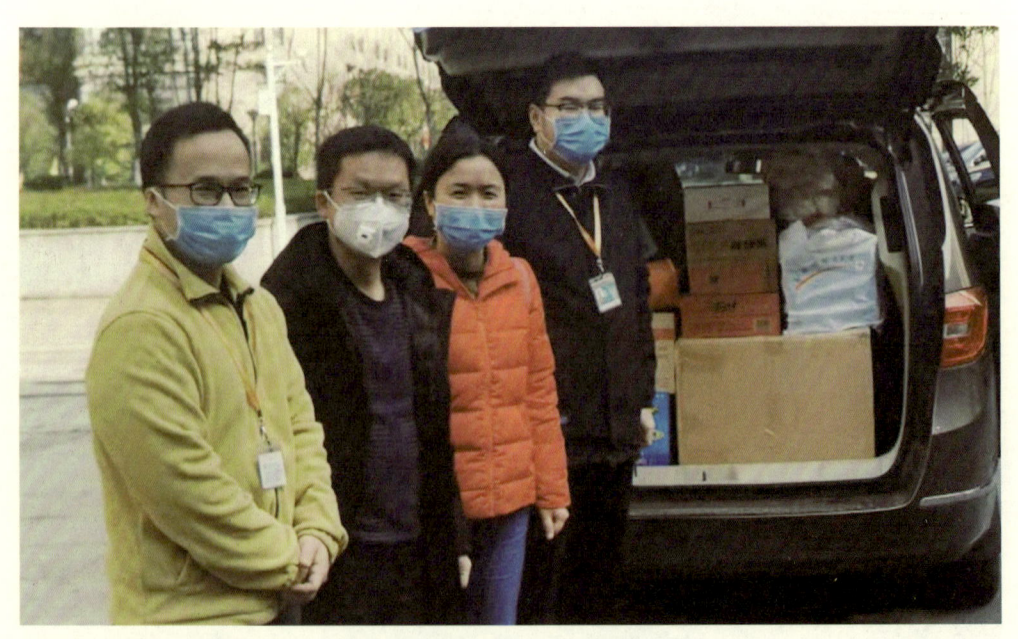

2020年1月29日，李慧源（左二）带领长沙金域医学骨干驱车驰援武汉

壹　实力出击　"健康哨兵"异军突起

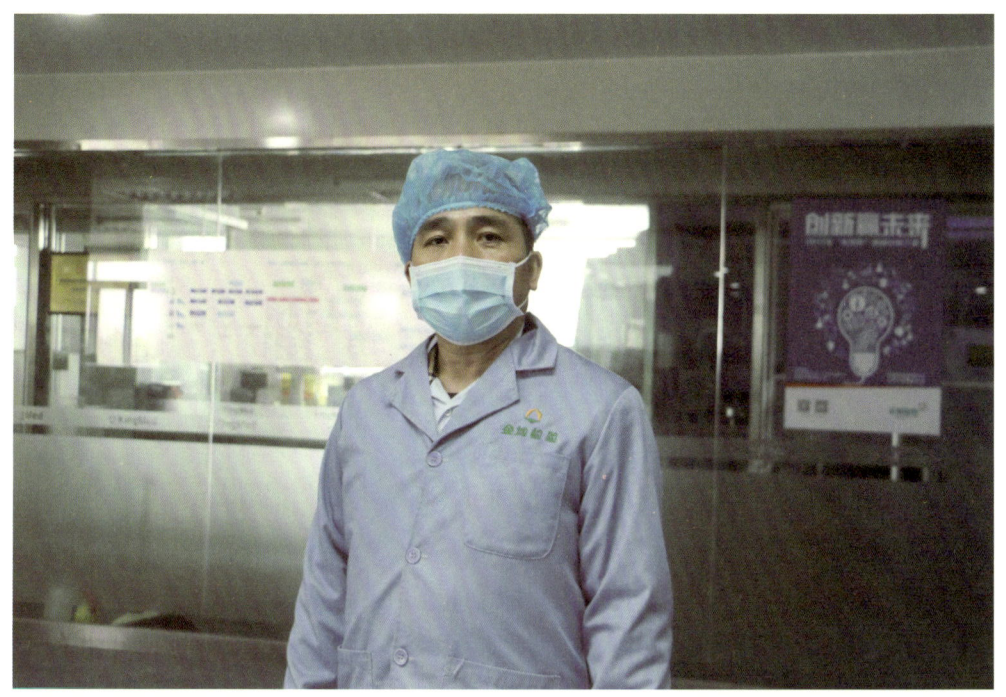

金域医学副总裁谢江涛在湖北武汉前线

来支援武汉前线。集团的决心给身在前线的李慧源很大的信心。

在集团号召下，无论是黑龙江、吉林，还是云南、湖南，又掀起一股支援武汉的请战热潮。他们多是"80后""90后"的小伙子小姑娘。这么多陌生员工临时组建的检测团队，也为管理带来非常大的挑战。基于这些考虑，并为了提高前线响应效率，加强主战场的人员、设备、防控物资等资源调配力度，落实金域医学集团汇聚全国资源支持湖北武汉的决策，2月15日，金域医学决定将前线指挥部升级，派出副总裁谢江涛赶赴武汉主战场，担任金域医学武汉湖北前线总指挥。

谢江涛来到武汉后发现，武汉金域医学所面临的困难远远比他想象的要大得多。"因为检测能力不足，病人不能及时住院、出院。武汉前线是'一测难求'，表现在两个方面：一是需要尽快将感染病毒、检测阳性的人找出来，防止传染源到处乱跑；二是已住院的病人，必须检测两次，结果均为阴性才能出院。产能必须有个大幅提升，才能满足疫情防控的需求。"

随着支援力量陆续进驻，武汉的检测能力一天是4000例，武汉金域医学日检产能是1000例，占比达四分之一。然而一线人员从1月31日开始，连续高强度工作了将近半个月，已经出现疲态。

带着集团"不惜一切代价支援武汉"的信念，谢江涛从四个方面主抓抗疫工作：一是资源配置，对防护物资、人员进行合理安排，包括一些关键设备、辅助设备、试剂耗材等，研判最优配置；二是梳理工作流程，保障产能持续提升；三是与省市防疫指挥部、雷神山医院、研究机构等重点部门有效沟通，为工作顺利开展打开通路；四是对员工进行安抚和心理疏导，增强信心。

经过工作协调和重新部署，武汉金域医学实验室的核心设备及其他辅助设备逐步增加至荧光定量PCR仪12台、生物安全柜4台、全自动核酸提取仪6台、标本灭活烤箱4台、专用标本运输车6台。

天南海北的金域人，在武汉最需要帮助的时候相聚，虽然大家都不得不穿着防护服、戴着口罩，但他们都知道自己的工作对于金域医学、对于武汉、对于国家的重要性。他们不分你我，团结在一起，快速形成一个高效合作的团队，推动武汉金域医学单日核酸检测能力从早期的1000例，提升到当时的10,000例，产能翻了十倍。每天仅检测武汉市的标本就超过全市的四分之一。

4月15日，专门收治重症患者的雷神山医院顺利休舱，金域医学最后一名"逆行者"贵海燕离开雷神山医院。从1月27日到4月15日，武汉金域医学在湖北累计核酸检测量超20万例。

壹　实力出击　"健康哨兵"异军突起

激情澎湃，雷神山战瘟神

回顾在雷神山医院战斗的日子，张玲觉得那是一段激情澎湃的时光：

2020年1月25日，武汉市决定建造武汉雷神山医院。

2月5日，雷神山医院交付使用。

2月8日，雷神山医院收治了首批患者。

2月18日，医院首例治愈患者出院。

3月25日，医院首个病区患者"清零"。

4月15日，雷神山医院正式"休舱"。

…………

张玲是广州金域医学的技术总监兼免疫学科主任，也是一位"二孩"妈妈。

春节以来，她一直留守工作岗位，加班加点配合医院开展检验工作。武汉的疫情令她牵挂，但两个娃又让她放心不下。

2月以来，全国各地陆续放开第三方医疗机构加入新冠病毒核酸检测。

看着广东、湖南、黑龙江等地的同事纷纷驰援武汉、驰援湖北，虽然危险，但能专业报国，她心向往之。

2月10日，当接到通知，被问及"是否能领队支援武汉，成为公司首批派往武汉雷神山医院的一线检验人员"时，她二话没说立刻就答应了。

临行前，作为专业医护人员，张玲特别叮嘱家中的各位成员，包括爷爷、奶奶、爸爸、哥哥、弟弟，尽量少出门，保持生活规律，出门戴好口罩，回来勤洗手，做好防护隔离工作。

为让两个娃不会因为在家而无所事事，她提前给两个娃娃制订了学习计划，要求他们居家按时起床、学习、休息和生活。

2月13日，她和同事陈丹、李妙知一同坐上北上武汉的高铁，她自觉有种"风萧萧兮易水寒"的别离感。到达武汉后，她情不自禁地发了一条朋友圈——

专业报国 | 抗疫战场的"健康哨兵"

高铁在武汉站不停,拿出工作证明后,偌大的武汉站就出了我们仨!车上没有吃的卖,所有的街道空荡荡的,感谢武汉金域医学的同事给我们带了饭,来武汉两次,人生第一次在马路上吃饭,心中说不出的滋味……

抵达雷神山医院时,武汉金域医学派出的两名检验人员任婵君、贵海燕已早早在检验科等着他们。武汉金域医学专门组建了一支PCR专业检验团队和医疗冷链物流团队给予支持。

雷神山医院,是战"疫"攻坚的标志性阵地之一,主要收治重症和危重症患者。除了核酸检测,雷神山医院本身也需要一个检验科,专门开展生化、免疫、血液等项目的检测以配合治疗。这个检验科虽然不直接面对病人,但是接触到的每一份标本,都100%具有传染性,危险程度可想而知。

为雷神山医院所需,尽金域医学所能。张玲和同事们的到来可以说是一场及时雨。

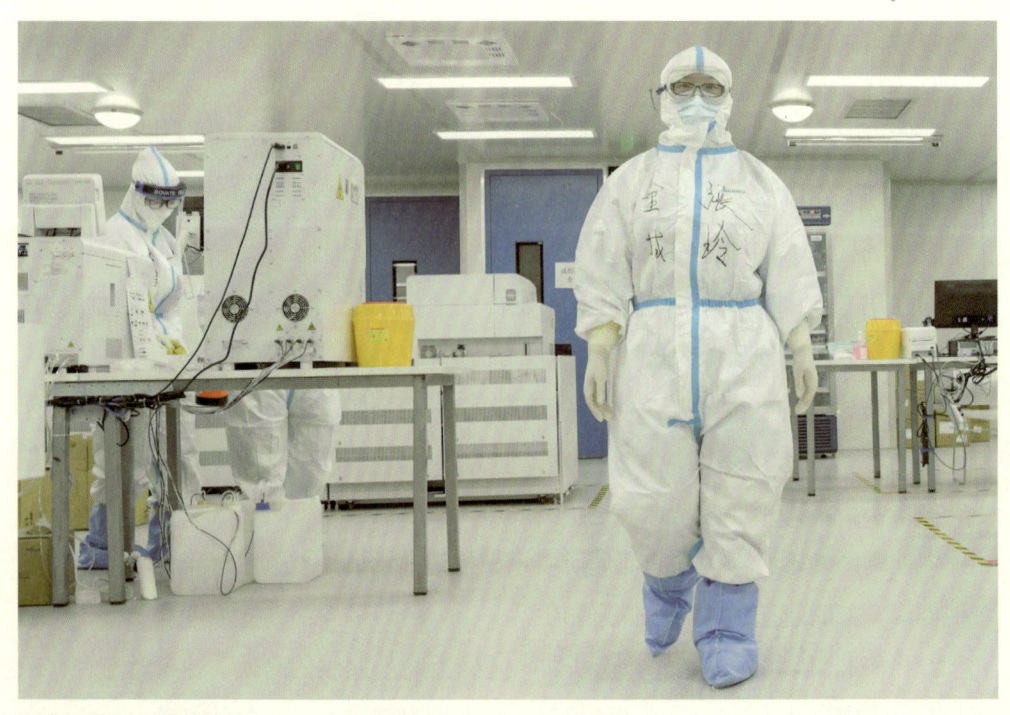

张玲在雷神山医院检验科

壹　实力出击　"健康哨兵"异军突起

新组建的雷神山医院检验科是以武汉大学中南医院医学检验科为主导，由武汉市第三医院、武汉儿童医院、武汉市中医院以及金域医学等共同组建而成的，实力雄厚。

尽管这支医检团队成员结构多样化，但各具优势，战"疫"过程中不分你我。雷神山医院的特殊性，也让金域医学团队与其他医院的队员群策群力，快速开展符合生物安全规范的前期布局，对实验室进行了整理（SEIRI）、整顿（SEITON）、清扫（SEISO）、清洁（SEIKETSU）、素养（SHITSUKE）、安全（SAFETY）6S现场布置，依次建立起标本前处理岗、临检岗、生化发光岗、后勤岗、行政岗、安全管理岗，并连夜制定出各自岗位任务和职责，确保及时准确地为临床提供检验结果。经过10余天的磨合，雷神山医院检验科的不同成员之间就达成默契合作，检测工作有序展开。

然而，随着患者的收治，雷神山医院检验科任务日渐繁重。2月24日，在湖北抗击疫情的关键时刻，金域医学再派技术骨干支援。

来自广州金域医学的李晓莹、广西金域医学的李燕、南京金域医学的魏俊岩和吉林金域医学的肖含四位检验员，有的乘坐飞机，有的乘坐高铁，经过多次换乘终于在雷神山医院胜利"会师"。这也是金域医学派出支援雷神山医院的第二支队伍。

至此，金域医学共派出10人支援雷神山医院检验科，年龄最大的40岁，最小的23岁，为雷神山医院检验科提供了重要的人力支撑。

身处高传染性且负压的实验室工作环境，是雷神山医院医者工作的常态，检验科也不例外。穿着密不透风的防护服，戴着三层手套，身体的闷热感可想而知，检测人员常常不到两小时就汗流浃背，护目镜上闷出的水滴模糊了视线。每当这时，检测人员就选择歪着头在消毒循环风口稍作休息。

有的同事为了节省防护服，增加工作时间，提高检测效率，穿上了尿不湿。有些女同事在生理期，哪怕穿上尿不湿也不敢坐，从上班站到下班……

来自金域医学吉林实验室的肖含2月17日就报名去雷神山医院。2月22日获批后，她从吉林搭乘飞机到郑州，再从郑州乘坐高铁抵达武汉。

专业报国 抗疫战场的"健康哨兵"

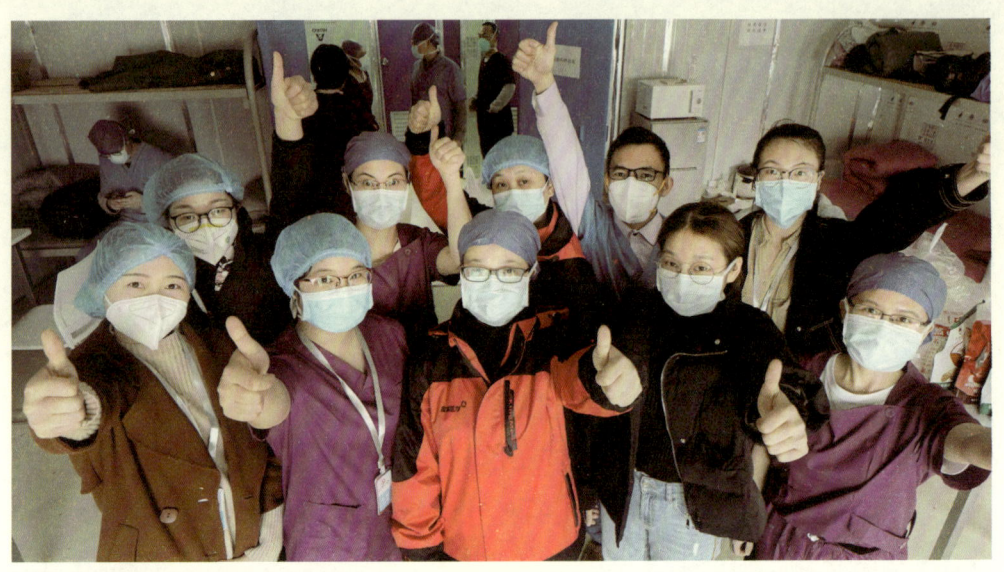

金域医学支援雷神山医院的检验人员合照

雷神山医院对于她既是战场，也是课堂。作为一名医学检验专业出身的"90后"姑娘，她说："小学时遇到'非典'，我啥也不懂，现在不一样了，我必须尽一份力。这本身也是我作为医学专业学生应该做的事情。"

26年的发展沉淀，金域医学积累了与各级医院合作共建检验中心的经验。"在经验复制过程中，金域医学还根据雷神山医院的特殊性，确保检验科流程之间顺畅，保证各个环节不出差错。"张玲表示。

经过流程优化和不断培训，金域医学检验人员与雷神山医院检验科同仁结下了生死情谊，检测工作效率不断提升。

3月9日，雷神山医院向金域医学发来感谢信。信里这样写道：

（金域医学）10名技术骨干不负使命，勇担责任，连续奋战，同时间赛跑、与病魔较量……面对疫情他们挺身而出，以"若一去不回，便一去不回"的大无畏精神、以专业专注的检测技能奋战在抗击疫情的第一线，让武汉雷神山医院防控工作取得了阶段性成效。这些成绩的取得，离不开每一位伙伴的支持。武汉雷神山医院向你们致以崇高的敬意和衷心的感谢！

在这场只许成功不许失败的战"疫"中，金域医学集团副总裁、金域医学武汉湖北抗疫前线总指挥谢江涛也给予伙伴们高度肯定："在这场突如其来的疫情面前，金域人没有退缩，而是秉持'黄沙百战穿金甲，不破楼兰终不还'的必胜信念，在湖北抗疫一线继续发挥第三方医学实验室检验员的光与热！"

2020年4月14日，救护车分批载着四名ICU（重症加强护理病房）危重症患者从武汉雷神山医院驶出，他们作为该医院最后一批危重症患者被转运至武汉大学中南医院继续治疗。

至此，雷神山医院正式宣告患者"清零"，"休舱"大吉。

国家的意志，人民的力量。这个曾被6000万网友"云监工"的雷神山医院在"武汉胜湖北胜，湖北胜中国胜"的抗击疫情大局中，发挥了极其关键的战斗堡垒作用，已经成为中华民族在艰难环境中自强不息精神的象征。

来自广州金域医学、参与雷神山医院检验科工作的陈丹动情地说："等我老去，这将是最宝贵的回忆。"

专业报国 | 抗疫战场的"健康哨兵"

在雷神山意外走红的老兵

2020年2月25日,新华社以《雷神山的"病毒标本快递员"》为题报道刘淼波的事迹,引起了全国关注。图文报道经新华网官方微博转发后,短短半小时就登上了微博热搜,引来了上亿网民的"围观"。

接下来一个月,人民日报、央视新闻、央视军事的官方微信公众号及学习强国账号以不同角度对此进行多次报道。还有央视国防军事频道《老兵,你好》、央视综艺频道《战"疫"故事》实地对刘淼波事迹进行采访报道。

刘淼波不会想到,自从1995年从部队退役后,他会以这样一种方式,重新投入到"保家卫国"的岗位中,而故事要从四年前说起。

金域医学标本物流快递员刘淼波在雷神山医院运送标本

壹 实力出击 "健康哨兵"异军突起

2016年,刘森波加入金域医学集团担任标本物流快递员,平时在总部负责到各个医院收取及配送标本。疫情暴发时,他因人在湖北过年,无法回到广州复工。

既然疫情在武汉发生,何不请战到金域医学武汉实验室支援?部队锻炼经历、"国家利益高于一切"的价值观不断在他脑海浮现。

"这次疫情(病毒)传染性强,钟南山院士一再强调,早发现、早隔离,比什么都重要。核酸检测要发挥大作用。"

从大年初一开始,同事们积极响应集团战"疫"动员令,从生物安全培训到跨市运送标本,学习工作无缝衔接,奔走在战"疫"的最前线。"我也希望尽快回到公司。"

与总部沟通后,刘森波得知,早在1月27日,武汉金域医学已开展核酸检测工作,物流人员极度紧缺。1月31日,武汉的检测能力是一天4000例,武汉金域医学就占了四分之一。

2月8日,武汉雷神山医院正式交付使用。刘森波心想,自己公司在重大疫情前正为政府减轻检测压力,为"早发现、早隔离、早治疗"争取时间。但实验室那么大的检测量,一定很需要物流人员运送支持,才能保证标本尽快送达实验室,在规定时间内出结果。

2月15日,刘森波迫不及待要奔赴前线,撕下小孩的练习作业本的一页纸,当即写下了请战书,请求前往金域医学武汉实验室支援。这一天也是武汉金域医学开始接收来自雷神山医院和两所方舱医院的新冠肺炎标本进行检测的第一天。

经过一天紧密培训,2月16日,刘森波被安排负责运送雷神山医院的标本。

雷神山医院收治的主要是危重病人,刘森波每日奔跑于最危险的隔离间,可以说几乎每一位物流人员都是"敢死队"的一员。

刘森波坦言,平时在广州就是去各个医院取标本送到实验室,只要戴口罩和手套就可以。但来到雷神山医院以后,在取病毒标本时必须做到三级防护,穿着全身的防护服,佩戴口罩、护目镜、手套,穿鞋套,里三层外三层,裹得跟大白粽子似的。

"来武汉之前就知道要前往雷神山医院,内心还有几分自豪和激动,等到真的

专业报国 抗疫战场的"健康哨兵"

刘森波(左)和同事梅乙奇在运送标本

走进这片与病毒最近的空间,内心还是有一点儿害怕。"但他内心却很笃定:这个时候是决不能退缩的!

即使处在再危险的环境,人也会因为准备充分和与危险频繁接触而消解恐惧。

刘森波每日跑两趟到雷神山医院收取标本。为确保标本运输的安全性及密封性,刘森波严格按照A类标本的包装要求操作,标本首先经过标本袋加固包装后放于95 kPa罐内密封,后置于专属雷神山标本的运输的UN-2814铝合金标本箱子中,样品清单须放在运输箱外层。经过多层消毒,以最快的速度在半小时内送回实验室。

"当过兵的人,就是要到最危险的地方去。以前参军入伍是为了守护国家安全,现在参与武汉战'疫',就是为了守护国民健康。"唯有把每一位患者的标本尽快、安全送到实验室交接给检测人员，才能帮助医生看好病。

新华社报道第二天，刘森波的老队长转发报道并发朋友圈"我的兵，我骄傲"。不少军队系统里的现役军人以及刘森波现役或者退役的老战友都向他表示支持和肯定。

一位在上海的老战友发动十几名当时同一个连的队友，自发集资近10万元，通过微信转账给他，一方面致敬刘森波"军魂不褪色"的勇气和担当，另一方面慰问帮扶家庭条件一般的刘森波家人。

刘森波收到微信，却从没想过要点开这个转账收款。"一日从军，一生姓军"，他认为虽然已经退役多年了，但在这次国家灾难面前，他依然把雷神山医院新冠病毒标本配送当成一场特殊的战斗，履行"誓死不退"这个中国军人永恒的铮铮誓言！

专业报国 抗疫战场的"健康哨兵"

火线战荆州，践行"广东模式"

作为疫情最严重地区，湖北全境告急。病毒的骤然扩散与医疗资源供给的不足，使其成为全国关注的焦点。

2020年2月7日，在国务院联防联控机制召开的新闻发布会上，国家卫健委有关负责人表示，（湖北）除武汉以外的一些地市，医疗资源和病人需求之间也存在矛盾，所以现在建立了16个省份支援武汉以外地市的一一对口支援关系，以"一省包一市"的方式，全力支持湖北省加强病人的救治工作。

各省支援队要以解决当地医疗资源缺口为基础，由医护、管理、预防三类人员组成，其中预防人员包括实验室检测、流行病学调查、消毒杀虫、心理咨询干预等四方面人员，全力支持湖北省加强对病人的救治工作。

2020年2月11日，金域医学随广东医疗队到达荆州洪湖

壹　实力出击　"健康哨兵"异军突起

2月9日晚，国家卫健委下发《关于印发省际对口支援湖北省除武汉以外地市新型冠状病毒肺炎防治工作方案的通知》，明确对口支援关系，其中广东和海南负责支援荆州市。

为响应党中央、国务院部署，2月10日晚，广东支援湖北荆州医疗队（简称"广东医疗队"）第一批成员启程出发。当晚10时许，由来自南方医科大学南方医院、广东省第二人民医院、广东省疾控中心、金域医学等单位的108名成员组成的第一批驰援荆州医疗队星夜驰援，披甲出征。

在整个疫情防控体系中，确诊病例、排查疑似病例、筛查密切接触者等，都依赖核酸检测。广东医疗队此次创新地把第三方医检力量纳入其中，这与广东多年的防疫经验有关。

"要想打赢一场传染病防疫战，必须有强有力的检测能力。这是广东多年来防治'非典'等突发传染病的成功经验。"广东医疗队前方总指挥，广东省卫健委党组副书记、副主任黄飞表示，新冠肺炎疫情暴发后，广东第一时间就将核酸检测资格从原来的省疾控中心下放到广州、深圳两个副省级市，后又迅速下放到所有地级市，最后根据疫情防控情况下放到个别疫情较严重的县区，打造覆盖省、市、县的核酸检测网络。

因此，广东医疗队在出征荆州前，就对荆州的疫情作了细致的研判，发现荆州洪湖市疫情最重，但当地又深受核酸检测能力不足的制约。洪湖市人民医院有符合条件的实验室，但因为没有核酸检测能力和资格，只能把标本送到武汉或荆州。到武汉只有一个小时车程，但当地需求量庞大，检测需要排队；到荆州则需要三个小时车程，延误了疑似病例的确诊和排除。而荆州市疾控中心一天只能完成不到1000份的筛查量，早已捉襟见肘。

厘清这一关键矛盾后，黄飞代表前方指挥部迅速行动，联系到梁耀铭。

"你们能不能派人随医疗队一起支援荆州？"黄飞开门见山。

"能！"梁耀铭当机立断。

"能派多少人？"

"要多少有多少！"

"几时可以出发？"

"随时可以出发！"

于是，金域医学当晚即迅速派出援荆检测小分队，由中南大区总经理李慧源担任队长。

为了顺利完成广东医疗队的检测任务，李慧源还专门从武汉、广州、哈尔滨等地调集检测人员，并带上先进的检测设备和足量的检测试剂耗材，向荆州洪湖挺进。

李慧源与广东医疗队负责人抵达荆州后，确认在当地进行核酸检测的可行性，马上开会讨论搭建实验室事宜。广东医疗队立即写报告给湖北省卫健委，得到批复后与当地医疗机构共同建立了新冠病毒核酸检测实验室，以"战时速度"开始了核酸检测能力的建设。最终不负所望，金域医学支援荆州同事利用以前在基层合作共建实验室的经验，在24小时内就扭转了洪湖核酸检测外送的局面。

从2月13日开始，洪湖市人民医院新冠病毒核酸检测实验室正式启动运行。当天下午，第一批疑似患者的标本被送进实验室，早已进入战时状态的广东医疗队和金域医学的实验室检验专家迅速联动。"至少节约了五个小时！"洪湖市疾控中心员工蔡杰表示。曾经在荆州市区和洪湖之间来回奔波的他，终于告别了风尘仆仆的日子。

核酸检测能力的迅速提升，使得广东医疗队在很大程度上缩短了患者的确诊时间，加快了对疑似患者和密切接触者的筛查，也为分级分类诊疗、应收尽收、精准施策打下了良好基础，结束了洪湖新冠肺炎相关标本外送的历史，被广东医疗队总结为以"广东速度"践行"广东模式"的典范。

李慧源介绍，实验室加上原来医院的两名工作人员一共才七人，每天都有几百份甚至更多的标本被送来检测。为了完成核酸检测任务，实验室从洪湖市中医院抽调两位工作人员帮忙，用两班倒的形式，白天随到随检，晚上集中力量大规模检测，通宵达旦工作。在广东医疗队的帮助下，短短半个月，荆州单日检测量跃升至1100人份，确诊时间由平均8.8天缩短至0.9天。

"广东经验"在应对洪湖的疫情防控工作中发挥了重要作用。在筛查疑似患者

壹 实力出击 "健康哨兵"异军突起

之余，2月21日，荆州市也有能力开始对所有新冠肺炎确诊病例密切接触者进行大筛查，次日开始对发热门诊患者进行全面大筛查。在广东医疗队的大力支持下，荆州市发起了"清零"行动。

李慧源回忆，截至2月25日，洪湖市人民医院核酸检测实验室，共完成超过4000例标本的核酸检测，加上荆州地区送往武汉金域医学的检测标本，总数达8000例。短短五天，当地疑似患者和密切接触者全部完成核酸筛查，洪湖市存量"清零"。

洪湖市检测能力的提高，推动荆州全市核酸检测能力得到大幅提升。荆州还有意将这一"广东经验"推向湖北其他地市，大面积快速解决县区核酸检测问题。

"洪湖打的是主动仗，积极赢得主动，摸清本底，更有利于精准施策，取得突破。"黄飞表示，疑似患者得到了双阴复检排除，不仅"解放"了这批疑似患者，

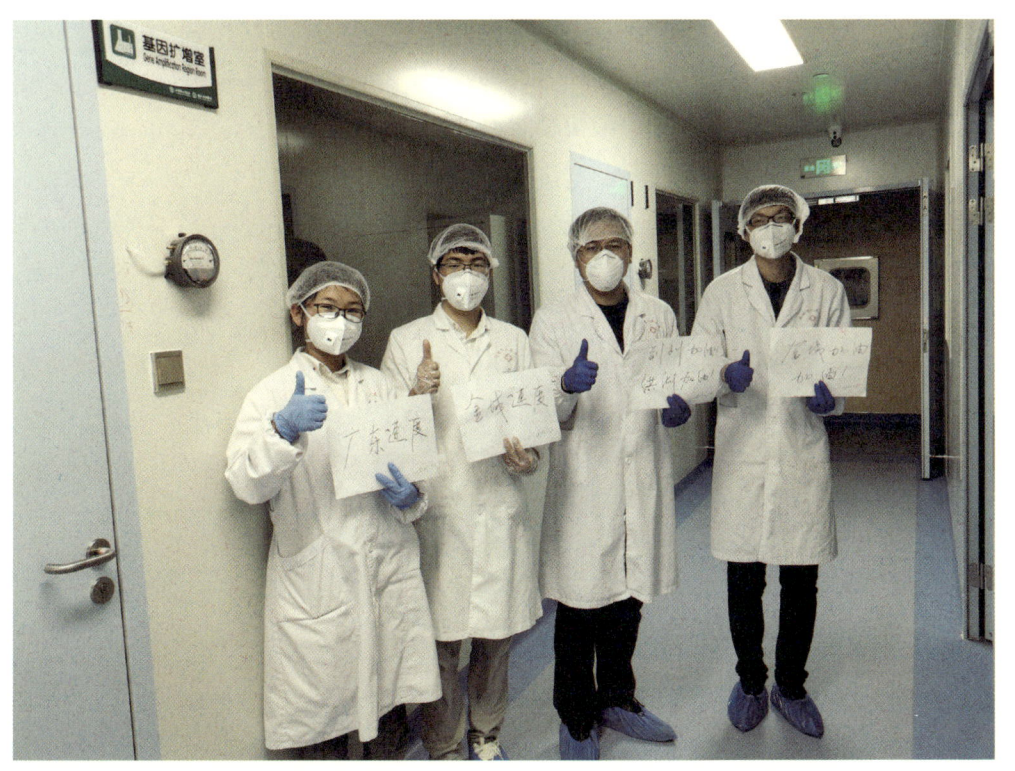

金域医学"援荆七子"部分同事合照

而且"解放"了一大批医务人员，减少了医疗资源的浪费，更是实现"早发现、早报告、早隔离、早治疗"的关键举措。

来自金域医学黑龙江实验室的马丽娜，成为洪湖市人民医院核酸检测实验室的一员，这个新婚不久的"90后"女孩，自从来到了洪湖，就停不下自己的步伐。

在任务紧急的时候，她接连上了两天班，最后被团队负责人强制要求休息。"主要是为了能按时把结果发出去。身体还可以坚持，这两天确实很关键，特殊时期也是没有办法的事。"马丽娜说。

因表现突出，广东医疗队前方指挥部向金域医学党委发来感谢函，对金域医学在前方的各项支援工作所取得的成果致以崇高的敬意和衷心的感谢。团队作为广东疾控系统驻荆州市防控小分队的核心成员之一，与集体一起，被国家卫健委、人社部、国家中医药管理局授予"全国卫生健康系统新冠肺炎疫情防控工作先进集体"荣誉称号。

虽然广东医疗队已离开洪湖，但金域医学援助荆州小分队帮助建立起相关操作流程，为洪湖留下了一座核酸检测实验室。李慧源表示："这套流程只要建立起来，可以一直沿用，相当于把核酸检测能力长久留在了洪湖。"

万里征程，开辟援汉"生命通道"

"封城"后的武汉，生活物资紧缺，住宿条件简陋，刚抵达武汉的李慧源一行人，一连吃了几天的泡面。然而，无论是承接武汉的核酸检测，还是支援雷神山医院检验科，抑或是随队帮助荆州"清零"，湖北战"疫"的指挥部，人力、设备、物资的调运中心，就在武汉金域医学。

2020年1月30日武汉金域医学刚获批开展核酸检测时，正是"封城"之初，连繁华的汉正街都是冷冷清清的。缺人、缺设备、缺生活物资，是武汉金域医学开展工作的绊脚石。如果没有及时的物资输送通道，战斗力又何从谈起？

在广州，梁耀铭时刻关注武汉的疫情防控态势，如同战场指挥，需要科学统筹"兵力"。长沙金域医学与武汉金域医学同属中南大区，距离武汉只有300多公里，自然而然就成了支援武汉的"大后方"。在总部协调和武汉金域医学请求支援下，一台又一台助力武汉金域医学快速提升检测产能的设备，由长沙金域医学总务兼司机文聘连夜送到长沙和武汉的交界处，武汉金域医学的物资运输人员再在武汉西高速路口接力运回实验室。这种近乎"秘密接头"的方式，只是为了避免因涉疫区回长沙被隔离的风险。

想要进入"封城"后的武汉开展支援也是一件困难的事，市内所有公共交通停摆。1月31日，两名从广州出发支援武汉的检测人员在长沙稍事休整，也由文聘开车送到了武汉西高速路口处。

此后，在承担病毒标本运输之余，只要有物资需要紧急运往武汉前方，他们就会马上行动，不分昼夜风雨兼程，及时将物资、设备和人员从长沙运到湘鄂交界，再接力运往武汉。

自此，一支由"鄂A"和"湘A"牌照组成的特殊车队，构成长沙至武汉的可随时应急运送人员和物资的接驳通道，被大家称为战"疫"一线的"生命通道"。

对第一次运输货物前往武汉的场景，文聘历历在目。

专业报国 抗疫战场的"健康哨兵"

从长沙运到武汉西高速路口的物资

　　1月31日晚上8时30分，文聘负责运送物资到武汉。通往武汉的所有高速路口，均设有层层关卡。每个关卡都有相关防疫人员把守。文聘第一次遇到这样的场面："那阵仗有点吓人，旁边就站着八位武警、八位工作人员和一群防疫人员，对每个人测体温，问缘由。"

　　进武汉的入口也完全被封住了，当时文聘被告知车子不能下高速出口。怎么办？他只好不断地和武汉金域医学物管主管洪义华、物流经理雷登峰沟通。经过讨论大家最终决定，在高速路口交界的位置，迅速完成交接，然后立马开车掉头回去。然而困难并未结束。回到湖南湖北交界口处的收费站时，他这辆从湖北返回的车再次经历了一轮盘查。

　　等文聘回到长沙金域医学，低头看了一下电量只剩一格的手机，已经是凌晨4时。第一次的运输历时八个小时，但交接时间不到半个小时。正是这次波折的经历，让长沙金域医学和武汉金域医学的这条"生命通道"正式打通。

壹　实力出击　"健康哨兵"异军突起

　　从1月30日这条应急接驳通道开通以来，1万公里里程，接送35人、11种设备以及多种生活物资，30余批次的物资源源不断地经由"生命通道"向武汉金域医学输入。而车头上贴着的十几张各类通行证都见证着一条"生命通道"的来之不易。

　　社会各界也向武汉金域医学伸出援手。湖南建工交通建设有限公司党委在得知长沙金域医学团队支援武汉金域医学抗疫，急需生活物资的情况后，特向驰援武汉的长沙金域医学检测团队每周捐赠一次价值1.5万元的猪肉、油、米、蔬菜等生活物资。中欧国际工商学院13级I5班的同学会得知金域人正在一线支援，也向疫情中心的武汉金域医学捐赠了1000套防护服。

　　"长沙金域医学的同事帮忙开辟的这条物资运输通道，以及社会各界的援助，及时保障了武汉金域医学抗疫一线同事的工作和生活，才让大家可以安心而专心地与病毒战斗。"李根石说。

专业 报国 | 抗疫战场的"健康哨兵"

第四节
南粤之役
雷厉风行激战广东

广东不是新冠疫情严重暴发之地，但从全局看，却是金域医学应对疫情的突破口。

依托总部的人才储备、专家资源、冷链物流、实验室资源，广州金域医学是金域医学众多实验室中实力最强的一个。得知新冠病毒"肯定人传人"的信息后，这里的实验室也最早作出"应战"准备。

从"三个必查"到复工复产，再到入境筛查、复学复课，得益于多年来建设的冷链物流网络和病毒诊断实验室，广州金域医学几乎参加了所有类别的核酸检测工作。正是广东省卫健委的信任、中山大学附属第三医院等单位的引荐，让金域医学有了实战的平台和基础。

在这场大战中，金域医学战出了经验，战出了人才，战出了高效运作的体制机制，为金域医学支撑全国疫情防控工作打下坚实基础。全国各子公司检验和物流人员在广州培训后，带着这些宝贵的实战经验，回到南昌、武汉、西安、合肥、南京、杭州……成为独当一面的"逆行者"。

三院求援，省卫健委一锤定音

中山大学附属第三医院（简称"中山三院"）是广州市收治新冠肺炎患者的定点医院之一。

据《每日经济新闻》报道，老家西安的刘先生原本打算带着妻女回家过年，出发前一天，他因咳嗽前往中山三院就医。

中山三院感染性疾病科主任医师彭亮说："对刘先生进行会诊时，他除了有一点发热干咳之外，没有特别不舒服。但是CT（电子计算机断层扫描）检查发现，他的肺部病变得比较严重。"经过谨慎考虑，彭亮联合呼吸科、放射科、急诊科专家会诊，建议刘先生留院隔离治疗。2020年1月23日，刘先生通过核酸检测确认感染了新冠病毒，成为中山三院首例确诊的新冠肺炎患者。

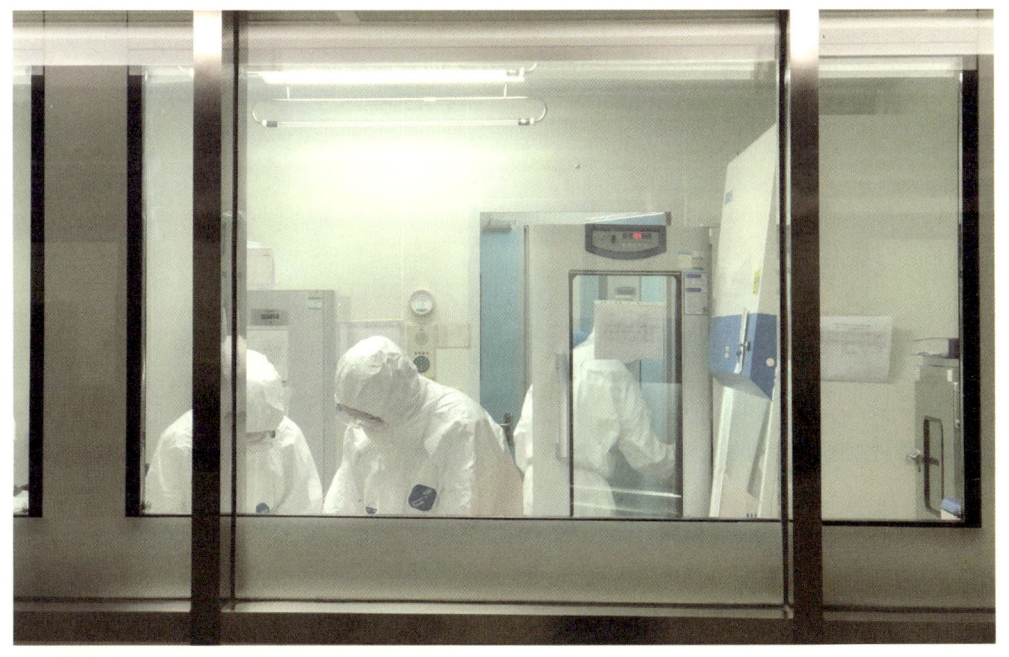

金域医学检验人员在紧张进行核酸检测前的准备

此后，中山三院接收到的新冠肺炎患者越来越多。为了更从容地应对潜在的确诊病例，专心做好新冠肺炎患者的治疗工作，中山三院想到了平时就有深入合作的金域医学。中山三院一位相关负责人找到金域医学集团党委书记、董事长兼首席执行官梁耀铭，询问是否能够帮忙做疑似患者标本检测工作。

当时，广东省还没有放开第三方医检机构的核酸检测准入。梁耀铭坦诚地说："我们现在已经具备了核酸检测能力，但主管部门还没有最终同意我们参与。"

形势严峻，刻不容缓。中山三院领导当即向广东省卫健委请示，省卫健委一锤定音，同意医院委托第三方机构做检测。与此同时，广东省疾控中心也打报告申请，允许第三方医学实验室介入核酸检测工作。

随着全国各地新冠肺炎患者排查力度的加大，核酸标本量迅速增加，已经做好充分准备的金域医学也顺势加入这个没有硝烟的战场。

"三个必查"启动，集团火速支援

广东是中国经济大省，也是人口大省，来粤务工人员数量众多，仅湖北来粤务工人员就超过30万人。

虽然不是本次疫情的重灾区，但作为全国人口第一大省，广东的防控力度一直从严从紧。2020年1月29日晚，梁耀铭、实验室管理中心总经理程雅婷和广州金域医学执行总经理马骥参加了由广东省卫健委组织的"三个必查"沟通会，除了金域医学外，达安基因、华大基因和华银健康等第三方医学实验室也受邀参加。

会上，广东省卫健委一位官员询问梁耀铭："新冠肺炎病例筛查你们能做吗？"梁耀铭即刻表示："没问题。政府让我们怎么做，我们就怎么做。"

当时也有人问他检测一例如何收费。他说："这个时候先不考虑钱了，还是先做了再说！疫情不能等，人命关天，如果谈好价格再来做，那就误事了。除非我买试剂的钱没了，员工工资发不出来了，否则我都会不惜一切代价做好这项工作。"

当被询问"最大检测产能是多少"时，金域医学自信地报了1万例单日产能。这已是个不小的数字，当时三甲医院每日的检测产能在100—200例之间。

1月30日，以"密切接触者隔离观察一个不漏，湖北来粤人员排查一个不漏，发热门诊重点人群采样检测一个不漏"为目标的全省"三个必查"在广东省委、省政府部署下正式启动。

对于第三方医学实验室的角色，广东省疫情防控指挥部办公室明确，发热门诊病例标本、湖北来粤人员排查标本由医疗卫生机构或第三方实验室进行检测。考虑到传统三甲医院鞭长莫及，拥有成熟标本物流收运能力的金域医学负责粤东西北的标本收运和核酸检测。

"三个必查"，意味着全省标本量将大大增加。在金域医学统筹调度下，检测人员从全国各实验室前来参加培训后，投入到初期紧张而又危险的核酸检测工作中。

专业 报国　抗疫战场的"健康哨兵"

凌晨4时多，彻夜奋战的广州金域医学后台支持人员

　　金域医学在广东有近百辆专业的冷链运输车，还有近300人的物流团队，在广东省内建立了多条物流干线和数个中转站。这看似"多此一举"的规划，在疫情中派上了大用场。即便是粤东西北的标本收运，也能实现"朝取夕至"。

　　助力开展"三个必查"，金域医学具备了规模化的实验室，足够的试剂、设备和防护物资，符合条件的检验与物流人员，唯独被采样环节所需的咽拭子耗材给难住了。考虑到接下来标本量激增的情况，1月31日，金域医学召开了关于提高检测效率、优化咽拭子取样方法测试、加大物资采购的会议。

　　作为大筛查中必备的采样耗材，咽拭子的选择和采用规格是这次会上讨论的重点之一。梁耀铭强调，目前在审的试剂盒不少，采购部门一定要购买通过药监部门正式审批的。梁耀铭预计，广东的大筛查模式也会在全国其他省份开展，他提醒采购负责人张瑜要提前与供应商沟通，做好咽拭子耗材的全国储备。

　　在物资十分紧缺的情况下，已经下的耗材订单是远水解不了近渴。为保证有足够的耗材，金域医学想出了一个个"土"办法：有的调动其他子公司的仓库资源，有的就去厂家"抢"库存。最后每个子公司派一名人员随身携带，几百个也好，几十个也行，或乘坐飞机、高铁，"人肉"运回广州。以广州白云机场为枢纽，再分配到各个由金域医学负责检测的区域。

有人笑称:"机票都比耗材贵了好几倍。"这是特殊时期的特殊方法,尽管成本高昂,但是缓解了初期的物资紧缺而疫情又十分焦灼时的筛查压力。

面对广州标本量的激增,能够调配多少台PCR仪,能否把日产能提升到1万例?梁耀铭把目光扫向程雅婷和广州金域医学实验室高级运营总监江真君:"能不能做到一天检测1万例?"江真君停顿了一下说,设备调配到位就可以。

死扛应战，深夜"扫楼"只为"搬救兵"

标本量激增，比想象中来得要更加猛烈。

程雅婷回忆起第一次产能提升时的状态，脱口而出："死扛下去！"

2020年1月31日，"三个必查"启动的第二天，金域医学每日的检测标本量从原来的400例一下涨到2000例。加上各医院从疾控中心拿来的标本规格、标识都有所差异，直到晚上11时，还有上千个标本待处理。

1月31日晚上11时许，物流部又送来了一批新标本。江真君紧急从各个科室抽调人马处理标本，但面对庞大的标本总量，仍是杯水车薪。原本第二天就要完成检测并发出报告的标本，却因流程不顺依旧积压在实验室。

"我们要不惜一切代价完成政府交代的任务。到底有没有认真思考实验现场管理的流程？"2月1日早上，梁耀铭得知这一情况后，拍着桌子问实验室管理人员。说罢，便让金域医学高级副总裁严婷、副总裁任健康到实验室了解情况。

经过流程梳理他们发现，症结在于前端标本在送来时并不是常规标本标识，导致标本登记录入环节严重"塞车"。"金域医学从几年前开始，标本的接收和分发就已经完全实现了信息化。这次疫情，因为标本接收来源和接收标本量的不可控，信息化系统面临不小的挑战。"任健康事后评价。

过去，物流人员从医院拿到的标本都已经按规定做了标识，直接扫码即可录入系统，按不同的需求分到不同的部门。在疫情期间，由于标本具有极高的传染性，条形码不可能贴在标本上，而是密封贴在外面的袋子里，而且标本来自不同的机构，有的是医院，有的是疾控中心，提供的标本耗材也不一样。"当时谁也没有预料到会有这种情况，一下子就蒙了。"此时，一直周旋在客户与实验室之间的马骥比谁都急。开展"三个必查"以来，他就不停在协调前端客户的需求与后方实验室的流程。

任健康立即提出建议，不要停滞在前端整理标本的环节，先做后面的工作，将标本进行编号，然后开始做检测；同时，另外一组人在外面按照编号对应标本手动录入系统，同步操作，提高速度，缓解积压的情况。

江真君继续组织各科室增援，火速处理未完成的1000多个标本。直到当天下午三四时，才把这些剩余的标本前处理工序处理完毕。

江真君不会忘记，在一个标本激增的晚上，为了增加前处理工序的人手，他从金域医学总部一楼跑到八楼，见人就往新冠病毒核酸检测实验室里拉。一路"扫楼"下来，召集到二三十人。

当时微生物室有五个人准备下班，江真君顾不上冒昧，赶紧上前叫住他们："你们赶紧穿上防护服，跟我去707室做前处理，再干一两个小时。"当晚保证了所有标本按时处理完毕，为后续检测人员的工作留下余地。

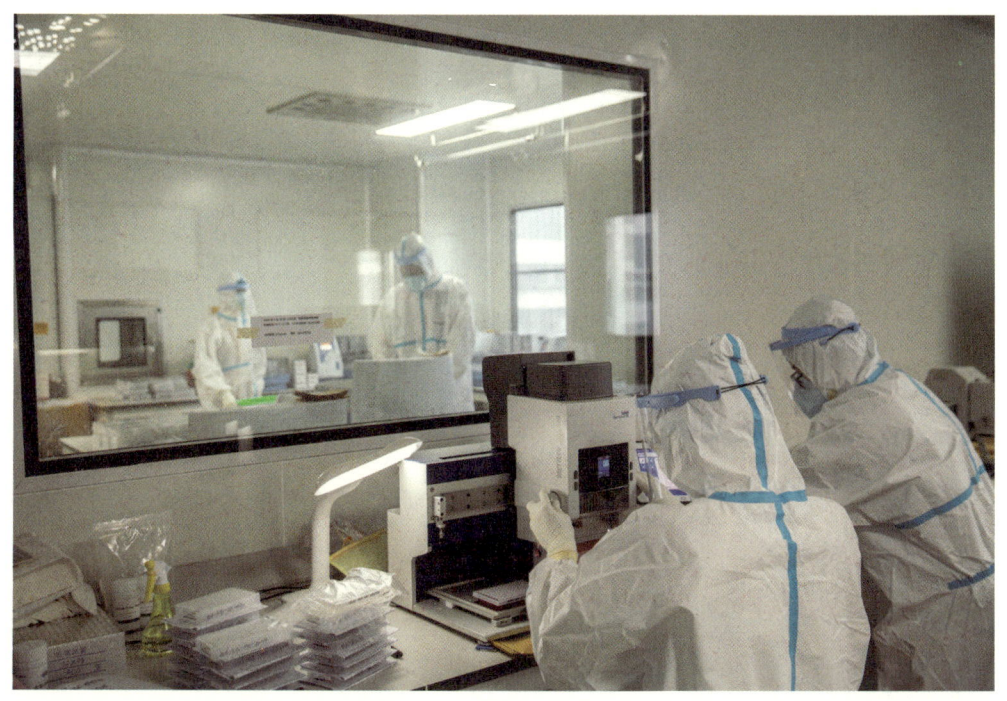

金域医学总部不断优化流程、攻克产能瓶颈

负压实验室工作，八小时走出一万步

随着疫情防控工作不断推进，广州金域医学实验室从一开始日检几百例，增加到几千例，压力可想而知。通过增加人手、调整排班、增加场地、增加设备快速提高产能是当时的不二之选。

"三个必查"最忙碌时，为达到一天1万例的检测量，江真君按照24小时三班倒的模式来排班。作为金域医学拥有PCR从业资格的检验人员之一，原本是临床基因组中心分子遗传诊断部遗传二部主任的陈白雪博士响应号召，参与到广州的新冠肺炎标本检测工作中。"我们虽然不是医生，但我们是站在医生背后，为其提供明确数据支持的检验人员，是'看不见'的医生。"陈白雪说。

2020年2月25日，陈白雪（左三）受邀出席广州市人民政府新闻发布会，分享基层战"疫"故事

壹 实力出击 "健康哨兵"异军突起

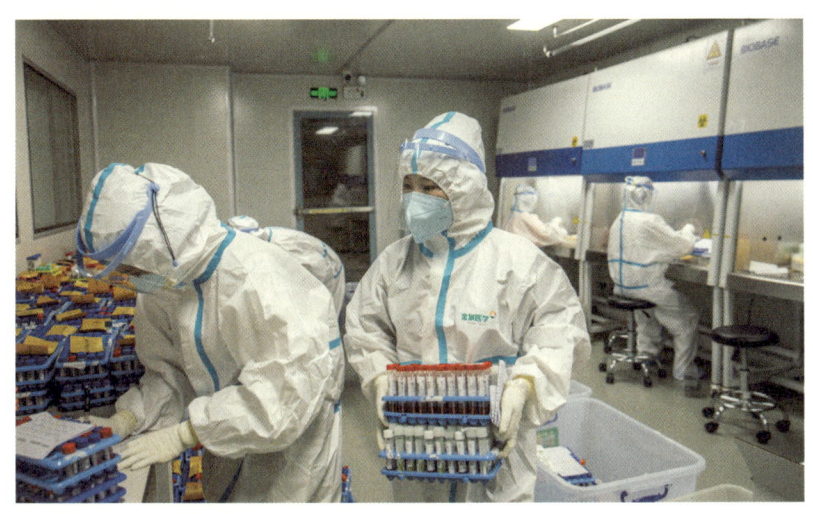

广州金域工作人员始终保持紧张状态应对骤增样本

每次进实验室,她都要将帽子、防护服、两双手套、口罩、护目镜等防护装备一层层按照规范穿戴在身上。"PCR扩增仪的房间很小,但工作起来有时候步数都超过一万步。"

任务紧急的时候,她在实验室一待就是十几个小时,不把标本全部检测完不出来。有一次肚子实在太饿,走出实验室时脸色已然苍白。彼时还是广东最冷的时节,穿着厚重防护服的陈白雪等检验员,却因为长期闷在防护服里面,脸上流出了热汗。程雅婷见到这一幕,吓了一跳,为一线检测人员的辛苦心疼不已。

对于检测人员来说,初期克服心理上的紧张感是非常重要的。既然是筛查,检出阳性标本是意料中的事,就好比"明知山有虎,偏往虎山行",检验员就是这样顶着巨大压力负重前行。

当标本单日检测量增加到2万例时,三班倒工作模式已让检测人员力不从心。为此,江真君及时作了班次调整,将原来三班倒调整为四班倒,最大限度压缩每一个班次连续工作的时长,减轻大家连续工作的压力。

众人拾柴火焰高。金域医学的努力,大大缓解了政府主管部门和社会需求的压力,梁耀铭同时也不断向社会呼吁,全国各地有资质的第三方医学实验室应当在当地卫健主管部门的指导和监督下,为国家和社会积极贡献医疗力量。

腾出部分产能，支援企业复工

进入2月的复工复产阶段，广东制造业逐渐苏醒，金域医学在广州的工作重心也从抓疫情防控逐步转为一手抓防控，一手抓复工复产。

作为国家中心城市之一，广州坐拥广州港、白云机场、广州南站、广州火车站等交通枢纽，是华南人流物流集散中心，也是华南国际交往的中心城市。广州疫情防控面临外防输入、内防扩散的双重考验。

2020年2月10日，广州市委主要领导要求严格贯彻一级响应机制要求，在全力做好疫情防控工作的同时，密切监测经济运行情况，推动企业安全有序复工复产。

为保障重大项目如期进行，广东各地针对重点企业、项目的核酸检测悄然开展。其中，广州市南沙区委托金域医学参与其辖区内重点项目建设人员的核酸检测工作。不少单位也通过请示广东省政府，经省政府批转卫健部门后，由金域医学提供核酸检测服务。

恰逢疫情暴发，广东企业面临的复工复产形势极为严峻。许多员工尤其是湖北籍员工都因为各地封路措施，一时难以回到工作岗位。上下游供应链、订单交付、现金流瓶颈……都像一个个无形的枷锁。

身为民营企业，金域医学深知企业复工的难处。虽然订单已经应接不暇，广州金域医学还是紧随政府部门的工作重心，腾出足够的人力、物力，加班加点处理核酸检测工作。

就拿富士康来说，作为全球最大的电子专业制造商，富士康拥有120余万名员工及全球顶尖的IT客户群。2011年，其出口额一度占中国内地出口额总量的5.8%。受疫情影响，富士康在国内的工厂，2月大部分时间里都被关闭。为了追赶工期，尽快复工成为广东外贸企业的共同心愿。富士康也邀请金域医学给员工做核酸检测。

因为跨市，也非政府统筹检测项目，此类检测需要事先得到深圳市疾控中心许

金域达物流团队为全省打赢疫情防控和复工复产战役贡献力量

可。金域医学呼吸道疾病学科带头人陈敬贤教授专程到深圳沟通，最终获准在有序、安全的前提下，承担起富士康复工检测。

除了按广东省卫健系统要求，积极承担发热门诊、密接人群及住院病人筛查外，金域医学还按各地政府要求，积极承担相关部门及重点企业的复工复产核酸检测工作，为监狱、戒毒所、福利院、养老院，以及南方电网、广州供电等重点单位提供筛查及复工检测，为全省打赢疫情防控和复工复产战役贡献力量。

专业报国 | 抗疫战场的"健康哨兵"

第五节
突围全国
不计代价破解检测困局

不惜一切代价，是金域医学在疫情中许下的庄严承诺。

国家利益与公司利益之间的权衡，孰重孰轻，在金域医学集团党委书记、董事长兼首席执行官梁耀铭心中再清楚不过。

无论是在广州，还是疫情风暴中心武汉，抑或是广东对口支援的荆州，金域人面临的人才、检验设备、防护物资不足情况大体相似。

从早期的大排查到复工复产，再到防止境外疫情输入及复学，在标本激增、不堪重负之时，金域医学总能迎难而上，迅速调整思路步步为营，推动核酸检测效率跃升。稳扎稳打背后，得益于集团调度能力和知识分享、能力复制体系的成熟。究其本质，就是一家有责任担当的爱国企业向"集中力量办大事"的国家体制的一次致敬。

近5000人的检测大军奔波在祖国大地，上百台PCR检测设备在合肥、青岛、武汉、西安等城市流转，争分夺秒破解各地检测困局。

战"疫"近一年之时，以人民"健康哨兵"为使命的金域人累计开展核酸检测已超过3000万人份。对于国家而言，金域医学在全国已有省级中心实验室的基础，不需要政府重新投入。在湖北、贵州、陕西、安徽、广东、江苏等地标本收检成本都远远大于收费标准。

参战同仁莫不被公司不计代价支持国家的企业文化以及梁耀铭的家国情怀所触动。

壹　实力出击　"健康哨兵"异军突起

长沙金域医学：不惜代价为清零

长沙与武汉相距仅300多公里，都是楚文化传承之地，历史渊源极深。武汉"封城"的第二天，湖南省率先启动重大突发公共卫生事件一级响应。对于金域人而言，这里虽然不是重灾区，但也是个任务艰巨的战场。

2020年1月25日，大年初一，长沙金域医学实验室负责人周梅华接到长沙湘雅附二医院检验科主任胡敏的求援电话。湘雅附二医院实验室生物安全柜出了故障，请求物资支援。

收到支援请求后，周梅华当即向金域医学中南大区总经理李慧源汇报。李慧源立即要求，在提供支援的同时，长沙金域医学也要做好新冠病毒核酸检测的准备。

当时，湖南省高铁托运全部停止作业，大部分县城大巴停运、私家车被严查，这其实是"全力抗疫信号"。李慧源立即向长沙金域医学管理层发出倡议：尽快回到长沙待命。

彼时，长沙金域医学常务副总经理谭兵健接到集团总部之命，前往湖南省、长沙市卫健委递交参战请愿书；物流部负责人邓国正把老人和两个小孩送回老家，收拾好屋子让物流的同事居住，做好全身心投入这场战斗的准备；长沙实验室物流主管蒋玉怀等，通过走路或乘摩托车、汽车等多种交通工具，辗转回到了长沙。

周梅华则与湘雅附二医院检验科、长沙一医院等各定点核酸检测单位，各级疾控、临检中心等部门的相关人员沟通新冠核酸检测的方案、各试剂性能验证的进度及相关事项。

1月27日，谭兵健组织召开紧急会议，宣布长沙金域医学疫情防控和复工指挥部正式成立，要求做好复工后公司内部员工的防护、核酸定点检测单位的准备工作、公司日常业务的保障工作。

1月29日，湖南新增确诊病例78例，累计确诊病例突增到221例。

湖南省紧急发出通知，要求非涉险、应急工程的劳动密集型企业一律延迟至2

月9日复工。如果要提前复工,须备案申请。当日,长沙金域医学向政府有关部门提交了复工申请备案表。

1月30日,湖南省卫健委发问询函,了解长沙金域医学是否具备核酸检测条件。得到明确答复后,卫健委立即组织专家组现场考察,现场迅速核准了检测资格。

"希望你们立足自身优势,做好闻令而动的准备。"2月2日上午,湖南省政府主要领导带队赴长沙市调研医疗企业,在考察长沙金域医学时,提出了殷切期望。当天下午,长沙金域医学就对实验室上班员工进行了核酸采样和首次预试验。

2月5日,长沙金域医学正式收取和检测新冠肺炎核酸标本。第一批到达实验室的标本,只有3例。但也是从这一天起,长沙金域医学的标本量每天都在不断增加,到了第三天,1500例标本送到了实验室。这个时候,防护物资告急,按照每日检测1000例标本计算,防护物资只够维持四天。长沙金域医学向集团请求支援。

兵贵伐谋。

面对不断增加的检测量,周梅华借鉴兄弟实验室经验,基于长沙金域人员特

长沙金域医学实验室

壹　实力出击　"健康哨兵"异军突起

点，对检测流程进行全面梳理，实现提前报备、采样、收样、检测、报告全流程无缝衔接，把检测日产能提升到了3000例。

然而，在当时的防控形势下，计划还是赶不上变化。2月11日，标本达到3000多例，而前一天标本仍有积压，已超出实验室最大预期。此时，不少检验人员已连续工作了30小时。

3500例已经到了长沙金域医学产能顶峰。但根据预计，2月12日、13日标本将达4000多例，14日甚至会达8000多例，局势十分紧迫。

周梅华首先想到的是金域医学的口碑，决不能因为人手、设备不足拖后腿。在疫情面前不能说不，她立即请求总部支援，并马上将基因和基因组中心业务全部外包给广州总部实验室，把两个PCR实验室独立出来专门做新冠核酸检测；同时与长沙金域医学各科室主管沟通，动员各科室员工前来支援新冠核酸检测。

当处理完扩增仪不够、人手不足且不熟练、标本积压等问题后，周梅华发现天已亮了。

2月12日，长沙金域医学接收到的标本果然如预计般突破了4000例，处理完前期积压的问题时已临近中午。周梅华在同事催促下回家休息。在武汉指挥战斗的李慧源也发短信强制要求她放下手机……

待周梅华一觉醒来，已经是2月12日晚上7点多。一旁的手机不停地响起微信视频的提示声。接听通话，她收到了"喜报"：贵阳两台、昆明两台PCR仪正被连夜送往长沙。

当晚，接到要调拨设备支援长沙金域医学的任务时，昆明金域医学三位物流人员打包好两台PCR扩增仪，直接开车赶往远在贵阳的贵州金域医学。贵州金域医学的物流人员接力带上自己实验室的两台设备，驱车赶赴长沙。PCR检测设备等"抗疫神器"经历了从西南到中南的20小时长途旅行后，被顺利送达了长沙金域医学。

"惊心动魄，但很完美，充分展现了金域人特别能战斗的精神。"事后，在谈及支援长沙的物资调配时，梁耀铭这样评价。

随着湖南省防控的进一步严格，核酸筛查需求迫切。2月19日，长沙金域医学整合各方资源，再接再厉，将日检测标本产能提至7000例，2月20日提至8500例，2月21日达到日检测1万例。这是吉林、上海、广西等地金域医学实验室得力干将前来支援，组建新团队连日磨合的结果。

2月28日，随着疫情形势好转，待检测样本量有所下降。紧张的检测工作稍稍告一段落，2月29日，长沙金域医学一线员工陈芳芳、黄渊、李欣荣、阳能、周安随即连夜奔赴广州，支援广州新冠病毒核酸检测战场。

3月4日，长沙金域医学累计检测标本量突破10万例。

在实际战"疫"中，长沙金域医学检测标本中无漏检，阳性符合率高，得到了社会各界的一致认可和赞扬。

如此成绩的取得实属不易。而更为难得的是，在全力配合政府开展核酸检测的同时，长沙金域医学并未忘记还有很多非新冠肺炎患者等待着诊治。核酸检测再累，常规项目检测也没有停。

1月28日，在湖南省其他第三方实验室正式发出通知，因疫情和"封城"等困难暂停收取标本时，长沙金域医学依旧坚持开展常规标本的检测服务。"这个特殊时期，还会去医院看病的病人，一定是非常危急的了，如果大家都不做，那他们怎么办？"周梅华说。或许正是因为这一点，长沙金域医学在众多第三方实验室中显得与众不同。

为了保护省内各地办事处工作人员的安全，在封路的情况下，长沙金域医学还是沿着全省五大干线，通过接力的方式，把防护物资送到每个地级市，供他们日常防护使用。响应集团"不惜一切代价"的号召，哪怕那阵子湖南省内标本量少，在防护级别升高，导致运营成本大幅度攀升的情况下，长沙金域医学也没有放弃日常的检测服务。

这种接力运送的方式一直维持到交通恢复后才结束。从经济角度看，长沙金域医学付出了很大成本。从社会角度看，却在最大限度上响应了地方政府工作的要求，满足了群众健康的需求。

合肥金域医学："民兵"也有担当

武汉"封城"的第二天，合肥金域医学就按照集团的统一部署，紧急成立专项工作小组，部署实验室、物流部、供应部及后勤保障部工作。各种生物安全防护培训，也在紧锣密鼓地进行。当时，无论是集团还是当地政府，都对合肥金域医学寄予厚望。

2020年1月29日，合肥金域医学向安徽省卫健委、省疾控中心，合肥市卫健委、市疾控中心主动请缨，表达为合肥乃至安徽全省落实"早发现、早报告、早隔离、早治疗"贡献专业力量的愿望。

2月2日，受安徽省亳州市新型冠状病毒疫情防控应急指挥部委托，合肥金域医学开始承接亳州市新冠病毒标本核酸检测任务，成为安徽省最早承接政府委托进行核酸检测工作的第三方医学实验室。得知合肥金域医学请战成功，金域医学副总裁、华东大区总经理谢江涛当天前往合肥支援抗疫。从广州出发时，他还随身携带了一个生物安全标本专用箱，另外一名随行同事还带了10套防护服和一些护目镜。

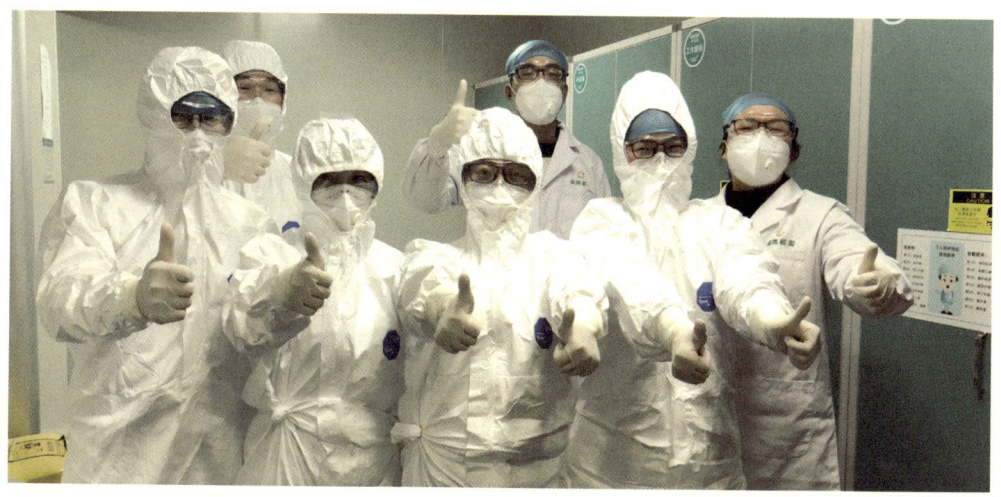

安徽抗疫的"硬核"力量

2月3日,谢江涛前往亳州。合肥金域医学也陆续迎来了当地市政府、市疾控中心、市卫健委官员的考察。他们在逐步地深入了解后,增进了对合肥金域医学的信任感。在安徽出差的几天,谢江涛除了与当地政府沟通核酸检测任务的部署问题,还会同合肥金域医学常务副总经理申梦来一同了解当地疫情和抗疫行动的实际情况。

从2月2日到7日这段时间,合肥金域医学极力配合亳州市开展筛查工作。2月7日,亳州市委主要领导专程致电梁耀铭,对一早奋战在亳州战"疫"一线的金域人致敬:"金域医学为缓解亳州核酸检测压力,为精准定位受感染人员、患者集中收治诊疗、快速切断病毒传染链条争取了宝贵时间,有力支持了亳州市的疫情防控工作。"

为最大限度及早发现新冠肺炎病例,降低疫情传播风险,2月7日,安徽发布"硬招":要求全面开展疑似病例和确诊病例的密切接触者核酸检测初筛。这也是除湖北之外全国第一个发布针对密切接触者进行初筛要求的省份。

机遇总是垂青于有准备的人。这一天,合肥金域医学被确定为安徽首批六家可开展初筛的第三方医学检验实验室之一,进一步深入合肥、淮南、安庆、阜阳、蚌埠等10多个检测压力较大的地市。

为了加快亳州市新冠病毒筛查的进度,梁耀铭连线合肥金域医学,召开支援亳州专项会议,进行全国"一盘棋"统筹。集团和华东大区紧急调配各项资源,第一时间支援合肥,持续扩大产能,确保病毒核酸标本运输和检测工作快速响应。

针对合肥金域医学PCR检测设备不足,梁耀铭立即部署安排后勤保障组跟进集团各子公司设备情况,决定先安排青岛和福州连夜支援合肥。

2月8日早上6时,福州金域人力行政部江伟和检验业务部陈小海驾车北上2000公里,把PCR扩增仪运到了合肥实验室,来回26小时。青岛合肥千里路,金域医学驰援一日达。与此同时,青岛金域医学也将自己暂时闲置的设备连夜派员驾车送往合肥。

防控力度在加大,标本数量也在激增。2月9日,合肥金域医学近100名员工三班倒,8小时不吃不喝,24小时机器不停。正是依靠这种工作热情,合肥金域医学取得最快3小时出检测结果、单日核酸检测量可达2500例的战绩,成为安徽抗疫战线的一支"硬核"力量。包括新华社、安徽日报、安徽卫视、合肥日报等主流媒体

壹　实力出击　"健康哨兵"异军突起

在内的近30家媒体单位，以不同形式、不同角度对合肥金域医学承接新冠病毒核酸检测事件进行了详细报道。同时，作为第三方医检行业的典型代表，合肥金域医学的抗疫事迹，被收录进安徽电视台拍摄的纪录片《春天的战役》。

2月19日上午，合肥金域医学迎来了安徽省委常委、合肥市委主要领导调研。他们殷切叮嘱合肥金域医学要严格标准、规范流程，以最认真的态度、最负责的精神，高质量做好核酸检测工作。

合肥市委主要领导对合肥金域医学如是评价："抗击疫情期间，合肥金域医学主动作为、勇于担当的作风，在安徽省起到了良好的表率作用。希望合肥金域医学持续提高检测能力，保证检测质量，承担第三方医学检验机构应尽的专业责任和社会责任。"

面对新冠肺炎疫情常态化，合肥金域医学立足专业，主动承接发热门诊、住院、复工复产复学及出入境等重点人群的核酸检测和抗体检测任务；派遣工作组协助各地市疾控中心开展了对农贸市场、药店、冷库、餐馆、水产品经营户等重点场所外环境的新冠病毒核酸检测工作，全力保障和维护社会的正常运行。

9月23日，国务院联防联控机制秋冬季新冠肺炎疫情防控专项督查组莅临合肥金域医学督导检查。专家组一行对金域在疫情时期快速响应、主动担当的作为和取得的成绩给予高度肯定认可。督导组在现场听取了公司抗疫工作汇报后，感叹道："感谢金域医学对抗疫工作的有力支持，哪里有疫情，哪里就有金域人。"

11月10日，阜阳市颍上县确诊一例新冠肺炎病例。安徽再次进入"战时状态"！受颍上县卫健委委托，申梦来亲自奔赴一线指挥协调，第一时间参与面向阜阳市颍上县全县30余万人的核酸检测工作。

从寒风料峭到春暖花开，再到迎来一个新的冬天，每一份付出换来了沉甸甸的收获。12月7日，合肥金域医学作为安徽省第三方医检行业抗疫力量的代表荣获"安徽省抗击新冠肺炎疫情先进集体"称号。12月28日，合肥金域医学荣获"合肥市先进集体"荣誉称号。

通过不断优化检测效率，合肥金域医学的单日核酸检测最高峰时，产能达到了10,000人份，有力地支持了当地疫情防控工作的有效开展。

专业 报国 | 抗疫战场的"健康哨兵"

西安金域医学：挺住的"医者仁心"

"医者仁心"，这四个字适用于金域医学每一个人。

"这段时间，西安金域医学员工平均每人瘦了七八斤，我也瘦了13斤。希望等疫情过后，大家都能补回来！"金域医学陕西抗疫前线总指挥、西安金域医学总经理张伟如此形容工作忙碌的战"疫"时光。

2020年2月20日，是西安金域医学参与新冠病毒核酸检测的一个重要的转折点。这一天，西安《关于有序恢复生产生活秩序的通知》发布并提到，为贯彻落实全省《关于科学防治精准施策分区分级做好新冠肺炎疫情防控工作的指导意见》，企业员工经核酸检测正常后即可上班。

至此，助力复工复产成为当务之急。这也是西安虽不是疫情中心，但核酸检测需求却大大增加的原因。截至2020年3月底，西安金域医学累计检测新冠核酸标本超15万例。在检测压力最大的时候，西安金域医学检测人员连续工作超过30天。

时间倒回至1月22日，准备回郑州老家过年的张伟参加了一个集团紧急视频会议。会议要求金域医学各子公司做好应对新冠肺炎疫情病例标本检测的准备。次日，武汉"封城"。顾不上已买好的高铁票，他临时取消了春节的所有计划，马上召集自己兼任总经理的新疆、宁夏、西安三个子公司的管理层开会，传达集团会议精神。

相比沿海内陆城市，西部地区核酸检测工作的开展大不相同。

张伟临时调整原来的业务分配模式，以实际工作需要安排人员。通过设置外出采样组、检测组、专家组、后勤组、培训组、消毒组等10多个专门工作小组，整合市场、物流、实验室和行政后勤人员，进行核酸检测全链条管理，进一步提高工作效率。

1月28日，张伟召集各部门负责人召开紧急会议，并对防护物资、检测设施以及后勤生活物资查漏补缺。此时，已经有三分之一的西安金域医学员工回岗。

壹 实力出击 "健康哨兵"异军突起

1月29日，来自西安金域医学的三封请战书，分别交到了陕西省卫健委、西安市卫健委以及西安金域医学所在的西安经开区管委会手中。宁夏金域医学、新疆金域医学也向当地卫健部门提交了请战申请。

为表请战决心，在等待回复的时间里，除了加快储备人员、物资和设备外，张伟还牵头当地12家第三方医检机构，共同向陕西省卫健委递交了一份联合请战书。

2月6日，西安市疫情防控指挥部确定西安金域医学成为新冠肺炎疫情检测筛查实施单位。

2月11日，西安金域医学获批成为陕西省卫健委公布的首批第三方新冠核酸检测机构之一。

虽然前期已对公司人员、设备、产能等做了充分准备，并对核酸标本的接收、灭活、检测等操作流程进行过反复演练，但真正投入实战之后，西安金域医学仍然面临因为标本量激增而带来的物资不足的问题。

物资最紧缺的时候，张伟把自己仅存的口罩都贡献给了公司，以备实验室检验员之需。甚至有一次，第二天采样员就要出门去采样，而防护物资还在路上。物流人员连夜"快马加鞭"，赶在天亮之前将该批防护物资送到，才没有影响到采样工作。

在处理繁重的统筹协调工作的同时，张伟每天不是在实验室梳理检测流程，就是跟随采样人员外出

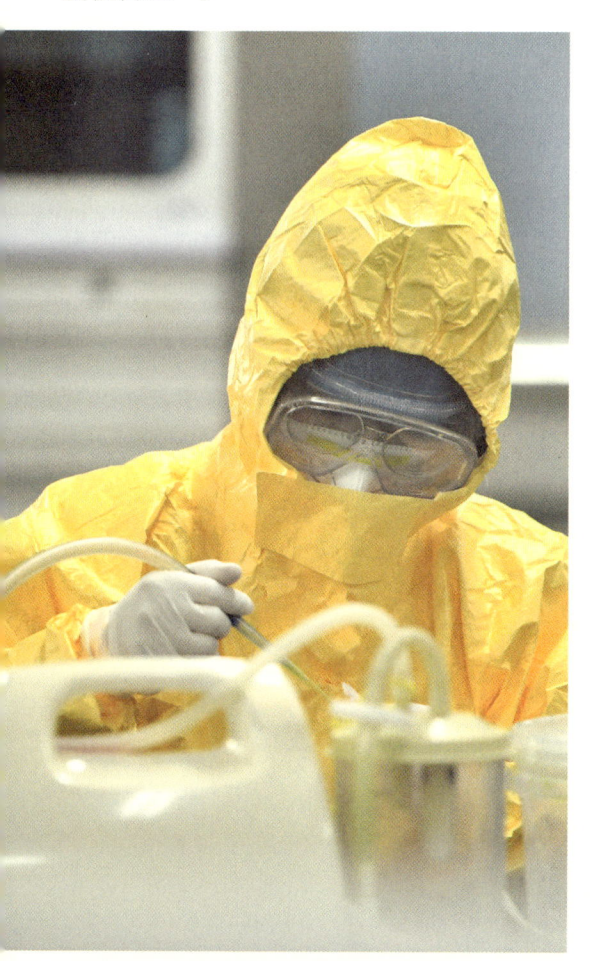

西安金域医学实验室检测人员在操作检测仪器

了解情况。为了提高检测效率，每到晚上都要召开总结复盘会议，寻求流程不顺、人手不足的解决办法。

因为一次性防护服、防护面罩一脱就无法再用，每天的检测成本居高不下。令张伟感动的是，许多"90后"同事一穿上就不舍得脱，在负压的环境一连工作12小时，这期间既不吃饭，也不上卫生间。在如此艰苦的环境工作，挑战人的极限，却没有一个人有半点犹豫和退缩，反而纷纷主动提出要再坚持一下。

刚开始战斗的十来天里，公司附近的餐馆都没有开门，一线检测人员只能吃泡面、面包，喝牛奶，张伟安排人员四处采买果蔬、速冻水饺等餐食，改善伙食。在元宵节当天，一线人员如愿吃上了暖心的汤圆。

物流同事更是艰苦。有一次，公司要从青海调配一台设备，为了保证尽快装机交付实验室使用，两个物流人员一鼓作气，轮流开车，日夜兼程，往返2000公里，将设备运回了西安。第二天，他们又精神饱满地执行采样任务。主动放弃节假日休息，连续奋战，成为很多物流同事在这段特殊时期的工作常态。

日子在忙碌的工作中过得飞快，2月29日，西安市政府通知要对当时所有的被隔离人员立即进行一次全面筛查。这一天，西安金域医学员工比以往更加忙碌了：仅采样工作就持续到第二天凌晨。

3月1日中午，西安金域医学连夜收取的所有样本的检测结果全部发单。

桃李不言，下自成蹊。这句话不仅仅是对老师的赞美，同样适合讴歌所有的奉献者。在这次应对疫情的行动中，市民群众和社会各界更加认可西安金域医学的能力与担当，也了解到第三方医疗机构许多的艰辛和不易，更对他们在疫情防控中不计生死的医者情怀心生敬意。

壹　实力出击　"健康哨兵"异军突起

贵州金域医学：打响疫情防控"前哨战"

"对你们提供的宝贵支持和帮助，我们会永远铭记！"

通过打造"专家驻点＋标本外送"创新模式，贵州金域医学为贵州毕节保质保量完成"五类人员"核酸检测工作作出重要贡献。贵州毕节市疾病预防控制中心特意向金域医学写了一封感谢信。

毕节是革命老区，是经国务院批准建立的"开发扶贫、生态建设"试验区，是贵州省贫困人口最多、贫困程度最深的地区。

广州市从2016年开始结对帮扶毕节。多年来，在党中央坚强领导下，在社会各方面大力支持下，广大干部群众艰苦奋斗、顽强拼搏，推动毕节试验区发生了巨大变化，成为贫困地区脱贫攻坚的一个生动典型。

然而，毕节市医疗资源仍相对匮乏，市属的县、乡两级医院存在着医疗人才短缺、服务功能不完善、服务能力和水平不高等突出问题，成为制约当地发展，改善民生健康的一大瓶颈。

2020年2月5日起，贵州省开始对全省报告的疑似病例，追踪到的确诊病例的密切接触者（包括医护人员），每天发热门诊就诊的发热病人，1月23日以后来自湖北省特别是武汉市等重点疫区的所有来黔、返黔人员（居家隔离和集中隔离两类），每天新进入的重点疫区的来黔、返黔人员五类重点人群进行核酸检测。

这意味着，毕节市新冠病毒核酸检测的标本量从每天的200—300例要增加到每天1500例以上。毕节市疾控中心和市内其他两个检测机构现有检测能力无法满足要求。

2月5日，梁耀铭了解到这一情况后，立即召开紧急会议，抽调人手从广州赴毕节提供支援。当晚，集团副总裁、微生物专家任健康教授主动请缨，带领两名专家以及物资，星夜赶赴贵州毕节，助力当地提升核酸检测能力。从傍晚接到任务，到晚上10时上飞机，待飞到中转站贵阳，已是第二天零时许了。

专业报国 | 抗疫战场的"健康哨兵"

为确保毕节市的"五类人员"核酸检测工作在规定时间内完成,在毕节市卫健委和疾控中心的指导下,贵州金域医学抽调精兵强将支援毕节老区,金域医学西南大区技术合作总监周先军也在第一时间奔赴毕节一线,积极投身到毕节市的疫情防控工作中。

考虑到贵州毕节的医疗条件,2月6日,任健康刚到毕节不久就马上投入战斗,与毕节市医投集团副总经理汪鑫共商对策,决定先在当地寻找能承接大量筛查标本的PCR实验室。

在详细了解毕节各检测机构人员配置、设施设备、标本采集等情况后,金域医学团队与毕节市卫健局局长陈德奉、副局长路敏进行了深入研讨,共同制定了快速提升毕节市新冠病毒核酸检测产能的工作方案。

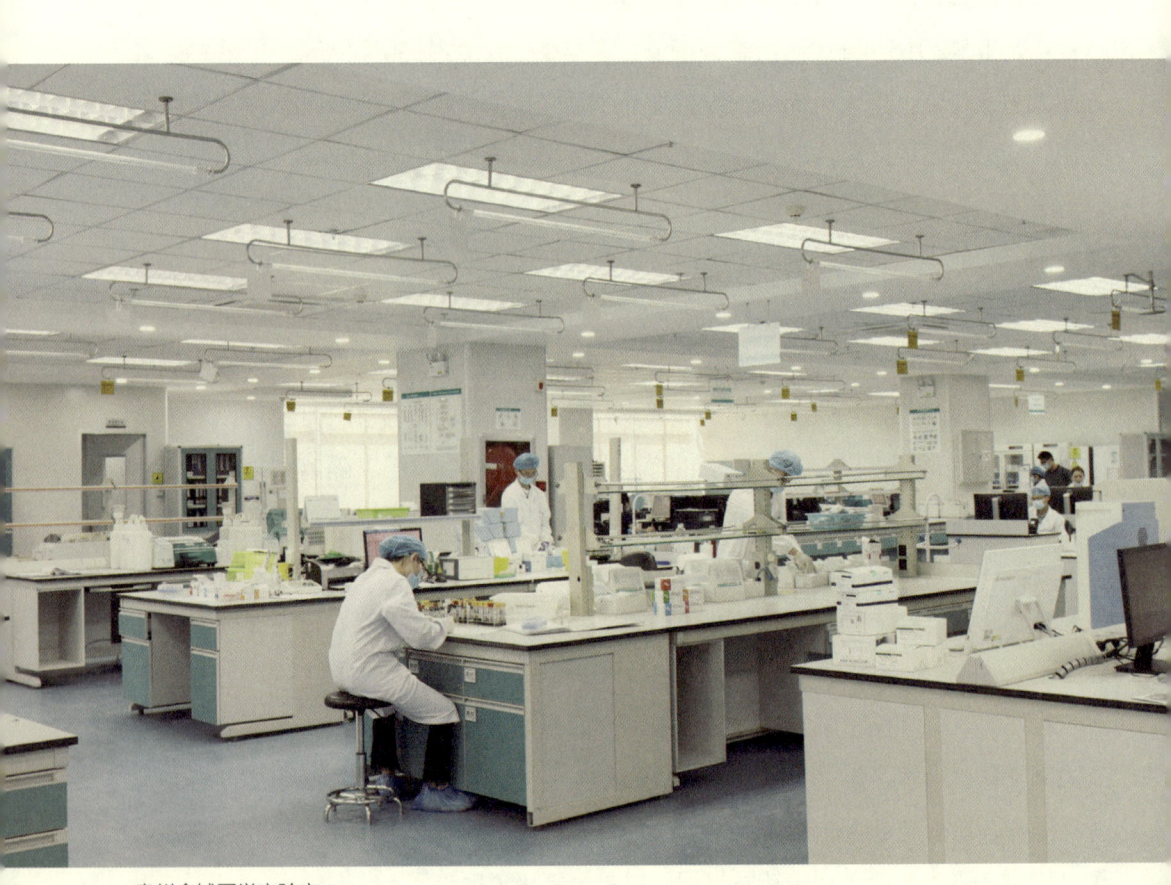

贵州金域医学实验室

| 壹 | 实力出击　"健康哨兵"异军突起 |

为了尽快满足核酸检测需求，金域医学通过与毕节市第一人民医院合作，以专家驻点毕节市第一人民医院实验室和标本外送两种模式相结合的方式，扩充当地检验人员，引入专家指导，提升该医院检验科室的核酸检测产能。

2月7日，根据贵州省新冠疫情防控工作决策部署，贵州金域医学被确定为新冠病毒核酸检测的实施单位。在贵州省卫健委和毕节市政府的统筹安排下，贵州金域医学开始参与到全省的新冠病毒标本初筛工作中，进行多战场、立体式作战。

刚在广州参加完培训，贵州金域医学基因室主管苏蒙马上赶回贵阳投身到毕节战"疫"。作为全省最大的第三方检测机构，贵州金域医学专业检测能力和服务网络等方面的优势集中凸显。

在贵州金域医学实验室成立的第一战场，24小时快速组织准备，紧急召回支援前线的技术人员，组建了30余人的专业检测队伍和冷链运输队伍，做到人员、防护物资及实验试剂统统到位。

为了及时给医疗机构提供服务支持，解决物资的道路运输问题，在筑牢安全防护的同时，贵州金域医学物流部经理高波、业务部副经理苏俊牵头第一时间组建跨区域的联合运输分队，克服道路交通不畅的困难，与营销人员紧密配合打响运输接力战"疫"，构筑起守护人民群众生命安全和身体健康的坚固防线。经过五天艰苦卓绝的奋斗，贵州省完成"五类人员"核酸检测的存量任务。

在毕节，"专家驻点＋标本外送"被总结为重要经验。对此，任健康解释，一方面，通过专家带队入驻基层医疗机构的实验室，引入其他地区的管理经验，可以快速提升基层的核酸检测能力，提高病毒核酸检测效率，遏制疫情的扩散；另一方面，为保证当地检测产能，通过标本外送，可以将毕节当地无法及时检测的标本送到金域医学贵州实验室。通过专家驻点和标本外送的创新模式，病毒核酸检测效率得到了明显的提升，将毕节日检测产能扩增至1000例。

在全国疫情防控形势向好、进入疫情防控常态化阶段时，贵州金域医学依旧未松懈，各岗位各员工以"疫情不退我不退"的实干与热情，一边助力维护来之不易的战"疫"成果，一边投入到助力复工复产复学的工作中。

专业报国 | 抗疫战场的"健康哨兵"

南京金域医学：保障复工

2020年1月27日，南京金域医学递交请战书，向江苏省抗疫总指挥部正式请战。

2月3日，请战获批，成为江苏省内首家被指定开展新冠检测的第三方医学实验室。

2月4日，全面承接南京市内及周边11个县区的新冠病毒核酸检测工作。

3月18日，检测新冠病毒核酸标本超过10万例。

……

自江苏新冠疫情防控开始，南京金域医学为保障疫情防控工作的有序开展，强培训，重安全，调人员，增设备，为江苏省内新冠肺炎社区筛查、企业复工复产体检、医院手术患者术前检查、出入境人员健康筛查等工作，不遗余力，全力支持。

南京是长三角重要的经济大市。南京所在的江苏省，是仅次于广东的全国经济大省。新冠肺炎疫情对于江苏而言，影响最大的莫过于生产企业。如果员工不能保证生命安全，复工复产工作只能止步不前。

破题关键，在于加大核酸检测产能。

2月14日凌晨1时，皑皑白雪为古都金陵披上一身银铠，似乎预示着一场空前的战役即将到来。

深夜的古城街道空无一人，但南京金域医学的会议室里却是灯火通明。总经理文华廷正带领公司管理团队针对一场超万人的复工体检进行战前部署。

本次复工检测的对象是某大型科技公司，这是一家大型企业。经过长达三个小时的会议讨论，最终敲定"万人核酸检测计划"，其中最重要的一条，就是"安全第一"。除此之外，由南京金域医学自主开创的"1＋1＋3"复工体检采样方案也在本次会议上诞生。

"1＋1＋3"，即由1名登记人员、1名引导人员与3名采样人员相结合的最优效率配比组合。该方案完美地解决了被采样人员在前、中、后端的受检流量和人身安

| 壹　**实力出击**　"健康哨兵"异军突起

南京金域医学的员工在做检测前的准备

全,以及采样人员在全流程中的效率保障和精力分配等问题,有效规避了因无序受检而可能引发的场面混乱甚至人员感染,真正做到了在效率最优化的同时,最大化地降低安全风险。

直至3月31日下午4时30分,历时46天,伴随着最后一例标本检测结果发出,南京金域医学针对该大型科技公司复工体检的这场持久战役终于落下帷幕,而这也只是众多复工体检战役的一个缩影。

承接各企业复工体检的同时,南京金域医学针对政府机关和三级医院的特殊检测需求也是竭尽全力、全面响应。其中以对各区公安机关和省人民医院的个性化检测服务最为典型。

公安机关的送检人群涵盖了公安干警、在押监管人员、临时拘留人员等,因部分人员的特殊性质，不但检测需求相对烦琐，而且采样时间往往都在深夜。但无论多晚，南京金域医学都会安排人员全力配合送检机构，确保筛查工作顺利开展。

作为省内知名的三级医院，省人民医院所面向的患者群体堪称重量级，这也意味着需要落实的筛查工作量空前巨大。针对此类情况，南京金域医学果断制定了"专人驻点，单日分时段送检"的收检方案，既满足了三级医院迫切的检测需求、巨大的日筛查量，也对实验室产能分配作出了科学、合理的规划处置，最终保障了此最大筛查点的高效运作，为南京全市范围内新冠病毒筛查的整体工作提供了强大助力。

面对一次次异常艰巨的任务，南京金域医学全体同仁总会选择全力应战，一组数据展示了南京金域医学的巨大战斗力：战"疫"百余天，投入高传染性标本专业运输人员38名、专业医疗冷链物流车13辆、特制专用95 kPa标本运输罐300个、实验室基因检测专业技术人员45名、专业采样人员10名；实验室内部保持24小时不停机工作，单日检测能力峰值达10,000例；承接送检机构近200家，其中三级医院超50家……

截至12月下旬，南京金域医学完成新冠病毒核酸检测已累计突破130万例，是江苏省第三方新冠核酸检测量最多的实验室。

上海金域医学：助守中国"东大门"

2020年3月以来，国际疫情加速蔓延，国内沿海外防输入风险逐渐增加。凭借专业的检测实力和物流网络，北京、上海、广东、浙江等地的金域医学实验室，都陆续承接了入境人员的核酸检测任务。

对于上海的疫情，金域医学副总裁、金域医学派驻武汉湖北抗疫前方总指挥，同时也是华东大区总经理的谢江涛早有感知。3月13日，他还在武汉一线，当时国内的防控形势已很大程度上好转，但关注到境外人员入境对疫情防控带来的风险。作为中国的"东大门"，上海在出入境的疫情防控方面压力增加，为捍卫抗疫成果，也许第三方医检能派上用场。他当即要求上海金域医学提前准备，待有需要时，随时可助力政府开展入境人员核酸检测。

3月16日，上海市浦东新区新冠肺炎疫情防控指挥部召集上海第三方实验室召开入

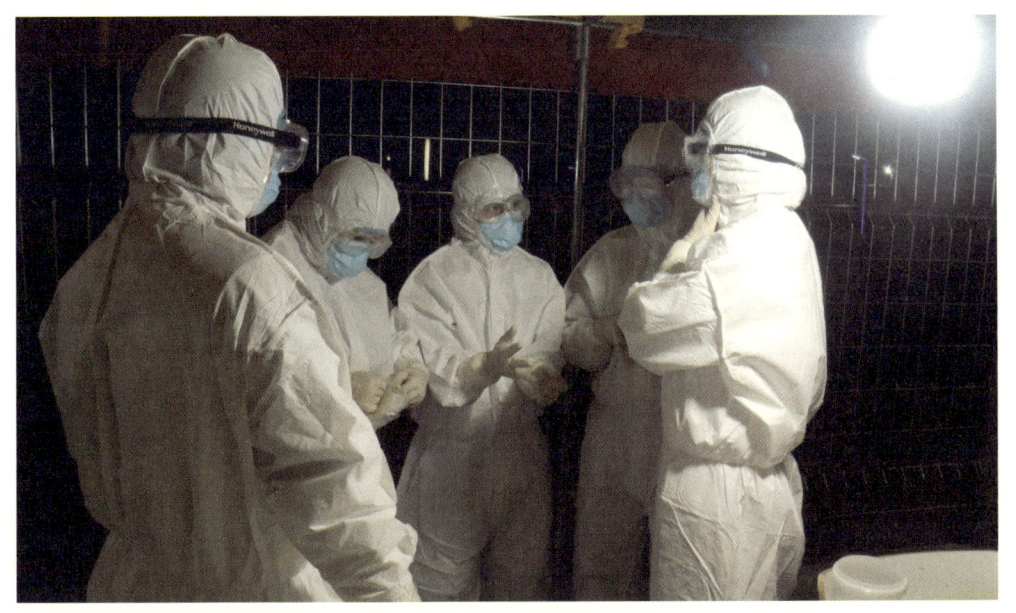

上海金域医学的采样员在出入境采样点做准备工作

境疫情防控工作筹备会，了解企业的产能、出报告时间等情况。上海金域医学凭借金域集团在全国尤其是武汉主战场的抗疫经验，及检测专业实力和物流网络等优势，从诸多第三方医疗机构中脱颖而出。

3月17日下午2时，上海浦东新区卫健部门通知上海金域医学，当日晚上7时正式开始参与核酸检测工作，上海金域医学成为浦东新区首家参与重点国家入境人员核酸检测的第三方医学实验室。

四个多小时的准备工作，从采样点布置、现场流程梳理到运输班次的保障，实验室各环节的准备有条不紊地进行着，上海金域医学与政府有关部门24小时并肩作战，一场严防境外输入的战役拉开帷幕。

此次承担任务的上海金域医学核酸检测团队包含专业采样、信息录入、物流运输、灭活、核酸检测等人员，超70人。为了最大程度提高检测效率，上海金域医学采用四班倒轮流蹲守留验点采样，三班倒进行核酸检测，机器24小时不停机，留验点甚至可以做到采样一例不到一分钟，标本送到实验室后，4—6小时能出结果，确保检测报告按时发出并上报给浦东新区疾病预防与控制中心。

为了更好地助力留验点人员周转，让入境人员尽快拿到检测结果，被接回所在的社区居家隔离，上海金域医学不计成本提高报告"出炉"速度，物流人员全程值守留验点，无论标本数量多少，每隔两小时就送回实验室一次，来一批标本实验室就上机做检测。梁耀铭给了上海金域医学信心："疫情面前，重要的是不惜一切代价，协助政府部门做好外防疫情输入工作。"

相比其他城市的疫情核酸检测，上海金域医学承担的入境人员的核酸检测工作，不仅要求检测准确，还要求更快，在八小时内必须出结果。"能够守护国门，我们感到很自豪，所以我们更要急政府所急，保护好大家以巨大牺牲得来的抗疫成果。"谢江涛说。

3月22日，上海市新冠肺炎疫情防控系列新闻发布会提到，上海将对所有非重点国家入境人员实施新冠病毒核酸检测。

上海金域医学为当好中国"东大门"的"健康哨兵"，继续全力以赴。

经历了13个日夜的坚守，3月30日，上海市就入境人员管理政策做进一步优化调整，实行入境人员全部集中隔离，上海金域医学从浦东机场留验点撤回来。4月初，作为政府指定核酸检测实验室，上海金域医学开始投入到企业复工复产和个人愿检尽检工作中；5月初，上海市相关部门要求对医护人员进行筛查，上海金域医学义不容辞参与协助医院大排查。从守护"东大门"、到就业岗、再到医院，上海金域医学作为浦东新区核酸检测主力军，为抗疫阻击战贡献了重要力量。

黑龙江金域医学：
守护绥芬河，打好病毒阻击战

疫情暴发后，黑龙江金域医学基因室主管马丽娜主动请战支援荆州。

结束休整后，马丽娜回到原本的岗位不久后又加入新的战斗。同时，张雪娇等黑龙江金域医学的检测员在支援广州后回到黑龙江，几乎一刻也没有停歇。

从南方到东北，黑龙江金域医学这批优秀员工与病毒的战斗贯穿了近三个月。

早在2020年2月1日，在金域医学集团副总裁、东北大区总经理柳盛伟的紧密安排部署下，黑龙江金域医学积极向黑龙江省卫健委请战，成为黑龙江省卫健委批准的首批开展新冠病毒核酸检测的企业之一，同时也是黑龙江省卫健委指定的具备资质、可提供市场化服务的新型冠状病毒核酸检测第三方机构。

2月24日，黑龙江金域医学战"疫"斗争正式打响。不同于其他金域医学实验室的情况，黑龙江金域医学面临的主要问题是，因毗邻俄罗斯，黑龙江境外输入的风险大增。

位于黑龙江东南部的绥芬河市，距对岸的俄罗斯口岸波格拉尼奇内16公里，离俄远东最大的港口城市符拉迪沃斯托克（海参崴）仅有190公里，距俄远东自由经济区重镇纳霍德卡也只有270公里，与俄罗斯滨海边疆区接壤，边境线长达27公里。

绥芬河口岸是当时黑龙江边境线唯一的入境口。然而当地只有海关部门有能力做核酸检测。彼时，国际疫情扩散，长期在边境工作的黑龙江人和俄罗斯人，纷纷选择退到中国境内，给黑龙江边检的核酸检测能力带来了不小的挑战，新冠病毒标本从日均几百例增加至上万例。

截至2020年4月26日24时，绥芬河口岸累计报告输入确诊病例380例，治愈出院81例，住院输入确诊病例299例，均为从俄罗斯入境的中国籍人员。

为了积极响应中央"外防输入，内防反弹"的指导思想，黑龙江省政府还宣布，二级及以上医疗机构要对所有入院患者和陪护人员开展核酸和血清抗体检测，

壹 **实力出击** "健康哨兵"异军突起

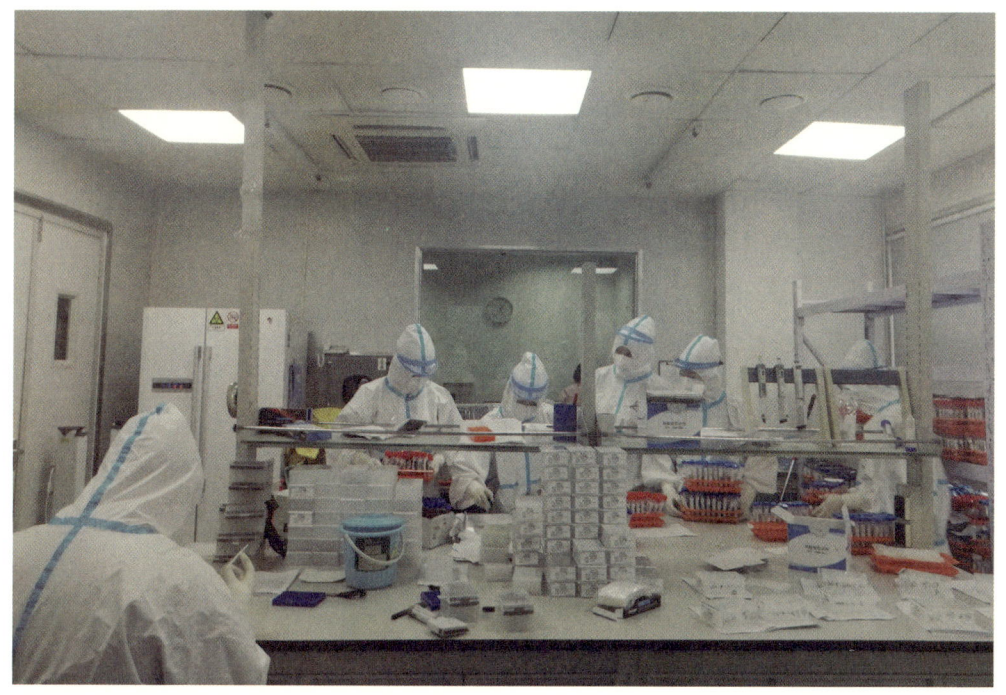

黑龙江金域医学检测人员昼夜不停检测防输入筛查样本

未经检测者不允许住院和转院，同时也鼓励个人联系具有检测资质的医疗机构进行核酸或血清抗体检测。

一边是防输入的检测压力，一边是医院的筛查需求，在这紧急关头，黑龙江金域医学总经理孟宪增快速进行战略调整，迅速应对，决定尽最大能力承接省内各级医院的核酸检测任务。

2020年3月以来，绥芬河成为我国境外疫情输入重点地区，经绥芬河入境的人员都要进行居家隔离或酒店集中隔离。作为省内首批具备核酸检测资格的第三方检测机构之一，当得知政府部门急需解决核酸检测问题时，黑龙江金域医学迅速组建人员前往绥芬河开展工作。

"绥芬河那一片小区都是老式屋子，有时一天爬百来层的楼梯，只能采样20多户。"赴绥芬河小组组长、业务部副经理李龙回忆道。遇到要去村子里采样的时候，还要趟着泥泞的山路到每户村民家。

从3月23日至4月1日，李龙带着团队在绥芬河市足足待了十天，完成了早期从绥芬河入境人员的采样和检测工作。

为了能快速检测出具报告，切实帮助当地政府解决核酸检测问题，小组成员没有睡过一次好觉，即使再辛苦，也要坚持打赢这场防境外输入战役。

这只是黑龙江金域医学助力政府严防输入的其中一项任务。在采样人员挨个为绥芬河市入境人员做检测时，哈尔滨的另外一组采样组也已经奔走在为入境人员采样、检测的路上。除了俄罗斯，黑龙江也成为韩国、日本游客的"避风港"，不少韩国人和日本人通过哈尔滨机场入境。

在哈尔滨卫健部门的指导下，黑龙江金域医学实验室、物流部、业务部组成的采样小组前往哈尔滨市各个指定宾馆，为隔离人员进行新冠病毒咽拭子检测。

"原来黑龙江的疫情并不是很严重。但在境外输入压力面前，从入境检测到企业复工复产再到医院住院病人排查，黑龙江核酸检测需求每天都在增加。"孟宪增表示。

4月，黑龙江发生院内感染和聚集性传染事件，一时间黑龙江省，尤其是哈尔滨市防疫工作压力骤增。

4月15日下午，黑龙江省政府党组会议召开，提到黑龙江省要清醒地认识到本省防控形势，要把防控工作各项措施抓紧抓实抓细，将防范疫情输入的底兜得更牢，将防范疫情输出的口子扎得更紧。

金域医学集团联合创始人曾湛文，集团副总裁、东北大区总经理柳盛伟到黑龙江金域医学指导工作。曾湛文强调，目前黑龙江疫情严峻，境外输入压力较大，一定要发挥优势，克服困难，全力配合政府做好外防输入，内防反弹工作。

孟宪增快速进行战略调整，迅速应对，决定尽最大能力承接省内各级医院的核酸检测任务。黑龙江金域医学快速协调人力物力，10个部门全体员工全部集结，全力以赴配合政府完成本次突发性大面积核酸检测任务。

突如其来的标本量骤增，急重症患者的报告单加急需求，给原本核酸检测日产能仅有3000例的黑龙江金域医学带来巨大挑战。4月14日，孟宪增向东北大区以及集团总部寻求支援。

壹　实力出击　"健康哨兵"异军突起

在了解黑龙江抗疫态势后，集团十分重视，第一时间抽调出一台设备于凌晨抵达黑龙江金域医学。吉林金域医学火速通过陆运送来了两台PCR扩增仪。天津金域医学也伸出援手，快速调配一台设备支援黑龙江。在集团总部的统筹调度下，4月15日贵州金域医学杜忠平，4月18日福州金域医学黄来荣、赵日新，四川金域医学黄显斐，4月20日重庆金域医学张召然，4月27日长沙金域医学谢娜、李巧群陆续抵达哈尔滨加入战斗。金域医学一家亲，全国"一盘棋"，兄弟子公司千里驰援，这无疑是雪中送炭。

设备24小时不停机，各岗位24小时有人在岗，实验室人员没日没夜坚守一线，各部门全力派出人员支援实验室，在进行统一培训后全力配合完成新冠检测辅助工作，几乎已成为金域医学各家实验室的"标配动作"。多名伙伴超过30小时作业，目标一致，奋战到底，一周内黑龙江金域医学将日产能从3000例提升至10,000例。

在黑龙江金域医学各部门的快速响应下，检测产能迅速提高。仅4月15日、16日两天，黑龙江金域医学已完成各级疾控部门指派的新冠核酸和血清抗体筛查任务2万余例，得到各政府部门高度认可。因出色地完成了核酸检测工作，哈尔滨市松北区应对新冠肺炎疫情防控指挥部还向黑龙江金域医学发来了感谢信。

感谢信这样写道：

黑龙江金域医学检验所有限公司作为哈尔滨松北区重点支持企业，危急关口，挺身而出，积极请战备战，快速协调人力物力，充分发挥了第三方检测机构的专业优势，承担了松北区交付的检测任务，出色完成了核酸检测工作。您单位还积极配合市疾控中心完成机场、绥芬河口岸等境外输入采样和检测工作，充分彰显了社会责任感，为新区建设作出突出贡献，在此，对贵公司无私的医者情怀和高效的专业能力给予高度赞扬，对贵公司高度社会责任感和为防疫工作作出的积极贡献表示衷心感谢。

专业报国 抗疫战场的"健康哨兵"

北京金域医学："王牌检测小分队"硬战新发地

2020年6月11日，疫情已经平稳下来的北京再度确诊1例新冠肺炎患者。从发现这1例确诊病例，到锁定感染"源头"——新发地市场，北京用了24小时。随后，北京迅速划定新一轮疫情重点区域和重点人群，并迅速开始实施最严格的流调，全面溯源。

北京是我国的政治、经济、文化中心，常住人口超过2000万人。在全国疫情防控逐步向好的形势下，新发地疫情的发生，让北京疫情防控局势面临严峻考验。

6月13日凌晨1时，北京金域医学接到请求电话，一批新发地标本要送过来进行筛查。在新发地农产品批发市场疫情出现后，北京实验室迅速进入战时状态。随即，几十个筛查标本送到实验室，万幸的是，送来的标本并未检测出阳性。

其实，这并不是北京金域医学第一次接触标本。早在1月22日，在金域医学的统一部署下，成立不足两年的北京金域医学向北京市卫健委请战。当时北京行政管辖区内，仅第三方医学实验室就有126家。初生牛犊不怕虎，北京金域医学以经验充足、设备齐全、专业扎实获得北京市卫健委专家组认可，从126家第三方医检机构中脱颖而出，成为北京市政府首批公布的面向团体和个人提供新冠病毒核酸检测的官方指定机构之一。

相比其他子公司，2019年3月起正式对外营业的北京金域医学还很年轻。但北京金域医学并不是"一个人在战斗"。与其他第三方医学实验室相比，金域医学是一个集团公司，设备、人员能够全国调配。

2月18日，首批新冠病毒标本进入北京金域医学实验室。

在集团副总裁、华北大区总经理侯生根以及大区相关负责人的指导支持下，北京金域医学负责人彭宝生结合北京员工的能力等特点重新编队。为全力以赴应对，不到40名实验室人员中，就有超八成人员投入到新冠病毒核酸检测的工作中。

进入3月，受北京海关委托，北京金域医学承担了出入境人员核酸检测工作。

除此之外，还服务了几十家北京市定点发热医疗机构。不少同事在办公室过夜，就是为了坚守一线等待实验室出结果。

为提高检测效率，华北大区实验室总监陈宝荣熬夜梳理操作流程；同时大家各司其职，更加深入和紧密地就包括人员、设备和技术方案在内的问题进行协调和沟通。

走进北京金域医学实验室，你会看到不少这样忙碌的身影：有的人进行标本灭活，有的人在做核酸PCR扩增……隔着窗户都能感受到他们在隔离服包裹下的不畏艰险和乐观向上的信念。在狭小的更衣室内，这批年轻的检测人员都会自发为战友检查防护用品是否穿戴规范，虽然可能因为戴着口罩看不清彼此的脸……

截至4月底，北京金域医学为垂杨柳医院、肿瘤医院、区疾控等34家定点医疗机构，及北京海关、民航、大兴机场、司法、教委、部分驻京部队等机构提供新冠病毒核酸检测服务。

彭宝生介绍，北京金域医学参与核酸检测项目主要分为两个时间段。

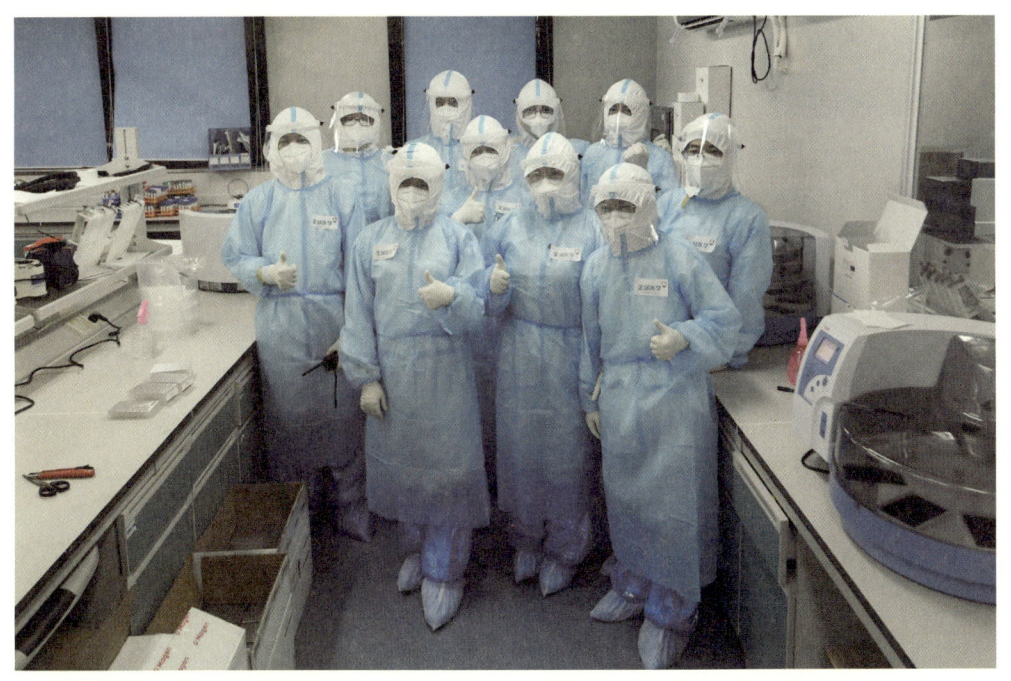

北京金域医学"王牌检测小分队"

专业报国 | 抗疫战场的"健康哨兵"

在4月15日之前，北京金域医学主要是服务北京34家定点医疗机构，其中也包括一些医院和一些疾控中心，同期还承接了北京协和医院委托的新冠病毒标本专业运输工作。

4月15日之后，北京市政府要求第一批五家获得资质的第三方检测机构对团体和个人开放。北京金域医学紧急建立便民采样模式，在保障生物安全和质量的前提下全国首创在酒店设点采样。

4月18日，北京金域医学检验实验室、京东健康携手合作，上线新冠病毒核酸检测的在线预约服务，成为全国首个提供核酸检测服务在线下单及预约的平台，进京人员均可通过京东App（应用程序）提前购买检测服务并预约检测采样。

4月19日，为进一步落实"外防输入，内防反弹"的总要求，推进核酸检测"应检尽检"，北京疫情防控领导小组印发工作方案，明确对八类人员实施核酸检测。

北京金域医学积极和市、区卫健委医政备案沟通，在保证规范和科学的前提下，因地制宜地在北京主要城区协助建设更多酒店及便民采样点，并落实完成朝阳区发改委、文旅局、公安分局、教委、民政局等安排的采样、检测工作任务。

5月，经北京市卫健委推荐，北京金域医学作为屈指可数的专业检测机构负责承接相关重要会议检测保障任务，协助北京市委、市政府织密织牢安全防护网，全面提升首都应对突发公共卫生事件的能力。

新发地疫情发生，则让北京金域医学再度进入"战时"状态，"王牌检测小分队"随之登场。

从6月13日至6月17日，北京全面检测要优先检测新发地等涉疫市场及周边社区高风险人员，并陆续对餐饮、商超、集贸市场从业人员，36个中高风险街道乡镇居民，快递外卖行业从业人员进行大规模核酸检测。

疫情就是命令，防控就是责任。

送检到北京金域医学的样本数量便不断增加。最多的一天，送来了5万多例。金域医学利用此前在各大区域战场总结的丰富经验，全力助力北京开展全面核酸检测工作，承接政府"应检尽检"的全面检测任务，并同时保留个人线上预约通道，

壹　实力出击　"健康哨兵"异军突起

支持个人"愿检尽检"。

从6月14日开始，从广州、石家庄、吉林、武汉、长沙等地金域医学实验室调配的富有抗疫经验的60名检测人员支援北京金域医学，补充检验团队力量，集团同时调拨36台PCR设备和11台核酸提取仪及相关配套设备，将日核酸检测产能从此前的1万例快速提升至3.5万例。

通过在北京快速复制武汉战"疫"经验，北京金域医学超过180人投身抗疫团队，全体人员24小时三班倒，很多员工睡眠时间不足四小时，40多台PCR设备24小时不停歇运转，全力以赴保质保量完成核酸检测的工作，成为北京市核酸检测的主力军之一。

6月25日，正值端午节。金域医学沉淀的宝贵战"疫"经验在两个场景中可见一斑。

是日，北京金域医学正式承接朝阳区大规模街道社区筛查任务。与往常不一样的是，北京金域医学带来了自己开发的金域医学身份证电子条形码录入系统。市民只需要掏出身份证刷一下，信息立马录入系统，简单准确且高效。

"这个系统是金域医学旗下武汉金域医学承接武汉社区流调和'十天大会战'任务时开发的。我们首先对采样点做好管理，对市民进行分区分流，避免人群扎堆聚集；其次，社区采样主要是要做好个人信息的采集登记以及和条码对应，方便后续工作的流程顺畅，提高样本前处理时信息录入的效率。"富有武汉、荆州抗疫经验的金域医学中南大区总经理李慧源提到。

另一边，在北京金域医学的实验室，一个特殊的小组正在等待着第一批社区筛查样本送达实验室，他们由此前参与过武汉、广州、吉林、黑龙江等地区抗疫的10名检验员组合而成，又称金域医学"王牌检测小分队"。

小分队全部成员参与核酸检测工作都已经超过四个月，他们大部分支援过不止一个地区的核酸检测工作，能够快速适应不同的实验室运作习惯，在检测环节的加样、提取、试剂配制和报告分析方面技能满满。

广州金域医学的曾海捷因加样速度特别快，被称为"加样神手"，半个小时就可以处理250个样本，最高纪录是他所在的组一个班次检测了近2万个样本。

专业报国 | 抗疫战场的"健康哨兵"

吉林金域医学的任建航，虽然是一名"90后"，但却是此次征战"沙场"最具经验的"老兵"。从1月29日赴广州接受培训起，他就陆续参与广州、武汉和吉林的抗疫工作，一直冲锋在不同时段抗疫的最前线。他说："现在是首都北京抗击疫情关键的时候，历经锻炼的我，也会带着这份经验，和伙伴们一起打赢这场战役。"

2月初便参与武汉抗疫的秦添，经历了武汉疫情暴发至今疫情防控工作的全过程，仅在检测岗位，和小组一起工作的他累计参与检测样本达60万例，估算下来，平均一天一个班次，他参与检测超4000例。

根据此前集团讨论得出的最佳人机组合：3台自动核酸提取仪＋10台PCR＋6人/班次，一天四班倒，能完成核酸检测1万例左右。根据北京的实际情况，他们对这一配比进行改进，计算出"6台自动核酸提取仪＋24台PCR＋10人/班次"的配比，一个班次，八个小时能完成核酸检测1.2万例。"按照这个方法，我们可以快速实现日检测产能达3万例的目标，并且人员也可以得到充分的休息。"曾海捷说。

看似沉着应战，说句内心话，新发地疫情发生时，实验室的年轻人并不适应。"原来加样也就是每天二三十板，但一下子就到了六七十板，翻了一倍多。

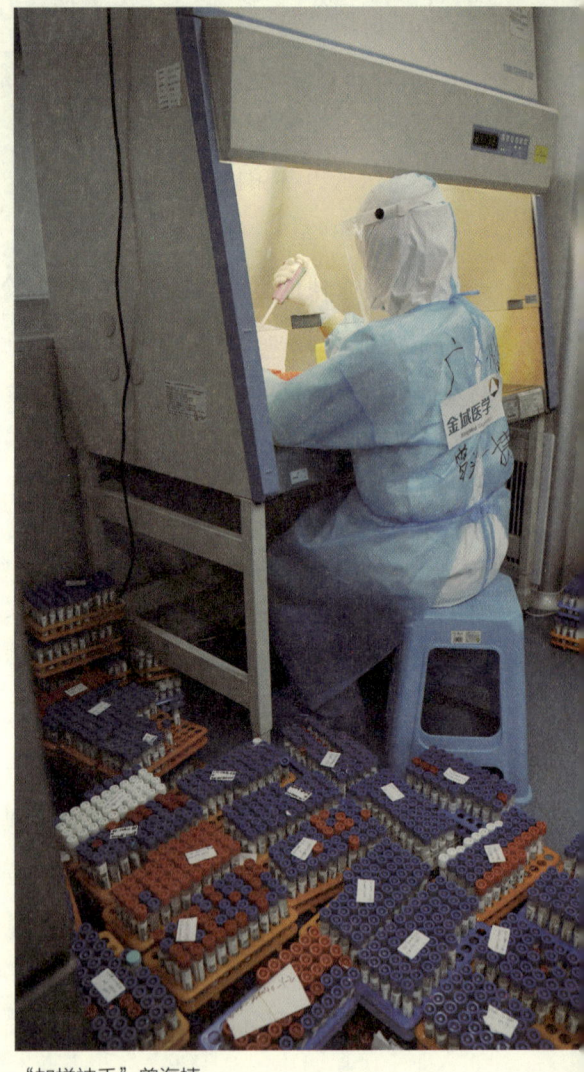

"加样神手"曾海捷

宋丹说，所有同事都不太适应。"我们是干这个行业的，如果此时不出力，作为检测人员来说，就失去了价值。"实验室内，被防护服包裹的他们从头到脚全部浸在汗水里，"毫不夸张地说，穿着防护服在实验室中走路，脚都在鞋中蹚水。"

年轻人也有他的优势。郑燕华表示："有一名年轻小伙子，每天进实验室时都要把自己的防护服改造成'工装'，上面增加了好多小工具，便于他在工作中能够快速取用，实实在在地改进了我们的操作流程。"

截至6月28日12时，北京累计完成采样829.9万人，已完成检测768.7万人，基本完成"应检尽检"人员动态清零。全市检测机构增至144家。检测量由6月11日新发地聚集性疫情暴发时的4万份，提升到45.8万份。其中，对部分人群实施五人及五人以下样本混采，单日最高检测108.4万人。截至7月1日，北京金域医学参与新发地标本检测以来，完成超过70万人次的样本核酸检测，最多一天检测了5万多管。

金域医学集团党委书记、董事长兼首席执行官梁耀铭表示，北京的疫情防控工作意义重大，金域医学将以支持武汉湖北抗疫的决心与经验，支持北京的核酸检测工作，全力满足当地政府、公众的疫情防控需求和期待。

> 专业报国　抗疫战场的"健康哨兵"

吉林金域医学：制定"小时排班表"防控疫情

吉林金域医学于2009年1月6日成立，是金域医学集团第10家全资控股子公司。"很多工作不是靠命令和制度实现的，而是靠员工的积极性实现。"经历一天紧张的工作，吉林金域医学总经理王双阁深有感触。

经过10年发展，吉林金域医学的服务几乎覆盖了吉林省90%的二级医院、三级医院，市场占有率接近50%，是吉林省目前检验项目最全的第三方医学实验室，更是吉林省PCR实验室培训基地。

虽然参与核酸检测工作比较晚，但吉林金域医学也打了一场疫情防控硬战。

他打了一个比方，正常来说，一台设备配三个人是比较高的效率，但在吉林金域医学，可以实现1.5个人服务一台设备，极大地提高了效率。每个环节、每个员工都把准备工作做在前面，让整个实验流程中没有机器被闲置，保持24小时不停运转。另一个数据是，如果按照日均3万多例的检测量，应该配备接近50人的团队，但是吉林金域医学整个实验室检测人员只用了不到35人。

从2020年3月10日开始，每天一大早，吉林金域医学院内前往医院采集样本的车辆整装待发，一天忙碌的工作也随之展开。

在吉林金域医学获得检测授权之前，吉林金域医学员工积极请战，先后有八批次17位检测技术人员支援武汉、广州、长沙等地参与检测，成为战"疫"路上的"最美逆行者"。

3月7日，获吉林省卫健委授权，吉林金域医学作为首家第三方实验室开展核酸检测工作。

3月27日，随着境外输入病例增加，吉林金域医学陆续接到延吉、长春、通化、吉林、白云等地区送来的样本，每天核酸检测量从几百例上升到2000例。到了4月，吉林金域医学最高时候每天须处理5000例标本。

4月10日，王双阁荣获吉林省委、省政府授予的"疫情期间突出贡献民营企

壹 实力出击 "健康哨兵"异军突起

业家"荣誉称号。这不仅是对王双阁个人的表彰,更是对吉林金域人的高度认可。

王双阁介绍,4月24日之前,金域医学检验所只接收疾控中心采集送检的新冠病毒核酸标本。4月24日,接到上级部门通知,已开始接收通过医疗机构进行采样并由卫健委准许运输的市民个人的标本。

进入5月,黑龙江哈尔滨暴发了一次医院院内新冠感染,整个东北地区医院为之将防控工作抓得严之又严。

吉林省卫健委要求医院必须对住院患者和陪护进行全面检查。吉林金域医学勇担重任,承接了吉林省近250家医院的核酸检测工作。5月12日舒兰疫情暴发时,吉林省卫健委领导点名吉林金域医学作为舒兰核酸检测唯一第三方医学实验室参加战斗。

因为舒兰医院实验室条件有限,所有的标本需要运到吉林金域医学实验室进行检验。来回就要花6小时,还要保证12小时内必须出报告。14日晚,吉林省决定对舒兰市开展大面积普查。当地疫情防控指挥部深夜给吉林金域医学打来电话,要求吉林金域医学发挥物流网络遍布全省优势,当晚出发前往舒兰收运标本。

骤然开展的核酸检测工作,对吉林金域医学来说困难诸多。面对标本突增,检测人员稀缺,设备、耗材不足的窘境,吉林金域人想方设法解决问题,克服困难。

在总部支持、大区协调下,吉林金域医学新增了10台检测设备,大大提高了检测产能。梁耀铭也对吉林金域医学寄予厚望:希望吉林金域医学能够尽最大努力助力吉林疫情防控工作。

从5月14日开始,吉林金域医学每天标本量几乎都维持在2万例以上,甚至占了吉林省核酸检测50%以上。

值得一提的是,因为疫情突然,吉林省卫健部门更是以小时为单位,不断询问吉林金域医学各项核酸工作检测进展。为此,吉林金域医学实验室李雨艳等技术人员每天都要制定一个以小时为单位的排班表。将每个人做什么工作,什么时间完成,和谁对接,都列得清清楚楚。金域医学在全国各地形成的比较成熟的经验,也被最快速地运用到吉林检测一线中。

当问题出现时,吉林金域医学不是闭门造车,而是积极寻求外部解决渠道。通过集团内部的知识分享机制,向广州金域医学、长沙金域医学等有充分实战经验的

专业报国 | 抗疫战场的"健康哨兵"

兄弟公司请教，快速地掌握被实践检验过的正确方法，大大节省了解决问题的时间。

经过提速度、扩产能，吉林金域医学的日核酸检测产能由1000例增加至26,000例，是当地排名第二的第三方医学实验室的四倍左右。用硬核实力助力疫情防控"早发现、早报告、早隔离、早治疗"。

在集团总部发动下，从接收样本，到检验检测，再到出具报告，吉林金域医学员工24小时连轴转，只为尽早取得准确检测结果。其中，有的24小时待命，随时解决各类问题；有的连续工作一天一宿，不吃饭、不睡觉检验检测；有的为确保结果正确，每天核实大量繁杂信息；有的凌晨依旧奔波在高速公路上；有的千方百计优化物流流程，缩短物流时间；有的主动梳理工作流程，提高检测效率……在这个艰难的时刻，金域人放弃休息，主动作为。

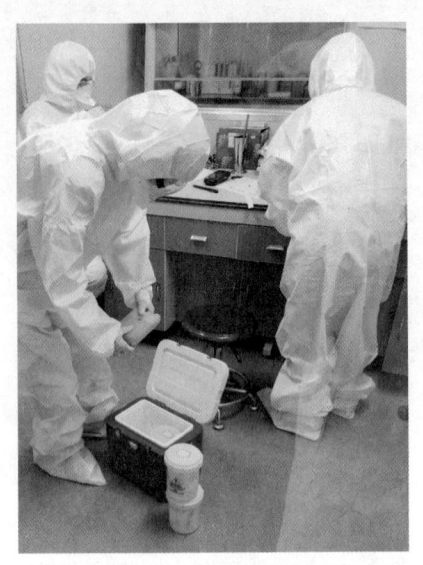

吉林金域医学打了一场疫情防控硬仗

检测效率要提高，其余各个环节的效率也要跟上，比如垃圾运输。虽然吉林金域医学已有一个很大的垃圾集中处理箱，但原来每天不到100公斤的医疗垃圾如今跃升为每天900公斤，整个流程都需要重新捋顺。

为此，吉林金域医学又买了很多临时的黄色大垃圾箱，配备在每个科室门前，安排专人定时收垃圾、清理地面。看似天衣无缝的工作就是靠这样细致的安排完成的。

通过各方的齐心协力，2020年5月26日，据吉林省卫健委官网消息，5月25日0—24时，全省无新增境外输入确诊病例，无新增本地确诊病例，无新增无症状感染者。全省累计报告境外输入确诊病例19例，累计治愈出院19例（吉林市12例，延边州2例，长春市4例，梅河口市1例）。境外输入确诊病例的密切接触者307人，也已全部解除医学观察。

截至2020年年末，吉林金域累计完成核酸检测近100万例。

壹　实力出击　"健康哨兵"异军突起

沈阳金域医学："抗疫新兵"成长记

辽宁大连，三面环海，是中国东北对外开放的窗口和最大的港口城市，人流如织，货如轮转。作为重要的交通枢纽，新冠肺炎疫情发生以来，大连防控压力直线上升。服务网络覆盖辽宁省的沈阳金域医学主动作为，守护辽东半岛最南端这座美丽的城市。

2020年7月22日，辽宁省大连市大连湾街道发生聚集性疫情。7月25日，国家卫健委主任马晓伟赴大连调研指导。他强调，要迅速以核酸检测为手段扩大预防，在现有医疗机构、第三方检测机构充分挖潜的同时，用好临近地市检测资源，加强生物安全管理和采样检测匹配，保障在规定时间内出具采样结果，力争在4天内实现核酸检测全覆盖。

检测的一部分任务落在了沈阳金域医学的身上。相比于广州金域医学、武汉金域医学等早已参战，并积累了丰富经验的兄弟实验室而言，沈阳金域医学还是金域医学集团战"疫"队伍里的"新兵"。

时间紧任务重，但有了金域医学这个团结协作的大家庭，他们沉着应战，应对工作有条不紊。承接辽宁省卫健委的检测任务安排后，沈阳金域医学在集团副总裁柳盛伟、沈阳金域医学总经理朱保坤的带领下，半天时间便紧急制定了支援大连全力开展核酸检测的方案。

7月23日晚上8时许，正在家里陪孩子玩的陈萍收到了"打前站"的任务：作为沈阳金域医学的区域主管，她要把抗疫物资与耗材送到大连，并留在当地协助收取标本。通知下发后，陈萍和沈阳金域医学副总经理白博涛、物流副经理安再楠等一行5人，陆续从沈阳驱车赶往大连收取标本，成为支援大连的第一批金域人。

争分夺秒是"逆行者"的关键词。

"到大连的第一个白天，和伙伴们收了快5000个标本，这个数量突破了我自己的单日收取纪录。"陈萍在日记里写道。从大连机车医院到大连湾地区，再到附近

专业 报国 | 抗疫战场的"健康哨兵"

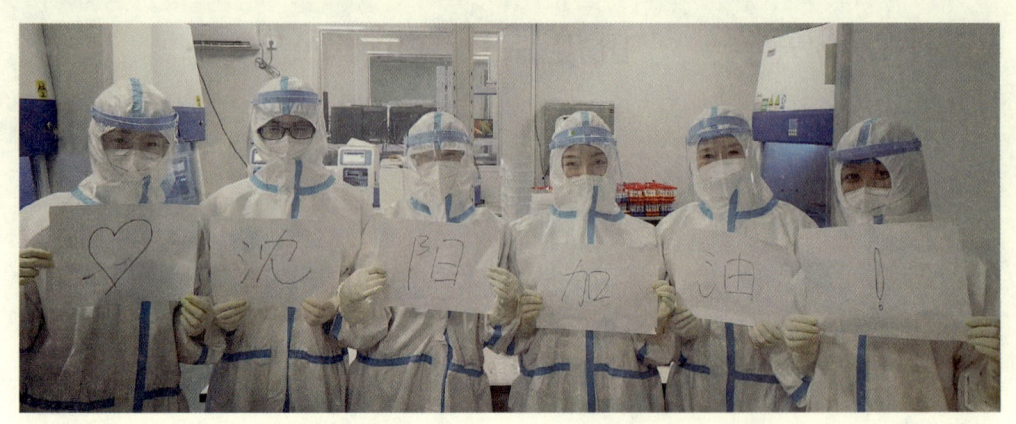

沈阳金域医学"抗疫新兵"已连续战斗数月

的海岛,支援大连的沈阳金域医学小分队以最快的速度收取标本。

前方收回大量标本,但后方因为核酸检测的设备和人员有限,还是遭遇了产能瓶颈。接收标本的第一天,沈阳金域医学每天只能做5000例左右,产能提升迫在眉睫。

人员和设备不够?调!

——金域医学集团来自黑龙江、湖北、湖南、贵州、福建等地10家中心实验室富有新冠病毒核酸检测经验的专业人员,以及调集自全国的专业设备,陆续抵达沈阳金域医学实验室。

实验室空间不足?扩!

——沈阳金域医学改造了一间常规实验室,经验收后专门用来放置PCR扩增仪,PCR扩增仪的数量从5台增加至25台。

提取仪、点样机、扩增仪……包括5月刚投入使用的新冠检测采样信息登记系统以及报告发布系统在内,能提升核酸检测效率的"武器"都上了,沈阳金域医学核酸检测日产能最高达到3万例,检验样本总数超过10万例。

经此一役,沈阳金域医学实力大增。时隔5个月,当考验又一次来临时,沈阳金域医学已在应急预案、政府对接、流程梳理、人员调度、资源匹配、后勤保障等方面做足准备,能快速响应、自如应对。

12月15日,大连发现本土确诊病例。不久后,沈阳金域医学受大连市政府委托,对病例所在的金普新区进行核酸检测；22日，沈阳金域医学助力开展全民大规模核酸检测，参与金普新区站前、拥政、先进、友谊、大李家等街道的核酸检测工作。

在接到支援消息的24小时内，来自济南、天津、吉林、南京、黑龙江、石家庄、杭州金域医学的27位支援人员抵达沈阳金域医学实验室，火速组建起核酸检测支队、一线标本收取支队、冷链运输支队、后勤保障支队，投入战"疫"最前线。

深冬时节的大连，气温低于零下10℃。按标本收取规范，沈阳金域医学的物流人员需要待在室外计数转运。沈阳金域医学区域经理王瑞回忆道："那天最后一班社区标本车到达接收现场时，已经凌晨4时。清点完标本，伙伴们的手已冻得没有知觉了，有些伙伴的眼睫毛上结了一层薄冰，连说话的声音也是颤抖的。"

才结束支援大连的战斗，沈阳金域医学又加入了新的战场。

12月23日，沈阳市发现1例韩国返沈人员核酸检测阳性病例，此后确诊病例和无症状感染者数量呈上升趋势。沈阳市启动应对机制，于12月31日发文，全市以各区为主体，以人员实际居住小区为单位，集中组织开展全员核酸检测。沈阳金域医学再次助力沈阳市开展全员核酸检测。事实上，在"号令"发出前一晚，沈阳金域医学已在朱保坤的统筹下，提前做好了承接新一轮大规模核酸检测的准备。

2021年元旦，当全国大部分地区都沉浸在辞旧迎新的喜悦中时，支援沈阳的全体金域人取消休假，加班加点接收、处理标本。沈阳金域医学副总经理余银辉在2020年12月31日刚返回广州家中，探望妻子和尚未满月的孩子，得知沈阳大筛查开始，立即乘坐当天的航班飞回沈阳。作为沈阳金域医学对接疾控中心的负责人，沈阳金域医学实验诊断部副经理贡雪每两小时就上报一次沈阳金域医学的核酸检测结果。从12月支援大连开始，她已连续十几天凌晨两三点才躺下，六点又起床工作，最忙的时候甚至好几天都不回家。实验室人员穿着三级防护服在实验室一待就是10多个小时。

2021年1月4日，沈阳第一轮大筛查顺利结束，为疫情防控守好了第一道阀门。沈阳金域医学的最高产能达到每日4万例，累计完成近120万人份的检测任务。4日开始，沈阳启动第二轮大筛查。这支褪去"新兵"之气的队伍，在党和政府的领导下，依旧奔走在辽宁省疫情的中心，守护着东北人民。

专业报国 | 抗疫战场的"健康哨兵"

香港金域医学：守望相助，以内地经验助港抗疫

早上7时，在社区检测中心，香港金域医学已经开始为通关市民开展检测工作。"通关的市民比较多，早上大门一开，大家就拖着行李箱鱼贯而入。"对于这样的场景，广州金域医学呼吸道病毒诊断与转化中心授权签字人、支援香港金域医学实验室的李妙知已是十分熟悉。

由于第四波疫情的形势未明，李妙知等人就算只是现场维持秩序，也得保证大家的安全。但因为检测任务繁重，即使是就餐时，所有工作人员也只能躲在通风的楼道口等处席地而坐，不敢脱防护服。

2020年7月，香港新冠肺炎疫情开始新一轮蔓延。7月13日当天，香港新增52例新冠肺炎确诊病例，单日新增确诊病例数创香港第三波疫情以来新高。提高香港当地核酸检测效率迫在眉睫，香港金域医学义不容辞。作为获香港特别行政区政府认可的核酸检测机构，香港金域医学从7月14日开始，正式承接当地的新冠病毒核酸检测任务。

2011年，金域医学进入香港市场。目前已拥有香港单层最大的牛头角实验室、中环应急检验实验室和位于香港科技园的研发中心，建立了牛头角、中环、尖沙咀、旺角、铜锣湾、荃湾等地的6个采血和服务中心，为香港400多家医疗机构提供服务。

对于提供基础医学化验服务，香港金域医学驾轻就熟。对于应对疫情所需的大规模核酸检测筛查服务，香港金域医学还是首次开展。金域医学集团决定派出精英部队，带着在武汉保卫战、湖北保卫战以及在其他多处聚集性、散发性疫情歼灭战中积累的宝贵经验，驰援香港。

一个星期后，金域医学高级副总裁严婷挂帅，和副总裁、华南大区总经理杨万丰，以及曾奋战在武汉、广州抗疫一线富有管理经验的骨干，组成了金域医学援港核酸检测小分队，搭上了前往香港的列车。

香港金域医学参与香港特别行政区普及社区检测计划

"按照香港目前的趋势，未来肯定会出现大量的筛查需求，就目前香港金域医学实验室的设备和场地条件，肯定无法满足。"严婷一针见血地指出问题。抵达香港后，援港核酸检测小分队和香港金域医学实验室的成员会合，立即就实验室产能提升、流程优化等工作开展讨论。摆在他们面前的第一道难关就是增加的设备该如何使用。在实验室所在的商业大厦，电力问题成为设备使用的阻碍因素之一。

没有电，再多再好的设备都用不了。香港金域医学首席运营总监黄庭欣将这一问题向特区政府反映。特区政府立即开辟绿色通道，调拨资源，机电工程署、中电公司、香港金域医学实验室所在的大厦物业管理公司通力合作，三天就解决了实验室电力扩容问题，使得新购置的设备可以顺利开机使用。香港金域医学日检测产能顺利达到2万例，为日后的筛查做好了准备。彼时，疫情蔓延的趋势还没有完全得到遏制。香港金域医学主动承接政府委托的检测任务，同时为香港私人诊所提供核酸检测服务。

应香港特区政府请求，在党中央统筹部署和指挥下，国家卫健委迅速组建内地核酸检测支援队赴香港开展工作，协助特区政府抗击疫情。内地核酸检测支援队抵达香港之后，立即和香港金域医学等机构会面讨论防控措施。香港金域医学基于长达半个月的实践积累，为内地核酸检测支援队在香港工作的开展提出了实质性的建议，助力政府机构建立合适的防控机制。

香港金域医学同仁在实践中发现：在香港，最开始检测新冠病毒的样本主要是深喉痰液，样本准确性多取决于取样过程中市民咳痰的过程是否规范，常常会收取到只有唾液的样本。于是，香港金域医学建议和内地一样，采用咽拭子取样，由专业的医护人员来操作，保证样本准确性。这一建议被内地核酸检测支援队采纳。

尽管经验丰富，但由于两地操作仍有差异，香港金域医学还是碰到了不少难题。例如，在内地，现场采样、秩序维护基本由社区组织、医疗机构负责，第三方医检机构只需要派人到现场收取样本、协助信息录入、确保样本顺利交接即可。而在香港，前端的采样工作也由相应的检测机构负责。

8月中旬，香港金域医学被安排负责香港特别群组的核酸检测工作，但他们并没有专门的采样团队。"我们想到了日常合作的医疗集团，是否可以和他们建立合作关系，由他们派出护士团队帮忙采样？"严婷回忆。这一建议很快得到合作伙伴的认可，现场采样问题顺利解决。

8月25日，香港金域医学正式开始香港特别群组筛查工作。从总部过去负责IT系统维护的陈炳烨也被安排到警署采样现场，负责维护现场秩序，优化整个采样流程。6时，天刚亮，陈炳烨等人已经在警署开始部署场地，合理设置好排队、信息登记、采样等区域。

从接到安排到正式开始任务，留给香港金域医学和警署沟通的时间不到1天。香港金域医学几乎全员出动。严婷亲自负责把控标本运送环节；杨万丰现场当起调解员，维护现场秩序；黄庭欣则带着自己的亲友开车往返各个采样点，随时帮忙补充所需物资……香港金域同仁几乎是通宵理顺整个从采样到检测的流程。

耗时7天，香港金域医学经受住了第一次大筛查的考验，紧接着便迎来了9月初香港开展的全民免费、非强制性核酸检测任务。香港特区政府通过金域医学等三家检测机构，提升了香港的病毒检测能力。

从7月中旬正式承接政府核酸检测任务，到9月中旬完成大筛查，香港金域医学在集团的部署下，顺利帮助香港特区政府遏制了第三波疫情的蔓延，其高质量的检测服务，获得了特区政府的高度认可。香港食物及卫生局局长陈肇始代表特区政府，向香港金域医学发来感谢信："贵公司为普及计划进行检测工作，协助检测了数以万计金域医学的样本,对普及计划的推进发挥了重要作用,对此我表示衷心的感谢。"

疫情防控工作仍不可松懈。香港作为中国对外的门户之一,也是全球知名的自由港,防输入的压力尤为巨大。11月下旬,香港第四波疫情暴发,金域医学再次集结集团力量出征,支持香港金域医学开展新一轮抗疫工作。

这次,香港金域医学主要负责香港医管局下属的普通科门诊、卫生署下属的专科门诊项目,以及全港警署、运输处等单位的筛查任务,并中标三个社区检测中心,为有相关需求的市民提供便捷的检测服务。

经过上一轮大筛查的历练,此时的香港金域医学已游刃有余。经过流程优化,香港金域医学的日检测产能可轻松达到2万例,检测结果24小时内即可发出,成为香港地区核酸检测的主力军之一。在香港金域医学等第三方医检机构的推动下,香港地区的核酸检测价格从1000多港币下降到240港币,大大降低了市民检测成本,提高了核酸检测的可及性。

从最初一天只能做200—300例样本,到日检测产能达2万,早上收集样本,下午开始检测,晚上即可出具结果;从没有物流团队到组建物流团队;从没有采样人员到与医疗集团合作,香港金域医学经历了香港的第三、第四波疫情的锤炼,建立起完整的采样、检测、发单全流程,梳理出具有香港特色的抗疫方案。

为避免到现场取报告的人扎堆,香港金域医学还开发了电子报告系统,市民登记信息后,报告会通过短信告知,市民可以点开短信链接下载纸质版报告自行打印,减少了社区检测中心人员聚集的现象。"看到大家拖着行李箱排队的场面,自己就觉得责任更重。彼岸不是一座城,在香港的身后,有祖国,还有我们金域人!"李妙知说。

香港金域医学的抗疫表现,得到了香港特区政府和社会各界的认可。12月25日,香港特别行政区行政长官林郑月娥到访香港金域医学,慰问奋战在香港核酸检测一线的抗疫人员。更有香港市民专程写下对联送到实验室表达感谢。"天使悬壶施妙术,仁心济世赋新篇",一副对联承载着内地和香港同胞血浓于水的深情厚谊。

石家庄金域医学：
移动方舱实验室出动，全力守护河北

一天新增40例！9天累计发现本土确诊病例223例、本土无症状感染者161例！2021年1月2日，石家庄市藁城区出现1例本土新冠肺炎确诊病例，此后确诊病例和无症状感染者数量呈上升趋势。最大程度管控风险，避免疫情扩散，要守好河北，每一项工作要争分夺秒。

考虑到河北的疫情变化，石家庄金域医学立即成立新型冠状病毒防控工作监督小组，制定应急预案。1月4日，石家庄金域医学常务副总经理张俊峰接到石家庄市防控办的紧急电话，要求参加晚上9时30分召开的疫情防控工作会议。1月6日凌晨，按照政府安排，石家庄金域医学正式加入本次石家庄全员大筛查的战"疫"中。

要快速完成全面核酸筛查工作，实验室产能必须及时快速跟上。为此，石家庄金域医学在集团"一盘棋"的调度下，通过场地利用、流程梳理、人员调配、资源匹配、后勤保障等多方面举措，快速提升产能。

很快，一辆装载着移动方舱实验室的货车被开到了石家庄金域医学"待命"。这是金域医学和北京卡尤迪公司联合组建的移动方舱实验室，能够完成从样本前处理到提取、加样、扩增的全流程核酸检测，单日检测产能近1万例，可满足政府应急的大规模筛查需求。"这是金域医学根据局部疫情大规模筛查时间紧、规模大、检测任务重的特点而设计的一种移动实验室模式。"石家庄金域医学总经理陈建春解释，"这种方舱实验室模式具备快速使用和可移动的特点，可以缓解石家庄金域医学受限于场地的产能提升压力，必要时甚至可以直接开到县乡一级，就地开展检测工作。"

移动方舱实验室再加上石家庄金域医学的实验室，50台设备迅速就位，只待开机，全力以赴应对大筛查。

> 壹　实力出击　"健康哨兵"异军突起

石家庄金域医学引入移动方舱实验室，整体日检测能力提升至5万例

　　除了有实验室场地、有设备，检测人员的及时到位也十分关键。此刻的石家庄正值寒冬，但仍无法阻挡一支富有抗疫经验的石家庄金域医学核酸检测小分队快速集结。他们来自金域医学在广州、武汉、长沙、青岛、郑州、兰州、西安、太原、天津、南昌、南京、合肥、成都等地的实验室，大多曾参加过武汉保卫战、湖北保卫战以及发生在新疆、北京等地的聚集性、散发性疫情歼灭战。

　　曾参加过武汉雷神山医院标本运输的"90后"病毒标本"快递员"梅乙奇再次披甲上阵，从武汉坐高铁，"逆行"抵达石家庄，未作休息便投入工作；在武汉疫情焦灼的时候，石家庄金域医学的杨鸿珂主动请战赴武汉一线抗疫，而今，她再次坚守在一线，守护自己的家乡。"去年战武汉，今岁守家园。"

　　为了把疫情控制在最小范围，石家庄金域医学还调动设备和人员支持地方医院检验科处理当地新冠病毒的核酸检测工作，就地完成县级区域的筛查任务，减少样本流动的安全风险。在样本运输方面，石家庄金域医学专门成立了样本运输队伍，穿梭于各采样点，及时将已采集样本送回实验室，加快出报告时间，并在空运、高铁、客运均已停运的情况下，由冷链物流车在保定、沧州、衡水、邯郸、邢台等7地高速口接收当地标本，解决标本接收问题。

石家庄金域医学还通过信息技术，实现了从采样到结果发布全流程信息化运作，不断提高优化检测流程。

金域医学副总裁、华北大区总经理侯生根说："金域医学集团早前就总结出一套应对冬季局部地区疫情暴发的应急检测方案。通过这一方案，我们采取了中心实验室、移动方舱实验室以及整合地方医院实验室三种方案，将日检测能力迅速提升至近5万例。"

截至2021年1月11日，河北的疫情仍牵动着全国人民的心。石家庄第二轮大筛查启动在即。全员检测争取只花两天时间，相较于第一次检测的时间更短。而石家庄金域医学全体成员也将继续坚守在一线，誓要阻击病毒蔓延，继续助力捍卫河北公共卫生安全，巩固全国来之不易的防控成果。

壹　实力出击　"健康哨兵"异军突起

第六节

多方联动
精锐尽出实现产能跃升

产能是衡量生产型企业的关键指标。

核酸检测产能，是衡量第三方医学实验室抗疫实力的一个重要指标。在金域医学集团全国多个抗疫战场，都先后出现产能亟待提升的情况，广州金域医学实验室更是首当其冲。在紧张的2月，广州金域医学执行总经理马骥平均每天只能睡4小时。

从全国疫情防控形势看，金域医学在两个战场发挥了关键作用，一是在广州总部不停摸索流程，为全国输出战"疫"经验；二是在武汉湖北充分发挥了集团统筹、协同作战的能力，迅速提升当地核酸检测能力。通过精确把握并利用不同阶段核酸检测需求的时间差、地域差，金域医学得以多方联动，在极为有限的资源下，形成了优势互补、相互协同的战"疫"整体，磨炼了团队成员的意志，释放出强大的战斗力。

上下同欲者胜。回顾金域医学在全国的战"疫"场景，无论是在广州还是武汉，西安还是上海，金域人都表现出服从命令、听从指挥、能打胜仗的优良作风。随着全国各地复工复产复学复课陆续启动，金域医学又迎来了更加艰巨的挑战。

"我们公司强项就在执行力。这种企业文化一旦形成，只有气质相同的人才能待下去。在这场疫情应对中，志同道合很重要。"金域医学集团党委书记、董事长兼首席执行官梁耀铭如此评价。

产能跃升方法论

对于任何参与其中的人来说，开展核酸检测，最难以及最痛苦的，莫过于连续好几个月，都一直处于一种突发的变化状态当中——客户需求不停在变，标本量不停在变，标本回到实验室的时间在变，就连检测产能也要不停地跟着变。

各种"变"如果不能很好地调整、化解，堆积到了一定的程度，终将在某个时刻引发一场"灾难"。

在广州的金域医学总部实验室，这场"灾难"最终在2020年2月25日这天爆发了。

"最早我们按照发热门诊、密接人群及住院病人筛查的需求来布置产能，可没想到在短短一个月时间内，随着疫情防控需要，政府不得不调整筛查范围，最早是'三个必查'的筛查项目，接着又是政府单位的人员体检，再到企业开展复工复产体检，后来又到了入境检测、复学复课……不断有新的任务下来，标本量不断增加。"广州金域医学执行总经理马骥说。

疫情发生以来，马骥就一直负责与政府、疾控、医院进行检测需求对接，再将前端的需求反馈至后方实验室。"这一个月我感觉像过了半年。平均每天睡眠时间大概4小时，但政府部门压力更大，他们经常通宵，我经常晚上11点接到卫健委的电话让马上过去开会，那里还是灯火通明的。"政府部门当时疫情防控的压力，马骥感同身受，对政府布置的任务，也一刻不敢怠慢。

最初按照"三个必查"的需求，他早早就反馈给总部实验室，将单日产能布局到了1万例。在"三个必查"开展的第一个星期，金域医学单日收取的核酸检测标本量一直维持在5000—8000例，应对检测绰绰有余。

然而，他也料想不到的是，疫情防控形势越来越紧张，到了第二、第三周，不停有新任务布置下发，这个量很快就突破了1万例，随后达到了1.6万例。通过调整班次，从三班倒变成四班倒，实验室勉强将单日产能从1万例提升到近2万例。但很快，送检的标本数量又变了。从2月25日到29日，连续五天，每天接收的标本量都突然大幅增加到超过2.5万例，最高的一天一下子就来了超过2.8万例。

而此时很多检验人员已经持续高强度工作接近一个月，身体和心理承受能力都已经到达了极限，接近3万例的标本仿佛就成了"压垮"实验室的"最后一根稻草"，"灾难"与矛盾一触即发。

突然来近3万例标本，是一个什么概念？

金域医学的总部实验楼共有八层，设有临床基因组中心、临床质谱检测中心、临床血液病诊断中心、病毒诊断与转化中心、病理诊断中心等多个高新技术平台，实验人员近900名，日常这几大技术平台每天处理各类标本大概是5万—6万例，可开展超过2700种检测项目。

而如今，光是要做核酸检测这单一项目的标本就有3万例，一下子"涌"进来，而且只"涌"向单个检测科室，就是病毒诊断与转化中心，而当时投入到核酸检测的PCR仪只有31台，检验团队只有40人。

金域医学实现产能跃升

也就是说，平常是900人检测5万—6万的标本，现在为应对新冠疫情，40人就要检测3万例的标本。时间短，标本量大，整个核酸检验团队所承受的压力之大，可想而知。

"总部实验室虽然有900名检验人员，但有上岗证能操作PCR仪的就那么多，这就注定了能调配的'资源池'就那么大，短时间内怎么能把产能做上3万？"作为金域医学实验室管理中心的总经理，程雅婷感受到了前所未有的委屈和焦虑，"产能跟不上，标本就会出现大量积压，政府下发的任务没法按时完成，更可怕的是，出报告时间哪怕拖延个半天，可能就有感染者活动到其他地方去了，必须得和时间赛跑。"

要突破产能瓶颈，设备与人员哪里来？有PCR上岗证的检验人员就那么多，怎么调配？梁耀铭连续两天召集会议，不同的意见、激烈的争论，在董事长办公室此起彼伏。

"现在是31台PCR仪，40人，一天能做到1万—2万例，如果要增加到3万例，起码要60台PCR仪，120个人，我们哪来这么多人？"

实验室人员刚提出了按现有模式直接增人增设备打人海战术，马上就被梁耀铭否决了。"没理由！产能提高一倍，人员设备都要跟着增加一倍，那我们的规模化效应在哪里？大家想想还有什么环节可以优化？"

"现在核酸提取环节效率不高，耗时也耗人。"说话的是广州金域医学分子诊断技术部的主任胡昌明。他的一句话让在场的人不得其解。

"三个必查"刚开展之时，送到金域医学的检测标本只有几百例，当时考虑到量不大，在核酸提取的环节便沿用人工提取的方法，即先取标本，人工手动加核酸释放剂，然后再放到离心机上提取。这个步骤看似简单，但光离心这一环节就要15分钟，而且一次最多也只能做48个标本，时间长、效率低。

然而，随着标本从几百例增加到几千例时，这一人工提取的方法早已被自动核酸提取仪给替代了。所有步骤加起来，30分钟就能提取完92个标本，效率提高了许多。

为何还说提取环节效率不高？

壹 实力出击 "健康哨兵"异军突起

原来,当临床基因组中心实验室被征用去开展核酸检测时,他们发现,自动化设备虽然一直在用,但流程上并没有形成生产力。

"要提升效率,关键不在机器也不在人,而是在于流程管理。必须要把每一步做什么,要花多少时间,计算出来,然后每个环节之间把时间'卡死'。说白了,就是要无缝对接,不能让机器停下来。然后再计算一个人可以管理多少台机器,把人员配比配出来。"

经过多番讨论、流程优化和测试,他们终于计算出一个最佳人机组合:3台自动核酸提取仪+10台PCR+6人/班次,一天四班倒,能完成核酸检测1万例。按此组合,3万例的产能,只需配30台PCR仪和48位检验人员即可。

> **金域医学产能跃升的最佳方案:**
>
> ∵自动提取仪:92(单次可检测标本)×48(24小时可运行次数)×3(台)≈(1.1万—1.2万)例/天
>
> PCR扩增仪:92(单次可检测标本)×12(24小时可运行次数)×10(台)≈1万例/天
>
> 人员配置:1人(配置扩增试剂)+3人(加样)+1人(提取RNA即核糖核酸、点样点质控)+1人(上机和分析)=6人/班次
>
> ∴(3台自动提取仪+10台PCR+6人)×4个班次≈1万例/天

事实也证明了,这样的组合不仅可行,而且还大大提高了效率,人均产能可达600多例,产能问题迎刃而解。

"标本量太大了,我们也是被逼得没办法了,才想到的。"程雅婷说,"哪怕以后标本量再提升,我觉得问题也不大,只是资源配置的问题。"

进入4月下旬,高三、初三学生复学在即,来自学校师生的标本大幅增加。4月23日,金域医学总部实验室破纪录地收到超过9.7万例标本。

然而,有了最佳组合后,再次面对标本的激增,实验室已经十分从容,应对起来也游刃有余。通过调动75台PCR仪和19台自动提取仪,金域医学总部实验室的单

日检测产能一下子跃升至9.5万例。

这个最佳方案也快速在金域医学其他承接了核酸检测任务的子公司推广。

为了保障学校师生的安全，4月12日，杭州金域医学承接了世界500强企业海亮集团教育板块师生的核酸检测任务，核酸检测日产能迅速从3000例提升至1万例。

5月8日，吉林省吉林市突发聚集性病例紧急事件。政府有关部门对吉林金域医学委以重任——负责高风险区的核酸初筛任务。在短短两天内，吉林金域医学就将实验室产能从日检1万例迅速提升至2万例……

标本的激增倒逼着产能的提升，从量变到质变，金域医学完全以创业的心态、钻研的精神、专业的能力来对待每一次挑战，在解决问题中不断积累经验，贡献智慧。

当全球出现新冠疫情大流行时，金域医学凭借着过去60多天大规模开展核酸检测的经验，积极参与国际上的新冠样本采集与实验室安全讨论，并与美国领先的实验室奎斯特（Quest）、拉丁美洲最大的第三方医学实验室巴西DASA、欧洲最大的第三方实验室SYNLAB，还有北美华人临床化学协会（NACCCA），分享金域医学新冠检测技术方案、应对大样本量检测的效率保证等经验。

在抗疫期间，若凌晨一二时你在广州国际生物岛，可以见到金域医学总部实验室里灯火通明，外面车水马龙，那是一辆辆来自广东各市县医疗机构运送标本的救护车，也是社会各界对金域医学信赖的明证。在这场没有硝烟的战斗中，每一位亲历的金域人，都迎来了一次技术和精神上的蜕变。

壹　实力出击　"健康哨兵"异军突起

每个小创新都是在为平安抢时间

标本量再大，发报告时间都要控制在8—10小时以内，遇到加急标本，甚至还要求6小时内就要把报告发出。为此，提升效率，不仅仅是关键的检测环节需要优化流程提升产能，送检者信息采集、标本信息录入、结果录入等每个环节同样需要在技术创新上寻找突破口，想方设法加强信息化、去人工化，提升效率。此时，一个小小的创新，都是在为疫情防控争取时间，为人民的生命健康安全争取时间。

完成一项复杂艰巨工作，往往需要团队协同作战。在检验部门、物流部门、营销部门、IT部门、专家团队、客户及合作方等多方配合下，一个个困扰着效率提升的难题被逐个击破。

2020年2月5日的下午，央视新闻直播里，记者正实地探访武汉一家医院如何和病毒赛跑，提高检测能力，缩短检测周期。"患者检测信息的录入不够快也影响了检测速度。"受访者的一句话，引起了金域医学营销运营中心副总经理邹小凤的注意。

"以前医院都是为本院患者服务的，所以院内的患者信息可通过医院系统流转，但因为新冠疫情这一突发事件，医院也需要接收外院送检的病毒标本，第一步就需要人工先录入送检者的信息，这个很耗时，样本量一大，这个环节一定会成为瓶颈，医院会吃不消。"多年和医院打交道的邹小凤一下子看出症结所在。若论及跨医院外包送检，第三方医检机构的服务流程是最成熟不过的。要在短期内承接大量多地区多布点的标本，并能快速大面积采集患者信息，金域医学早已有一套现场的解决方案——域医通。

什么是域医通？从2009年开始，金域医学就参与了国家农村妇女"两癌（宫颈癌和乳腺癌）"筛查项目。因为项目涉及19个省400多万人次，地区广泛，人群分散，所以为更好地承接该项目，2015年，金域医学自主研发国家"两癌"筛查项目专用信息系统和自动综合报告系统——域医通，为全国各地开展"两癌"筛查项目提供便捷式的信息化管理，实现信息自动录入、筛查结果分析快速反馈，可以说在协助重大政府健康项目实施中立下过汗马功劳。

为了让系统更适合新冠的采样场景，邹小凤立即和信息管理中心产品总监吴楠联系，并随即成立了"病毒筛查—疾控域医通适配"项目工作小组，启动了技术评估、应用场景信息收集等工作。

2月18日，金域医学正式在客户端启用了在域医通基础上开发而来的新型冠状肺炎筛查自助登记系统。之后，系统很快就开发出疾控版、复工版两个模块，分别服务于疾控客户筛查与企业复工筛查两大场景。送检者只要扫个二维码，然后输入个人信息即可，大大提升了送检者信息的采集速度，减少了采样现场人跟人的接触机会，同时也方便了后续的信息管理，让标本送到实验室后，马上就能进入到检测环节，无须再人工录入信息，为新冠疫情防控争取到宝贵的时间。

尽管新型冠状肺炎筛查自助登记系统对提升效率起了一定的作用，但由于疫情防控经常会遇到突发紧急事件、采样点不确定、现场不具备信息化条件等状况，仍有大量的标本无法在采样现场就完成送检者的信息录入。更多时候，信息是通过人工录入、系统对接、电子表格导入、OCR自动识别（智能图片识别录入系统，通过这一系统，物流人员只要把送检单拍照，传输至后台，系统自动识别，再通过人工审核，即可快速完成信息录入）等多种方式来进入金域医学核心生产系统。

然而，标本量大时，难题又来了。

在复学检测中，不少送检单位是第一次送检，化验单、体检单格式多样，无历史图片和数据参照。而且，由于采样现场忙乱，原始单据还容易出现如褶皱、扭曲、盖章不清等各种干扰因素。这些都给OCR识别系统的图片分析和内容提取带来障碍，怎么办？

负责送检信息录入的实验室管理中心运营管理总监陈丙一联系到信息管理中心的开发技术专家陈崇锜，以及华为的OCR识别开发团队，紧急启动了OCR优化项目，在七天内连续发布多个优化版本，提升识别模型对不同类型医院图片的适应性，减少对历史图片数据的依赖，同时针对新冠送检图片的特点进行优化来提高识别精度。有了高准确率的OCR能力，金域医学的医疗化验单处理效率大幅提升，超

壹　实力出击　"健康哨兵"异军突起

核对检测报告情况

过2倍，录入时间从原来的分钟级降低至后来的秒级。

就在陈崇锜的团队优化OCR的时候，信息管理中心的另一支团队也正忙碌着给KMCS（金域医学核心业务系统）"开挂"。

KMCS的一个重要功能是为金域医学的检验结果发布报告单。由于PCR仪器没有联机，分析结果出来后，要安排专人进行结果判定，并录入到发报告系统再进行审核。为此，信息管理中心的项目管理总监陈建钊带领团队加班加点，用了两天时间开发出新冠自动发布程序。这是一个基于KMCS的外挂程序，实现由系统自动抓取下机文件，并根据预设规则判定结果，疑似或阳性结果进入复检流程，阴性报告则由系统自动审核发布。"开挂"后的发报告效率提高了整整60倍。随后，KMCS项目组还开发了针对新冠核酸和抗体检测的汇总数据报表，为集团和子公司提供数据监控。同时，IT部门为有需要的子公司快速地开发了各种报表，为子公司向卫健委、疾控部门上报数据提供了极大的便利。

在这次疫情应对中，金域医学针对检测方法、流程进行不断优化的创新就有20多处，核酸检测效率也因此提高了5倍。金域人，不仅敢于战斗、能够战斗，更善于战斗，善于用智慧去化解一个又一个难题，迎难而上，自强不息。

链接：
钟南山等院士专家纵论"科技助力新冠防控"
——2020金域医学学术委员会专题研讨会召开

2020年12月19日，以"科技助力新冠防控 数据驱动医学发展"为主题的2020金域医学学术委员会专题研讨会在广州召开。金域医学学术委员会素有中国医检界"最强大脑"的美誉。这次研讨会齐聚了金域医学学术委员会主席钟南山院士，以及陈晔光院士、陈润生院士、侯凡凡院士、张学院士、谭蔚泓院士、谢晓亮院士、卢煜明院士、吕坚院士共9位院士，与来自全国的500余位临床、检验、病理及医学大数据等领域的专家，聚焦当前全社会最为关心的"新冠疫情防控"问题，交流最新的科研进展及应用成果。

钟南山院士致辞并主持学术环节

壹 　实力出击　"健康哨兵"异军突起

北京大学理学部主任谢晓亮院士线上分享《中和抗体——新冠特效药的希望》

清华大学生命科学学院陈晔光院士分享《类器官在药敏检查及病毒感染应用中的探索》

香港城市大学副校长吕坚院士线上分享《疫情区域预测及基于表面增强拉曼光谱（SERS）新冠快筛技术发展》

专业报国　抗疫战场的"健康哨兵"

上海市（复旦大学附属）公共卫生临床中心卢洪洲教授分享《为健康中国筑起公共卫生屏障》

中国疾病预防控制中心流行病学首席专家吴尊友线上分享《新冠疫情形势与防控策略》

广州呼吸健康研究院研究员杨子峰教授分享《交叉融合"战法"在抗击新冠疫情中的运用》

第七节

高举旗帜
让党旗在抗疫一线飘扬

创始于20世纪90年代的金域医学，参与和见证了改革开放进程和经济社会发展，与时代同频，和经济共振。这26年的发展历程中，金域医学已深刻感受到，党建工作是民营企业健康持续发展的根本保证。

新冠肺炎疫情暴发后，金域医学集团党委积极响应党中央的号召，以高度的政治敏感性和大局意识作出重大战略决定——把做好疫情防控工作作为当前压倒一切的政治任务，不惜一切代价。2020年1月23日，在参加了广东省卫健委和科技厅举办的新冠病毒科技攻关座谈会后，金域医学集团党委书记、董事长兼首席执行官梁耀铭主动向政府请缨参与这场疫情防控的阻击战。

除夕当天，梁耀铭主持召开疫情动员会，向全体员工发出动员，作出"这是为社会为国家贡献专业力量的时刻，要调用集团的力量，不惜代价支援重灾区"的号召，作好从备战、请战到参战的部署。

党的基层组织是党在社会基层组织中的战斗堡垒，是党的全部工作和战斗力的基础。1月28日，中共中央印发了《关于加强党的领导、为打赢疫情防控阻击战提供坚强政治保证的通知》，强调各级党组织和广大党员、干部要在打赢疫情防控阻击战中发挥积极作用，坚决打赢疫情防控阻击战。

在梁耀铭的带领下，集团党委通知集团全体党组织和党员利用新媒体的形式，在线学习中共中央组织部印发的《关于坚决贯彻落实习近平总书记重要指示精神在打赢

> 专业报国 | 抗疫战场的"健康哨兵"

疫情防控阻击战中积极主动履职有效发挥作用的通知》。

为充分发挥党组织在抗击当前新冠肺炎疫情中的战斗堡垒作用和党员先锋模范作用，统筹武汉一线的党员力量，金域医学集团积极发挥党建引领作用，2月1日和6月30日，为充分统筹武汉、北京前线的党员力量，经金域医学集团党委认真研究，决定成立抗击新型冠状病毒肺炎武汉和北京先锋队临时党支部。8月中旬，经中共乌鲁木齐经济技术开发区（乌鲁木齐市头屯河区）中亚北路片区党工委批准，新疆金域赴喀什工作组成立临时党支部。临时党支部的成立，进一步强化了党组织对支援武汉、北京以及新疆新冠肺炎疫情检测工作的领导，为打赢疫情防控阻击战提供坚强组织保障。

2月5日，为进一步深入学习贯彻习近平总书记对新型冠状病毒感染的肺炎疫情的重要指示精神，进一步加强党的领导，把疫情防控工作作为当前压倒一切的重要政治任务落到实处，为打赢疫情防控阻击战提供坚强的政治保障，金域医学集团党委发出《致集团各级党组织和全体党员的一封信》，号召各级党组织和全体党员同志统一思想，全力以赴，带头担当，为老百姓的生命安全和身体健康，为坚决遏制疫情蔓延，在各自的岗位贡献自己的一份力量！

整个庚子年春节期间，金域医学共有589名党员放弃春节休假投身在此次疫情防控的第一线；还有238名党员主动申请赴武汉、荆州支援；一批参加此次战"疫"的一线员工向党组织递交了"火线入党"申请书；7名员工被批准"火线入党"……金域医学集团以战胜疫情为共同目标，全体700多名党员形成了强大的疫情防控合力。

为全力支持一线疫情防控工作需要，金域医学集团党委还先后两次组织全体党员干部志愿捐款支持新冠防控工作。全集团全国38个党支部共有598名党员参与捐款共8万多元，在职党员参与率为95%。

在广州市财政局、市委组织部和各区委组织部紧急提前下拨的2020年党的基层组织建设保障经费中，金域医学集团党委还划拨一定的资金，用于慰问战斗在疫情防控一线的基层党员、干部，支持基层党组织开展疫情防控工作，包括购买疫情防控有关药品、物资和展开疫情宣传教育，慰问因患新冠病毒感染的肺炎而遇到生活困难的党员、群众等。

"作为一家大型民营医疗机构，除了在专业上倾尽全力外，还得有社会责任，调动一切资源，哪里有需要，就到哪里去，最大程度地发挥金域医学的专业价值和社会价值。"梁耀铭如是表示。

壹　实力出击　"健康哨兵"异军突起

关键时刻，党员就要冲锋在前

"一线岗位全部换上党员，没有讨价还价"，2020年1月29日，上海医疗救治专家组组长、华山医院感染科主任张文宏这句金句，瞬间在网络刷屏。

党员先上，同样是金域医学集团党员的行动自觉。

接到公司任务后，金域医学集团副总裁任健康教授立马安排好家里的事情，二话不说收拾行李，在除夕夜离开老家西安赶往总部，参加新冠病毒防疫战的准备工作。一下飞机，他就看到女儿转发来的短信，"了不起的医生""健康叔叔加油！"……家人和朋友的鼓励，让他对此行更有动力。

任健康是临床微生物学检验的专家，也是金域医学新型冠状病毒肺炎疫情防控专项小组防控组的组长。防控组的主要职责是要为公司新冠标本运输和核酸检测全流程的生物安全防护提供专业指导，同时筛选符合条件的检验、物流和管理人员进

任健康在2020年2月5日连夜赶往贵州毕节支援，当天的机场大厅十分空荡

131

行安全培训。

从1月25日年初一起，他一连几天都"泡"在公司。

这期间，他一方面根据世界卫生组织及国家生物安全相关标准以及病毒的生物学特性和传染途径，为实验室和物流起草安全指引；另一方面安排课程，并着手编写课件，给学员开展生物安全培训。

1月28日，是学员培训的第二天。这一天，任健康教授要接连讲"消毒技术规范解读"和"实验室生物安全体系建设和评估"两节课。

由于连日的疲劳，多年的胆囊炎发作，他匆匆吃过药止住痛后，坚持把下午的课全部讲完。

2月5日，贵州毕节因为核酸检测力量薄弱，希望在当地开展产业扶贫的金域医学能派出专家前往支援。任健康又连夜收拾行装，赶往毕节。"当时我就想，无论是经验还是资历，都应该我去，于是就和梁总请示。"

深入一线，说没有风险是假的，不害怕也是假的，但任健康说："关键时刻，党员就要冲在前面。"

武汉金域医学总经理李根石也是一名老党员。1月26日，他独自驾车九小时从广东奔赴武汉，为承接武汉新冠病毒核酸检测任务提前做好准备。

到达武汉金域医学的第二天，李根石向全公司伙伴发出号召，及时返岗，投入抗疫战斗，短短几分钟，已经有几十名伙伴踊跃报名。短短三天时间，陆续有37名伙伴克服封城封路的困难提前返岗，参加新冠肺炎疫情防控阻击战。

一名党员，就是一面旗帜。

1月29日中午得知武汉需要支援后，金域医学中南大区总经理李慧源从长沙一路驱车赶往武汉支援。

与他一起抵达武汉的，还有长沙金域医学实验室管理骨干、技术骨干、IT骨干和试剂、防护用品等武汉紧缺物资。

刚抵达武汉金域医学，长沙金域医学理化实验室主管李淼立刻带队梳理实验室检测流程，始终发挥着党员的带头作用。由于检测是存在一定感染风险的环节，她连日来均通过电话、微信等方式汇报工作，想尽办法避免与非实验室人员多接触。

壹　实力出击　"健康哨兵"异军突起

在这次武汉战"疫"中，党员始终是标本检测大军的中流砥柱。

"我宣誓，我志愿加入武汉金域医学抗击新型冠状病毒肺炎先锋队……全力以赴，不负使命，义无反顾，勇往直前！"

2月1日，中共广州金域医学检验集团委员会正式成立抗击新型冠状病毒肺炎武汉先锋队临时党支部。

李慧源同志任临时党支部书记，武汉金域医学总经理李根石同志、人力行政部经理姚妮同志为支部委员。"这是一场没有硝烟的战争，我们抗击新型冠状病毒肺炎武汉先锋队坚决兑现入党誓言的承诺，坚持为人民服务，守护大国小家的健康。"李慧源说。

在集团总动员令下发之前，金域医学感染性疾病学科负责人刘勇组织和动员技术人员放弃春节休假，应对可能要承担的检测任务。其间，他排好人员假期值班，确保人员处于随时待命的状态，一旦接到标本到达通知，便可立马开展检测。

"最近都是这样子，如果太晚了就直接睡在公司。"除了技术人员队伍，检测需要的物资和检测操作防护装备也需要配备。刘勇每天随时都需要和采购部门核对及确认需要采购的防护用品的标准及到货情况，以确保实验室可以正常开展工作。

他还担任金域医学新型冠状病毒肺炎疫情防控专项小组检验组的组长，负责统配、支持、辅导须承担检测任务的实验室专业技术团队组建及技术能力攻关建设。

"我作为一名感染病原学专业领域的医务工作者，也是一名党员，在这个时刻就更是需要挺身而出，带好头做好表率作用，带领团队，用专业把关，用思想引导团队，随时待命，为这次疫情阻击战贡献金域医学力量。"刘勇说。

"做病毒检测，做好个人防护，就好比战士上战场要穿好盔甲一样。我的工作就是让战士在上战场前穿好盔甲。"广州金域医学实验诊断部运营经理李晨阳主要是教授实验室检验人员和物流人员个人生物安全防护、运输和检测工作中要注意的细节。

"我是一名党员，就必须发挥带头作用"，李晨阳认为自己的工作非常有意义，就是完善保障安全检测的机制，在保证员工安全的前提下，保质保量完成公司的任务。

专业报国 | 抗疫战场的"健康哨兵"

"火线"聚英雄,战"疫"勇担当

自新冠肺炎疫情发生以来,作为一家医疗机构,金域医学集团上下高度重视,全面动员,把疫情防控作为头等政治任务进行科学部署,依托自身病毒检测能力和物流网络等专业优势,组建了行业最强病毒筛查"应急部队",不惜成本,不计代价,倾力支援湖北、广东、北京等30个省(区、市)及香港特别行政区,陆续开展核酸检测抗疫工作。

如果说战争年代,党组织火线发展党员是常有的事情,因为战火中的生死考验最能看出一个人是否忠诚勇敢、不怕牺牲,那么在和平时期,抗击重大传染病疫情的第一线同样是生死考验,是检验一个人入党动机、意志品质、担当作为的试金石。

自新冠肺炎疫情暴发以来,金域医学集团党员们冲在一线、战在一线,入党积极分子也主动请战、勇挑重担,涌现出了一批积极向党组织靠拢,表现突出,充分发挥先锋模范带头作用的同志。

从大年二十九开始,广州金域医学检验集团赴武汉检测小组的技术经理任婵君24小时驻扎病毒实验室、驻点雷神山医院,承担新冠病毒核酸检测工作。在开展检测初期,在防护物资紧缺的情况下,她与疫情争分夺秒,一周工作七天,从白天至深夜,团队连续作战累计完成检测量突破1万例。为湖北省精准定位受感染人员、患者集中收治、快速切断病毒传染链条争取了宝贵的时间。

在疫情发生后,广州金域医学执行总经理马骥放弃春节休假,返回广州,负责实验室、供应部、物流部、业务部总调度。他在广东组建了一支100人的检验团队和300人的物流团队,建立了多条物流干线和数个中转站,保障粤东西北的标本能快速抵达广州,推动广州金域医学日检产能破万例,远超一般三甲医院的检测能力。

春节期间,金域医学临床呼吸道病毒诊断与转化中心技术主管冯力敏第一个主

壹　实力出击　"健康哨兵"异军突起

武汉金域医学成立临时党支部

动请缨。他说："17年前'非典'的时候，我上高三，后来读大学我选择了医学。能在国家需要我的时候尽自己一份力，是我的责任，也是荣耀。"庞大检测需求的背后，是无数像冯力敏这样"战"在幕后的"病毒神探"在负重前行。

抗击疫情，是一场没有旁观者的全民战争。2020年2月1日，医院送来的大量标本没有条形码，不能迅速分发到各实验室，需要人工分发。由于标本分发要与标本密切接触，风险很大，且人手不够，在此情况下，广州金域医学实验室高级运营总监江真君义无反顾参与标本分发，经过21小时奋战，对标本分发流程进行了优化，确保标本分发环节达到万例时都能从容应对。

2月5日，长沙金域医学检测员林小乔从广州赶回，成为长沙金域医学第一批抗疫战士，参与样本灭活、耗材试剂准备、核酸提取、PCR扩增、数据分析、结果报告等工作，就这样在长沙金域医学连续奋战了20天。当得知重灾区湖北的病毒标本检测量巨大，武汉金域人手不够的情况时，她又毫不犹豫地请战驰援武汉。

专业报国 | 抗疫战场的"健康哨兵"

面对堆积如山的医疗垃圾，在人员严重不足的情况下，武汉金域医学熊勇泽挺身而出，穿上防护服就爬上了垃圾运输车，一个人担起了卸桶、装车的任务，在同事协助下一次性转运了42桶医疗废物。"武汉是我们的家园，在疫情面前，我们每一个医务工作者都是战士。守护家园，死战不退，既是我们的责任，也是我们的荣耀！"熊勇泽用实际行动向党和人民展现了他的热血与忠诚，践行了"健康所系，性命相托"的医者仁心和入党申请书里的铿锵誓言。

关键时刻冲得上去，危难关头豁得出来，这才是真正的共产党人。经集团党委慎重研究，分别报请属地上级组织部同意，并按照相关规定和程序，任婵君、马骥、江真君、冯力敏、林小乔、熊勇泽、彭继萍七名同志因在抗击疫情中突出表现，被批准"火线入党"。

"火线入党"，递交的入党申请书是请战书，更是"生死状"。疫情发生以来，金域医学投入专业人员超过1800人，其中湖北武汉前线137人，解决疫情重灾区核酸检测关键需求，为打赢这场疫情防控阻击战提供强有力的检测支持，尤其是负责病毒检测的一线党员检验员，冒着生命危险工作，为湖北特别是武汉、广东乃至全国疫情防控工作取得重大进展作出了重要贡献。

金域医学集团党委书记、董事长兼首席执行官梁耀铭表示，在这场全民抗击疫情的重大战役中，金域医学把党的政治优势、组织优势、密切联系群众等优势，转化为企业组织动员的强大动力，努力当好人民群众的"健康哨兵"，向党和人民交上一份满意的答卷。

党旗，飘扬在北京抗疫最前线

"'病毒不退，我们不撤'，我们必将以战之必胜的信心，完成好党和人民交给我们的重任！"2020年6月30日，一个简单而又庄严神圣的宣誓仪式在北京金域医学检验实验室举行。

党旗下，22位来自北京金域医学奋战在抗击新冠肺炎疫情一线的党员、赴北京金域医学助力开展新冠病毒核酸检测的党员发出了一句句铿锵有力的誓言。

北京新发地发生突发性疫情事件后，金域医学集团党委书记、董事长兼首席执行官梁耀铭当即表示，北京金域医学要发扬"特别敢于战斗、特别能够战斗、特别善于战斗"的金域人抗疫精神，集中力量攻坚克难，践行共产党员的使命与责任。

为加强对北京金域医学疫情防控工作的领导，充分发挥党组织在抗击当前新冠肺炎疫情中的战斗堡垒作用和党员先锋模范作用，中共广州金域医学检验集团委员会值建党99周年来临之际，成立抗击新型冠状病毒肺炎北京先锋队临时党支部。

北京金域医学宣誓仪式现场

| 专业报国 | 抗疫战场的"健康哨兵"

"铁娘子作战小分队"

在这个新成立的临时党支部中，一支"铁娘子作战小分队"由北京金域医学实验室诊断部总监陈宝荣、实验诊断部经理孙慧颖以及PCR实验室主管郑燕华三人组成，分别负责实验室管控、技术指导、应急处理工作。她们平均党龄超过20年，其中前两位还参与过"非典"抗疫工作，有着丰富的经验和高度的责任感，为实验室树起坚固的党员堡垒作用，肩负起保证检测产能的重任。

陈宝荣是"铁娘子作战小分队"的队长，也是国家认监委实验室认可评定技术专家。作为检测"老兵"，早在1993年就入党，作为曾经指挥过"非典"抗疫工作的过来人，她深知自己肩上担负的责任，一刻不敢离开实验室，一天下来甚至要工作近20小时。实验室一旦发现了阳性结果，首先要把完整报告参数发到她手上，把关分析确认。当出现疑难结果时，陈宝荣就要第一时间在阳性结果专家确认群分享讨论，所有可疑结果在确保检测质量的前提下第一时间完成初筛确认工作，安排上报上级卫健委及疾控中心（CDC），帮助政府迅速找出确诊患者，采取隔离措施。

壹 实力出击 "健康哨兵"异军突起

2020年是郑燕华加入中国共产党的第20个年头。大学毕业后，她选择从军。退役后加入国内最大第三方医学检测机构——金域医学，转做老百姓的"健康哨兵"。

当过兵的她仿佛比任何人都能战斗，大年初二便主动请战到金域医学集团广州总部参加生物安全培训，完成培训后她并没有返回北京，而是申请迅速投入广东省"三个必查"的新冠检测工作中，争分夺秒地学习和总结经验，并把整套新冠检测实验室建设和流程带回北京金域医学。

2020年2月25日，郑燕华带领团队顺利完成了首批新冠样本检测。北京新发地疫情暴发后，她就"住"在了实验室，同时发挥"传帮带"的作用，手把手教授检测的经验，团队最多一天处理了5万例样本。"作为审核者，我首先会核对每个编号，确保一一对应，然后看每个操作流程，确保准确无误。"郑燕华说，对每一份样本负责是北京先锋队临时党支部最坚实的精神支柱，从采样到出报告，每个交接环节都有签字，同时还要确保每一步都可追查溯源，而她就是那个把关人。

孙慧颖是"铁娘子作战小分队"最年轻的一位。作为实验室经理，也是曾经参与过"非典"战斗的一员，她第一时间结合北京员工的能力及特点进行重新编队，将实验室超八成的人员都投入到新冠项目中。

6月13日，接受新发地检测任务的第一天，检测压力骤升，她凌晨亲自带队进入检测组，完成第一批标本检测，并在第二天北京金域医学使用的96孔加样板试剂告急的情况下，又及时出现在试剂配制室，重新组装96T试剂，一直工作到凌晨2时，确保有足够多的试剂使用，才停下自己的双手。她说："那时新发地疫情严峻，尽快出具报告是第一任务，越是在这突发危机的时候，越应该咬紧牙关。"抗击新型冠状病毒肺炎北京先锋队临时党支部"铁娘子作战小分队"巾帼不让须眉，是同事们的"定心丸"，一直激励着大家前进。

北京市卫健委通报，截至7月1日，北京过去21天累计报告确诊病例329例，涉及11个区。但自6月28日起，北京单日确诊人数已实现连续四天保持在个位数。

抗击新型冠状病毒肺炎北京先锋队临时党支部的全体党员，在疫情防控工作中主动靠前，牢记使命，把堡垒驻在防控最前沿，做到关键时刻有组织在，关键岗位有党员在，勇做"健康哨兵"，用行动践行共产党人的誓言，圆满完成任务。

链接：
广州金域医学集团党委情况简介

广州金域医学党委成立于2010年3月。2017年9月，广州金域医学检验集团股份有限公司在上海证券交易所主板上市。2019年9月，在上级组织的关心与支持下，广州公司党委升格为集团党委。

截至2020年12月，广州金域医学集团在全国拥有党员741名，党组织关系在广州的党员275名，占在广州地区员工的14%。全体党员始终做到对党绝对忠诚，听党的话，坚定不移地跟党走，将党委工作与生产经营各个方面有机融合，公司党委先后九次被评为广州市的先进基层党组织或先进单位。

金域医学创始人、董事长兼首席执行官梁耀铭同志担任党委书记，对党建工作高度重视。广州金域医学集团党委紧密结合民营企业的实际开展党建工作，始终"围绕经济抓党建，抓好党建促发展"，自觉、扎实地开展党建工作，引领公司高质量发展，为实现健康中国梦，作出应有贡献。

发扬金域人抗疫精神，以初心和使命再立新功
——致集团全体共产党员的一封信

集团全体党员同志们：

你们好！

在隆重庆祝中国共产党成立99周年之际，谨向一直以来为集团高质量发展努力耕耘的全体党员，向辛苦奋战在新冠疫情防控一线的同志们，致以亲切的问候和节日的祝贺！大家辛苦了！

99年前的今天，中国共产党诞生了。我们党成立99年、执政71年、改革开放42年以来，一代一代的共产党人在弱贫中突围，在曲折中变革，在开放中逐步实现伟大复兴的中国梦，推动百年中国浩荡前行。

26年前，在改革开放的时代精神感召下，我们秉承"帮助医生看好病"的初心，积极践行着共产党为人民服务的宗旨，开启了第三方医学检验和病理诊断服务的行业先河。26年来，我们始终听党的话，跟着党走，将党的组织建立在为人民服务的基层一线，将党的旗帜插遍我们服务的每个角落。

党的十八大以来，我们一直将自身发展和国家医疗卫生事业发展和人民的健康福祉紧密融合，助力解决医疗资源均等化和可及性，以实际行动积极践行习近平总书记提出的"中小企业能办大事"的期许。特别是今年初新冠肺炎疫情暴发以来，集团党委按照党中央关于疫情防控的战略方针和总体部署，以对党忠诚、为民服务的政治担当，不惜成本、不计代价、不遗余力，真的以社会化力量"办成了大事"。截至目前，全集团投入相关专业人员超1800人，积极承接包括雷神山医院、武汉、湖北、广东、北京等关键区域的病毒核酸检测重任，并随广东医疗队支援湖北荆州，助力全国29个省（区、市）开展各类核酸检测，累计检测超过1000万例，占全国总体核酸检测量的近十分之一，为全面打赢这场疫情防控阻击战提供强有力的检测支持。

专业报国 | 抗疫战场的"健康哨兵"

在此次抗疫工作中,我们的品牌形象得到社会的高度认可,我们的经营管理水平得到进一步提升。更加令我们感到骄傲和自豪的是,我们的党员同志们在"关键时刻站得出来,危急关头豁得出来",克服了一个个看似不可能解决的困难和问题,用平凡朴实的行动,切实发挥着先锋模范和"主心骨"作用。

在抗疫过程中,党员同志们奋发有为的正能量行动无处不在。 为了更加有效地提升核酸检测效率,彻底解决一测难求的局面,党员同志们率先垂范,以高度的政治责任感和担当,夜以继日地加班加点、克服困难,不断地改进流程、提升技术。如广州金域医学在短时间内,就将单日核酸检测量从1万例提高到9.5万例。在疫情重灾区的武汉金域医学,更是在时间紧、任务重的前提下,把单日检测量从2000例提高到了3万例,24小时内就帮助对口支援的荆州洪湖市建立了核酸检测能力,永久性地补齐了当地检测能力的短板,被广东医疗队总结为以"广东速度"践行"广东模式"的典型。艰苦繁重的工作下,你们虽疲惫但仍坚守岗位,用一张张被防护器具勒出印痕的脸庞,一双双被汗水浸泡到发白起皱的双手,换来了"病毒猎手""生命摆渡人""最美逆行者"等靓丽的称号,为疫情防控注入了强大的正能量。

在抗疫过程中,党员同志们舍小家顾大家的家国情怀和感动无处不在。 疫情就是命令,589名党员干部以"若有战,召必回,战必胜"的信念,放弃春节休假,坚定站在抗击疫情的最前线,同时间赛跑,与病毒较量,充分体现了敬佑生命、甘于奉献、大爱无疆的共产党人的医者情怀。在这个过程中,集团副总裁任健康同志接到任务后,放弃春节团圆,二话不说飞越大半个中国回到广州,甚至多年的胆囊炎发作了也只是匆匆吃过止痛药后,继续坚守在岗位上;集团病毒诊断中心冯力敏同志积极响应集团号召,第一个写下请战书,坚决投入到了疫情防控工作中。除此之外,还有一大批感人至深的鲜活案例,你们的家国情怀、专业担当,让可怕的疫情不再可怕。

在抗疫过程中,党组织战斗堡垒和党员的先锋模范作用无处不在。 为全力支持一线疫情防控工作需要,打赢全国疫情防控阻击战,集团党委在武汉、北京,先后成立了抗击新冠肺炎武汉先锋队临时党支部和北京先锋队临时党支部。武汉先锋队临时党支部书记李慧源同志任队长的金域医学援荆检测小分队,也作为广东疾控系

> 壹　实力出击　"健康哨兵"异军突起

统驻荆州市防控小分队的核心成员之一，与集体一起被国家卫健委、人社部、国家中医药管理局授予"全国卫生健康系统新冠肺炎疫情防控工作先进集体"荣誉称号，并作为广东医疗队驻洪湖检测小分队，荣获"广东青年五四奖章"集体奖。全体党员同志服从大局、守望相助，在自己的工作岗位上努力工作，切实发挥党员先锋模范作用，全力支持疫情防控工作取得了积极成效。今年上半年，虽然我们的发展受到了疫情的冲击，但是在全体党员同志们的共同努力下，各项经济指标仍然保持积极向好的发展势头，我们的高质量发展态势没有改变。

当前，全国仍处于疫情防控的关键时期。我们也比任何时候都站在疫情防控的最前线，比任何时候都肩负着更重大的责任、更光荣的使命、更艰巨的任务。集团全体共产党员，在各自工作岗位上作出的贡献，也一定不会比其他任何抗疫一线岗位上作出的贡献小，你们也同样光荣、伟大。

在此，集团党委向你们再次发出号召，大家要拿出血性与担当，以忠诚与实干，用坚韧与执着，敢当先锋引领，按照党中央、国务院战略方针和决策部署，继续发扬"特别敢于战斗、特别能够战斗、特别善于战斗"的金域人抗疫精神，以人民至上、生命至上的政治高度继续抓好疫情防控。坚决打赢疫情防控阻击战，坚定不移地以客户为中心，结合新基建产业政策，抓好数字化战略转型，为了赢取疫情防控最后的胜利、为了集团高质量发展，再立新功，再创辉煌！

中共广州金域医学检验集团股份有限公司委员会
2020年7月1日

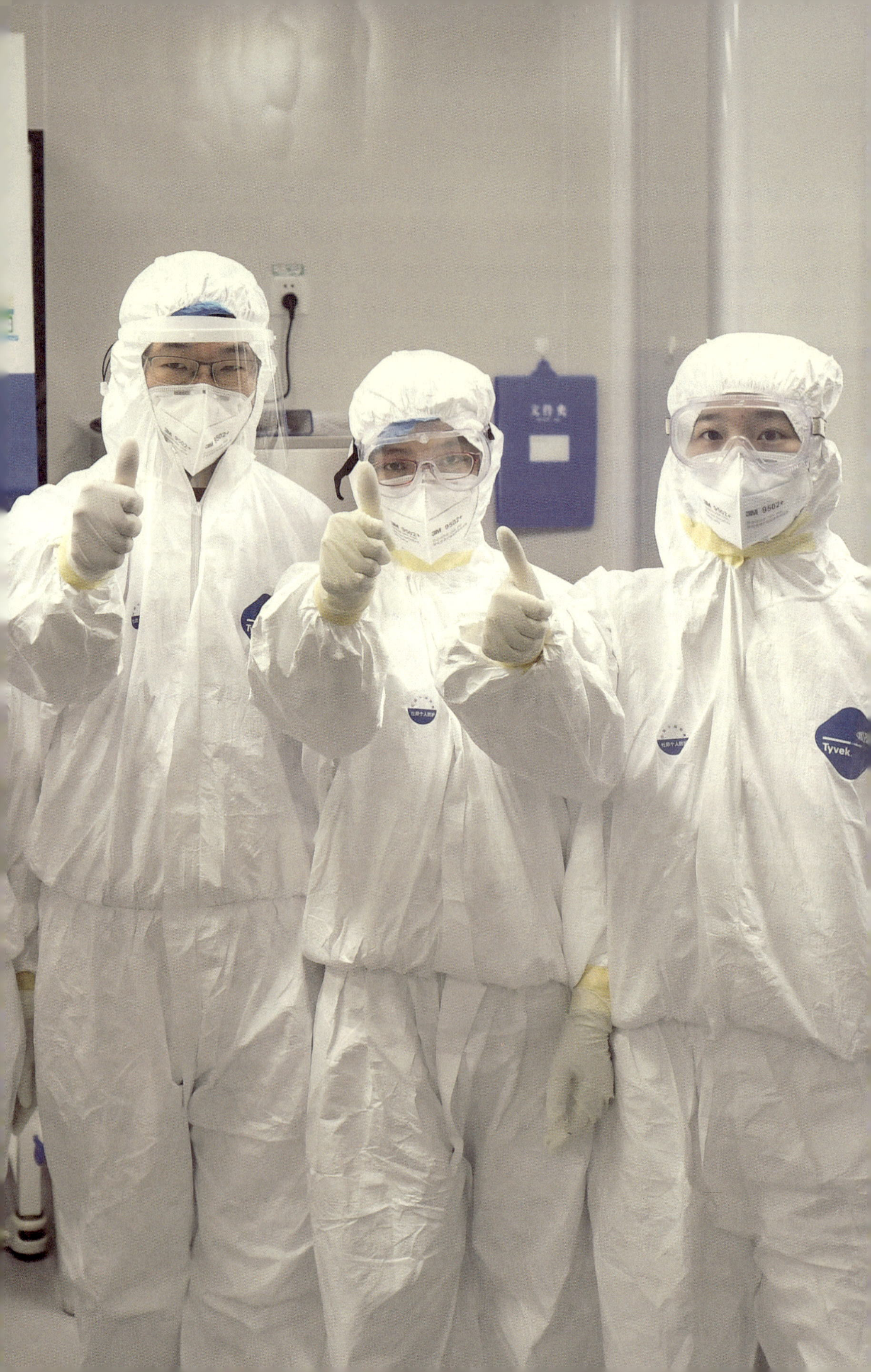
3M 9502+
Tyvek

贰 专业担当

"健康哨兵"是怎样炼成的

作为第三方医检行业的龙头企业,金域医学依托自身病毒检测能力和物流网络等专业优势,紧跟疫情发展态势,在包括湖北、广东、北京、上海等30个省(区、市)及香港特别行政区接受政府委托,陆续承接筛查发热门诊、住院、院内感染、复工、复学及入境等相关人员的核酸检测和抗体检测。

截至2020年12月下旬,集团累计检测量已经超过3000万人份,日检测产能最高达35万例,成为疫情防控阻击战里核酸检测的主力军之一。

金域医学集团党委书记、董事长兼首席执行官梁耀铭说:"在疫情的大考中,第三方医学实验室不断自我完善,探索经验,得到了政府主管部门的认可,在社会上的受重视程度也提高了。关键时刻,社会化的第三方力量能打硬仗,可以成为现有公共卫生体系的有益补充。"

抗疫像一场大考,考验了金域人的实力、担当和智慧。金域医学展现出的决策果敢、客户信任、技术过硬、运营有序、企业认同也令人印象深刻。

专业报国　抗疫战场的"健康哨兵"

第一节　【决策】
家国情怀
把企业与国家命运相连

决策中的"决",指的是决断。好的决策讲求的是坚决果断、干净利落。"策"是基础和前提,"决"是目标和关键。

疫情暴发之初,没有人能够想到,新冠病毒会有如此高的传染性和致死率。是否能够当机立断,直接影响整个疫情防控工作的成效。金域医学以极高的政治站位和家国情怀,未雨绸缪、勇于担当,用长期的发展眼光看待企业与国家的关系,把企业的专业能力看作个人发展、企业发展和国家发展的关键纽带,获得了来自政府、医院、供应商、社会、投资方、银行和员工等利益相关方的认可与支持。在极其严峻的疫情面前,用极为有限的人力、设备、物资实现了核酸检测资源的全国调配,考验的是方法,是策略,是责任。

在2020年1月20日,钟南山院士明确说病毒会"人传人"时,金域医学便开始为参与这场战"疫"做准备。在全国,金域医学集团除按各省卫健系统要求,积极承担发热门诊、密切接触人群及住院病人筛查外,还承担相关部门及重点企业的复工复产核酸检测工作,以及北京、上海、广东、黑龙江、浙江、四川等地区的入境检测,还有各地陆续开展的复学和个人需求的检测服务,并积极配合政府应对各种突发疫情,在疫情防控阻击战中发挥了巨大的作用。

事实证明,早决策、早准备、早谋划非常重要。

梁耀铭：以专业报国情怀投身战"疫"

"不是国企胜似国企"，这是坊间对金域医学在疫情中表现的一句评价。"不惜一切代价"支援疫情防控的行动，更让外界看到金域医学不同寻常的责任担当。

多位金域医学集团高层在复盘战"疫"经过时都重点提到，如果没有梁耀铭董事长当机立断的决策，金域医学在全国各地的响应速度、效率、成效不会这么快、这么高、这么大。梁耀铭说，做强做大企业，就是要耐得住寂寞、抵挡住诱惑，上市后更要做一家受人尊重的企业，做成一家"百年企业"。

只有把企业的发展与国家和社会的发展联系在一起，金域医学才能得到社会各界更多的支持与帮助。这何尝不是"帮助医生看好病"的初心映射？"这是为国家贡献专业力量的时刻"，梁耀铭在多个公开场合向金域医学全体员工强调参与战"疫"的重要性。他的家国情怀、医者仁心、企业家精神无不激励着金域人奋发图强，在抗击疫情的战场中攻坚克难，让金域医学如同一颗璀璨的战"疫"明星，受到来自了政府、医院、社会、大众的认可，推动企业走向新的发展高度。

只要"有米下锅"，决不轻言退缩

笔　者：在武汉、广州等城市疫情焦灼时刻，您多次对下属谈到要"不惜一切代价"，您所说的"不惜一切代价"指的是什么？

金域医学集团党委书记、董事长兼首席执行官梁耀铭：疫情暴发初期，面对突发且未知的高传染性病毒，政府和社会都处于非常紧张、焦虑的状态。千万人口的武汉"封城"，足见国家的重视。

| 专业 报国 | 抗疫战场的"健康哨兵"

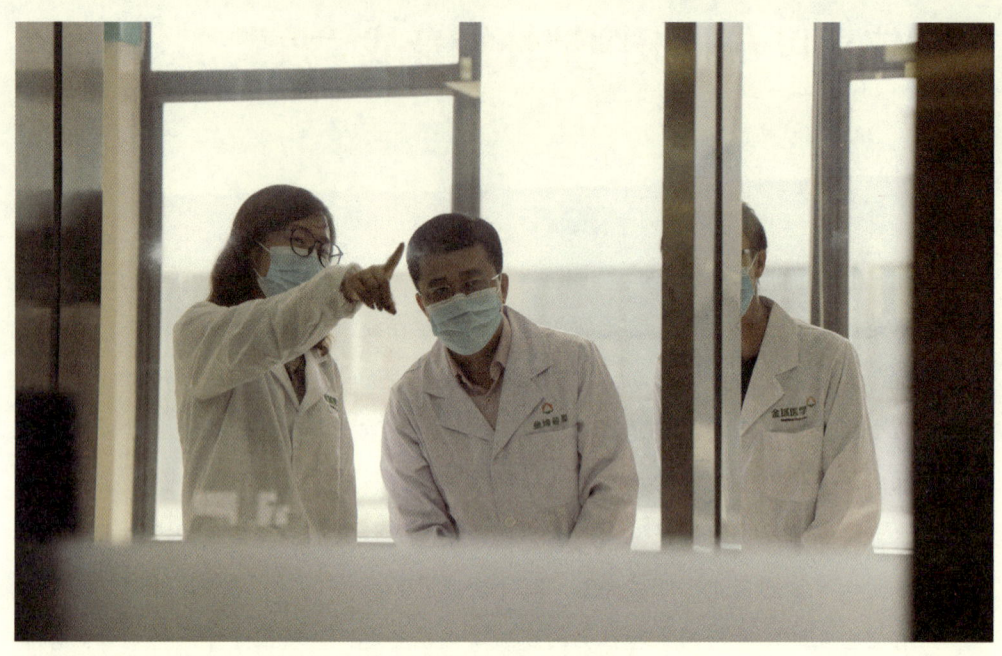

2020年1月25日大年初一，梁耀铭（中）亲自监督第一批标本检测

  钟南山院士提出的应对方案就是"早发现、早报告、早隔离、早治疗"。如果从流行病学剖析武汉成为疫情中心的原因，其中一个很大的问题，就是早期筛查没有做好。我本身有学医背景，当时第一反应就是要争分夺秒救人。早期筛查用到的核酸检测技术，本身就是金域医学最擅长的。我们如果这个时候不站出来，还要等到什么时候？当时我心里只有一个念头，就是希望金域医学能够尽快投入战斗。

  2020年1月29日，我到广东省卫健委参加"三个必查"沟通会。会上有人问我，检测一例需要多少钱。当时我就回答：这个时候还是先不要谈钱，我们先做了再说！疫情不能等，如果谈好价钱再来做，那就耽误大事了。政府相信我们，认可我们，而我们又有能力为国家和人民作贡献，这是一种光荣，也是一种机遇，我们理所应当负起一家中国企业应尽的责任。

  但疫情比我们想象中来得更严峻，金域医学多地战"疫"几乎都经历了标本突然增加几倍甚至几十倍的情况，集团人力、设备捉襟见肘。但我想既然已经上了抗疫的战场，金域医学就没有理由退缩。广东话叫"顶硬上"。

为全力抗击疫情，提高核酸检测效率，疫情期间我们暂停了与许多包括医院在内的重要客户的常规业务合作，内部的一些常规工作也受到一些影响。但我一直坚定这个判断，特殊时期我们主心骨不变：就是要把做好疫情防控工作作为压倒一切的政治任务来抓。这是金域医学能为国家贡献专业力量的关键时刻。而作为一名中共党员、民营企业家，这也是我实现专业报国的重要时刻。"不惜一切代价"是发自肺腑的。于我而言就是要竭尽所能，只要还有"有米下锅"，还能给员工发得出工资、买得起检测试剂，我就决不会退缩半步。这是我的选择，我也是这样和员工说的。

笔　者：您如何平衡公司利益和国家利益之间的关系？这种认知如何影响金域医学在疫情中的表现？

梁耀铭：作为一家企业，金域医学当然要考虑生存与发展的问题。但我一直认为，在疫情暴发之初的2020年1月，国家面临的困难比我们大多了，我内心就是想为国家做一点事。当1月底我看电视，听到湖北全省单日检测量为4000例时，我就干着急，金域医学一天都不止检测4000例，要是派我们上就好了！这也是我们集团一直在争取专业报国、全体请战的原因。

我们金域医学是一家关注长远利益的企业，国家的繁荣稳定，是金域医学事业长期发展的根本保证。国家发生困难的时候，我们肯定要挺身而出。一家有社会责任的企业，首先就是要做正确的事情。金域医学存在的价值，就在于能够为社会解决问题，然后才是考虑社会给予的回报。

"国家关注哪里，我们就到哪里去"

笔　者：有人评价，在这次疫情应对中，技术、人才、运营是金域医学的三大支撑体系，而保证三大体系发挥作用的，则是集团层面的资源调度能力。您如何看待这种观点？

梁耀铭：在平时，金域医学许多职能部门都是按照既定的实验室流程开展工作的。但在应对疫情这种突发情况时，如果还是按照以前的做法，就会出现人员忙闲不均、设备紧缺闲置、资源利用率不高等问题。这时候，亟需我从集团层面去统筹与协调。

在疫情中，我的办公室基本上就是一个抗疫指挥部，运营、实验室、采购各线条负责人在一起，随时准备开会。找到问题所在，就讨论从哪里调人、调设备，怎么调，谁安排负责，如何建立反馈机制等问题。在这样一个危急的时刻，不仅需要从公司角度看问题，更要从国家站位高度思考企业行为。如果我们只专注于商业利益，是不需要这样思考问题的。在疫情最严重的时刻，有些地方对核算检测的定价比较高，当时我们集中力量只做那些省份，有很多赚快钱的机会，但我们并没有那样做，那也不是我们公司的做事风格。正因为有了"武汉胜则湖北胜，湖北胜则中国胜"这一重要战略判断，金域医学也第一时间在湖北部署检测重兵，以全国"一盘棋"的战略高度，配合党和政府打好疫情防控阻击战。

其次，虽然我们具备PCR检测资质的人员比一般的三甲医院多很多，但面对全

2020年2月1日大年初八，广州检测标本量激增，梁耀铭（左二）下令攻关提升产能

国各地陆续出现的核酸检测需求，我们也需要进行重点突出、布局合理的资源配置。其实我们可以发现，全国各地的疫情严重程度不一样，需求也有很大不同，有的是做发热门诊筛查，有的是针对复工复产，有的针对防止境外疫情输入，还有的针对复学复课、院感防控等，疫情严峻程度不同，地域政策不同，时间段不同，侧重点也不同，都给金域医学的统筹调度增加了很大的难度。

所以，我们要充分、精确地把握疫情防控工作的重点，利用好不同阶段疫情防控的时间差、地域差，让资源能够实现精准调配，直击要害。我们有这样一个理念，即国家关注哪里，我们的力量就投放到哪里。

令我非常感动的，是在抗疫过程中成长起来的"90后"员工。记得支援地区最多的一位"90后"员工，在疫情暴发以来主动支援了五个省（区、市），没有叫过一声苦。

笔　者：纵观金域医学的疫情应对，您的决策、部署、时机的把握，都把集团的人力、物力用到了极致。这期间您是否承受了较大压力？

梁耀铭：我的主要压力还是来源于担心对不起老百姓、对不起政府和社会对我们的信任。担心他们在急需我们帮助的时候，我们的检测产能跟不上。

在疫情初期，广东开展"三个必查"，广州实验室突然接收大量标本，当时人员、设备都跟不上。后来发现，问题就出在流程上。那次我虽然发了很大脾气，但我内心知道，这也不能全怪大家。几位高层经商量讨论，最后决定采取标本量预报告制度，即要求物流人员在收标本的过程中，在总量超过一定数额时必须向集团报告，好给集团提前增加人手和设备匀出时间。

比如广州金域医学下午5时报告人手不足，可以由集团统筹发力，向长沙金域医学请求支援。支援人员搭乘高铁，当晚就能支援广州。另外我们实验室有很多年轻人，正常时每天上班七八个小时。我也常常鼓励他们，能不能在特殊时期加加班上够12个小时，以专业能力为国家作贡献。总之就是千方百计解决人手不足的问题，加快提高检测产能，把受到的压力全部转化为增加产能动力。

还有一些突发检测，政府部门希望能尽早拿到检测结果，经常一连四五个询问

2020年2月29日，梁耀铭召集会议讨论广州实验室产能扩增方案

电话。上午才采了样，肯定还没有这么快出结果的。我们能感受到防控工作的压力，而如何帮助政府部门做好防控工作就是我们的压力。

我们也急政府所急，尽自己最大的努力。我内心深处还是比较坦然，毕竟我们已经竭尽全力，是问心无愧的。

"做好本职工作就是最大的政治"

笔　者：您认为这次疫情对中国第三方医检行业产生了什么影响？

梁耀铭：从第三方医检行业内部来讲，此次疫情也是对各家第三方医检企业的一次全方位的考验。它对规范经营、注重质量、实力雄厚的检测机构是一次利好，它们将会从"群雄"中脱颖而出。相信这两年蓬勃发展的第三方医检市场，在不久的将来会面临新一轮的洗牌。

在未来，金域医学要下大力气抓好业务机会，争取将各界的认可转化成为未来发展的新动能。同时,要下大力气积极融入未来国家公共卫生防控体系。此外在这次疫情中,我们也看到自身的一些短板,接下来我们要更加重视科技创新,脚踏实地补齐短板。

笔　者：有员工私下说,在金域医学工作感到很骄傲。从企业文化角度来看,您想通过这次疫情应对向员工传递怎样的信息?

梁耀铭：说实话,当时决定参加战"疫",并没有刻意去思考企业文化的事。只是在想社会需要我们的时候,要竭尽全力把事情做得更好。如果能够得到国家的认可、社会的认可、老百姓的认可,花再大的代价也是值得的。

春节前开会时我就向大家强调：第一,国难当头,决不能把这次核酸检测当成一个赚钱的机会；第二,为了老百姓的安全,为了老百姓的健康我们一定要上；第三,也是最重要的原则,就是员工的安全是第一位的。可能正是这一系列表现让员工感动了。其实,当看到全国各地员工自发来到广州培训,不畏风险加班加点工作到深夜,在困难面前能够不计个人利益一起为国家为社会做事情,我也非常感动。

作为一名企业家,我创业的初心,就是"帮助医生看好病"。创业至今,金域医学默默无闻只专注于第三方医学检验这个不能赚快钱的行业,如果没有情怀,没有社会责任担当,是坚持不下去的。但我坚信,只有持续不断地专注同一个领域,而这个领域所做的事情又是对社会有帮助的,自然就会形成核心竞争力。在这次疫情中,我不说员工也能感受到,我们走在一条正确的道路上,我们已经能够为国家为社会做点事,这是令全集团都感到非常骄傲且有成就感的事。

笔　者：在抗疫期间,金域医学员工队伍中涌现出一批特别能吃苦、特别能战斗的党员队伍。您认为非公企业做好党建工作的必要性体现在哪些方面?

梁耀铭：中国共产党人的初心和使命,就是为中国人民谋幸福,为中华民族谋复兴。当第一次听到"不忘初心、牢记使命"八个字时,我内心是非常触动的。对于金域医学而言,我们的初心就是"帮助医生看好病"。

我是1986年上大学时入党,是一名老共产党员了。无论是在高校还是在企业,共产党员员工的觉悟要比一般员工高一点，毕竟是向党旗宣过誓的，整体精神面貌就是不一样。在"硬骨头"面前不太计较，该上就上。无论国有企业也好，民营企业也罢，都需要发挥好党员的先锋模范带头作用。"加强基层党组织的战斗堡垒作用"不是一句空话。

其实，在各国的疫情应对当中，我们可以看到，面对这么大的疫情，如果在政府、医院、社区、企业，没有共产党员挺身而出，中国也很难如此快速地扭转局势。党员队伍可以说是金域医学战"疫"在产能、技术、物流、资源调度之外又一个极其关键的组织支撑力量。对于民营企业的共产党员而言，踏踏实实做好本职工作、服务好客户就是最大的政治。

笔　者：金域医学希望在未来医疗卫生体制改革中承担怎样的角色？

梁耀铭：国家的财政是有限的。我希望接下来，国家能够系统评估如何利用有限的资源，为老百姓的健康服务做更多的事情。从这个出发点，去看哪些医疗服务是可以在保证质量前提下实行社会化的。

比如医学检测领域，一定需要政府为每个公立医院购买更多设备，招聘更多的检测人员吗？如果按这次疫情的需求去匹配资源，疫情过后就会造成极大的资源浪费。

另外一点，就是要提高基层医疗、社区医疗、县域医疗水平。很多重症患者，都是因为在基层没有得到及时治疗，从而小病拖成大病。如果能够在基层就及时得到治疗，就能大大节约社会医疗资源。

从根源来看，我认为需要提高基层医疗人员的技术服务收入。如果一个医科毕业生，在基层医院也能收入二三十万元，他就能在基层医院待下来。国家利益、人民利益、医生利益中总有一个平衡点，我隐隐感觉我们能为那个平衡点作贡献，那就是医检服务社会化。医检服务社会化了，就可以在减少国家投入的同时，腾出资源来，让医生有尊严地提高收入，还能最大程度地满足老百姓的看病需要。

2020年3月20日，梁耀铭在集团全面复工复产动员会上讲话

笔　者：金域医学已经成为中国最大的第三方医检机构，对于金域医学未来发展您有何期待？

梁耀铭：随着互联网、大数据、5G技术交互发展，我对金域医学未来前景有了更多的期待，比如我们的医检服务平时都是专注于B端客户，未来是否也可以向C端延伸？现在很多人去一趟医院验血，不仅要找停车位，还要挂号等医生、等化验、拿报告，可能都要花大半天时间。如果能提供网上预约上门体检服务，工作忙碌的白领可以在家从容地洗漱，检测人员到点上门抽血，抽完血后还可以在家吃完早餐再上班。未来，检测服务甚至可以当成"礼品"快递出去。比如父母在老家，外地子女可以预订一次上门体检服务。这项服务还可以针对慢性病人，定期监测心血管、糖尿病指标，对高风险指标实行定时跟踪，这样可以帮助更多老百姓加强疾病预防。

从专业角度看，中国的医学检验技术，包括生物医药的技术和研究，在创新层面与美国有较大差距。金域医学整个科技战略，都要思考如何利用新技术提高检测

| 专业 报国 | 抗疫战场的"健康哨兵"

2020年3月25日，梁耀铭作为项目第一完成人，获颁"广东省科技进步一等奖"

效率这个大命题。将检验技术与新一代信息技术结合，可能是中国第三方检验机构对美国、欧洲完成"弯道超车"的机会。

5G为什么重要？它的一个很大的作用就是可以实现转型升级。比如金域医学与华为合作做子宫颈癌的筛查，已经可以实现电脑阅片，用人工智能提高医疗诊断效率。在医生指导下，人工智能可以不断学习，目前部署测试的效果非常好。加上中国人口基数大，数据标本增量足够大，人工智能的诊断就会越用越准确。作为中国最大的第三方医学实验室，我们有信心通过创新实现"弯道超车"，成为世界一流的第三方医检企业。

金域医学就像一个攀登者，26年一直朝着山顶攀登。就算路上看到花花草草，也能心无旁骛一直往前走。

党的十八大以来，国家提出实施健康中国战略，新形势下我国卫生与健康工作正从"以治病为中心"向"以人民健康为中心"转变。金域医学的未来仍将继续抱着专业报国的初心与信念，帮助老百姓预防疾病，矢志做好人民的"健康哨兵"。

任健康：企业做大做强必须有情怀

家国情怀，是金域医学决策过程中一个很大的考量。

只有把企业命运与国家命运紧密相连的企业，才有机会赢得尊重、赢得支持、赢得民心。在金域医学，"情怀"不是一个可有可无的存在。它融于日常工作的点点滴滴。当它被疫情点燃、召唤、激活，就能爆发出强大的力量。这种力量超越物资的激励与管理的约束，万众一心，是上下同欲。

果断决策背后，其实是情怀使然。这也验证了这样一个真理：企业做大做强必须有情怀。华为如是，格力如是，金域医学亦如是。

早做准备应对自如

笔　者：在疫情应对过程中，在您看来金域医学做了哪些具有影响力的决策？

金域医学副总裁、微生物学专家任健康：钟南山院士在2020年1月20日证实新冠病毒存在"人传人"后，梁总在1月21、22日接连两天召开了两次办公会议。在我看来，比起其他第三方检测机构，金域医学当时对疫情的严峻性，对未来疫情发展的走向，认识得更早一些，在思想和行动上都做好了准备。

积极备战是金域医学早期作出的最关键的决策。这一步也完全决定了此后金域医学参战、应战的速度。

我在大年三十晚上从西安赶回广州，一个重要任务就是为员工开展安全防护培训，储备相应的检测人才。我们一共举办了六期生物安全培训，这给我们之后在全国各地承接核酸检测任务，打下了重要基础。到目前为止，金域医学没有发生过一

| 专业 报国 | 抗疫战场的"健康哨兵"

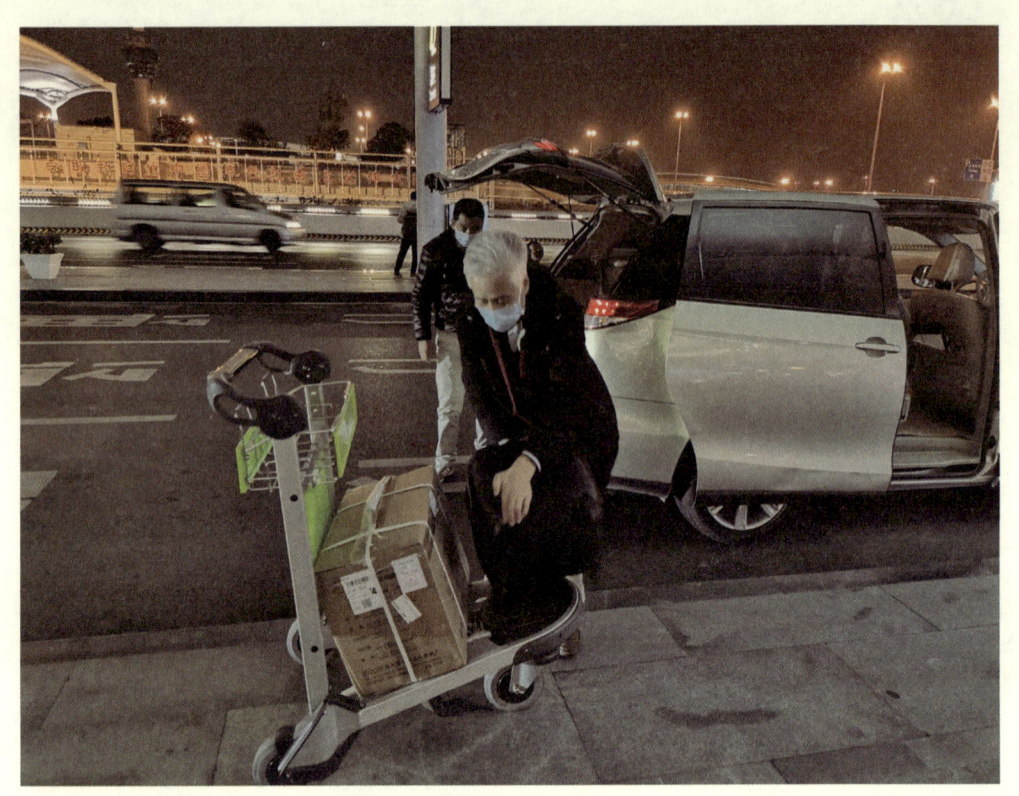

2020年2月5日晚,任健康从广州赶往毕节,指导开展核酸检测工作

例实验室感染,这和我们前期的充分准备密不可分。

主动请战,则是金域医学走出的关键第二步。梁总一直强调一句话:"不惜一切代价。"金域医学不考虑公司得失,一心一意,想尽办法投入到核酸检测工作中,很快,在广州、武汉、长沙、西安……后来我们在多个省(区、市)和香港都获得授权陆续开展检测,也都逐渐受到认可。

笔　者:金域医学的疫情应对和国家的关注重点保持了高度的一致性。在集团决策过程中,是否有意识地要达到这样的匹配度?

任健康:疫情开始的时候,大家对新冠病毒的认知都不多,但是从病毒的高传染性以及国家的防疫举措,我们也比较早认识到这场抗疫战争也许将持续比较长的时间,所以才有了比较充分的准备,才有了我们不管到了哪个阶段——前期的武汉支援，后来的复工复学，再到现在的防止境外疫情输入、学校复学复课检测、突发事件应对等——整个核酸检测工作的开展都能做到调度有序。当然，这也得益于金域医学在全国有一个比较好的实验室网络，每个地方都有自己的实验室，在全国有相当多经过培训的具备资质的人员，设备也可以在全国调动，做到应对自如。这种匹配度，恰恰也说明了，第三方医检力量与公共卫生体系的互补性。

笔　者：从您的角度来看，在这次疫情核酸检测方面，第三方医检机构相对医院而言，其优势在哪里？

任健康：公立医院的实验室相对规模要小一些，因为医院的PCR实验室一般只适合于服务本院，而且其人员配备也不会那么多。我记得大概在2020年1月下旬，报道说湖北单日核酸检测能力只有4000人份，实际上那时候广州金域医学已经可以一天做1万例了。后来我们派人到武汉，武汉金域医学的单日核酸检测产能也提到了1万例。5月11日，武汉市发出紧急通知要全市开展全员核酸筛查时，武汉金域

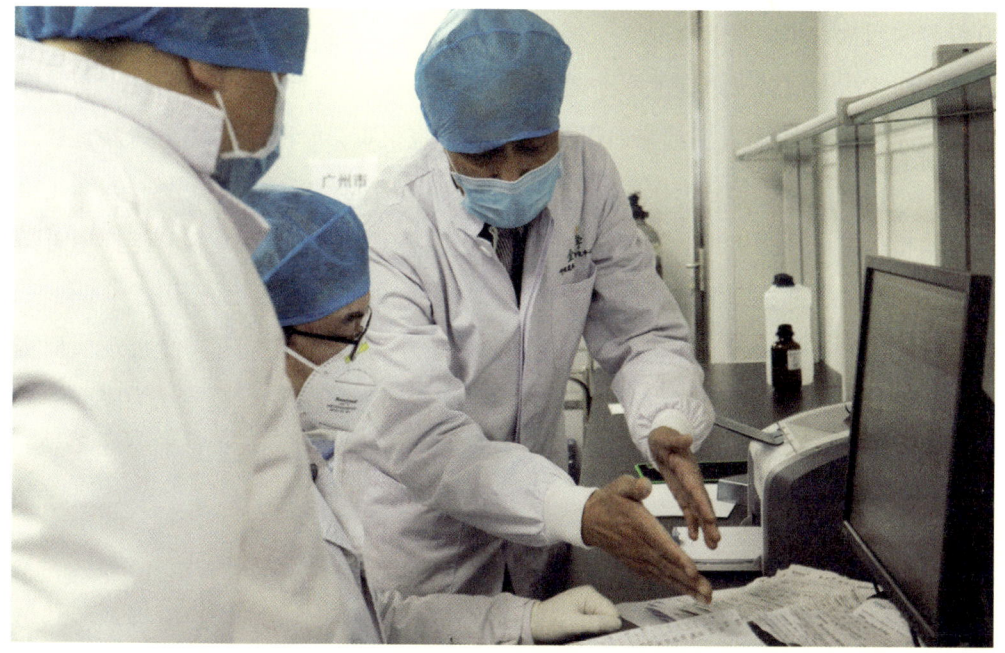

2020年2月1日大年初八，任健康（右）到实验室指挥标本信息录入流程梳理

医学在集团支持下又将产能提高到3万例一天。这种提升幅度之大、速度之快,不是一家公立医院的检验科能轻易做到的。

其次是,医院的实验室人员就那么多,精力有限,但金域医学可以在全国调用资源,包括检验人员,所以一下子就把检测能力"盘活"了。此外,国家一开始是不允许第三方检测机构做核酸检测的。在这种情况下,第三方机构有一种发愤努力的内在精神,我觉得这一点也是比较重要的。我们可以做到24小时不停机,人员三四班倒,拼尽全力也要完成国家交给的任务。

文化认同减少决策阻力

笔　　者:您经历过17年前的"非典"疫情,和这次疫情相比,您有哪些相同或不同的感受?

任健康:2003年的"非典",那时候只有公立医院可以参与,第三方医学实验室是不能参与的。而且那时候的第三方医学实验室数量少,市场份额也不大,所以并没有引起社会和政府的重视。

然而这次新冠肺炎疫情就不一样了。较高的死亡率、非常强的传染性、非常广的流行范围,这些因素加起来,仅仅靠公立医院很难第一时间实现早筛查、早隔离、早治疗的。所以第三方医学实验室的加入,一方面是疫情所需,另一方面是第三方医检行业已经强大到一定的程度。如果当前第三方医学实验室没有这样相对强劲的发展势头,那么即便是参与到战"疫"中去,也发挥不了什么作用。

这可以说是在天时、地利、人和之下,第三方医学实验室有了一个展现检测实力的机会,一个能让老百姓、让政府更加直观看到第三方医学实验室能为国家作贡献的机会。

笔　　者:在这次抗击疫情中,您如何评价金域医学员工的表现?

任健康:在我看来,这次疫情金域医学全体员工都表现得相当出色,尤其是年轻员工。平常觉得这些孩子跟我们的想法很不一样,可是到了真正紧要关头,

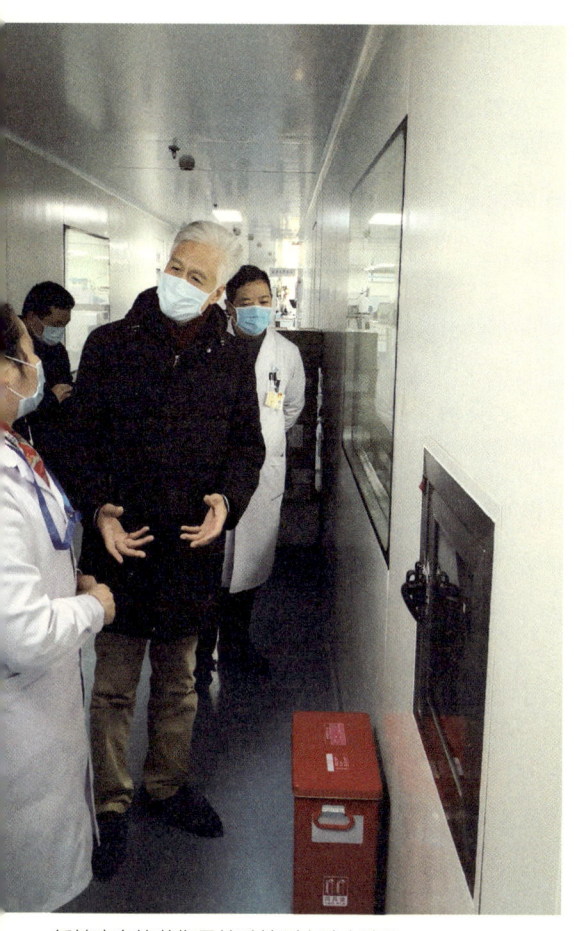

贰　专业担当　"健康哨兵"是怎样炼成的

任健康在毕节指导核酸检测实验室建设

他们表现出来的心中有大我、有国家、有集体的认知，令人刮目相看。"80后""90后"的年轻力量，成了抗击疫情非常重要的一股力量。

记得贵州金域医学有一位小姑娘，两次报名要到武汉前线去；再比如吉林金域医学一名小伙子，离家千里南下，在武汉待了特别长的时间，一句怨言都没有。上前线去的员工，没有一个人是被领导下命令去的，都是自觉自愿报名的。金域医学能够在抗击疫情中收获各界的认可，做到目前第三方医学实验室的"排头兵"，是有它的内在原因的，是金域医学员工在危难面前表现出来的无畏、担当和爱国精神，成就了金域医学。

笔　者：您怎么看待金域医学的文化？这种企业文化发挥了怎样的作用？

任健康：我刚加入金域医学团队的时候，金域医学有一句话叫：员工好，金域医学才会好；金域医学好，员工会更好。那时候，我的体会还不深。

如今我感受深刻。像我们这样的第三方医学实验室，要留住人很难。但金域医学发展到今天已经有26年，却能沉淀一大批志同道合、齐心协力干事业的伙伴。大家要心向一处想，劲往一处使，就是想把事业做好。这种凝聚力，就是企业文化，弥足珍贵。

以往，金域医学的员工把他们个人的成长和金域医学的成长紧密地联系在了一起。而这次疫情，则是金域医学把自己和国家的命运联系在一起。这就是企业文化在当中发挥的纽带作用。借助企业文化，个人跟公司之间、企业与国家之间才形成了一种共生关系。个人和企业的整个格局就变大了，才能深刻地懂得，只有国家发展、壮大，企业才会基业长青，个人才能安居乐业。

党建引领走向卓越

笔　者：您认为金域医学的党建工作、党员的先锋模范作用，是否是金域医学和其他第三方医检机构一个很大的不同点？

任健康：一直以来，金域医学都非常重视党建工作，每年都有先进党员、优秀党员的评选。包括这次疫情期间，还有很多"火线入党"的小伙伴。把党建工作看得如此之重的，在民营企业当中并不多见。

这一次抗疫过程中，共产党员没有一个说"我要退到后边去"的，只要有需要，就会带头报名。供应商看到我们这样一家有责任感的企业，在物资急缺时纷纷伸出援助之手。党建工作起到相当大的作用。

梁总本人非常重视党建。金域医学创办的初心就是要"帮助医生看好病"，这和中国共产党全心全意为人民服务的宗旨是相通的。一家企业要想做大做强，必须有情怀，为老百姓服务，为医生看好病，为了国人健康。格局和立意高了，员工才愿意跟着公司一起奋斗。企业的价值观能够激励一代人，金域医学走到今天，发展越来越好，与重视党建工作有着极大的关系。

第二节 【客户】
一战成名
要急客户之所急

客户是企业最重要的资源之一。客户关系管理，是金域医学26年来快速发展的关键一环。通过不断引进关键核心技术、搭建覆盖全国的物流网络，金域医学以"人无我有，人有我优，人优我精"的比较优势，源源不断吸引新客户，留住老客户，并将已有客户转为忠实客户。

疫情暴发以来，金域医学紧紧围绕政府、医院、海关、企业等客户的需求，想客户之所想，急客户之所急，无论是集团总部、大区、子公司纵向支持，还是技术、物流、财务、运营、采购的横向支撑，无不同心协力推动金域医学在广东、湖北、上海、黑龙江、北京等疫情重点区域承接检测任务，以高效的检测时效与准确率，一战成名。

对比"非典"时期，中国第三方医检行业发生了显著变化。面对全球流行的疫情，作为第三方医检龙头企业，金域医学主动请战，在战"疫"中充分展示了26年积淀下来的检测技术、物流效率、产能潜力的实力和自信。

面对各地方政府郑重交付的检测任务，抗疫一线的金域人迅速调配有限的资源，从流程、设备、人才等方面想办法、商对策，用时效和检测准确率圆满完成一个又一个任务，赢得了政府、医院、企业等客户群体的青睐。不断提升的品牌美誉度和新技术、新平台的应用，也为金域医学的服务链条从B端走向C端带来契机。在"应检尽检""愿检尽检"防控要求下，借助电商平台以及大数据技术的应用，金域医学初心得到了升华，不仅是"医生好帮手"，更是"健康哨兵"。

| 专业 报国 | 抗疫战场的"健康哨兵" |

主动请战，让"酒香飘出深巷"

笔　者： 各大区是如何向卫健委等政府部门请战及沟通的？

金域医学轮值首席运营官、副总裁、华东大区总经理谢江涛： 机会是留给有准备的人的。如果不是集团提前做好人员培训和物资储备，金域医学的核酸检测响应速度不会这么快。

在集团号召下，2020年1月26日，华东大区各子公司积极向当地省市卫健委、疾控中心等相关部门请战。但请战并不意味着可以马上参与核酸检测工作。坦白说，起初政府部门对金域医学的检测能力是"打问号"的。其次，华东片区各个省市的疫情不一样，对核酸检测的需求也不一样。例如有的地方疾控中心参与核酸检

抗疫最紧张时，谢江涛临危受命，出任金域医学武汉湖北战"疫"总指挥

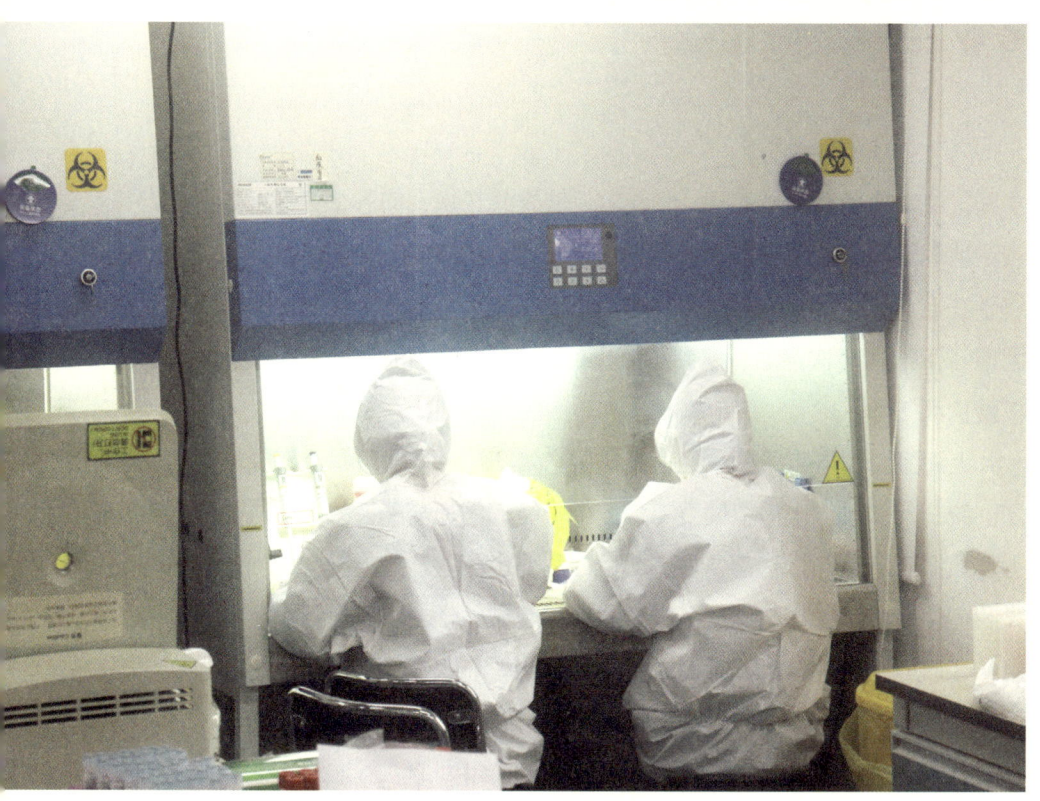

长沙金域医学实验室

测的只有3—4个人，一天检测能力也就100多例。如果要进行大规模筛查，他们就需要借助第三方检测机构的力量。

最初，政府部门都是抱着"试试看"的心态与我们接触。在安徽亳州，一开始他们只安排了少量标本给我们，为了评估我们的检测实力，还派专人进入金域医学的实验室"督战"。当看到我们流程规范、防护得当、实验准确、质量过硬后才放心，将更大量的标本送到金域医学检测。

可以说，金域医学在全国开辟的战"疫"据点，无不体现了这样一个特点：酒香也怕巷子深。只有主动与政府接触，才有机会上战场。回过头再看，政府一开始不信任更多是因为对金域医学不了解。正是通过我们不断地毛遂自荐，以及各地传来产能跃升的讯息，加上金域医学一直对外传递"不惜一切代价"全力以赴抗疫的姿态，让政府对金域医学的信任度不断提升。

长沙金域医学常务副总经理谭兵健：2020年1月27日，长沙金域医学向卫健部门提交申请，由于主管部门对第三方医学实验室不了解，审批过程也非常谨慎。为拿到批文,我前后跑湖南省、长沙市卫健委共12次,向各个分管领导汇报,并反复表达请战意愿,力邀省市卫健委主管领导到公司实地考察。2月5日,长沙金域医学终于获准参与核酸检测。为解决初期防护物资不足的难题,我又和湖南省卫健委、湖南省工信厅多次沟通,拿到了宝贵的10件防护服和1000个口罩,艰难地启动了核酸检测工作。

上海金域医学常务副总经理王祥敏: 2020年1月26日,上海金域医学就按照集团的统一部署,向上海卫健委、疾控中心等部门递交了请战书。从时间上看,这比大多数第三方检测机构都要早。此后,我们也多次通过各种方式向政府请战。或许是我们坚定的参战态度感动了政府,同时金域医学全国"一盘棋"参与抗疫的实力也给了政府足够的信心,上海金域医学最终率先获委托,承接上海重点疫情国家入境人员的新冠病毒采样和检测工作。

打铁还要自身硬。其实,在对金域医学委以重任之前,上海市防控指挥办就对上海地区的十多家第三方医检机构进行了全面摸底。正是多年检查、评级的优异表现,上海金域医学才最终获得政府的信任。请战只是希望能向政府部门表达我们的决心。

积极应战，排除万难提高产能

笔　者：武汉是全国抗击疫情的主战场，也是金域医学参战的一个关键战场，初期参与核酸检测时，各界对武汉金域医学有哪些期待？

武汉金域医学总经理李根石：2020年1月30日，武汉"封城"当日，我接到国家卫健委医政医管局领导电话，提到武汉当前新冠核酸检测能力不足，希望金域医学能够协助政府解决这一问题。当时我第一反应就是，国家有需要，就要克服一切困难，迎难而上。

在这个战场，各界对我们的期待就是快速弥补新冠病毒核酸检测的产能不足。

1月30日，湖北疫情防控指挥部召集第三方检测机构开会。会上，指挥部明确包括武汉金域医学在内的第三方检测机构可以开展新冠核酸检测，并希望大家尽快

武汉金域医学总经理李根石（左一）在第一批支援武汉检测人员撤离时致辞

提高产能。

2月2日，武汉市政府主要领导召开医院和第三方检测机构会议，再次要求武汉金域医学提高检测能力。当时，医院工作重心在救治患者，要求第三方检测机构能够快速补位。

2月8日，湖北省卫健委召开会议，要求加大检测能力，提出要以"战时"状态完成检测任务。

为全力协助政府完成检测任务，集团及时安排副总裁谢江涛、中南大区总经理李慧源驰援武汉，协调集团资源全力支持湖北。武汉金域医学将其他检测项目都停掉，专心做核酸检测。为了更高效快速地完成核酸检测任务，我们都是先做了再说，承接任务时也没有和政府签任何合同。当时梁总和我们说："你们不要怕，尽管去请战应战，我们会举集团之力支援你们。"

在那个场合，无论是集团还是员工个人，都自发地希望能为国家做事情。看到很多人排不上队，无法确诊，我们很着急。为此，当时全集团调集资源首先集中支援武汉，各子公司不少"80后""90后"员工纷纷请战支援武汉，组建了一个临时的PCR检测小组，将武汉每日检测产能从1000例快速提升至10,000例。

笔　者：广州是金域医学的总部所在地，是金域医学抗击疫情的另外一个关键战场，广州金域医学如何配合客户不断变化的检测需求，开展抗疫工作？

广州金域医学执行总经理马骥：广州抗疫整体分为五个阶段，都与政府的中心工作密切相关。

第一个阶段是疫情初期。政府要求对密切接触者、湖北返粤人员等进行核酸检测。很多员工大年初一、初二就回来待命、培训。

第二个阶段是"三个必查"。因广东"三个必查"项目启动很急，难度也大，承接政府部门委托后，我们与他们保持沟通，整个团队的工作部署也跟着政府部门的思路不断去调整。

第三个阶段是帮助企业复工复产。在"三个必查"的基础上，广州金域医学又开始承接司法系统、监狱、公安等人员的核酸检测任务，主要工作就是协助政府部门在安全有序的前提下逐步恢复工作。之后，广州金域医学一方面直接协助政府对重点企业进行复工复产前的检测；另一方面也和一些大企业，比如深圳的富士康合作，通过核酸检测帮助他们快速复工复产。

第四个阶段是守国门。2020年3月21日0时起，按照国家和广东省现行规定，包括从外国经广州口岸入境的旅客、从港澳台地区经广州口岸入境且入境前14天内有外国旅居史的旅客、从内地其他城市口岸入境来穗且入境前14天内有外国旅居史的旅客要实现核酸检测全覆盖，并一律实施14天居家或集中隔离医学观察，隔离期间一律不得外出。

广州金域医学执行总经理马骥，在"火线入党"宣誓仪式上发言

为配合机场海关不断提高检测效率，广州金域医学承接入境人员检测任务时，物流团队平均每一个小时抵达机场收一次标本回实验室，并在6—8个小时内出具检测结果，及时反馈海关做下一步处理。

第五个阶段，是复学复课。从4月21日起，广州对20.8万名首批复学的大学、高三、初三师生员工全覆盖开展核酸检测，帮助广州、深圳、佛山、肇庆、中山、湛江、汕尾、惠州、云浮等地初高中师生和大学教职工复学复课。为了让师生能够在4月27日当天准时开课，在全集团调配检测设备，发动更多检测技术人员合力突破下，广州金域医学将日检测产能提升至9.5万例，为全省师生的安全复学保驾护航。

专业 报国 | 抗疫战场的"健康哨兵"

越战越勇，收获赞誉赢得口碑

笔　者：参与抗击疫情后，社会各界对金域医学的评价发生了哪些变化？

谢江涛：在这次抗击疫情中，金域医学表现的"特别能战斗"的检测实力和精神面貌，令政府、医院、公众各界都刮目相看。通过实际工作开展、接触交流和媒体报道，他们能感受到金域医学强大的检测能力、响应能力、组织能力、协调能力。后来，不少公立医院都纷纷选择与金域医学合作，无论是在业内还是在客户评价中，金域医学的品牌美誉度都得到很大提升。这些正向反馈，又更加坚定了我们当好"健康哨兵"的信心。

金域医学临床呼吸道病毒诊断与转化中心学科带头人陈敬贤：社会上往往会把第三方医学实验室定位为纯粹以盈利为目的的机构。但事实上并非如此。我们面对新冠疫情，第一想到的是准确、及时地对标本中是否含有病毒核酸作出报告，为早诊断、早隔离、早治疗作出贡献。金域医学的检测技术、物流效率、设备利用率水

培训现场

平都非常高。这次大家也看到了第三方医检的实力与作用。今后我还会尝试写一些文章，打破社会，尤其是公立医院对第三方医学实验室的原有印象。对于基层医院而言，第三方医疗机构尤为重要。

金域医学中南大区总经理李慧源：金域医学在湖北有三个主战场，一个是武汉，一个是荆州，还有一个就是雷神山医院。金域医学作为广东医疗队驻洪湖检测小分队参与支援荆州，也凭借保质高效的核酸检测实力赢得了政府部门的认可。就我个人而言，跟随广东医疗队出征之后，我真正深入到了抗击疫情的一线，在新冠肺炎患者的定点收治医院里面工作。在湖北前线，我不仅代表自己，也代表公司、代表行业被纳入广东医疗队，而我们的表现，更代表了整个广东的医疗力量与医疗形象，身上的责任感跟使命感更强了。

不仅是在荆州，在武汉，金域医学表现出的主动担当，也给武汉医疗卫生行政主管部门留下了深刻印象。后续的武汉市1.1万人流行病学调查、无症状感染者检测等任务，政府都委托给了武汉金域医学。这些也说明我们的专业能力、服务质量等，获得了政府的认可。

西安金域医学总经理张伟：在这次抗疫行动中，西安金域医学表现出的专业度和严谨度得到了当地政府部门的高度认可。"当天检测当天发报告"的承诺，也让西安金域医学在第三方医检行业赢得同行尊重。一个显著的变化是，以前很多不经常与我们合作的大型三甲医院，自疫情发生以来，纷纷主动上门找到我们要求合作。还有媒体把我们比作"民兵"，把我们形容为"病毒猎手"。外界也逐渐认识到，我们和公立医院医生并无二致，我们实验室工作人员和医护人员一样，都是爱岗敬业的医务工作者。

谭兵健：作为金域医学的子公司，在国家最需要第三方医学实验室挺身而出的时候，长沙金域医学积极主动向湖南省卫健委沟通请战，将抗疫作为最重要的事情准备。凭借在核酸检测中的扎实表现，长沙金域医学被湖南省内各级指挥中心、卫健委、疾控等部门交口称赞。以往我们一直默默地做着自己的本职检测工作，如今政府部门、医院信任我们，也会把重要的检测任务交给我们。外界对我们的认识与评价都向着积极的方向变化着。

专业报国 | 抗疫战场的"健康哨兵"

加强汇报沟通，争取各方支持理解

笔　者：您在核酸检测的工作过程中遇到过哪些压力，又是如何克服的？

陈敬贤：最大的压力是如何能以最快的速度完成检测，并把结果反馈给客户。有时候还是会遇到突发情况需要加急处理的，这不仅会打乱正常的实验流程，降低检测效率，也容易出错。实验室有自己的原则，但也不能直接说出自己的苦衷，只能不断优化流程，并和客户解释，请他们耐心等待，我们正在抓紧协调处理！

马　骥：随着疫情发展，政府不断调整疫情应对策略，不断有新的核酸检测任务给到金域医学，需要我们及时跟进。这期间，负责运输高危标本的物流人员，往返各地级市收取标本，回到实验室基本都已到后半夜。

实验室工作人员的压力也很大。他们穿着密不透风的防护服，穿着尿不湿，工作不到一个小时就满头大汗，一个班要工作8小时。好几次因为没有预警，标本量突然增大让实验室措手不及。比如在"三个必查"中，我们日检产能是1万例，最

金域医学临床呼吸道病毒诊断与转化中心学科带头人陈敬贤教授为团队讲授新冠病毒的生物学特点、临床表现

高能做到1.5万例，但送来的标本很快就超过这个数。我想把产能调到2万例应该足够了吧。没想到前一天刚讲完，第二天就收到了2.7万例标本。那时候实验室人员压力之大可想而知。但即便面对这样大的标本量，我们团队也没有埋怨，而是一直在思考如何优化流程，提升产能。

在这个过程之中，我们的营销人员、物流人员就必须在一线与医院做好沟通，坦陈难处，争取理解，且及时向集团报告，探讨解决方案。

另外，我还需要做大量的沟通工作，把执行任务过程中遇到的问题不断向政府部门汇报沟通，争取他们的理解。政府压力也很大。但在保证质量的前提下保证效率，这一点上，我们都是有共识的。

李慧源：我们随广东省医疗队支援荆州时，首先要做的，也是最难的，就是要取得当地疾控系统对我们的信任。为此，我们保持跟当地政府、医院、广东省医疗队前方指挥部等密切沟通，多方配合，协同作战。先是通过开展多次的验证比对，再用结果说话，把信任建立起来。

专业报国 | 抗疫战场的"健康哨兵"

第三节 【技术】
专业力量
协同创新驱动产能

经过多年的发展，金域医学主打第三方医学检验及病理诊断业务，已成为国内第三方医学检验行业的领先企业。以第三方医检为主航道，金域医学努力构建"医检+"生态圈。

截至2019年底，集团集聚了海内外知名专家200余人，并成立了由钟南山院士担任主席，曾溢滔、陈润生、侯凡凡、谢晓亮、陈晔光等五位院士担任顾问的金域医学学术委员会。通过对接国际、自主创新和成果转化等多种方式，金域医学可提供超过2700项检测项目，年检测标本量超7000万例。

早在2018年，金域医学按照P2+实验室建设标准建设了"临床呼吸道病毒诊断与转化中心"，是全国领先的呼吸道病毒临床和实验室诊断的第三方精准检测平台。在这次疫情应对中，通过不断优化检测方法、梳理检验流程，金域医学对核酸检测流程作了20多处创新，将核酸检测效率提高了5倍，释放了第三方医学实验室的巨大能量。

罗马不是一天建成的。

金域医学的技术实力有赖于长时间专注检测领域的钻研和摸索。通过不断引进新技术，聚焦临床诊断，金域医学搭建科研成果与临床需求的桥梁，逐渐成长为行业龙头企业。

近年来，金域医学在广州呼吸健康研究院的指导下，在病毒检验领域不断突破。对于金域医学而言，这次疫情成为人们了解金域医学实力的一个窗口。

正是因为有26年发展的技术积淀，才能让金域医学在如此巨大的标本量、如此高风险的新冠核酸检测中脱颖而出。金域医学背后的技术统筹机制、专家队伍建设、领先检测技术等，无不是金域医学有效应对核酸检测工作的关键。

专业 报国　抗疫战场的"健康哨兵"

聚焦临床的检测能力

笔　者：金域医学的技术发展脉络是怎样的？

金域医学实验室管理中心总经理程雅婷：从发展的26年历史来看，金域医学的技术发展与业务的发展是相辅相成的。

1998年到2007年，金域医学的客户主要是二级以下医院、偏远地区的乡镇卫生所等，需求相对比较单一，市场也不是很成熟，所以我们主要引进常规检验设备与技术，满足客户对检验项目的基本需求。

2007年到2015年，金域医学开始布局连锁经营，技术也进入了快速发展期。此时，生命科学技术迎来了大发展，对部分疾病诊断的刚性需求，加之我们自身的技术累积和关键人才优势，金域医学逐步搭建起了先进、全面的检验技术体系，实现从"检验"到"诊断"的转变，并开始探索产学研发展模式。

2015年以来，金域医学深耕二级及以上医院客户，学术影响力不断提升，技术创新思路也不断升级，人才累积优势进一步凸显，因此我们有了更好的基础和机会充分联合优质科研力量，融合临床资源，以客户需求为导向，打造特色疾病专科实验平台。

可以说，金域医学在技术创新方面从未停步，也从未松懈过。梁总一直强调金域医学的优势是拥有多技术平台，因为任何一个疾病的诊断，都不可能单靠某一个技术平台，所以不管在哪个技术领域，我们都必须具备两个能力：一个是临床服务能力，一个是科研方向的把控能力。整个医学检验领域大概有60大类技术平台，我们按照这60大类梳理、分析，再去聚焦追踪最前沿的技术、最适合临床诊断的技术、最适合金域医学未来发展的技术。有了良好的技术规划之后，再进一步做好技术的评估、引进、实施以及改进，以求更好地服务临床，同时不断夯实金域医学自身的技术专利、技术诀窍等成果池。

贰　专业担当　"健康哨兵"是怎样炼成的

金域医学建立了全国首张远程病理协作网，图为病理医生在阅片中

笔　者：核酸检测在技术和操作上有何难处？

程雅婷：核酸检测对场地设置、技术人员资质等方面都有特定的要求，公立医院需要建病原学诊断中心或者快速提升检测能力，最关键的不是建场地或者买设备，而是缺少专业的、具有PCR上岗证的检验技术人才。

截至2020年4月，金域医学的临床呼吸道病毒诊断与转化中心运营将近两年，可以为临床提供几十项呼吸道病毒检测项目，新冠病毒是呼吸道病毒的其中一种。加上我们传统的分子感染技术平台已经有长达20多年的发展积累，我们具备很强的技术和人才资源储备；而且金域医学是一家连锁机构，有分布在全国各地的数十家实验室，都具备这样的能力。

陈敬贤：在病毒检测方面，对于金域医学而言是没有太大技术难度。任何病原体的核酸检测都差不多，只是此次新冠病毒检测需要非常注意员工的个人安全和实验室安全。为此，我们专门邀请了广州呼吸健康研究院的专家过来培训。

金域医学实验室管理中心项目经理陶然：试剂的选用也非常重要。核酸检测中我们需要用几种不同试剂的检测结果去进行比对，保证检测结果的准确性，避免因为试剂敏感度不高而导致的检测结果不准确。对于国家药品监督管理局审批过的新试剂，我们就买回来用阳性和阴性标准品加以验证，选用其中敏感性高、特异性强的。当样本量越来越大的时候，我们还会进一步启动自动化方案。

笔　　者：为了解决困难金域医学进行了哪些尝试？最后又是如何解决或克服的？

陈敬贤：在大量样本的处理过程中，我们首先要考虑安全问题。为了把感染的风险降到最低，我们的微生物专家提出首先要对样本进行灭活预处理，即将样本置于56℃的环境下30分钟进行灭活，之后再做核酸检测。灭活之后病毒感染人的概率大大降低了，但是它的核酸和蛋白质是留存的，基本上不影响检测结果。

第二个是试剂问题。我们开始做批量检测时，先把核酸提取出来，再去做PCR，这样效率较低；后来我们采购了另一种国家审批的试剂，采用的是一步法，不需要先提取核酸。这样就节省了很多时间，提高了效率。

第三个是场地问题。我们本来只有一个实验室做病毒检测，后来随着样本量的增加，经过临检中心批准，我们增加了两个楼层的实验室用来检测新冠病毒，同时我们还陆续增加采购了PCR仪等设备。

第四个就是实验室污染风险问题。这也是我们十分注意的问题。为什么会出现实验室污染？因为一个病毒的核酸分子在实验中，一个小时就会扩展到几百万个分子。如果有极少量的PCR产物泄漏出去，虽然很难被发现，但可能会污染整个环境。为避免污染出现，我们进一步加强对新加入检验人员的培训和资质考核。严格坚持所有实验材料都是一次性、不重复使用。严格要求实验人员如果怀疑自己的操作可能导致病毒污染，不要有侥幸心理，立刻停止工作进行全面消杀处理。每一位检验人员都一定要对自己每一步的操作非常有把握，才能继续下一步的操作。

专业线管理提高应对效率

笔　者：在整个新冠肺炎疫情应对过程中，集团层面的调度能力非常强，背后有何体制机制支撑？

程雅婷：金域医学在这次疫情中表现特别突出，更多是源于日常的管理实践和经验积累。从2002年开始，金域医学就开始启动实验室标准化建设。我们严格按照标准化管理体系成功复制发展了30多个实验室。在此基础上，我们还有技术专业线的工作组，每年都会做非常详细的技术管理、技术质量以及技术发展评估报告，这是我们能够在极短时间内了解各地实验室"家底"的原因。

金域医学实验室实行标准化管理机制

这份报告会将每个子公司的仪器数量、人员技术能力、开展项目情况等统计数据列明。哪个子公司检测能力如何，我能脱口而出；哪个实验室的设备和人员不够用，我能立马知道可以去哪里调配资源。

有了这样的标准化管理机制，就无须担心标本量增加的问题。因为集团有37个实验室，我们的仪器资源以及人力资源都可以根据各地方的任务随时调整和调配。虽然每个地方实验室的检测实力不尽相同，但毕竟都是有着良好基础的，不是从无到有，可以说，这一块对我们的挑战不是那么的大。超额任务来了，无论是硬性条件还是软性条件，只要分析局限性在哪里，然后努力突破就好了。

笔　者：金域医学实验室的技术管理系统是怎样工作的？

程雅婷：金域医学的实验室管理主要还是依托各子公司的属地管理实现的，但因为技术是金域医学的核心能力之一，因此在技术的纵深管理方面我们从2014年就在集团层面建立了集团技术管理机制，并成立了11个技术专业组，主要职责就是根据集团战略发展需要、学科领域发展趋势及本技术领域发展趋势，制定技术专业组的中长期发展规划，并实施相关学科新政策、新规范及新标准带来的技术改革与升级，不断优化技术服务体系与标准等。通过开展集团内的技术支持与技术交流，协助组织新项目引进的质量评估，协助开展技术质量评估、关键指标数据收集和分析等，完成各专业组的技术管理及督导工作，取得了良好的管理效果。

2020年1月新冠肺炎疫情暴发时，金域医学各技术专业组的年度报告也已经形成。通过这11份专业报告，我们非常清楚每条技术线的专业能力进展和瓶颈等等。除了日常的管理工作，这些报告也是一个信息全面反馈和共享的渠道，子公司可以通过报告告诉总部我有什么、我需要什么以及未来我要做什么，集团会根据这份报告提供相应的辅导和支持，技术专业组管理团队也会根据这份报告向集团建议需要关注的问题、技术发展趋势以及下年度工作重点。

当然，他们的报告是从技术层面去展开的，集团管理部门还会制订着眼于技术、业务等更具前瞻性的规划。通过这样的工作机制以及技术线的纵深联动，能够保证集团在技术管理方面做到宏观和微观兼顾，取得良好的管理效果。

统分结合驱动产能跃升

笔　者：技术层面，金域医学一开始是如何布局的？随着疫情的发展，集团在协调和把控上和前期有何不同？

陈敬贤：在技术层面，不论疫情如何发展，不管我们是在何时开展、如何开展、何处开展核酸检测，有一点从来没变的就是对质量安全的把控。

我们有一批很重要的骨干，他们有几十年的PCR检测经验，可以传帮带。比如曾征宇、郭晓磊、冯力敏等，他们不仅能够带头实验，还能在技术、防护方面给予大家很多指导。

另外我们要求实验人员必须严格按照试剂盒的操作程序来做。我们金域医学有一句话，"每一份标本都是一颗期待的心"。对实验人员来说，哪怕一万个样本里检测错了一两个，但对于这一两名患者来说，错了就是100%错了。我们深刻地明白，质量至上是金域医学的基本要求，做不好，金域医学将失去客户的信任。

程雅婷：从全国疫情暴发时间看，最初并不是所有地方都有迫切的大规模核酸检测需求，这为集团统筹调度资源提供了有利契机。集团可以根据全国不同地方的具体情况，对重点地区实验室需求进行人员、设备、物资等超前配置。

随着检测需求不断扩大，复工复产压力以及常规业务的逐渐恢复，要求各大区、子公司、实验室从政治站位的高度给政府提供检测保障，这需要大区、子公司自己做好判断和业务规划、资源配置计划。此外，不同地方也有不同的应对策略和方法。当子公司有了清晰的规划和预判后，集团再根据子公司的需求，结合实际情况进行调度和支持，效果更佳。

笔　者：经过这次疫情，在技术层面，您认为所在部门或整个公司有何经验或教训可以总结？

陈敬贤：金域医学很多技术人员在操作上已经很熟练了。但说实话，对于这场突如其来的病毒性感染，我们的知识储备还是不够。在金域医学层面，实验室的骨干人员一定要掌握更多的分子病毒学知识，一线的实验人员也要有PCR资质，懂得病毒培养的基本知识，等等。

另外，就是面对新发病毒的能力储备。我们可能难以预计新的病毒会在何时何地出现，但我们可以提前做一些准备。现在很多病毒都是"人畜共患"，那我们就需要把"畜"搞清楚，在哪些动物里有哪些病毒，提前做好知识、技术和实验材料的储备，万一下次有新的疫情暴发，我们就能够比较快地找到病原体。同时，病毒学检验的项目要尽量开全，比如DNA病毒、RNA（核糖核酸）病毒、呼吸道病毒、肠道病毒、神经系统病毒等各种病毒的检验项目。

还有，在疫苗的研制方面，虽然我们不做疫苗，但我们可以针对不同的疫苗建立相应的检测方法，以便评价免疫接种以后的效果。

笔　者：未来金域医学会在大数据、人工智能方面做新的探索和尝试吗？

程雅婷：技术对于一个创新型企业来说非常重要。对金域医学来讲，发展到这个阶段，技术就不单单只是检验检测技术了，在大数据、5G技术、人工智能、物流技术等方面，我们都需要系统地分析，识别出金域医学发展所需的关键技术，然后进行布局和建设。任何技术在我们这个平台都有它的价值和可能，但我依然认为检验检测技术是我们的根本，在这个基础上，我们需要利用好科技手段，打造多技术平台整合、大数据支撑、智能化的服务与运营体系，为客户提供高质量、快捷方便的医检服务。这方面，集团正在构建"211"工程，即在国家大力推进新基建的背景下，全面启动"两库一中心一基地"规划建设，包括生物医学大样本资源库、医学检验与病理诊断大数据库、智慧医检与大健康科技创新中心、第三方医检数字化产业应用示范基地。

第四节 【运营】
得道多助
全国"一盘棋",打破产能瓶颈

运营,是指综合运用公司的人才、设备、技术资源,通过相互组合发挥比较优势,赢得企业效益的一种市场经济行为。运营好坏直接关系企业发展。

兵马未动,粮草先行。疫情初期,采购部门发挥供应链管理优势,通过供应商找到防护物资货源,采取蹲点取货、专车送货、海外订购等特殊方式保障物资供应。

以"不惜一切代价"的责任担当,在新冠肺炎疫情中,金域医学全力完成新冠病毒核酸检测工作,赢得了包括客户、供应商、股东等合作伙伴的认可。他们中的一些人还自发向金域医学捐赠了防护物资。

作为金域医学的核心竞争力,实验室技术统筹机制也派上用场。在极重的检测任务面前,运营团队凭借对集团技能人才、设备的熟稔,以及与各大区、子公司的密切沟通,取得了武汉、广州、合肥、南京、西安、上海、哈尔滨等多个战场的产能突破。

根据疫情防控不同阶段不同地区的需求,金域医学37个中心医学实验室资源实现灵活调配,充分发挥了全集团"一盘棋"作战的协调能力,为战"疫"提供了强有力的保障。

"先不谈钱,做了再说",这是金域医学面对疫情的真实态度。

在极大防护物资、检测耗材缺口下,许多企业可能早已打了退堂鼓,但金域医学没有退缩,而是迎难而上。在疫情初期,物流、实验室、采购部门、行政部门就开始了紧张的培训、采购和方案制订。

在武汉检测产能吃紧时，金域医学做出"不惜一切代价"支援武汉的部署。

随着疫情防控走向常态化，金域医学又调配检测资源，在各地复工复产、复学复课、入境检测，乃至常态化防控方面贡献力量。

虽然集团37家中心医学实验室分布天南海北，但在疫情面前实现了人员、设备、耗材、物资、专家的统一调配。这一切担当与付出，赢得了资本市场、客户、供应商、大众的认可，推动金域医学检测产能和口碑大幅跃升。

只要能买到，就不惜一切代价

笔　者：作为后勤保障部门，疫情初期面临的最大困难是什么，又是如何取得突破的？

金域医学集团高级副总裁郝必喜：集团在采购层面有一个顶层设计，主要就是定规则、定供应商和定供应商基本条款。在供应门槛、采购规格上，则由采购部门与实验室共同制定。

设定采购门槛时，我们会针对合适的供应商沟通价格、账期、合同等相关事宜。同一个产品，我们会选择三个供应商，各子公司都可以在框架范围内下单。采购合同和财务支出需要集团统一签字，做好三个管理。

第一，采购集中管理。在集团拓展分公司时，会要求财务集中管理和采购集中管理。这样的话，在与供应商谈判时，集团对外就可以一个声音，形成议价能力。

第二，人员集中管理。所有的子公司采购负责人、大区负责人都是由总部直接任命的。这些人都要到广州总部面试、试用工作三个月，只有认同企业文化才会被录用。

第三，权利责任管理。我们采购部门和财务部门权责是非常清晰的。只有权责清晰，部门才能形成稳健的风格。在采购和财务部门，可以看到人员非常稳定，有很多工作十年以上的员工，他们执行力很强。

在疫情当中，我们也主动求变，采取"变通方式"，只要找到货源，无论价格如何，尽快采购回来。当时我把整个集团采购人员拉了一个微信群，发动采购人员个人人脉找货源，是一次打破常规的举动。

当时情况紧急，常规的先定采购标准再采购已经来不及了。比如平常防护服的价格是八十到一百元，当时国内都买不到，我们就选择进口，高三四倍的价钱也在所不惜，不惜一切代价做好防护物资保障。

金域医学集团采购管理中心副总经理张瑜：最初的一星期是最困难的。因为要做好三级防护，但防护物资储备量不够，供应商又在休假。当时实验室紧缺的物资主要包括防护服、防护面具和口罩，我们采购部门四处联系采购渠道，也与政府积极协调。同时，全国各大区、子公司也一起想办法。

为了买到防护物质和耗材，采购人员甚至直接到工厂蹲守，能带多少拿多少。很快，医疗耗材工厂被政府管控了，我们就想办法出证明，证明我们是获政府委托的医疗机构，以求能分配到一些物资。后期，我们又在供应商的引荐下，找到中东、欧洲的一些货源，过程可谓惊心动魄。从这些举措可看出，集团的决心是很大的。

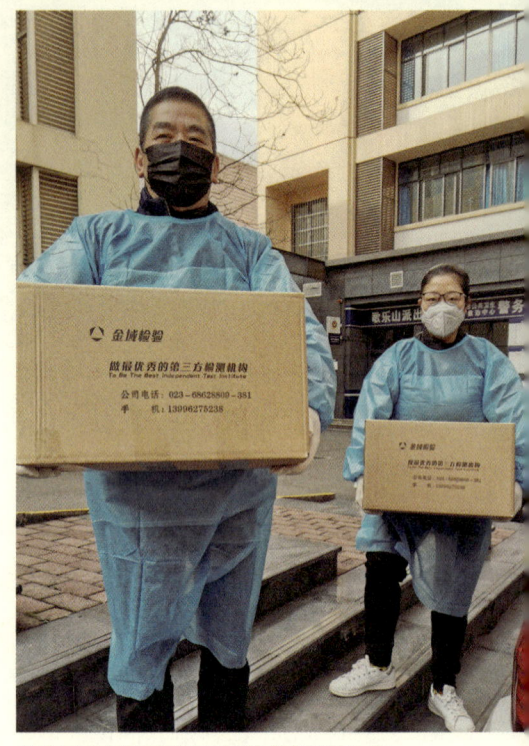

抗疫早期金域医学购买到的部分防护物资

笔　者：供应商在疫情中给予了很大帮助，平时金域医学是如何做供应商管理的？

郝必喜：疫情期间采购与日常采购有很大的不同，最初也根本不知道要到哪里去采购防护服。包括后来承接广东的"三个必查"任务，需要采购咽拭子、采样管等耗材，这些平时我们用得不多，国内也没有太多厂家。我们也向社会发起了募捐，供应商、政府、银行、股东等很多的合作伙伴都为金域医学捐赠了N95口罩、防护服等防护用品。

过去这么多年来，我们与供应商一直保持着非常良好的关系。发动供应商关系后，我们的采购渠道极大拓宽了。对于庞大的供应商队伍而言，只要有10%的人知道防护服采购渠道，就能给我们带来巨大的帮助。

另外，我们一直强调的是，我们和供应商不只是甲方乙方关系。第一，金域医学是非常注重质量的企业，供应商的产品到了我们这里对他的品牌有非常好的背书效果；第二，我们强调与供应商是一个平等的关系，双方长期以来已经成为相互信赖的合作伙伴；第三，我们非常讲信用，绝对不会今天采购这家产品，明天就换一家，很多供应商都与金域医学合作十几年了。无论是国际还是国内的，我们绝对不会让供应商来催款项，供应商跟我们合作都非常放心。简而言之，我们和供应商的关系是从过去一般的买卖关系发展壮大为合作伙伴关系，如今又向战略性长期合作伙伴关系深化。

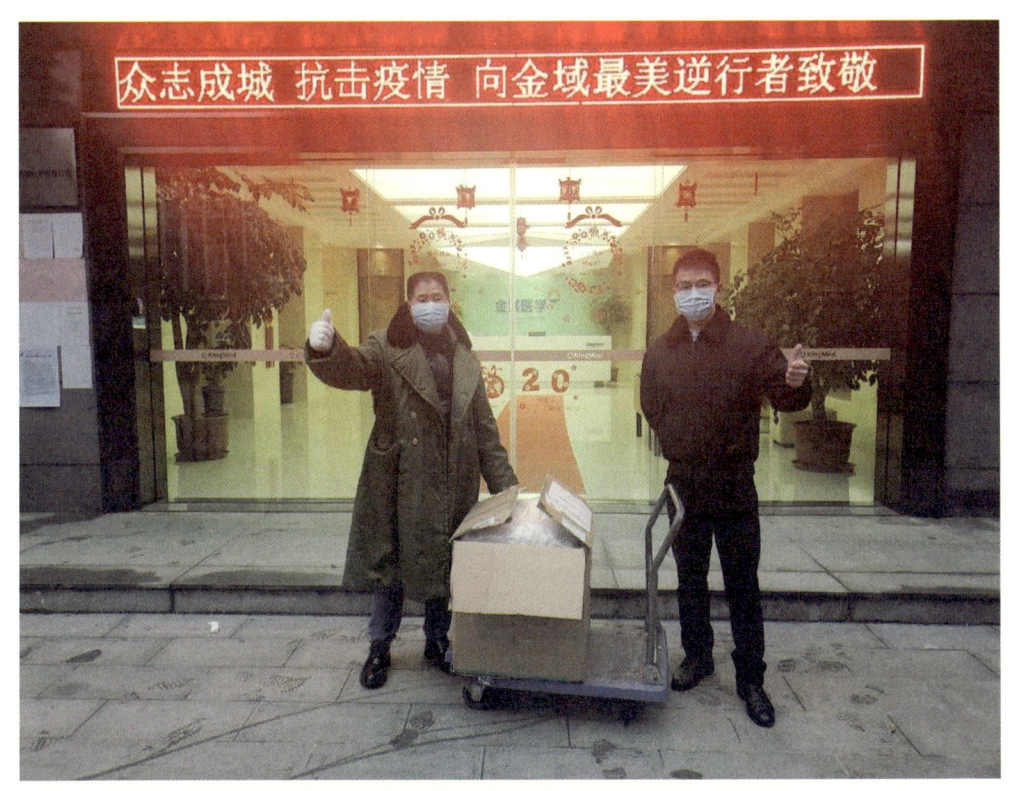

全国"一盘棋"，检测设备连夜从福州金域医学运到合肥金域医学

专业 报国　抗疫战场的"健康哨兵"

你们只管请战，集团给你们撑腰

笔　者：您认为此次战"疫"过程中，有哪些金域医学独有的做法是其他第三方医学实验室做不到的？

陈敬贤：我认为金域医学在战"疫"过程中，这几个方面是其他第三方医学实验室很难做到的。

在武汉疫情危急时刻，梁总果断派李慧源总带着设备、人员火速赶到武汉。记得当时梁总说，你们不要顾虑武汉当地金域医学实验室人手不够、机器不够，我们集团层面会调动资源全力支持你们，你们只管请战，承担起任务！在全国层面请战，需要极大的实力与底气。

从集团运营的角度看，起初各子公司人员过来培训，不是为了支援广州，而是为了万一其他地方有较大的检测需求，我们能够有足够的具备生物安全意识和PCR检测资质的人员进行全国调配。在早期，我们物流人员去医院收运标本，生物安全防范意识甚至比一些医院的医生还高。

从运营的角度看，金域医学总部有一个实验室详细报告，能调动的资源一目了然，这为全国"一盘棋"调动资源提供了很大支撑。各大区、子公司，无论手头是否还有别的任务，都自发服从总部的工作部署。

最后，面对突发核酸检测需求，能够在全国迅速匹配资源，将人员迅速动员起来并及时安排培训，很快形成合格的实验条件和防护标准，金域医学可以说是第三方医学实验室中做得最好的。就算美国同行拥有的技术更先进，但是他们可能做不到这样的组织力和动员力。

笔　者：您认为金域医学这次在疫情的突出表现，背后的原因是什么？

程雅婷：总的来说，这次疫情是金域医学综合能力的一次爆发式体现。从实验室的角度来说，要做实验首先要把标本运过来。标本在高危情况下如何运输，这里

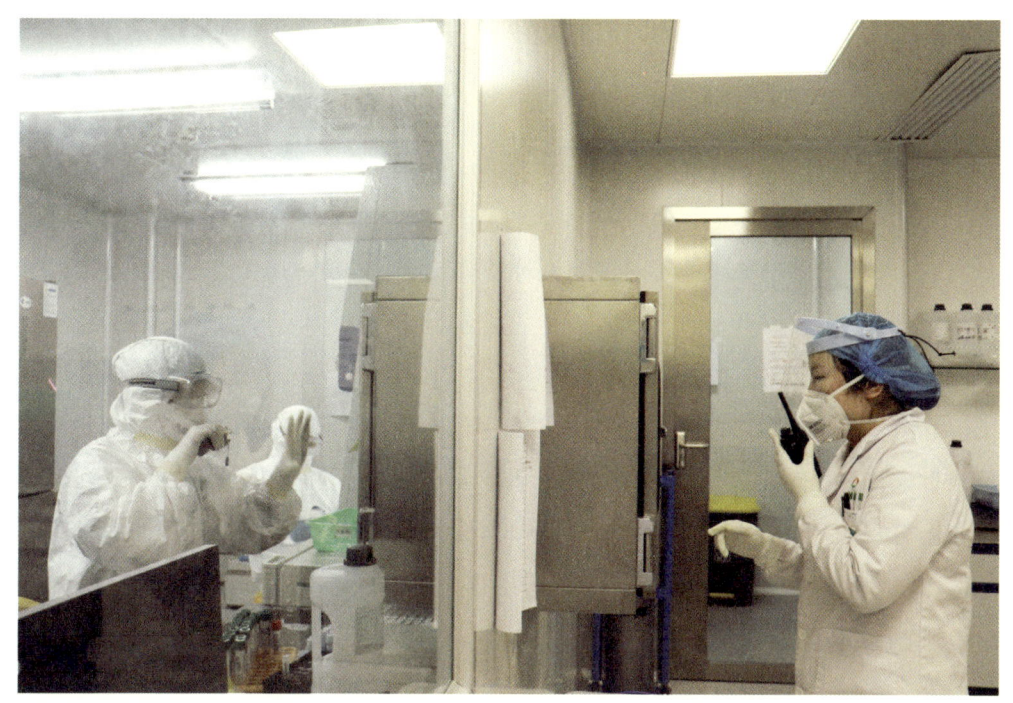

检验人员通过对讲机指挥样本前处理安排

体现出金域医学在抗击疫情中一个核心能力——物流能力。

面对每天大量的标本,实验室的运营能力也很关键。在战"疫"200天的节点,通过不断优化流程,我们能做到日检10万例标本,甚至15万例、20万例都可以有保证。这是一个综合运营能力的体现。

梁总总结金域医学产能突破的一个关键因素是信任与协同。在疫情面前,集团各部门都是密切沟通的。你需要是什么、我能提供什么,各部门在碰撞中打造了一个高速流转的信息流,大大提升了效率。你会发现,我们能看见的产能提升只是信息流高效运转的外在表现。

全力以赴抗疫，合作伙伴叫好

笔　　者：作为一家上市公司，股东对金域医学"不惜一切代价"抗击疫情有何评价？

郝必喜：可以说，股东对我们在疫情中"不惜一切代价"的做法是高度认可的。这么多年来，金域医学在不同的阶段有不同的股东。股东和我们都是志同道合的一批人，对我们的过往和现在的工作都是认可的。有些追求短期利益的股东也不是我们需要的。我们本着负责态度，兼顾大股东的利益，也要照顾小股东的利益，做好股东利益和公司长期利益关系的平衡。

笔　　者：疫情期间，金域医学的现金流是否有压力？

郝必喜：金域医学现金流没问题，我们内部员工从来没有感受到现金流的压力。我们有十几家银行合作伙伴。总的来说，银行给我们的贷款利率是比较优惠的。

笔　　者：金域医学是如何取得合作伙伴信赖的？

郝必喜：金域医学取得合作伙伴的信赖，靠的就是持续专注于检测能力建设，围绕这个中心工作，处理与客户、供应商、政府、股东、银行的关系。你会发现，当你专心做好一件事，并且这件事对社会是有积极帮助的时候，大家都很愿意帮助你。比如说，不少银行都喜欢锦上添花，但想要合作银行成为雪中送炭的角色，就要充分利用主营业务的核心竞争力获得银行的认可。正是因为金域医学一直在走一条正确的道路，才让金域医学这么多年来一直保持在一个稳步上升的态势。

笔　　者：从财务角度，您怎么看金域医学在资本市场后期的发展？

郝必喜：股价短期波动是一个很综合的表现。它可能与经济大环境有关系，与舆情有关系，与公司在行业中是否处于龙头地位有关系，与投资者的投资心理有关系。从我个人角度来看，股价不宜涨得太快，应该要与公司的实际价值匹配，上下波动的幅度不宜太大。从财务和行业发展的角度看，对于一家专注于健康领域的企业，稳健的股价走势其实是最好的，而金域医学正是这样一家非常有前景的企业。

强化顶层设计，打造差异化实验室

笔　者：在实验室领域，金域医学是如何开展运营管理的？

程雅婷：作为第三方医学实验室，除了在行业中要打造自身特色、寻找差异化发展之路外，实验室的建设也要在集团范围内实现一定的差异化。金域医学集团的实验室工作内容主要包括整体规划布局以及实验室运营管理。

规划布局方面，我们秉承着"以现状为基础，以业务为导向，厘清集团和子公司建设重点"的原则，确定每个子公司实验室的定位以及重点建设方向。如何在实现集团利益最大化的前提下，各子公司有特色、有特点地发展，能够快速响应当地

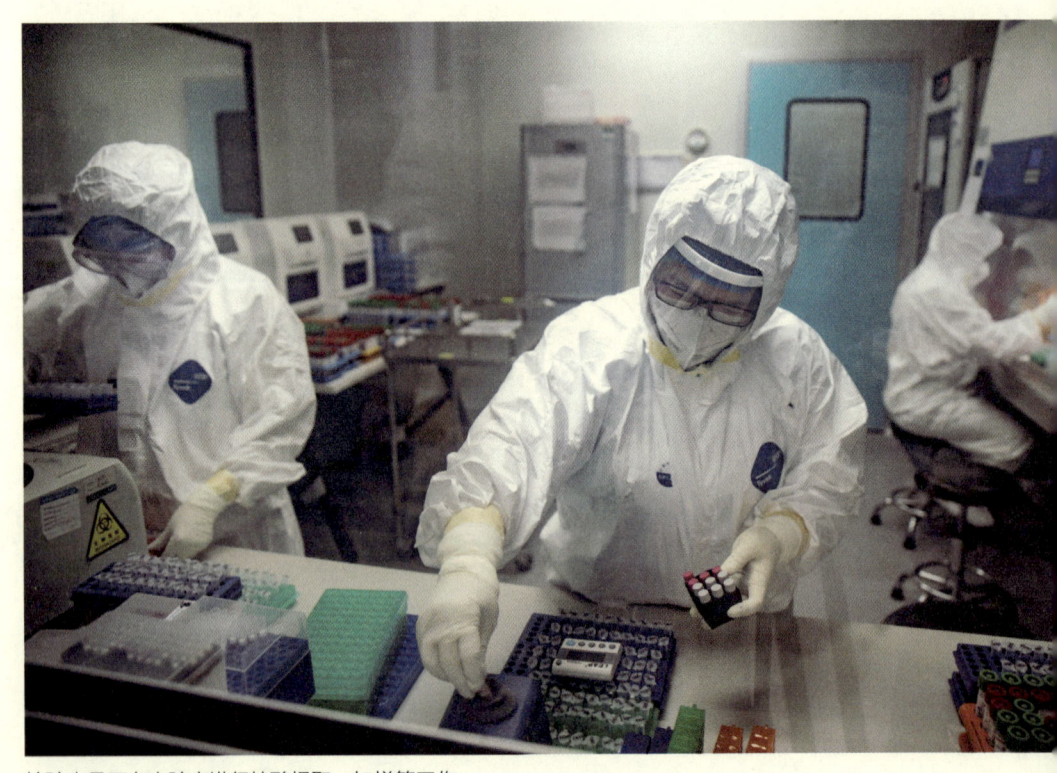

检验人员正在实验室进行核酸提取、加样等工作

业务发展的要求，同时又要兼顾效率和成本，这其中的挑战还是非常大的。在这个过程中，统筹管理是非常必要的。经过多年的持续努力与建设，我们已经在集团范围内布局了8类19个特色疾病专科实验室、10类67个重点技术平台，较好地体现了集团顶层设计和子公司执行落地的联动机制。

在实验室运营管理方面，则是主要依托于各子公司当地完成。围绕成本、服务、时效、技术发展、品牌建设等方向，集团会给出每年的工作目标，并提供必要的方法和措施，同时做好督导和反馈，子公司充分发挥自己的主观能动性，结合现状，拿出具体工作计划，不断推进。通过这样一个工作机制，我们期望逐步加强实验室精细化管理能力，持续提升效率，不断提高我们的市场竞争力。

对标奎斯特（Quest），加强多元化服务

笔　者：对标Quest等全球龙头，金域医学还有哪些方面可以强化的？

程雅婷：从员工数量和产值看，Quest有将近5万名员工，产值是我们的10倍左右，可见第三方医学实验室这个行业的特点，知识密集型、劳动密集型、资本密集型，但人均产出相对来说不那么高。六西格玛和各种认证让Quest的服务质量成为获取竞争优势的坚实基础，这一点和金域医学的发展理念非常相像，而且Quest在精益管理方面做得非常好，他们的自动化、信息化程度更高，系统性更强。从人才储备看，Quest在全美有非常多知名的科学家和医学家全职工作，金域医学也吸引了不少高级人才加盟；从检测项目数量看，Quest有4000多个检测项目，金域医学有2700多个检测项目，我们还有很大的提升空间。这几年Quest也在做发展的转型，以期通过以疾病为导向的业务发展和重点的技术领域建设，为股票市场增强信心。所以他们也成立了六大疾病中心，同时进一步加强基于诊断业务的多元化服务，如合作共建、线上业务等，这跟金域医学在这一个战略周期的方向调整不谋而合。金域医学有更大的检测人群和样本，虽然国情不同，但Quest还是有很多值得我们学习和借鉴的地方，我们会继续对标Quest，谋求更好的发展。

第五节 【文化】
拧股成绳
"家文化"锻造"金域医学铁军"

　　企业文化是企业的灵魂，是推动企业发展的不竭动力。文化底蕴越深厚，企业越有生命力。实践表明，企业文化同生产、经营、管理、战略安排、体制改革、流程再造、人力资源开发与使用等紧密结合起来，企业就能基业长青。

　　金域医学始终坚信"员工好，金域医学才会好；金域医学好，员工会更好；大家好，未来更美好"，在26年的发展历程中，形成了以"家文化"、质量文化、创业文化、创新文化为代表的企业文化，已成为构建和谐企业的精神动力和管理制胜的法宝。

　　在疫情应对中，金域医学把集团、个人与国家利益三者统一，形成了一股强大的凝聚力和向心力，推动以"家文化"为首的四大企业文化向家国情怀、金域医学担当升华，不断提高其影响力和辐射力，形成软实力，产生"硬效果"，推进事业不断发展。

　　好的企业文化如同春雨，润物细无声。在访谈中，多位金域医学高层谈到，平时听企业文化不觉如何，但在疫情中却真正看到企业文化的重要性。正是在长期的企业文化熏陶中，集团员工形成统一的价值观，在执行比较艰巨的任务同时，能够有大局观和家国情怀。这是任何金钱犒劳、利益让渡都给不了的。

　　爱企如家、质量第一、艰苦创业、创新追求的文化理念，早已融入资深员工的日常。新员工也在这样的氛围中，逐渐成长为有担当、有使命感的金域医学新生力量。

"90后"员工表现令人印象深刻

笔者：这次金域医学抗疫出动了近2000名员工，刚好又在春节期间，您印象最深的抗疫故事有哪些？您有什么感受？

金域医学物流管理中心、金域达物流总经理刘为敏：疫情暴发之初，当时大伙都搞不清楚疫情处于什么状态，加上又是春节期间，一线物流员工也有很多顾虑。让我很感动的是，我们的物流人员，在集团最需要他们的时候，第一时间往前冲。平时总说企业文化，在这一次疫情应对中，我们是真正感受到它对员工的潜移默化。整个过程中，没有一名员工说"我不做了"，反而是一个个挺身而出，企业文化转变为员工执行力。

在具体开展核酸检测时，我们物流人员甚至还提醒医院注意防护，有人评价我们的防护工作做得比医院还紧张。这恰恰证明了我们的教育培训真的起到了效果。

员工自发认识到自己的工作，能够帮医院尽快收治患者，帮助政府做好疫情防控，无形中就增强了对检测样本运输、检测工作的使命感、责任感。还有同事，为了帮集团找到防护物资渠道，自己开车几百公里、上千公里地去寻找货源。当有的子公司所在城市出现停航停运时，只要不封路，就近的公司都会自发去支援。这些付出，本身是超出集团预期的。正是认识到本职工作背后巨大的社会价值，才有这么多感人的故事。

张伟：我们的检测人员大多是"80后""90后"，因为防护物资非常紧缺，他们常常好几个小时甚至超过10个小时不吃饭、不上卫生间。我深深感到，医学专业毕业的实验室人员的责任感、使命感是那么的强烈。很多人在连续工作很久之后，仍然主动提出要再坚持一下。

刚开始参与核酸检测工作时，生活保障物资也相当紧缺。西安金域医学附近也没有餐馆开门，我们只能吃泡面、啃面包，但所有人都这样坚持下来了。

我们物流人员也是相当辛苦的，有一次需要从西安到青海拉一台设备，要当天来回保证尽快装机，两个物流人员只好轮流开车，当天从青海拖回设备后，第二天又继续执行采样任务。两天可能就睡了三四个小时。所有的伙伴绝对不只是简单地"努力了"，而是真正地"拼了命"。我真切感受到我们团队协作的精神，这种默契可以说是到达了前所未有的高度。

和很多有着百年历史的医院相比，金域医学在思想教育、文化积累等方面还是相对年轻。但从另一个角度去看，我们的年轻也是一种优势，我们很愿意学习，非常主动把高精尖的检测项目引进来，更好地服务医生群体，服务患者。

王祥敏：现在的生活好了，年轻一代可能很难切身地体会什么叫艰苦奋斗，但通过这次疫情，我们意外地看到"80后""90后"穿着防护服在采样点、实验室一待就是10多个小时，没有人叫苦叫累，我从他们身上看到了金域医学艰苦奋斗精神的文化传承。上海金域医学参与战"疫"会相对晚一点，承担起出入境检测任务后，却让我深刻地感受到"守住国门"四个字的分量。金域医学能够在这么关键的时刻参与入境检测工作，本身就是政府、社会对我们的巨大信任。

陈敬贤：有两位工作人员令我印象深刻。第一位叫冯力敏，他在金域医学工作大概有10多年时间，原准备全家回湖南去过春节了，但在2020年1月23日公司开会时，当即申请留下，他说自己是病毒实验室的主管，理应由他来带头。

除了冯力敏以外，还有一个年轻的同事叫程馨仪，她是肇庆人，年龄是我们实验室最小的，她说她也不回家了。我问她有没有告知父母，结果她现场打了个电话给家里人。她说父母是医生，家长非常理解，全力支持她留守公司抗疫。

集团人力资源部考虑给春节驻守公司的员工增加补助，起初说每人每天补助300元，后来又把补助提高到每人每天500元，这也体现了公司对员工的人文关怀。

金域医学高级副总裁严婷：春节是一家团圆的节日，作为一家民营企业，我们不会硬性命令员工要做什么，而是充分尊重员工意愿，同时会把利害情况跟他说清楚。全国调人的时候，很多子公司也正当用人之际，集团担心调度不来。但我们看到的是，所有子公司很有大局观，十分配合总部工作。

派人支援武汉那会儿，那里是疫情重灾区，感染的风险很高。但我没有想到伙伴们竟然都非常踊跃地报名。他们当中不少是独生子女，除了自愿以外，还要得到

专业报国 | 抗疫战场的"健康哨兵"

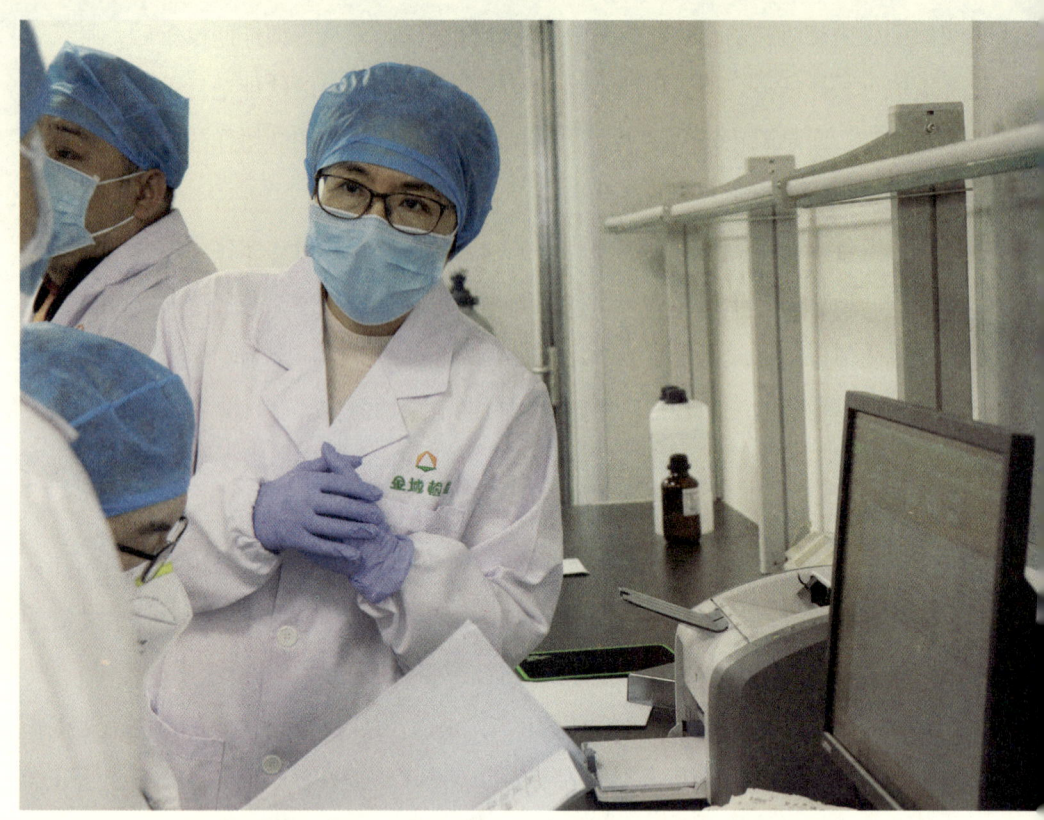

2020年2月1日大年初八，金域医学高级副总裁严婷到实验室指挥标本信息录入流程梳理

家人支持。不计较、不抱怨、不畏惧、能吃苦、有担当，这样的表现，让我们对"90后"员工不能吃苦的刻板印象有了很大改观，年轻人在紧急时刻做出的选择、决定与行动，让我们看到他们的责任感，相信他们在未来可以担起更大的责任。

众志成城完成"哨兵"使命

笔　者：作为检测的关键环节，实验室交出了令人惊叹的成绩单，您认为实验室取得如此成绩背后的深层次的原因是什么？

陈敬贤：第一，是公司上下众志成城。正所谓"上下同欲者胜"，大家都是为了抗击疫情这同一个目标而付出的。作为一个搞病毒研究的"老兵"，我为抗击疫情献了力；你作为一个专业的年轻人，同样也作出了重要贡献。

第二，是公司领导的睿智判断和果敢决策。在疫情初起时，梁耀铭总就和我们说："这次的疫情对于金域医学来说，是一个历史性的机会，我们每个人都是第一次经历这样的场面，我们在历史重大事件中多少能发挥些作用，将来历史会记得我们的。"在梁总的鼓励下，大家都抱有一种历史的使命感在工作。

第三，是金域医学质量有保证。这是我们的生命线。我们公司的每次年会、总结会都会强调这一点，我们是靠质量吃饭的。质量本身也是金域医学企业文化的重大板块之一。

第四，是实验室资深骨干们的经验和责任，他们能够在整个过程中发挥起顶梁柱的作用。

第五，就是员工的严格培训，培训在于两个方面，一方面是核酸检测，另一方面是生物安全防护。不是说做了几次实验，你熟悉了之后就可以放松，而是每天都要强调。

笔　者：在抗疫行动中，您感受到了怎样的企业文化？

郝必喜：我们做医疗服务是赚不了快钱的。在这样的企业文化熏陶下，留下来的人，都是跟金域医学企业风格品性相匹配、更注重长期发展的人。从年初请战开始，很多外省员工春节没有回家。遇到突发事件，单纯靠命令、金钱物质等外部激励是不行的。

| 专业 报国 | 抗疫战场的"健康哨兵"

梁耀铭欢迎从雷神山医院凯旋的检验人员

金域医学能发展到今天,与执行力很强的企业文化密切相关。我们积极响应国家的号召,也与梁总是一个非常有情怀的企业家这点分不开,在面临危险且无法保证盈利情况下,他依然愿意挺身而出,为医生、为患者提供好检测服务。从整体上看,这次疫情中,各方对金域医学的评价都非常好。

陈敬贤:梁总不是把自己定位为一个商人,他有着很大的胸怀,愿意在国家需要的时候挺身而出。在疫情暴发之后,他的办公室成为抗击新冠的指挥部。可以说这次疫情应对,如果没有他的主动拍板和积极协调,后续金域医学是不可能发挥这么大作用的。我印象特别深的是在决定驰援武汉时,当时武汉子公司还比较年轻,设备力量相对薄弱,为了打消驰援武汉队伍的担心,梁总就对和他们说:"你们不用担心,在你们背后是整个集团,我们会充分调动集团资源,全力支持你们。"

李慧源:公司在这次疫情当中表现出的社会责任感,跟员工个人所追求的价值观引起了一种强烈的"共振",进一步提高了企业的凝聚力。整个疫情期间,我们并不是硬性通过公司的行政指令让员工支援前线，因为包括武汉、荆州等前线地区，确实还是存在较高风险的，但很多员工都主动请战。在集团开展新冠核酸检测的各个战场，还有不少是父女档、夫妻档……这也是金域医学多年来弘扬企业文化的一个体现。

金域医学集团行政管理中心副总经理张栋：金域医学一直在倡导一种"家文化"，而且是大家庭文化，我们员工的家人，也是我们的家人。我们的员工平时也会带着家属参加公司活动，也会有表彰。这些活动都会请上家人来一起来分享。员工的家人了解公司，他们知道公司的责任和担当，他们也知道公司如何对待员工，员工如何回报公司。正因为公司这种大家庭文化，员工跟家人跟公司有一种无形的联系。三者之间建立了一种很强的信任关系，员工及员工家属自然而然就会相信公司有能力做好对员工，尤其是冲锋到抗疫一线的员工的保护，不会让员工受到伤害，让员工及其家属没有后顾之忧。

严婷：在这次疫情应对中，我们可以看到，管理层坚守一线，一直陪伴在员工的身边，在工作中碰到问题是可以马上得到反馈的；我们有整整一个月时间，食堂吃饭全部都是免费的，住的公寓也提前准备好，给大家营造舒适的工作生活环境。随着工作量增大，工作强度也不断提升，集团很快按照国家标准给一线员工制定了补贴标准。从企业文化上看，要让奉献的人感受到被认可的满足感和价值实现的成就感。

经历这次疫情，我们的员工都对金域医学作为"病毒猎手""健康哨兵""健康中国的守护者"的角色有了更加深刻的体会，大家更能理解到企业文化如何嵌入到实际行动中。

金域医学的企业文化中有一条"家文化"，既强调企业对员工的尊重和关爱，又强调员工对企业和社会的担当与责任。在社会和国家有需要时，作为有担当和有社会责任感的企业，用奉献的精神感染大家，员工是会愿意跟着企业一起付出的。

金域医学将走向新的发展高度

笔　者：您认为经过这次疫情，金域医学变得有何不同了？

郝必喜：金域医学最核心的特点首先是文化。文化引领，然后才是技术、人才等核心能力。以企业文化为根基，核心能力不断地在建构、在生长、在外延，内涵不断丰富，慢慢形成规模效应，获得更高的品牌认知度。

这是一个正面效应不断滚动的效果，金域医学26年的发展简单来说就是在做这个事情，当能力不断地外延到其他方面，其他方面又反过来促进了金域医学的主营业务。

经历过疫情的考验，可以说金域医学现在处于一个非常好的发展阶段，各方面都没有太大的阻力，不像刚开始时大家不认识你，对你很陌生，对你有排斥，现在大家对你的认可度都达到了一个新的高度。金域医学现在只需要往前走，去接触新技术、开拓新项目，对方了解我们的口碑后，合作也会非常顺利。

雷神山医院欢送仪式

疫情对我们而言，可以说是一个天时地利人和的发展节点，而社会的认可则是对这么多年来金域医学专注第三方医学检验的回馈。对比起"非典"时期，那时候第三方力量比较弱小，国家会把检测任务放在现有公立医疗体系内解决，但是现在公立医疗体系内解决不了，这时我们金域医学作为第三方医检行业的龙头企业，核酸检测产能一天能达到35万例，对疫情防控帮助很大。

金域医学作为一家上市公司，资本市场虽然是逐利的，但对我们这样有情怀的公司也是非常认可的，我跟许多投资方交流发现，他们的观念很一致：从长远角度来说，有情怀的公司肯定能把事情做好，投资金域医学这样的公司肯定不会亏。

程雅婷：对金域医学来说，抗击疫情是一个综合实力的体现。在这样一个紧急状态下，我们充分展示出自己的整体实力。虽然每个部门都非常累，但能为抗击疫情献出金域医学力量，我们也深感自豪。

实验室在这次抗疫中的表现很不错。实验室的工作特点注定了我们的气质整体而言就是踏实、严谨、一丝不苟，告诉我们有任务，我们就要争取按时保质完成，哪怕你告诉我们这个是暂时不可能的任务，我们也会想尽办法做到。

企业经营归根到底就是要用企业文化提纲挈领，本质上是这么多年沉淀下来的管理内涵。我们在研发、供应、物流、专家、金融都有网络。这几个网络能够发挥作用，靠的就是企业文化，通过文化来指引战略决策。集团有很好的使命、愿景和核心价值观，26年的发展过程中，一直在凝聚人才，并由此产生信任和协同。

金域医学的品牌美誉度在这段时间飞速提升。我能切身体会到社会各界的认可，包括政府的认可、客户的认可、投资方的认可，亲人朋友也提高了对我工作的认知和认可。

可以说，在金域医学成长起来的人，相对都是单纯和务实的。我们希望能够充分发挥第三方医学实验的优势来帮助政府解决问题，同时也希望政府能够了解到，有困难的时候可以找金域医学。现在不能还认为"酒香不怕巷子深"，金域医学未来要有更广阔的发展，一定需要取得政府的信任，要参与到公共卫生体系建设当中。我相信疫情过去以后，这些关系一定会对我们业务开拓有指导作用，金域医学也将拥有更多机会展现综合诊断服务能力。

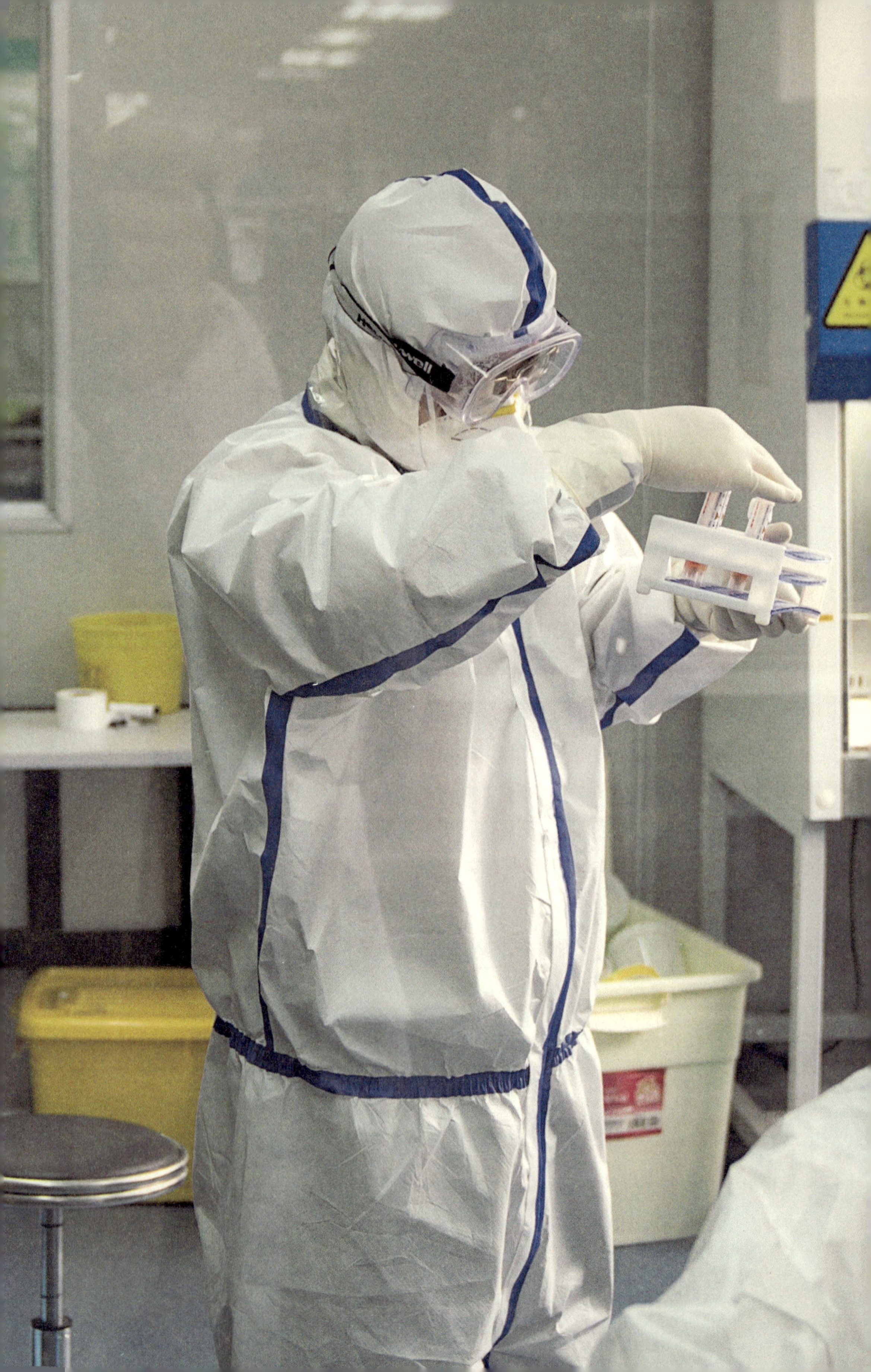
well

叁 业界之光

"病毒猎手"当之无愧

新冠肺炎暴发后，国内媒体对此次历史罕见的疫情进行了长时间、大声量、全方位的关注和报道。随着抗疫局势的演进，以金域医学为代表的第三方医检机构异军突起，加入战局，成为这场持久战中的一股有生力量。于是，全国各级各类媒体纷纷将镜头和麦克风对准了金域医学等第三方机构。一时间，阐述金域医学抗疫举措、战法经验、角色定位等多个方面的各类报道涌上舆论风口，"健康哨兵""病毒猎手"的角色被全面而立体地展现在了普罗大众的视野中。

大疫当前，时势唤英雄。26年的默默耕耘、沉潜积淀，终于让金域医学在这个特殊的时期，能够充满自信地火线"亮剑"。在抗疫战场上，为国家、为人民的竭力奉献，吸引了广大媒体的热烈加持，这在为金域医学自身打开更大一扇门的同时，也为整个第三方医检行业拓宽了路径，甚至为整个国家的医疗卫生事业的发展完善延展了新的思路。

> 专业报国 ｜ 抗疫战场的"健康哨兵"

第一节
直击！
突围"一测难求"

核酸检测在新冠疫情防控之中承担着至关重要的作用。患者筛查、疑似患者确诊、患者治愈出院都需要经过核酸检测。

湖北疫情防控进入关键阶段之际，面对大量待确诊的疑似病例，该如何加快提升确诊效率，让患者得到及时的诊疗，成为全国人民都在关注的焦点。在本次疫情阻击战中，为快速提升湖北抗疫一线的检测确诊能力，2020年2月3日，广州呼吸健康研究院、国家呼吸系统疾病临床医学研究中心紧急决定，在武汉金域医学挂牌"国家呼吸系统疾病临床医学研究中心病毒诊断研究武汉分中心"。

2月13日，武汉金域医学和中南医院携手，为雷神山医院提供核酸检测服务，10名金域医学检验技术人员被派驻参与该院检验科的检验工作。金域医学集团党委书记、董事长兼首席执行官梁耀铭表示："责任重大，使命光荣，我们一定倾全集团之力，保质保量完成标本检测任务！"

金域医学的火线救急吸引了全国媒体的注目，他们用笔尖、用镜头记录下这一场突如其来的战"疫"中金域医学的专业报国时刻。

金域医学：以检测科技助力提升新冠肺炎确诊效率

◎ 人民日报社·人民数字　2020年2月3日　李士燕

湖北疫情防控进入关键阶段，面对大量的待确诊的疑似病例，该如何加快提升确诊效率，让患者得到及时的诊疗，成为全国人民都在关注的焦点。

1月31日，国家卫健委医政医管局副局长邢若齐在接受央视的采访时提到，当前，湖北省不少地市医院和疾控中心都在联系专门的第三方检测机构开展核酸检测工作，以加快解决当前就诊患者的存量问题，提高确诊效率。

广州金域医学检验集团股份有限公司是中国第三方医学检验行业的开创者和领导者，面对新冠疫情，公司迅速调动一切技术力量，驰援湖北，为湖北部分地区开展新型冠状病毒核酸检测工作，助力当地政府缓解检测压力，并将检测网络更好地铺向基层。

截至2月1日，金域医学共有5家子公司被纳入可开展新型冠状病毒核酸检测医疗机构目录，分别为广州、武汉、长沙、合肥、新疆子公司，其中广州子公司日检测量产能可达1万人份以上，武汉子公司日检测产能在

不断优化和获得集团总部的支援下,预计可以从目前的1000人份逐步提升到5000人份。长沙子公司也组建了一支20人的具备PCR上岗资质的检验队伍,预计每日检测产能可以达1000人份样本。

武汉金域医学日检测量可达5000人份

武汉金域医学集结各方资源助力湖北缓解检测的压力。

为了更快地检测确诊患者,1月27日,湖北省卫健委印发了《关于进一步加强全省新型冠状病毒核酸检测工作的通知》,正式将武汉金域医学等第三方医检机构纳入湖北省新型冠状病毒核酸检测的服务机构当中。作为领先的第三方医检机构金域医学集团的子公司,武汉金域医学集结了各方资源,陆续开始承担武汉市、天门市、荆门市、荆州市、孝感孝南区等地的新冠病毒标本初筛任务。

目前,武汉金域医学已经组建起了一支12人的PCR检验队伍和近20人的冷链物流配送团队,为武汉"战场"担起哨兵责任。

1月31日,第一批从湖北多地发出的样本已在路上,样本到达后,武汉金域医学安排检验人员三班倒,保证检测仪器24小时不停机。李慧源介绍,因为样本检测需求非常大,武汉金域医学也在不断提升效率,金域医学会进一步调配全国其余36个省级实验室的资源和设备驰援武汉金域医学。在条件允许的情况下,实验室预计每日检测产能可以从1000份达到5000份,并按要求迅速出具报告。"我们将进一步优化检测,扩充产能,争取每天能够承接更多的样本。"

这样一来,武汉金域医学将更好地帮助政府提高确诊效率,让感染的患者及时得到隔离与治疗,疑似的患者尽快确诊,治疗后的患者能及时确认出院。

调兵遣将!广州总部驰援湖北

武汉金域医学高效的检测能力,与金域医学集团的支持密不可分。为了更好地为打赢这场疫情防控战役贡献金域医学力量,金域医学早早地便做了准备。通过紧急调配资源，金域医学调配了23台检测设备，优化检测方法，将检测效率提高了5倍，一天可检测样本超过1万人份。

通过线上线下的方式，金域医学对200多名持有PCR上岗证和检验计师职称证的检验人员开展培训，并陆续安排了两批共超过50人的线下集中式培训。在支援一线的同时，这些学员也会回到各地子公司对其他人员进行培训，以满足不同地区对疫情的检测需求。

早在2018年，金域医学便在广州呼吸健康研究院专家团队的指导下，按照P2+实验室建设标准建设了"临床呼吸道病毒诊断与转化中心"。该中心还是呼吸疾病国家重点实验室病毒诊断研究分室，是全国领先的呼吸道病毒临床和实验室诊断的第三方精准检测平台。当时设立该中心的初衷之一，就是要在应对急性、突发性传染病时能发挥至关重要的作用。

金域医学还拥有规模强大、覆盖网络宽广、运输时效快速的生物样本冷链物流，组建了一支近3000人的医疗冷链物流团队，目前已经形成了覆盖32个省（区、市），700多个城市的物流网络，县级网点超过2300个，可深入基层开展生物样本运输。

通过领先的技术平台和广覆盖的物流配送网络，金域医学一方面可以助力政府缓解检测的压力；另一方面，也可以帮助政府将检测网络更好地向基层覆盖，为打赢疫情防控这场人民战争当好健康哨兵。

接下来，金域医学集团也会继续调配资源，助力提高湖北省新冠病毒感染的确诊效率，遏制疫情传播。金域医学集团党委书记、董事长兼首席执行官梁耀铭说："我们整个集团都会全力支持武汉战'疫'，如果接下来有需要，我们还会继续从全国调配人员和资源过去武汉。"

冲锋！党员发挥先锋带头作用

在此次疫情防控过程中，党员自始至终起到先锋带头作用。

年前，在了解到武汉疫情的严峻形势后，武汉金域医学总经理李根石便主动

| 专业报国 | 抗疫战场的"健康哨兵" |

请缨，表示愿意协助政府部门承担新冠病毒的检测工作。随后，1月26日（大年初二），他独自一人驾车9个小时，从广东直奔赴武汉，为承接武汉的新冠病毒核酸检测任务提前做好准备。"我是学医的，又是党员，在这种时候更是要挺身而出。"李根石说。

到达武汉金域医学的第二天，李根石向全公司伙伴发出号召，及时返岗，投入抗疫战争，短短几分钟，已经有几十名伙伴踊跃报名。短短三天时间，陆续有37名伙伴克服封城封路的困难提前返岗，参加新冠肺炎疫情防控阻击战。

1月29日中午得知武汉需要支援后，金域医学中南大区总经理李慧源下午就带着长沙金域医学实验室管理骨干、技术骨干、IT骨干和试剂、防护用品等武汉紧缺物资，从长沙一路驱车赶往武汉支援。

从长沙金域医学过来支援武汉金域医学的理化实验室主管李淼，始终发挥着党员的带头作用，刚一抵达武汉金域医学，便立刻带队梳理实验室检测流程，保证整个实验室检测规范且安全。由于检测是存在一定感染风险的环节，考虑到其他人员的安全，她连日来均通过电话、微信等方式汇报工作，想尽办法避免与非实验室人员多接触。

1月30日，广西金域医学的两位实验室检测人员也成为"逆行者"，前去武汉支援。

同时，为进一步统筹一线工作力量，把做好疫情防控工作作为当前压倒一切的重要政治任务来抓，金域医学集团党委研究决定，成立中共广州金域医学集团委员会抗击新型冠状病毒肺炎武汉先锋队临时党支部，全力支援武汉新冠肺炎疫情检测工作，为打赢疫情防控阻击战提供坚强组织保障。

同类报道

《经济日报》07版　《金域医学：病毒核酸检测效率提升5倍》　2020年2月7日

《南方》杂志第2—3期　《广东企业奔向抗疫战场》　2020年2月17日

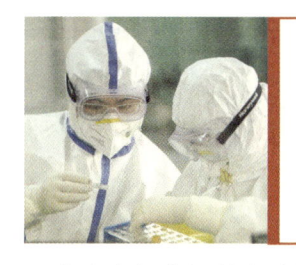

探秘病毒核酸检测实验室

◎ 中央广播电视总台央视新闻特别直播节目《共同战"疫"》 2020年2月5日

武汉金域医学接受中央广播电视总台特别节目《共同战"疫"》的直播采访，金域医学集团中南大区总经理李慧源为全国的观众全面展示了病毒核酸检测的过程。

专业报国 抗疫战场的"健康哨兵"

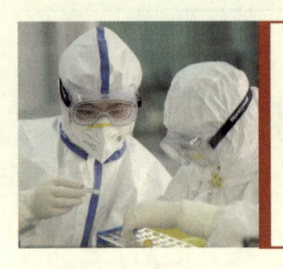

全省97家检测机构开展核酸检测
日最高完成量可达万人份

◎《湖北日报》 2020年2月10日 胡蔓 张茜

截至2月6日，全省共有97家检测机构开展核酸检验检测。2月5日，全省共检测样本12,277例，其中武汉市检测样本6500例；全省累计检测样本89,685例，武汉市累计检测样本43,000多例。

目前，武汉市建立日报制度和集中调配制度，对不能开展检测的医疗机构，统筹协调有检测能力的医院和第三方检测机构按照检测样本需求合理调配。

就在2月4日，钟南山院士通过视频，授牌武汉金域医学"国家呼吸系统疾病临床医学研究中心病毒诊断研究武汉分中心"，以帮助湖北提升病毒诊断能力。

2月7日，湖北日报全媒记者来到位于武汉经济技术开发区的武汉金域医学公司核酸检测实验室。每天有来自武汉、荆门、荆州、孝感、天门、黄冈等多地采集的样本，在这里接受检测，判断患者是否感染了新冠肺炎。

每天分四路往返各市（州）

"样本运输需要有专业资质，配备专人专车，还有严格的流程管理。" 从总部来武汉援助的金域医学实验室管理中心高级总监陈建波介绍，武汉地区的样本由各医院和疾控中心送到公司实验室，而市（州）的样本则由公司负责每天去取。目前，武汉金域医学配备了30多人的专业运输队伍，每天分四条线路往返各市（州）。

采访中，正遇到护送样本的工作人员回来，全副武装拎着一只蓝色箱子，运输箱上"运检专用"字样和危险提示标识异常醒目，随身跟着一名负责消毒的工作人员。

"每运送一次样本，途经的所有区域马上会进行消毒。"武汉金域医学实验室诊断部副经理任婵君指着地板说，因为多次消毒，蓝色的地板有些地方已经泛白。

根据世界卫生组织的要求，病毒样本需要三层保护。首先是采样管，密封后放在95 kPa的密封罐中，最外面一层是标本箱。但金域医学在世卫组织规定的基础上，对样本做了升级保护，在采样管和密封罐上各自加了一层样本袋，确保运输人员安全。

近四小时双手悬空操作

工作人员将样本通过运输窗递进样本接收室后，病毒检测开始了第一道工序：标本前处理。

"处理样品是整个检测过程中最危险的工序之一，开箱环节必须在生物安全柜完成。"陈建波说，混在液体当中的就是从疑似患者鼻咽部采集到的上皮细胞，里面可能含有新冠病毒。从采样罐中取出样本时，容易产生气溶胶。

气溶胶是比飞沫更微小的粒子，能借助空气传播，也是这次疫情需要高度警惕的传播方式。

接下来，操作人员把采样管放入56℃的金属加热器中，裂解病毒释放出核酸，然后经过多次不同规范的离心操作，提取出疑似病毒核酸。

经过处理后的样本，接着被送到独立的试剂配制室，工作人员配制好反应体系后，通过传递窗送到旁边的检测室。

检测室内，一共有四名工作人员，包括两名主操作手、一名副操作手，还有一名负责传递、核对样本等外围工作的机动人员。

操作人员要把样品加到反应体系里，盖好盖子，再放到实时荧光定量PCR仪上面进行检测。"既要混匀溶液，又不能让它有丝毫外泄，也是非常危险的程序。"

"他们工作压力非常大，因为防护物资紧缺，进去一次至少四个小时不能出来，四小时内要完成规定工作量的检测，不能喝水、不能上厕所，最辛苦的是主操作手，双手悬空操作，不能离开操作平台丝毫。"

一个班次出来，常常累到虚脱。

单日检测量将提升5倍

经过1个多小时的等待，显示器上终于出现结果。图表上显示直线的为阴性，显示曲线的为阳性。

结果出来后，三名工作人员逐一核对确认，才将结果传回各送检单位。

陈建波介绍，一次新冠病毒核酸的检测需要经历十几道工序，每个过程都尤为重要，环环相扣，马虎不得，检测人员必须要求操作精准到位，才能确保检测质量。

一个单样本处理下来3小时左右可以出结果，目前，实验室一天要完成1000例左右疑似样本检测。

"还是远远不能满足需求。"陈建波说，总部非常支持，举全集团之力支持武汉，已经从广州调配大容量的自动化核酸提取仪。自动化设备运行后，效率将比现在提升2倍至3倍。总部还将调配湖南、贵州、四川等各子公司技术力量支援武汉，单日检测能力可达5000例。

武汉金域医学总经理李根石说，目前，武汉金域医学停止了其他所有检测业务，集中所有力量进行新冠病毒检测，经济上肯定是有影响，但金域人都知道"没有国家，哪来小家"。

同类报道

中央广播电视总台《中国之声》　《湖北：确诊速度比以往增加一倍，最快2小时获核酸检测结果》　2020年2月4日

广东珠江频道《今日关注》　《武汉：广东实验室将增五倍产能　湖北核酸检测量有望翻一倍》　2020年2月4日

广东新闻频道《今日一线》　《好消息！广东实验室将增五倍产能，湖北核酸检测量有望翻一倍》　2020年2月4日

《湖北日报》04版　《荆粤同心降疫魔》　2020年2月22日

专业报国　抗疫战场的"健康哨兵"

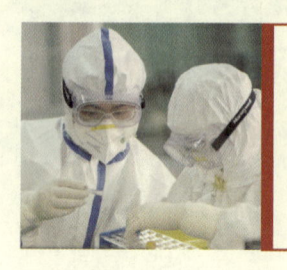

武汉新冠肺炎诊断又添新力量
国家级病毒诊断研究分中心在武汉金域医学挂牌成立

◎《健康报》　2020年2月11日　林捷

　　目前，抗疫一线压力巨大，其中一个难题就是病毒核酸检测能力仍无法满足需求。为快速提升湖北抗疫一线的检测确诊能力，2月3日，广州呼吸健康研究院、国家呼吸系统疾病临床医学研究中心紧急决定，在武汉金域医学检验所有限公司挂牌"国家呼吸系统疾病临床医学研究中心病毒诊断研究武汉分中心"。2月4日，中国工程院院士、国家呼吸系统疾病临床医学研究中心主任钟南山通过视频，为病毒诊断研究武汉分中心"云授牌"。

呼吸领域"国家队"牵头　组成立体作战模式

　　据悉，该分中心由广州呼吸健康研究院牵头，这是被称为呼吸领域"国家队"的广州医科大学继派出广州医科大学附属第一医院的3批医务人员支援武汉后，再次创新支援模式。广州医科大学、广州呼吸健康研究院与第三方医检力量强强联合，组成诊疗立体作战模式，

叁　业界之光　"病毒猎手"当之无愧

直击战"疫"中"一测难求"的痛点，为一线提高检测确诊能力。

钟南山院士对分中心寄予厚望。在视频中他表示，现在全国上下正在为新冠肺炎疫情防治共同努力，武汉是疫情的中心，对患者的早期发现、早期隔离最为关键。他希望武汉金域医学作为国家呼吸系统疾病临床医学研究中心的一分子，不负期待，拿出勇气，把早发现、早诊断工作做好，为武汉抗击新冠病毒取得胜利作出贡献。

当前，湖北省特别是武汉市仍然是新冠肺炎全国疫情防控的重中之重，但核酸检测缺口仍然很大。《新型冠状病毒感染的肺炎诊疗方案（试行第五版）》明确，确诊病例须具备以下病原学证据之一：呼吸道或血液标本实时监测新冠病毒核酸阳性；呼吸道或血液标本病毒基因测序，与已知新冠病毒高度同源。为此，多位专家在不同场合一致呼吁，加快检测工作进程，努力提升核酸检测率、确诊率。

国家呼吸系统疾病临床医学研究中心病毒诊断研究武汉分中心挂牌现场

2月4日召开的中央应对新型冠状病毒感染肺炎疫情工作领导小组会议专门部署了提高武汉收治率、治愈率，降低感染率、病死率措施，并指出，要提高检测确诊能力，缩短检测时间，允许符合条件的第三方检测机构开展核酸检测。

据悉，早在2018年，在广州呼吸健康研究院和钟南山院士的支持下，金域医学成立了临床呼吸道病毒诊断与转化中心，并挂牌"国家呼吸系统疾病临床医学研究中心病毒诊断研究中心"。设立该中心的初衷之一，就是在应对急性、突发性传染病时发挥重要作用。

广州呼吸健康研究院院长何建行表示，本次合作将提升双方的研究和临床救治能力，不仅共同抗击新冠病毒，还要将合作扩大到呼吸疾病的各个领域。

单日检测能力　已超过5000例

在本次疫情阻击战中，金域医学依托病毒诊断研究武汉分中心，积极参与武汉的疫情防控工作。当前，金域医学已从全国调集力量，为武汉前线组建了一支12人的PCR专业检验队伍和近20人的冷链物流配送团队，开展新冠病毒核酸检测，单日检测能力超5000例，并承担武汉市、天门市、荆门市、荆州市、孝感市孝南区等地的新冠病毒标本初筛任务。

挂牌后，病毒诊断研究武汉分中心将协助武汉市汉口医院、武汉市金银潭医院及华中科技大学同济医学院附属协和医院进行病毒核酸检测工作。同时，通过快速整合金域医学其他省级实验室的资源和设备，优化检测方法，已把单日检测能力从2000例提升至5000例以上。

金域医学集团党委书记、董事长兼首席执行官梁耀铭表示，在抗击疫情的关键时刻，金域医学在武汉前线的病毒检测团队，在广州呼吸健康研究院和呼吸疾病国家重点实验室、国家呼吸系统疾病临床研究中心等"国家队"的指导下，拥有了更多的信心和底气。金域医学将充分利用自身病毒检测及网络服务的优势，与相关专家共同为战胜此次疫情贡献力量，并为持续提升我国呼吸病毒防治整体水平而继续努力。

同类报道

《人民日报》　《破解抗击疫情"一测难求"痛点》　2020年2月5日

央广网　《国家呼吸系统疾病临床医学研究中心病毒诊断研究武汉分中心挂牌》　2020年2月4日

《广州日报》05版　《钟南山：早发现、早隔离比什么都重要》　2020年2月5日

《湖北日报》02版　《单日检测能力将超5000例！钟南山院士为金域医学国家级病毒诊断研究武汉分中心"云授牌"》　2020年2月5日

《中国科学报》03版　《打赢疫情阻击战，检测能力先行　钟南山在为病毒诊断研究武汉分中心"云授牌"时表示，患者早发现、早隔离比什么都重要》　2020年2月7日

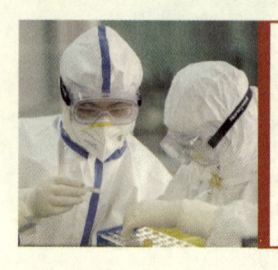

专业报国 抗疫战场的"健康哨兵"

雷神山医院联合金域医学开展核酸检测

◎ 人民日报客户端广东频道　2020年2月13日　陆志霖　李刚

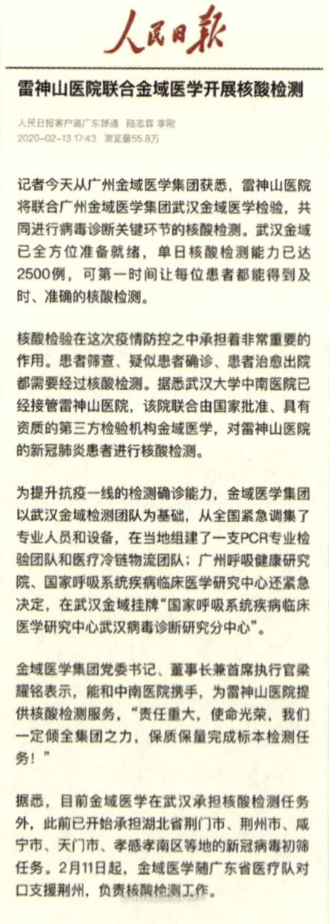

记者今天从广州金域医学集团获悉，雷神山医院将联合广州金域医学集团武汉金域医学，共同进行病毒诊断关键环节的核酸检测。武汉金域医学已全方位准备就绪，单日核酸检测能力已达2500例，可第一时间让每位患者都能得到及时、准确的核酸检测。

核酸检验在这次疫情防控之中承担着非常重要的作用。患者筛查、疑似患者确诊、患者治愈出院都需要经过核酸检测。据悉武汉大学中南医院已经接管雷神山医院，该院联合由国家批准、具有资质的第三方检验机构金域医学，对雷神山医院的新冠肺炎患者进行核酸检测。

为提升抗疫一线的检测确诊能力，金域医学集团以武汉金域医学检测团队为基础，从全国紧急调集了专业人员和设备，在当地组建了一支PCR专业检验团队和医疗冷链物流团队；广州呼吸健康研究院、国家呼吸系统疾病临床医学研究中心还紧急决定，在武汉金域医学挂牌"国家呼吸系统疾病临床医学研究中心病毒诊断研究武汉分中心"。

金域医学集团党委书记、董事长兼首席执行官梁耀铭表示，能和中南医院携手，为雷神山医院提供核酸检测服务，"责任重大，使命光荣，我们一定倾全集团之力，保质保量完成标本检测任务！"此外，近10名金域医学检验技术人员被派驻参与该院检验科的检验工作。

据悉，目前金域医学在武汉承担核酸检测任务外，此前已开始承担湖北省荆门市、荆州市、咸宁市、天门市、孝感孝南区等地的新冠病毒初筛任务。2月11日起，金域医学随广东省医疗队对口支援荆州，负责核酸检测工作。

同类报道

新华网　《武汉雷神山医院核酸检测联合金域医学开展》　2020年2月13日

《广州日报》08版　《金域医学已助荆州洪湖核酸筛查存量"清零"　广州医检再援雷神山医院》　2020年2月25日

《质量与认证》杂志3月刊　《金域医学：第三方医检力量驰援武汉战"疫"》　2020年4月10日

新华社　《每日"战斗"8小时！她们是雷神山上的病毒"侦察兵"！》　2020年3月6日

《广州日报》05版　《武汉已解封，金域医学仍坚守：金域医学驻雷神山医院10人检测团队将坚守到患者清零》　2020年4月9日

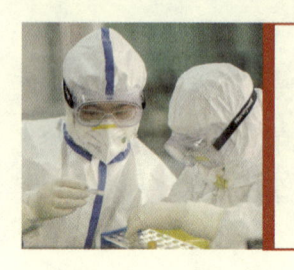

病毒猎手：24小时不停机

◎新华网、中国政府网　2020年2月14日　程敏　熊琦

新型冠状病毒核酸的检测结果是目前确诊的重要参考。2月13日，记者来到湖北省新型冠状病毒核酸检测的服务机构之一、武汉金域医学公司核酸检测实验室探访，这里的检测人员每天三班倒，18台PCR检测仪器24小时不停机，每日检测来自武汉、荆门、荆州、孝感、天门、黄冈等地采集的2000多份样本。

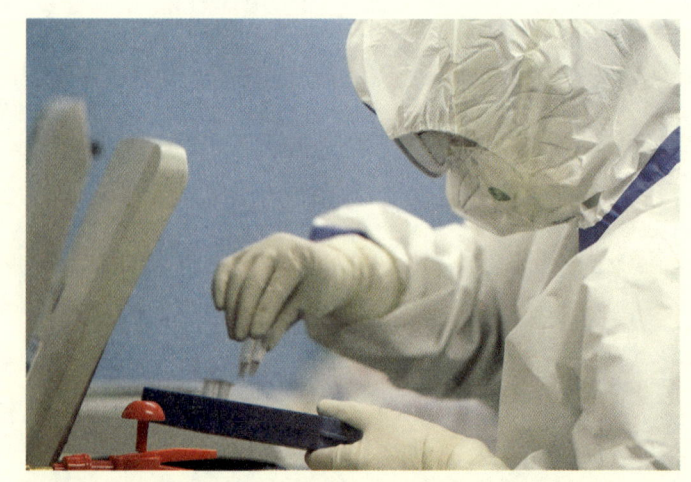

2月13日，武汉金域实验室工作人员正在对新冠样本进行扩增

叁 **业界之光** "病毒猎手"当之无愧

2月13日，检测人员在实验室配制试剂

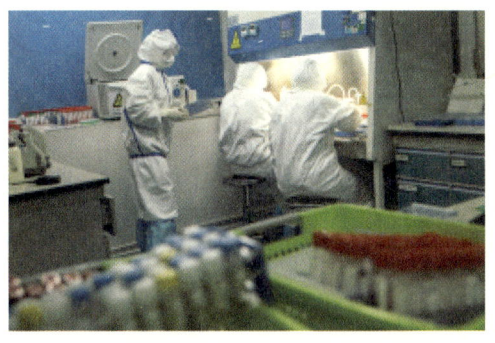

2月13日，实验室的工作人员在对样本进行核酸检测

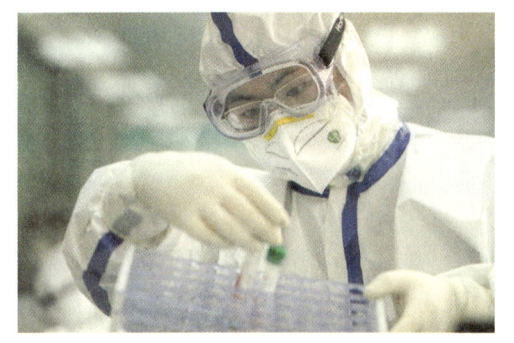

2月13日，检测人员在分拣样本

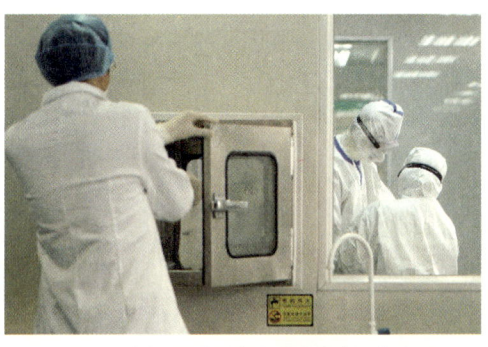

2月13日，样本箱通过运输窗递进样本接收室

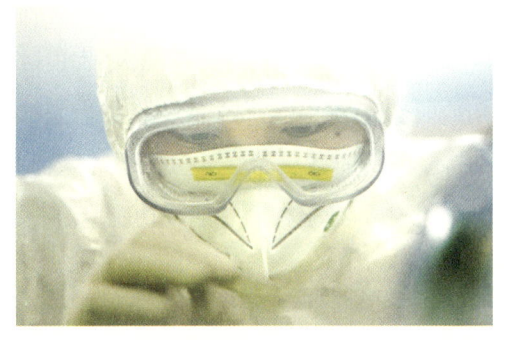

2月13日，检测人员在实验室处理样本

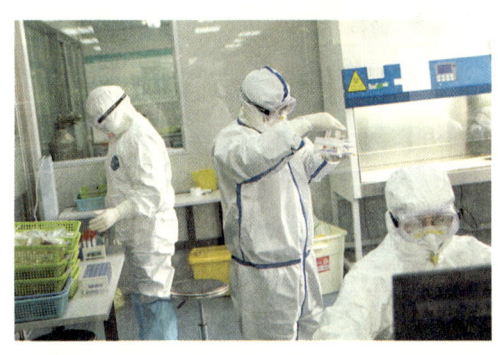

2月13日，实验室的工作人员在对样本进行核酸检测

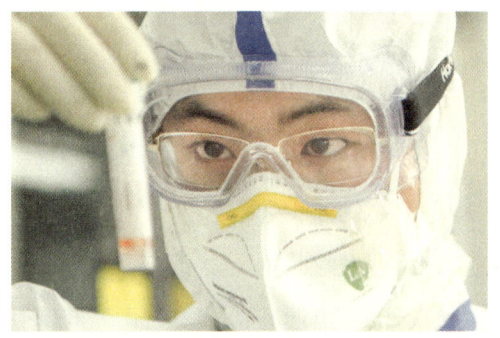

2月13日，检测人员在核对采集来的样本信息核对

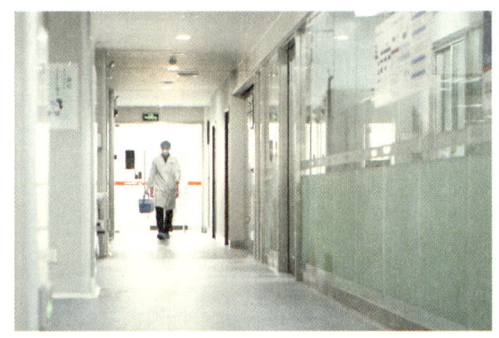

2月13日，一位工作人员护送样本进入实验室

223

| 专业 报国 | 抗疫战场的"健康哨兵"

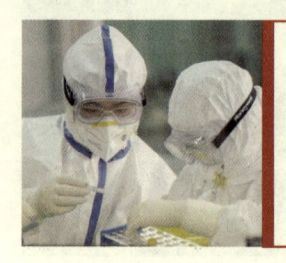

"生死时速"大规模上演，
"四早""四个集中"经验成功应用

广东医疗队的荆州战法

◎《南方日报》　2020年2月23日　赵杨　曹嫒嫒　肖文舸　黄锦辉

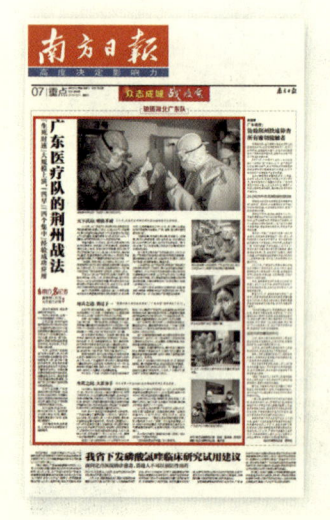

2月11日凌晨，广东支援湖北荆州医疗队第一批成员108人抵达荆州，与海南共同对口支援荆州新冠肺炎防治工作，截至22日，广东在荆州医疗队员增至570名。荆州新冠肺炎疫情防控工作格局焕然一新：全市除下辖的洪湖市外，各县市区危重症患者全部收治于市区的2个重症救治中心，洪湖危重症患者全部收治于当地的区域重症救治中心，其他各县市区危重症患者数清零。这是广东"四个集中"经验在荆州的成功应用。

天下武功，唯快不破

"洪湖胜，则荆州胜，这个短板必须马上补。"广东支援荆州医疗队前方指挥部总指挥黄飞作出判断，立即行动。几个小时后，总指挥连同80人的"南方医院战队"抵达洪湖市人民医院，立即投入战斗。

不到24小时，在广东医疗队的全力支持下，核酸检测设备、试剂、人员、资质迅速齐备，每日可完成500

人份左右的核酸检测量,帮洪湖市告别外送新冠病毒核酸检测标本的历史,并在几天内,迅速完成对确诊病例密切接触者的全面排查。

省对口支援领导小组副组长、省人大常委会副主任吕业升高度重视核酸检测的排查工作,抵达荆州后,立即部署相关工作。16日,他又带队出席省际对口支援荆州会商会,广东、海南、湖北荆州谋划勠力战"疫"。

"控制疫情,检测能力是关键,检测能力一旦提高,就可以快速排查,该收治的收治、该出院的出院,让治疗更及时,整个治疗环节流转起来。"黄飞说,这是广东从抗击"非典"以来的多次疫情防控战中总结出的经验。

这个做法正是来自广东的实践启示。1月30日起,广东同时对本省确诊病例的所有密切接触者、重点疫情地区来粤人员、全省发热门诊重点人群进行大排查,迅速摸清情况,精准决策。

从洪湖开始,在广东医疗队和来自广东的第三方检测机构的大力支持下,荆州全市核酸检测能力大幅提升,21日开始对所有新冠肺炎确诊病例密切接触者进行大筛查,22日开始对发热门诊患者进行全面大筛查,不仅筛查新冠病毒,还同时筛查流感病毒,以真实掌握发热门诊病症情况,排查人数将超过6000人。

广东速度:24小时内补齐洪湖核酸检测短板

2月13日,广东医疗队在24小时内迅速填补了洪湖战"疫"的空白。21日,在广东医疗队的支持和协助下,荆州市开始对所有新冠肺炎确诊病例密切接触者进行大筛查,22日开始对发热门诊患者进行全面大筛查。

在本次新冠病毒阻击战中,从筛查、诊断到治愈出院,核酸检测都是必不可少的环节。面对核酸检测工程量大的现实,广东巧用第三方检测力量,让企业及时补位,探索了一种政企联手抗疫的模式,最终推动疫情防控的节奏加快。

核酸检测被视为诊断新冠肺炎的"金标准"。现实中,一些基层地区由于缺少符合标准的实验室,无法快速完成检测,拖慢了防控疫情的节奏。

洪湖也不例外。在过去,疾控中心工作人员每天需要往返于荆州与洪湖两地,配送检测样本，这不仅耗费时间，而且影响了诊断率。对于一些符合出院标准的病人，他们由于无法进行核酸筛查，被迫延长住院时间，导致医疗资源的浪费。

虑及这一问题，广东医疗队在第一批队员出发时，就将金域医学检验中心纳入团队，同时赶到荆州会合同步开展工作，同时迅速协助其办理在荆州开展检验工作的资质。这是基于广东"三项大排查"工作的经验。1月30日，广东同时启动对省内确诊病例密切接触者、重点疫情地区来粤人员、全省发热门诊重点人群的大排查，并明确邀请金域医学等第三方检测机构加入，发挥市场力量，弥补医卫系统原有检测力量的不足。

2月13日，广东医疗队带来的第三方检测及时填补了洪湖检测方面的空白。在24小时内，金域医学检验中心紧急抽调人手力量，全面进驻洪湖市人民医院，保障设备、试剂等供应，为设立检测中心做好准备。

此后，金域医学专家开足马力为洪湖"减存量"。自2月14日开始，洪湖市积极组织，加大采样送检力度，在各方的密切配合下，流程越来越顺畅。

截至2月21日，在金域医学的帮助下，洪湖市人民医院实验室累计完成新冠病毒核酸检测1943份，已完成大部分疑似患者和需要筛查的密切接触者的核酸筛查，洪湖的存量逐步"清零"。

"洪湖打的是主动仗，积极赢得主动，摸清本底，更有利于精准施策，取得突破。"广东支援湖北荆州医疗队总指挥，省卫健委党组副书记、副主任黄飞表示，疑似患者得到了双阴复检排除，不仅"解放"了这批疑似患者，而且"解放"了一大批医务人员，减少了医疗资源的浪费，更是实现"四早"的关键举措。

运用市场力量及时补位

13日，南方日报记者在洪湖市人民医院直击洪湖首次核酸检测，从样本灭活、核酸提取到扩充，一套流程需花费4小时。10天后，当记者再次走进洪湖市人民医院检验科时，发现这里发生了可喜的改变。

检测流程变得更顺畅。疾控人员"入场"清点标本数量；检验人员将待检测的

> 叁　业界之光　"病毒猎手"当之无愧

样本紧跟其后，先灭活再存放。样本采集和交接都有了样本信息登记清单……

"感谢广东医疗队。"洪湖市人民医院检验科员工李丹华说，广东队带来的不仅是检测速度的提升，更是更科学的检测理念。

黄飞说，引进第三方检测机构是为了保证排查工作的有序进行，这样，不具备检测能力、条件的地区可以通过第三方检测机构的服务来解决问题。

一直以来，基层医疗机构的检测能力是短板，在疫情冲击下，这一矛盾更加凸显。金域医学检测中心中南区负责人李慧源坦言，从卫生经济学角度上来说，基层医疗机构建立实验室的成本高，可考虑与第三方检测机构合作，通过外包服务的形式迅速形成检测能力。

金域医学是广东本土的医疗企业。1月25日起，金域医学广州总实验室即开始接受相关地区的病毒样本检测。1月27日，金域医学武汉实验室被纳入湖北省新型冠状病毒核酸检测的服务机构。2月10日，金域医学被纳入广东对口支援荆州医疗队中，让企业在重大公共卫生事件中，扮演参与治理的重要角色。

同类报道

《南方日报》　《直击洪湖首次核酸检测　广东医疗队24小时内帮助当地建立检测能力》
　　2020年2月14日

《荆州日报》02版　《洪湖市可就地完成核酸采样检测》　2020年2月20日

《羊城晚报》A4版　《广东对口支援荆州，首次出现"零确诊"》　2020年2月25日

《羊城晚报》A5版　《广东医疗队硬核技能大显身手将荆州新冠肺炎确诊时间由平均8.8天
　　缩短到22小时》　2020年2月26日

专业报国 | 抗疫战场的"健康哨兵"

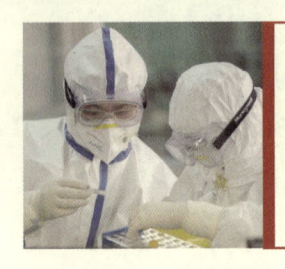

武汉："病毒样本快递员"刘森波

◎新华网　2020年2月25日　程敏　肖艺九

新冠肺炎战"疫"的最前线有一些特殊的病毒"携带者"。他们的工作紧张、危险而又责任重大。46岁的退伍军人刘森波就是其中之一——他是一位"病毒样本快递员"。

2月19日，刘森波从广州来到武汉支援抗疫工作，并主动请缨承担高风险任务——武汉雷神山医院样本物流收取和运送工作。

2月24日，我们跟随刘森波和他的同事梅乙奇，记录下这些特殊的病毒"携带者"的工作。

刘森波对着车窗检查护目镜的穿戴情况

叁　业界之光　"病毒猎手"当之无愧

　　刘森波每日要跑两趟到武汉雷神山医院收取样本，为确保样本运输的安全性及密封性，样本首先经过标本袋加固包装后放于95 kPa罐内密封，再放置于专属武汉雷神山医院样本运输的UN2814铝合金的标本箱子中，样品清单须放在运输箱外层。

　　最后经过多层的消毒后，刘森波要在半小时内把样本送到湖北省新冠病毒核酸检测的服务机构之一的武汉金域医学公司核酸检测实验室。

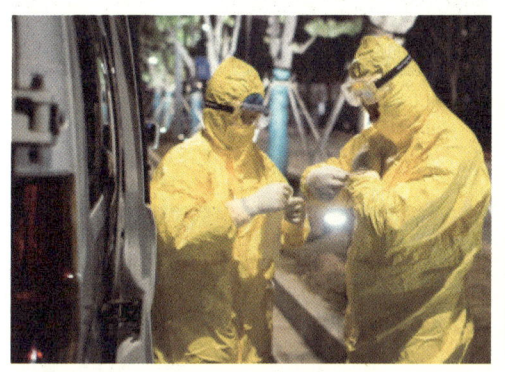

刘森波（右）与同事梅乙奇到达武汉雷神山医院后换上防护服

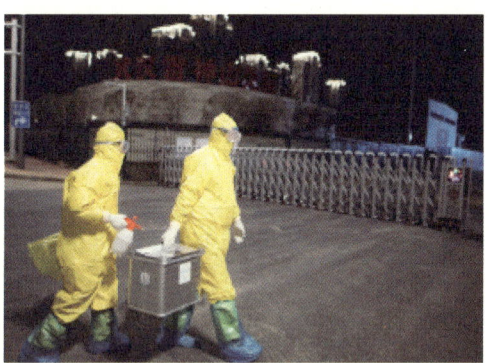

刘森波（右）与梅乙奇将洁净的箱盒送达武汉雷神山医院

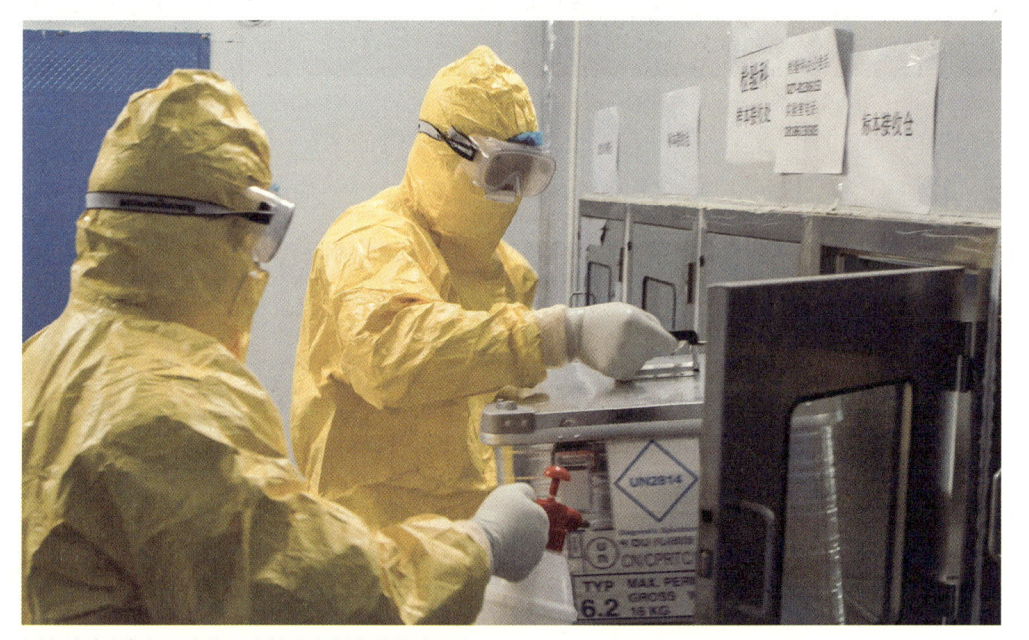

刘森波（右）与同事梅乙奇将病毒样本从箱仓取出

229

专业 报国 　　抗疫战场的"健康哨兵"

刘森波在武汉雷神山医院检验科收取病毒样本

刘森波收取病毒样本后，走出雷神山医院检验科

刘森波（左）与同事梅乙奇准备将收取的病毒样本转运至实验室

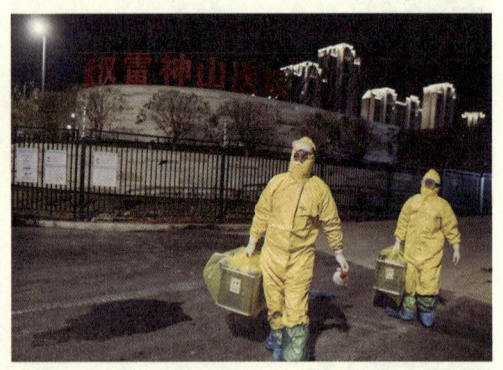

刘森波（左）与同事梅乙奇在运送标本到冷链物流车的路上

刘森波（右）将收取的病毒样本放置车内后进行消毒

将收取的样本箱通过运输窗递进样本接收室

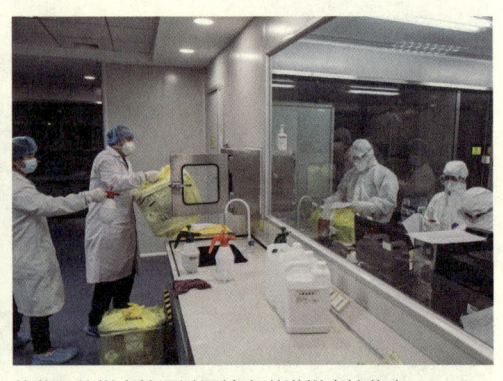

叁 业界之光 "病毒猎手"当之无愧

同类报道

新浪微博热搜第六条 "病毒样本快递员" 2020年2月25日

央视网 《退伍军人变身病毒快递员 每天两次运送病毒样本》 2020年2月25日

中央电视台国防军事频道/学习强国 《46岁老兵：我在雷神山当"病毒样本快递员"》
　　2020年2月26日

央视新闻微信公众号头条 《他在雷神山当"病毒样本快递员"》 2020年2月27日

《北京青年报》A04版 《这"小哥"专替雷神山送病毒样本》 2020年2月28日

人民日报微信公众号头条 《从30后到00后，他们在前线并肩战斗！》 2020年3月1日

中央电视台综艺频道 《战"疫"故事》第三季 2020年4月3日

中央电视台国防军事频道《老兵，你好》《病毒样本快递员刘森波每天奔跑在隔离间收取
　　样本》 2020年4月19日

第二节
八方！
全国战"疫"刻不容缓

随着湖北疫情防控形势愈加严峻，全国疫情防控以及复工复产也刻不容缓，金域医学"不惜一切代价"，为全国各省（区、市）做好核酸检测的重要工作。

2020年1月30日起，广东启动对全省发热门诊重点人群的大排查，针对重点疫情地区来粤人员、发热伴呼吸道症状病例、50岁以上发热人群采样检测做到"一个不漏"。金域医学与多个地市和部分医院签订协议，承接标本的冷链运输以及初步筛查，广州金域医学紧急调配设备、人员等资源，优化检测方法，将检测效率提高了5倍，从粤东西北来的标本，其检测结果也可实现"朝取夕至"。

1月30日，广州金域医学承接广东"三个必查"的新冠病毒核酸初筛任务；2月1日，合肥金域医学承接亳州市新冠病毒核酸检测任务；2月3日，南京金域医学成为南京市首家新冠病毒核酸检测第三方定点机构；2月5日，长沙金域医学正式承接新冠病毒核酸初筛任务……

各大媒体的权威报道中，记录下了金域医学助力全国抗疫的真实过程。

一份样本的检测之旅

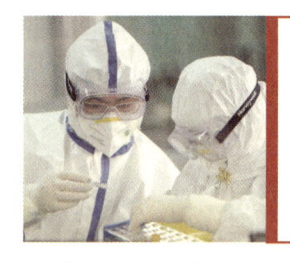

广东启动对全省发热门诊重点人群大排查，记者蹲点

◎《南方日报》 2020年2月1日 李秀婷 钟哲

1月30日起，广东启动对全省发热门诊重点人群的大排查，针对重点疫情地区来粤人员、发热伴呼吸道症状病例、50岁以上发热人群采样检测做到"一个不漏"。这项大排查覆盖了全省1243家发热门诊，将为我省的疫情研判提供重要决策参考。

1月31日傍晚，南方日报记者来到中山大学孙逸仙纪念医院的发热门诊，跟踪一份样本从取样到运输到完成检测的全过程。根据"大排查"的要求，发热门诊统一对患者开展咽拭子取样。在护士的协助下，咽拭子样本被多层密封包装起来，放入印有"感染性物质"黄色警告标志的样本运输袋中。

运输　专业冷链车低温运送标本

省疫情防控指挥部办公室明确，发热门诊病例样本、湖北来粤人员排查样本由医疗卫生机构或委托第三方检测。

记者获悉，在此次发热门诊重点人群"大排查"中，广州地区取样的咽拭子样本都统一送到第三方检测公司开展检测。中山大学孙逸仙纪念医院的样本是送往广州金域医学检验中心（简称"金域医学"）。

下午，金域医学的冷链车来到中山大学孙逸仙纪念医院。工作人员按A类标本的要求，将待检样本进行三层密封包装，运回位于广州国际生物岛的总部。

目前，金域医学已经与多个地市和部分医院签订协议，承接样本的冷链运输以及初步筛查。1月31日，从全省各地抵达金域医学的样本达数千份。

金域医学冷链物流事业部、金域达物流总经理刘为敏介绍，该中心在广东有近100辆专业的冷链运输车和近300人的物流团队，在全省建立了多条物流干线和数个中转站，保障粤东粤西粤北的样本也能快速抵达广州的实验室。

检测　仪器24小时不停机

冷链车到达后，物流人员将密封箱运送到PCR实验室，通过传递柜交到全副武装的实验人员手中。

PCR实验室内，17台PCR扩增仪和相关配套仪器早已安置就绪，全速运转。身穿白色防护服"全副武装"的检验人员将以最快的速度，对这些样本进行核酸检验。

检测疑似患者样本的风险极高，必须在符合资质的实验室中进行检验。该实验室按照P2+实验室标准建设，并配备了一支专业的检验人员队伍。

该实验室相关负责人介绍，如果按照以前的检验方法，一份样本的核酸检测，一般要花4—5个小时。从1月30日起，该实验室采用国家批准的新试剂和新检验方法，能把筛查速度提升至原来的5倍，每台仪器全速运转下每天可处理约1000个样本，整个中心日均可处理1万—1.2万个样本。

"我们安排检验人员三班倒工作，保证仪器24小时不停机。"金域医学感染性疾病学科负责人刘勇说。隔天早上，各家医院和患者就能收到检验中心反馈的结果。

叁　业界之光　"病毒猎手"当之无愧

同类报道

《南方日报》A06版　《三项大排查展示广东全力以赴　降低疫情社区蔓延风险的决心》　2020年1月31日

央广网　《金域医学紧急驰援武汉落实广东"三个必查"》　2020年2月4日

《南方日报》A06版　《贴身战病毒火眼辨真——核酸检测实验室的一天》　2020年2月25日

《南方》杂志/学习强国　《技术驱动提升核酸检测能力|"广东经验"背后的第三方力量》　2020年3月2日

235

专业 报国　抗疫战场的"健康哨兵"

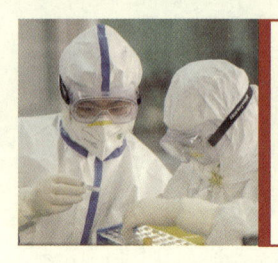

防疫物资企业积极复工复产 多渠道广泛支援抗击疫情

◎广东卫视《广东新闻联播》　2020年2月3日　张浩　毋冰

疫情发生以来，社会各界积极参与志愿服务、复工复产抗击疫情。

作为国内第三方医学检验的龙头企业，广州金域医学紧急调配设备、人员等资源，优化检测方法，将检测效率提高了5倍，从粤东西北来的样本，其检测结果也可实现"朝取夕至"。

广州金域医学实验室管理中心总经理程雅婷：我们（检测）人员实现24小时三班倒，每个班次同时有4—5组人员一起上班（检测）。这样就能保证检测能力跟得上疫情防控筛查的需要。

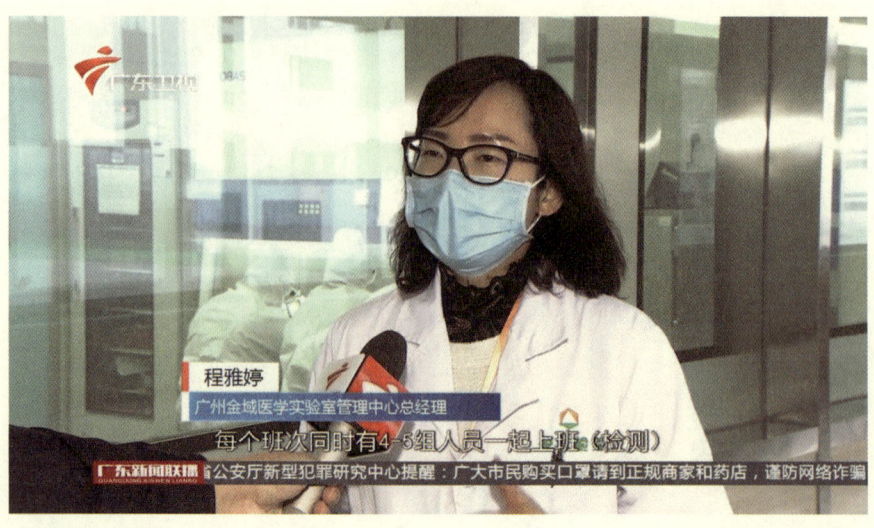

《广东新闻联播》

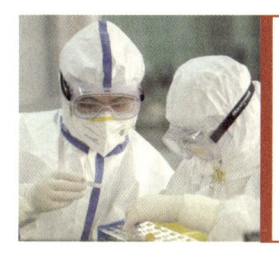

湖南核酸检测社会化找出潜在传染源

◎湖南卫视《湖南新闻联播》　2020年2月13日　陈朝霞　陈帅

湖南将四家第三方检测公司纳入新冠肺炎病毒核酸检测平台，通过扩大社会检测力量，将一些潜在的传染源找出来。

长沙金域医学检验实验室，是湖南首批可开展新冠肺炎病毒核酸检测的第三方检测机构。过去六天，实验室已为宁乡高新区、娄底经开区等20家园区企业的8000多名员工进行了核酸检测，并发现一例阳性结果。

长沙金域医学检验实验室常务副总经理谭兵健：本来是健康人员要来企业复工的，我们也筛查出了一例阳性的检测结果，企业检测时，由专人前往企业收取

《湖南新闻联播》

> 专业 报国 抗疫战场的"健康哨兵"

样本，并通过医疗冷链物流车运回实验室，经过20道检测工序，4到6小时便可出结果，日检测量达到3000例。

湖南通过政府购买服务、企业及群众自愿等多种形式，鼓励符合条件的第三方检测机构开展核酸检测服务，重点检测的对象包括尚在医学观察期间的人员、大型企业认为复工前需要检测的人员、其他有检测需求的企事业单位员工等。企业复工健康人员的筛查还是非常有必要的。

同类报道

《湖南日报》04版　《长沙金域医学日检样本可达3000例》　2020年2月13日

新华网湖南频道首页《新华图说》　《第三方医检机构如何进行新冠病毒核酸检测？》　2020年2月13日

叁　业界之光　"病毒猎手"当之无愧

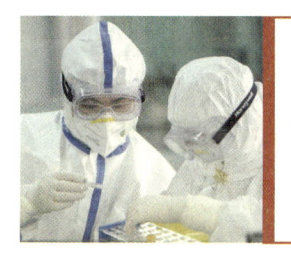

江北新区20多家生物医药研发企业"参战"

战"疫","基因之城"贡献科技力量

◎《南京日报》　2020年2月13日　李都　夏思宇

昨天下午四点半，一辆白色的冷链运输车开到南京金域医学检验所有限公司门口，"全副武装"的工作人员从车上取下4个蓝色的箱子，上面贴着"送检专用"标识。工作人员介绍，里面是新冠病毒核酸检测的"痰液样本"，这次一共送来了近百个……

在江北新区，很多像金域医学这样的生物医药企业，正在参与着疫情防控阻击战，从核酸检测产品的开发，到提供精准的检测服务，再到各种药物和医疗物资的生产，大家各展其能——"基因之城"正发挥着资源优势，为这场战"疫"贡献科技力量。

科技助力，医药企业积极请战

2月3日，经南京市卫健委批准，江北新区生物医药谷企业金域医学，成为南京市首家新冠病毒核酸检测第三方定点机构。"到目前为止，我们共检测了近3000个样本，主要是为市疾控中心和各大医院服务。"金域医学总经理文华廷说。

新冠病毒核酸检测是病人确诊最重要的依据,对设备、技术、防护、人员的要求极高。公司在春节前就做好了各项准备工作。在拿到正式通知后,金域医学迎来第一批"痰液样本"。文华廷介绍,样本从消毒到最终出检测报告,大概需要6小时。为了应对后期更大的检测量,金域医学又投入了百万资金,检测仪从3台增加到5台;技术人员从13人增加到20多人;工作时间从一个班次变成三班倒。

同类报道

南京电视台南京新闻NEWS　《第三方机构参与防疫检测　每天可检测标本500例》　2020年2月13日

《南京日报》A04版　《争分夺秒,他们和病毒"赛跑"》　2020年2月18日

南京人民广播电台　《先锋访谈:行走在抗疫一线的"隐形战士"》　2020年2月24日

叁　业界之光　"病毒猎手"当之无愧

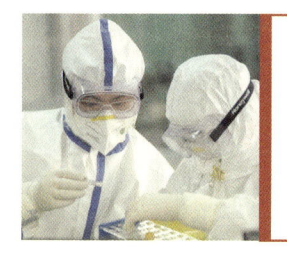

合肥金域医学检验实验室有限公司
助力疫情防控　服务复工复产

◎《安徽日报》　2020年3月6日　费非

　　承接新冠病毒检测复工筛查项目的合肥金域医学检验实验室有限公司在此次疫情防控中发挥了重要作用。不论是助力疫情防控，还是服务复产复工，经常能看到合肥金域医学的身影。

　　成立于2007年的合肥金域医学检验实验室有限公司是一家以第三方医学检验和病理诊断为核心的高科技服务企业，国家基因检测技术应用示范中心（安徽）承建单位、国家高新技术企业、安徽省精准医疗临床基因组学工程研究中心建设单位。

　　作为安徽省新型冠状病毒疫情防控应急指挥部指定的第三方医学检测机构，疫情发生以来，该公司超前行动，主动作为，为全省疾控中心及企事业单位提供新冠核酸检测服务，投身疫情防控，助力复工复产。

　　合肥金域医学组建了近50人的抗击新冠疫情专业团队，其中PCR专业技术人员20余人，专项物流配送人员10人。2月1日，应亳州市新型冠状病毒疫情防控应急指挥部委托，合肥金域医学承接亳州市新型冠状病毒核酸

241

专业报国　　抗疫战场的"健康哨兵"

检测任务，缓解了亳州核酸检测压力，支持了亳州疫情防控工作。

2月8日，安徽省疫情防控应急指挥部办公室下发《关于集中开展密切接触者核酸检测初筛工作的通知》，作为省疫情防控应急指挥部指定第三方医学检测机构，合肥金域医学立即响应，承接全省十余个市（合肥、安庆、亳州、宿州、蚌埠、六安、淮南、滁州等）的新冠病毒核酸筛查工作。

形势向好，尤需谨慎。为加快新冠病毒的筛查力度，合肥金域医学持续扩大产能，优化检测和送检流程，做好生物安全防护工作，确保病毒核酸样本运输和检测工作安全、高效。人员实行三班倒工作模式，仪器24小时不停机，截至目前，新冠病毒核酸检测量累计超过45,000人份，日产能4000人份，为精准定位受感染人员、患者集中收治、切断病毒传染链条争取了宝贵时间。

同类报道

《合肥日报》头版　《科技战"疫"》　2020年2月8日

《合肥日报》02版　《科技助力打赢疫情防控阻击战》　2020年2月10日

合肥新闻频道　《【战"疫"·特写】32小时的归途，我要回国抗疫！》　2020年2月13日

新华社　《"幕后战士"：与病毒面对面》　2020年2月14日

《合肥日报》头版　《宋国权赴经开区高新区调研督导　统筹抓好疫情防控和经济社会发展　安全有序推动企业复工复产》　2020年2月20日

《安徽日报》08版　《合肥高新区：企业勇担社会责任　抗击疫情主动作为》　2020年2月21日

Clinical labs ramp up testing of new arrivals

Shanghai Daily　March 30, 2020　Ding Yining, Zhong Youyang, Ma Xuefeng

KingMed Diagnostics' Shanghai lab is keeping its facilities running around the clock since it was designated an eligible third-party diagnosis provider of nucleic acid coronavirus testing for inbound passengers to the city.

Shanghai has ordered all people arriving in the city from abroad to undergo nucleic acid testing for the virus.

Previously, only those coming from 24 heavily hit countries were required to take the test. All arrivals have already been ordered to undergo quarantine for 14 days.

The tighter restrictions were imposed because of rising instances of imported cases from overseas, just as domestic cases have dropped dramatically.

Arrivals are largely Chinese and expat residents returning home. Wang Xiangmin, executive deputy

general manager of KingMed Diagnostics (Shanghai) Co, said the company is sending in extra staff to ensure that testing is done under strict time limits.

"In mid-March we received a request from the Health Commission of the Pudong New Area to be in charge of sample collecting and testing," Wang said. "now, we are able to deliver test results within five hours."

Guangzhou-based KingMed Diagnostics Group is regarded as a pioneer and leader in the independent clinical laboratory industry in China. it was founded in 2003 and now operates 37 laboratories on the Chinese mainland and in Hong Kong.

At present, 24 staff are engaged in sample collection, 10 are involved in data collection and eight are serving as delivery personnel.

At the lab facility in Pudong, groups of eight lab technicians work to carry out the tests and deliver the findings. Normally, it takes about five hours to get the results back to initial screening checkpoints.

The laboratory is operating with three shifts. Employees are required to wear hazmat suits and helmets for each eight-hour shift, according to biosafety Level 3 requirements.

Samples are delivered to the lab at a designated entrance only to avoid contact with other staff in the building.

Groups of two staff collect samples and use decontaminated vehicles to carry them back to the lab. One of the team carries the sample box into the lab and another one does disinfecting work.

Lab work involves three activities: viral inactivation, nucleic acid extraction and testing using polymerase chain reaction.

"Although we have to pay for extra operational cost such as delivery and facility expenses, we are happy to contribute to easing the burden of testing arrivals to try to curtail infections from overseas," Wang said.

Chen Li, Shanghai head of molecular pathology at KingMed Diagnostics, said it's the first time the lab has been involved with testing for a contagious virus.

"Our normal working hours are 9am to 5pm, but now some of the technicians are working from midnight to 7am," she told *Shanghai Daily*. "Time is of the essence in nucleic acid testing." Procedures are carefully monitored so there are no delays or missteps. If a test result comes back positive, it is double-checked.

"To make the delivery and testing procedures go smoothly, every staff member notifies colleagues to make preparations for the next step," Chen said. "That cuts waiting time."

KingMed Diagnostics Group trades on the Shanghai Stock Exchange, its share price has risen from 33.65 yuan （US$4.7）in April 2019 to 57.44 yuan last Friday. The company reported net profit between 295 million yuan and 315 million yuan in 2019, according to a preliminary earnings release.

Provincial level health commissions have turned to third-party clinical labs to enhance nucleic acid testing capability as a complement to diagnosis in hospitals. That has reduced backlogs. In Wuhan, the Chinese epicenter of the pandemic, 13 institutions have been designated as eligible testing service providers since early February.

By March 21, KingMed had completed 1.7 million sample tests nationwide.

同类报道

中国政府网、新华社　《上海：对所有非重点国家入境人员实施新冠病毒核酸检测》　2020年3月25日

中国国际电视台《今日世界》　*All intl. flights into Beijing must go through Shanghai*　2020年3月25日

《解放日报》02版　《探访入境人员核酸检测实验室：她们额头破了，胳膊也抬不起来》　2020年3月31日

专业报国　抗疫战场的"健康哨兵"

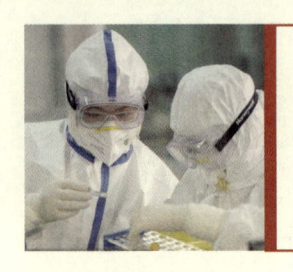

金域医学一月驰援四地核酸检测

◎《广州日报》　2020年7月29日　涂端玉

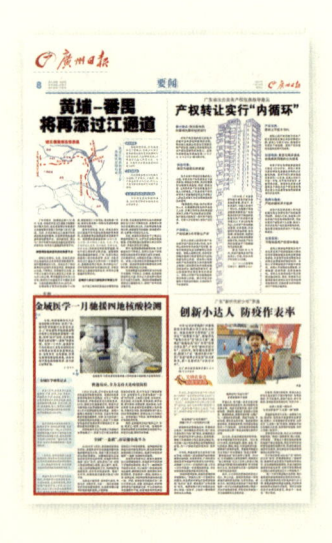

当前，我国疫情防控从应急状态转为常态化，但在广东，国内医学检验行业的龙头企业，广州金域医学检验集团股份有限公司却始终紧绷着一根弦，保持"战斗"状态，在突发疫情发生时全国"一盘棋"快速驰援。短短一个月内，金域医学已先后派出三支专业检测队伍分别奔赴出现突发疫情的北京、乌鲁木齐、大连等地，并调运检测设备运抵香港，协助当地开展全面核酸检测，助力防止疫情扩散。

金域医学驰援记录

截至7月中旬，金域医学已在包括湖北、广东、北京、上海、黑龙江、新疆等29个省（区、市），以及香港特别行政区获授权，接受委托陆续开展筛查、发热门诊、住院、院内感染、复工、复学及入境等相关人员的核酸检测和抗体检测，累计检测超过1200万例。

在北京新发地疫情阻击战中，按照北京市、朝阳区的

叁 业界之光 "病毒猎手"当之无愧

部署，北京金域医学冲在战"疫"一线，以3万的日核酸检测能力承接了朝阳区大规模街道社区筛查任务，满足政府和市民的"应检尽检""愿检尽检"的需求，成为北京核酸检测的一支重要队伍。

7月中旬，香港出现第三波疫情蔓延时，香港金域医学作为特区政府认可的新冠病毒核酸检测机构之一，正式承接检测任务，全力支持当地政府有效提高核酸检测能力。

新疆乌鲁木齐市发生突发疫情时，金域医学又迅速调集资源、人员和设备，支援新疆金域医学，将日检测产能提升至4万例（16万人份），承担了重点地区的核酸检测重任，助力政府开展大规模筛查。

快速反应，全力支持大连疫情防控

7月22日以来，辽宁省大连市大连湾街道发生聚集性疫情。在确诊此轮疫情首例新

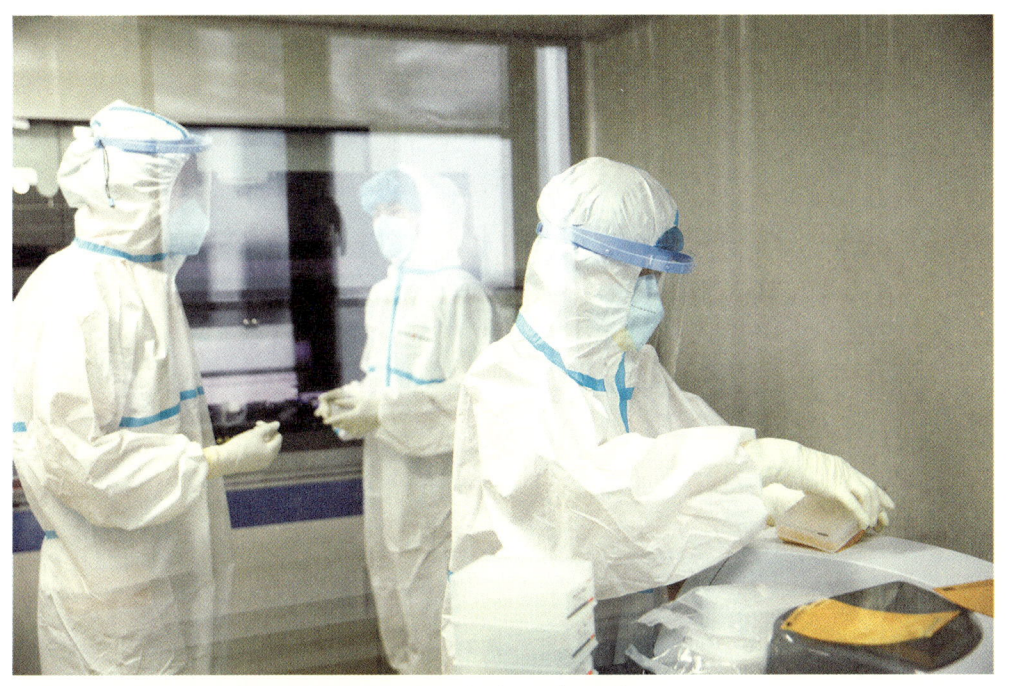

金域医学各省级实验室调集人员和设备火线驰援区域性突发疫情防控

247

冠肺炎病例后，全市上下紧急动员起来，严格落实常态化防控要求。25日，国家卫生健康委主任、党组书记马晓伟赴大连市调研指导，强调要力争在4天内实现核酸检测全覆盖。随着大规模人群筛查工作启动，大连市每日核酸采样量迅速攀升，目前，全大连市进一步匹配采样和检测能力，动员了11家医学检验实验室满负荷开展检测工作，确保迅速完成筛查工作。

沈阳金域医学作为辽宁省第三方医检行业领先者之一，承接了辽宁省卫健委的检测任务安排，在25日当天了解到疫情之后，金域医学马上发挥全集团"一盘棋"协作优势，从黑龙江金域医学、吉林金域医学、武汉金域医学、长沙金域医学、天津金域医学、南京金域医学、贵州金域医学、济南金域医学、福州金域医学、北京金域医学等10家省级实验室调集人员和设备，不断优化流程，将日核酸检测产能从5000例快速提升，即将达到2.5万例以上。全实验室上下联动，保质保量保安全完成检测任务。

据悉，此轮疫情已经扩散至辽宁、吉林、黑龙江、福建、北京5地。金域医学各地的实验室也均保持和当地疾控中心的密切沟通，随时作好准备。

全国"一盘棋"，彰显穗企战斗力

从2020年1月份，新冠肺炎疫情发生开始，金域医学作为全国新冠肺炎病毒核酸检测主力军，承担了重灾区湖北武汉的检测重任。当疫情防控从应急状态转为常态化的时候，金域医学始终保持"战斗"状态，承担发热门诊、密接人群及住院病人筛查、复工复产、复学、入境人员的核酸检测工作，同时按各地政府要求，应对各种突发疫情。截至7月中旬，核酸检测总量累计超过1200万例。

从黑龙江绥芬河、吉林舒兰地区，再到北京、乌鲁木齐、大连……面对多地散发的突发性疫情事件，金域医学都以最快的速度调配资源，火线驰援。

而今，金域医学又调集人员和设备，征战在辽宁的实验室里。这种能够在疫情发生的时候迅速应对，助力政府开展疫情防控工作的能力，来源于金域医学"一盘棋"协调的作战部署。

金域医学集团党委书记、董事长兼首席执行官梁耀铭表示，金域医学已经积累了丰富的抗疫经验，建立了一套成熟的平战结合体系，可以做到一旦某地出现突发疫情，随时响应政府、医院和社会的检测需求，全集团统一调度，将技术人员、检测设备、防护物资等快速运往抗疫一线。同时，金域医学已经设计出一套行之有效的人员、设备、试剂耗材、防护物资的柔性产能配置方案，可以在短时间内迅速提升产能，在疫情发生时协助政府快速应对，彰显"健康哨兵"的战斗力。

专业报国 | 抗疫战场的"健康哨兵"

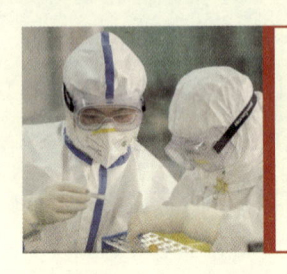

广东援疆支持喀什全面提升新冠肺炎救治、检测、防护能力

◎人民网—新疆频道　2020年8月4日　肖凯明　吴安培

当新疆喀什地区出现首例新冠肺炎病例后，广东省委、省政府极为关切新疆各族人民的健康，省委组织部、省发展改革委（省援藏援疆办）、省工业和信息化厅（广东省疫情防控指挥部物资保障一组）、省卫生健康委的负责同志，每天都与广东援疆前指对接了解受援地疫情防控需求。在后方的大力支持下，广东援疆前指协调了全国知名检测企业广州金域医学检验集团有限公司支援喀什新冠肺炎疫情筛查，并筹集了受援地最为紧缺的灭菌型N95口罩支援一线医护人员战"疫"。

携强援支持喀什核酸检测
占总筛查能力的60%

7月28日，根据自治区党委、政府的部署要求，广州金域医学检验集团有限公司组织了60人，携带了总价值1500万元的医疗物资，包括23台检测设备和30万人份检测试剂，赶赴喀什支援新冠病毒核酸检测工作。7月31日，

| 叁 | **业界之光**   "病毒猎手"当之无愧

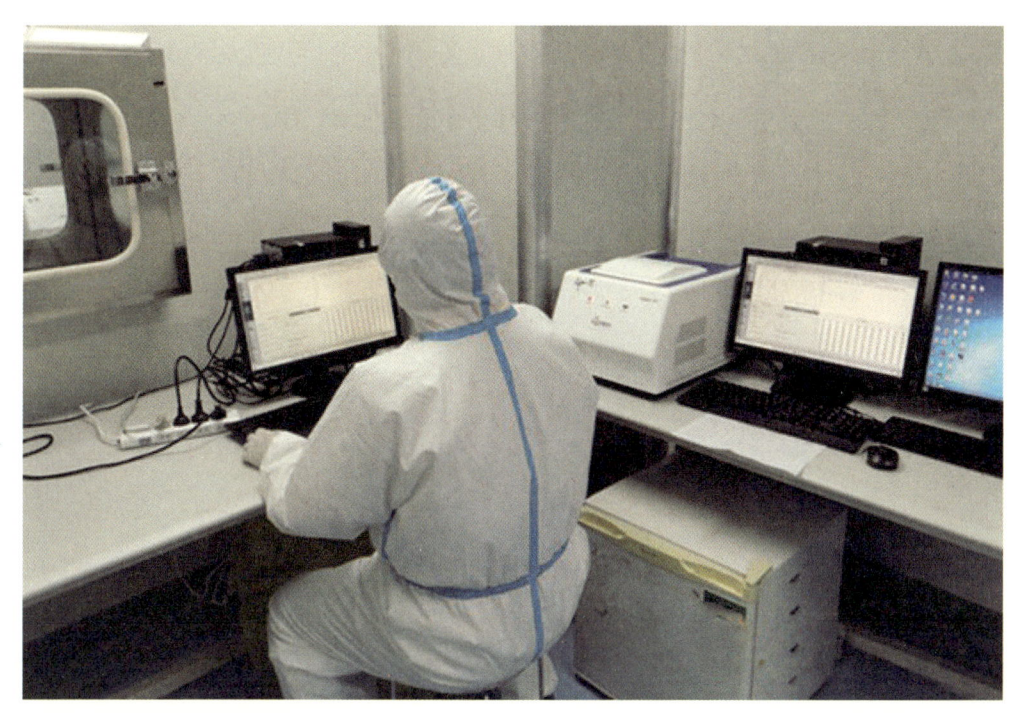

金域医学检测人员正在喀什连夜检测标本

广东援疆前指得知对口援建的伽师和疏附县需要增强核酸检测能力时，广东援疆前指又紧急协调增加力量到喀什支援战"疫"。

8月1日，由广东援疆前指采取包机方式，广州金域医学检验集团有限公司又组织专业技术人员7名，携带8台检测设备和5万人份检测试剂，于当晚抵达伽师县，这次行动仅用了不到一天时间，就完成了人员召集、物资筹集等工作。同时，还有一批检测物资随中铁快运赶往喀什。截至8月4日，广州金域医学检验集团有限公司支援喀什的核酸检测队伍已形成每天检测35万人次能力，占喀什地区总筛查能力的60%。

此外，广东援疆前指今年以来积极为受援地打赢疫情防控阻击战增强"造血"能力，疫情无情人有情，粤新人民心连心。接下来，广东援疆前指将进一步协调各方资源全力支持受援地打赢疫情防控阻击战。

| 专业报国 | 抗疫战场的"健康哨兵" |

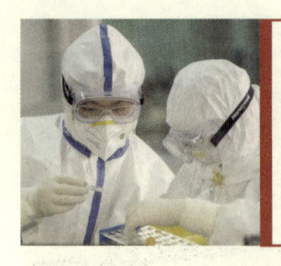

广州检测机构扩大产能
助力香港开展全民核酸筛查

◎广东卫视《广东新闻联播》　2020年8月8日　曹雉文

根据国家卫健委消息，国家卫健委组建"内地核酸检测支援队"拟近期赴香港开展工作，协助香港特区政府抗击疫情，后续将根据香港特区抗击疫情需要，随时调集内地医疗资源给予更多支持。

当前，我国依然处于疫情防控常态化阶段，作为获得香港特区政府认可的核酸检测机构，广州金域医学积极扩大产能，协助香港开展大规模核酸检测筛查。

《广东新闻联播》

从今年7月14日开始，金域医学香港实验室就承接了香港特区政府委托的检测任务，目前实验室单人份检测产能每日超过2000例，为香港当地日核酸检测产能最高的实验室之一。金域医学将根据香港疫情的变化，在全国"一盘棋"调集资源支持香港升级实验室，持续扩大产能。

广州金域医学高级副总裁严婷：感谢特区政府以及香港社会的信任，深感责任重大。接下来，金域医学香港实验室会听从政府的统一安排和部署，扩大产能；积极响应香港社会的检测需求，我们会将集团高效专业的检测经验应用到香港，助力香港政府开展免费核酸检测工作。

新冠肺炎疫情发生以来截至7月底，金域医学依托自身病毒检测能力和物流网络等专业优势，已在包括全国29个省区市及香港特别行政区获得授权陆续开展相关人员的核酸检测和抗体检测。

同类报道

《文汇报》　《香港金域医学实验室今起承接港府核酸检测》　2020年7月14日

《香港商报》　《金域医学全集团调配资源　协助香港开展大规模核算检测筛查》　2020年7月31日

《人民日报》　《金域医学协助香港开展大规模核酸检测筛查》　2020年8月1日

《南方日报》　《产能每日超2000例！助力香港开展大规模核酸检测筛查》　2020年8月1日

广东广播电视台《广东新闻联播》　《国家卫生健康委组派"内地核酸检测支援队"赴香港》　2020年8月1日

《大公报》　《粤检测机构候命　随时赴港遏疫》　2020年8月2日

《广州日报》02版　《金域医学调配资源协助香港开展大规模核酸检测筛查》　2020年8月2日

广州广播电视台《广州新闻联播》　《支援香港核酸检测　广州企业在行动》　2020年8月3日

专业报国 抗疫战场的"健康哨兵"

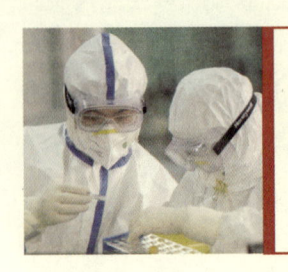

青岛奋力
新冠病毒核酸检测实验室每日检测3万例
标本三层防护零接触交接

◎《青岛早报》 2020年10月16日 陈勇 钟尚蕾

"青岛开展全员核酸检测后，我们每天的检测产能从6000例，一下子增加到了3万例，为了更高效、准确地完成检测任务，我们从全国其他子公司抽调人员、仪器增援青岛。"广州金域医学检验集团股份有限公司副总裁侯生根说。10月15日，早报记者前往青岛首家承担新冠病毒核酸检测工作的第三方医学实验室——青岛金域医学检验所，实地探访了检测标本的交接、灭活、检测、结果录入等现场。

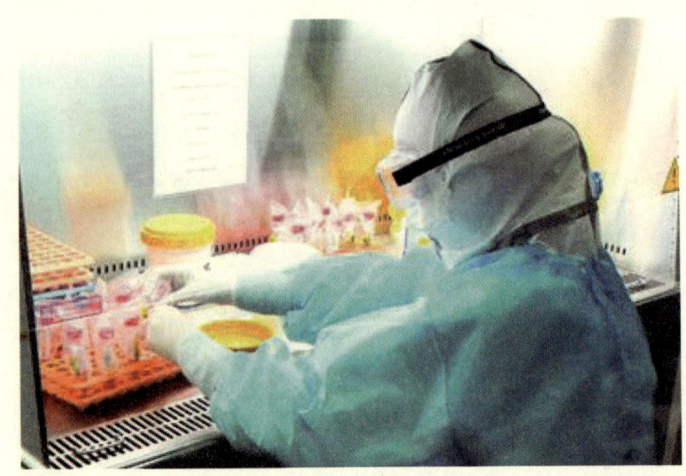

青岛金域医学实验室每日开展核酸检测3万例

接收标本　三层防护零接触交接

10月15日上午,记者来到青岛金域医学检验所,在公司门口设立的一处专业检测标本交接点,工作人员正在现场接收转运过来的新冠病毒核酸检测标本。在对标本箱外表进行细致地喷洒消毒后,工作人员用手持终端一一扫描统计表中的条码,将标本信息录入系统。

据工作人员介绍,用来存放标本的都是专用标本运输箱,整个运输过程由两位专业物流人员负责隔离运输,并且是专车专运。青岛金域医学检验所有限公司总经理刘超广介绍,"根据世界卫生组织的要求,病毒标本需要3层保护。首先是采样管,也是整个过程中相对最危险的环节。密封后的采样管再加一层保护,最外面一层是标本箱。我们这些标本箱必须是恒温状态,而且还装有GPS定位系统,用来记录和追溯标本的运送轨迹,这些信息后台都能实时监控。"

随后,记者跟随两人来到一处电梯前,刘超广说,检测标本由专人负责,并且要通过专用电梯送到5楼的实验室。在5楼,十几个实验室一间间紧挨着,标本到达的第一站是标本预处理实验室,工作人员正在忙着往电脑里录入信息数据,实验室的门口贴着黄黑色"生物危险"标志。进入实验室的走廊前,任何人必须要穿戴上隔离衣、戴上口罩、脚套等防护后,才能进入。

每个标本有3层安全防护,运送人员在交接处交接标本,消毒后,用对讲机通知隔壁的标本灭活间工作人员收取,双方以不见面的方式完成标本交接。

病毒灭活　需56℃水浴30分钟

与交接处相隔的房间就是标本灭活间,3名检测人员正在机器前忙碌着,房间外面的墙壁上贴有"污染区"的标志。侯生根说,在标本取样后,要先进行病毒灭活处理,这一步极其关键,进行灭活处理的样本,既保留了病毒核酸信息,也确保了工作人员不被未知标本传染。

"把标本放在56℃的水浴箱中进行30分钟的高温水浴,标本灭活是除了采集外,检测流程中危险系数最高的环节之一,开箱环节必须在生物安全柜完成。我们的检测人员必须要穿戴三级防护，要求戴上N95医用口罩、护目镜、全身防护服、乳胶手套、长筒靴套、鞋套等。"刘超广说。

病毒灭活后，下一步，标本要经转运箱运往PCR实验室（又称基因扩增实验室）进行正式检测。"原先需要人工提取，现在已引入自动核酸提取仪，可以一次性完成96份标本的提取工作，不仅提高了工作效率且确保提取信息的精确性。"刘超广说。

实验室负责人薛彦青告诉早报记者，尽管有了提取仪，可以大大提高检测效率，但是遇到一些复检的情况，还需要人工来提取。"混在液体当中的就是从疑似患者咽喉采集到的上皮细胞，里面可能含有新冠病毒。从采样罐中取出样本时，容易产生气溶胶。气溶胶是比飞沫更微小的粒子，借助空气传播，也是这次疫情需要高度警惕的传播方式。"薛彦青说。

分析数据 "读图师"快速判断

薛彦青说，PCR扩增就是通过试剂让病毒的特定核酸片段在一个多小时的时间里，呈现数百万倍扩增，借助仪器收集反应过程中所释放的荧光信号。在扩增过程中，如果有新冠病毒RNA的存在，将出现荧光信号曲线。

"我们要把标本加到反应体系里，盖好盖子，再放到实时荧光定量PCR仪上面进行检测。检测时既要混匀溶液，又不能让它有丝毫外泄，整个过程也比较危险。"薛彦青说。

从事检测事业10多年的薛彦青，谈起最近的检测，对他来说就像是迎接一场大考一样。为了保证在检测过程中全神贯注，检测人员需要提前4个小时做准备，在每次长达6个小时的检测期间不能喝水，更不能上厕所。三级防护服虽然并不负重，但非常闷，穿上一会，护目镜就会有一层水汽，大家只有在防护服后面写上自己的名字，才能识别彼此的身份。

记者了解到，在整个检测过程中，最后出来的是一张图，这就需要有人对照标准图来做出评判，他们要扮演"打分老师"的角色。这更是经验和耐力的考验。"担当'读图师'的人，需要有高度责任心和判断力。"刘超广说。

叁　业界之光　"病毒猎手"当之无愧

全力增援　日检测增到3万例

今年2月15日，青岛市新冠肺炎疫情防控指挥部办公室批复青岛金域医学检验所开展定点检测工作，金域医学成为全市第一家承担新冠病毒核酸检测工作的第三方医学实验室。

"从今年2月开始，我们每天检测的数量从1000例到3000例，再到6000例，最近3天，我们的检测任务一下子增加到了3万例。"金域医学副总裁侯生根说，为了尽快完成检测任务，金域医学从全国各个实验室抽调人员和设备，全力增援青岛，上周日46名技术骨干和17台检测设备就运到了青岛。

记者了解到，为了高效运转，上百名检测人员采取了三班倒的工作模式，33台设备也是昼夜工作，经过3天的忙碌，金域医学负责的近70万人份检测标本全部完成。

"这段时间，我们的检测人员都拼了，他们一进实验室就是七八个小时，从实验室出来后，经常是一身汗水，因为劳累和缺氧，很多人连饭都不想吃，只想坐在椅子上短暂休息一下，因为还要接着投入到工作中。"侯生根说。

同 类 报 道

《青岛日报》　《"阻疫突击队"累计检测标本4500例》　2020年3月3日

新华社　《"齐"心"鲁"力 | 青岛金域医学：提供核酸检测保障 助力CBA复赛顺利进行》
2020年7月30日

专业 报国　抗疫战场的"健康哨兵"

第三节

榜样！
龙头企业的高分答卷

援湖北，在24小时内解决了洪湖没有核酸检测能力和资格的难题，承担雷神山医院、武汉、荆州等多个关键地区的新冠病毒检测任务；在广东，承担全省大部分检测任务，为"三个必查"等防控措施的落实提供强力支撑。

这是金域医学抗疫成绩单的一部分。核酸检测能力不足，曾是新冠肺炎疫情防控的重要掣肘，关键时刻，第三方检测机构加入，成为解决问题的"黑马"，金域医学就是其中的"硬核"代表。

作为第三方医学检测机构的龙头企业，金域医学不辱使命，交出了一份榜样答卷。

3月4日，金域医学收到一封特殊的感谢函："我省支援荆州疫情防控工作取得了阶段性成效，在这场战役中，你们派出的医务人员以严谨的作风、精湛的医术和高尚的医德，赢得了荆州市委、市政府的高度肯定和全市人民的交口称赞。在此，广东医疗队前方指挥部临时党委向你们致以崇高的敬意和衷心的感谢。"

在这一场疫情抗击战役中，金域医学以"黑马"之姿出现，让媒体和公众进一步了解第三方医疗机构的大有可为，作为龙头企业，金域医学将带领行业更上一层楼。

叁　业界之光　"病毒猎手"当之无愧

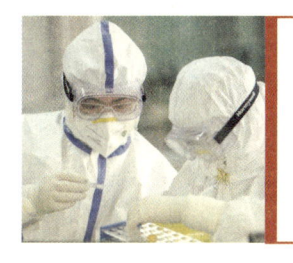

核酸检测"广州战队"日检样本占武汉1/4
广州金域医学湖北核酸检测超12万例

◎《羊城晚报》　2020年3月6日　温建敏　李国辉

"我省支援荆州疫情防控工作取得了阶段性成效，在这场战役中，你们派出的医务人员以严谨的作风、精湛的医术和高尚的医德，赢得了荆州市委、市政府的高度肯定和全市人民的交口称赞。在此，广东医疗队前方指挥部临时党委向你们致以崇高的敬意和衷心的感谢。"

3月4日，广州金域医学检验集团接到一封特殊的感谢函，发出单位是广东支援湖北荆州医疗队前方指挥部。

金域医学7名员工进入了广东支援湖北荆州医疗队568名队员的正式名单，在全国的支援湖北医疗队较为罕见，背后是广东省对检测援鄂的高度重视。

实际上，金域医学1月27日就被纳入湖北省新冠病毒检测机构名单，通过参与核酸检测、PCR实验室共建、检验室支援等多种形式，从全国各地组织了一支121人的骨干团队支援湖北战"疫"。截至本周，金域医学已在湖北开展核酸检测超12万例，为湖北抗击新冠肺炎疫情立下了汗马功劳。

专业报国 | 抗疫战场的"健康哨兵"

抗击疫情的"广东经验":提高检测能力

"与荆州市指挥部共同努力,发挥广东核酸第三方检测优势,帮助荆州各县市提升核酸检测资质和能力,对全市'四类人员'全覆盖进行核酸检测,实现应检尽检,应查尽查,摸清底数,快速清零。新发病例发病到诊断的平均间隔时间由11日前的8.8天缩短到当前的0.9天,病例筛查诊断速度大幅提升。"

3月1日,在广东、海南等7个省支援湖北医疗队向中央指导组负责人汇报工作时,广东省对口支援领导小组副组长、省人大常委会副主任吕业升把推动全覆盖核酸检测作为一个重要经验进行介绍。而这个"广东核酸第三方检测优势",正是作为广东医疗队正式一员的金域医学。

"广东有一个优势就是检测机构比较强大,而且已经参与广东省抗击疫情的大量检测工作,在湖北也设有分支机构。出发前讨论的时候,有省领导提示在队伍组建中可以加入第三方的检测机构,布置在荆州,果然他们来到这里发挥了很大的重要作用。"广东支援湖北荆州医疗队前方指挥部总指挥,省卫健委党组副书记、副主任黄飞说。

金域医学加入广东医疗队后,派出7名专业人员随广东首批医疗队对口支援湖北荆州,并启动"战时速度",在24小时内帮助重点支持的洪湖市建立起核酸检测能力,单日检测量达700例,被广东医疗队总结为以"广东速度"践行"广东模式"的典型。从2月20日到2月24日四天时间里,荆州开展了9148例核酸样本的检测,检测存量基本清零,其中武汉金域医学中心实验室及金域医学派出荆州的检测医疗队承担了近6000例的任务。这一举措,不仅解决抗疫需要就地完成核酸检测的"痛点",而且还永久性补齐当地检测能力短板。

雷神山的"广东战队":补充检验力量

提高核酸检测能力能成为抗击疫情的"广东经验",与此次新冠肺炎疫情的传播特点有关。

钟南山院士一再强调"早发现、早隔离,比什么都重要",检测就成了关键。

病毒检测有三个作用：一是通过筛查，找到疑似，进行隔离，切断传播链，降低社会恐慌。二是确诊，让患者早治疗。三是治好的患者必须通过两次核酸检测阴性才能出院，及时检测，早出院，新病人可以进来。而一般三甲医院单日检测100—200例。产能巨大、商业模式先进的第三方医检进入决策层的视野。

在本次战"疫"中，金域医学利用自身全面专业的核酸检测、实验室打造、标本运输物流优势，多方位配合湖北开展各项疫情防控工作。除了援助湖北荆州，金域医学还承接包括雷神山医院及武汉、荆门、咸宁、天门和孝感等多个关键地区的新冠病毒检测任务。

2月12日，武汉金域医学受雷神山医院委托检测新冠病毒标本，还派出10名技术骨干支持雷神山医院检验科工作，人员数量接近科室人员的一半。在雷神山医院检验科刚建好，检测流程和人员职责还是一片空白的时候，金域医学的骨干就凭着丰富的实验室建设经验，根据雷神山医院的特殊性，快速开展起检验科前期的"6S"现场布置、流程梳理以及岗位安排，确保检验科流程顺畅，各个环节不出差错，技术上承担了科室各平台的关键检测工作。

武汉大学中南医院主任技师、雷神山医院医学检验科执行主任谢文介绍，医院与第三方医检机构合力组成的科室，为临床提供精准检测，并以过硬的技术质量，助力防疫科学研究和临床试验，始终战斗在人民需要的第一线。

全国动员的"检测担当"：强大技术支撑

"按照武汉目前的配备，在人手充足，设备有保障的情况下，满负荷运转，我们最高检测量一天可以超过10,000例。"广州金域医学检验集团副总裁、金域医学武汉湖北抗疫前线总指挥谢江涛告诉羊城晚报记者，自1月27日至3月4日，金域医学在湖北累计核酸检测超12万例。若按照武汉市目前的核酸检测能力，金域医学日均检测样本或达到武汉全市的1/4左右。

数据的背后是强大的技术团队支撑，1月28日至今，金域医学已从全国抽调121名骨干成员，分四批奔赴湖北前线，进驻湖北各地，协助开展核酸检测工作，其中包括来自全国各地的集团高层领导、博士专家、技术骨干、物流专员等。他们优化运输、检测全流程与技术方法，24小时三班倒，做到人休仪器不休的状态，确保送检样本及时出报告。

2月4日，由钟南山院士亲自授牌，武汉金域医学正式挂牌"国家呼吸系统疾病临床医学研究中心病毒诊断研究武汉分中心"，以进一步提升病毒核酸检测的能力和水平。

压倒一切的迅速行动：多年专业积累

金域医学集团党委书记、董事长兼首席执行官梁耀铭始终坐镇第一线，把做好疫情防控工作作为当前压倒一切的政治任务来抓。

金域医学为了解决人手不足问题，从广东、广西、湖南、云南、四川等地调集了51位技术骨干前往支援。目前在武汉、荆州等湖北一线战"疫"的金域医学相关专业人员已超过120人，是武汉湖北核酸检测的主力军。

金域医学的迅速行动，得益于该集团多年来的专业及技术积累。金域医学有200多名持有PCR上岗证和检验技师职称证的检验人员，有覆盖32个省（区、市），700多个城市物流网络，2300多个县级网点的生物样本冷链物流优势。湖北当初"一测难求"的痛点在于实验室少、人少，而基层的痛点则是越是到基层，越是没有核酸诊断能力。缺检测，缺物流，只有第三方机构能满足。2018年9月，在广州呼吸健康研究院和钟南山院士的关心和支持下，金域医学成立了临床呼吸道病毒诊断与转化中心，由钟南山院士亲自担任主任，并挂牌"国家呼吸系统疾病临床医学研究中心武汉病毒诊断研究中心"。当时设立该中心的初衷之一，就是要在应对急性、突发性传染病时能发挥至关重要的作用。

坚强有力的"战斗堡垒"：党员模范作用

在新冠疫情防控工作中，金域医学还充分发挥党组织战斗堡垒作用和党员先锋模范作用。

叁　业界之光　"病毒猎手"当之无愧

2月1日，为充分统筹武汉一线的党员力量，集团党委批准成立抗击新冠肺炎武汉先锋队临时党支部，任命中南大区总经理李慧源为支部书记，武汉金域医学总经理李根石任支部委员，他们身先士卒，带领党员抗战在疫情防控最前线。

张玲是金域医学支援雷神山医院检验科工作小分队的领队。抵达武汉雷神山医院后她努力配合科主任工作，主动承担风险最大的前处理工作，并使金域医学团队很好地融合进入雷神山检验团队。张玲说，在实验舱的劳累和缺氧很辛苦，但作为军人的后代，她有着与生俱来属于"铿锵玫瑰"的坚强，再苦也会全力以赴。

像张玲这样的优秀党员代表还有很多，如"当兵是保卫祖国安全、抗疫是守护人民健康"的"病毒快递员"退伍军人刘森波，"少年舍己救人、现在做'病毒快递'"的"90后"梅乙奇等一批优秀党员，他们以党性原则要求自己，以初心使命激励自己，以"疫情就是命令，防控就是责任"提升站位，冲击在疫情最前线。他们要么是抗疫的前线指挥者，要么是奋斗在核酸检测的关键岗位，要么是"病毒快递"的核心骨干，要么是物资保障的"千里护送员"，充分体现了共产党人不畏困难、以身作则、能打硬仗胜仗的精神。

"贵公司派出的核酸检测工作人员，连日来，他们不辱使命、肩负重任、连续奋战、忘我工作，同时间赛跑，与病魔较量。"广东支援湖北荆州医疗队前方指挥部对金域医学员工的感谢函，也是这家公司支援湖北抗击疫情全体人员的写照。

"金域医学有检测能力优势，也有物流运输优势，国家需要我们的时候，我们应该上，也必须上，不计成本，不惜代价。"梁耀铭说。

同类报道

《南方日报》特刊04版　《广州亮剑：科技的硬核实力疫情防控科研攻关　单日检测能力可达7万例　雷神山上的"广州猎人"》　2020年3月3日

《广州日报》02版　《金域医学湖北战"疫"核酸检测累计超12万例》　2020年3月6日

《南方日报》A06版　《第三方医检成湖北战"疫"重要力量　其核酸检测累计超12万例，弥补基层检测能力不足》　2020年3月6日

专业 报国 　抗疫战场的"健康哨兵"

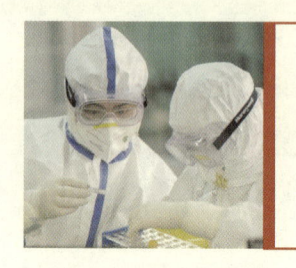

ICU里的"救兵"

◎ 中央电视台综合频道《焦点访谈》　2020年2月27日

面对新冠肺炎疫情在湖北全省的严峻形势，2月初，在中央全面部署下，一个由19省份支援湖北省武汉以外的16个市州的对口支援机制迅速建立起来。

荆州的新冠肺炎患者确诊人数在千人以上，是除武汉外疫情最严重的三座城市

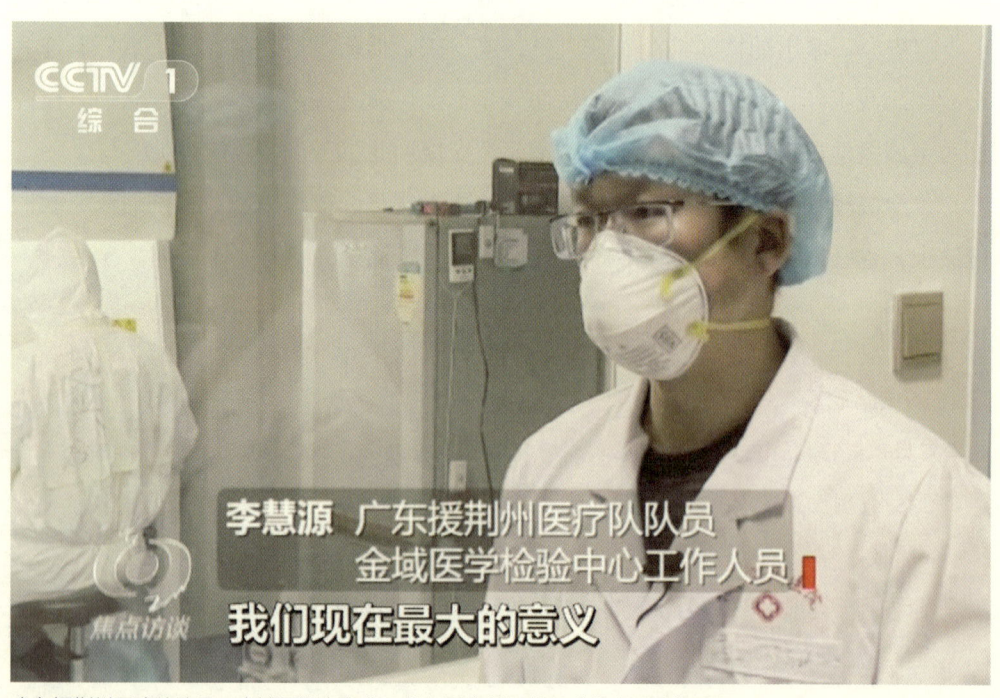

广东援荆州医疗队队员、金域医学中南大区总经理李慧源接受《焦点访谈》采访

之一。在荆州，洪湖离武汉最近。在武汉实施封城管理之前，近5万人从武汉返乡回到洪湖。这个庞大的数字下，是大量需要被快速检测和筛查的疑似病例。

在这里，与时间和生命的赛跑每时每刻都在进行，从广东和洪湖的力量合二为一的那一刻起，他们赢得了宝贵的时间。

广东援助荆州医疗队队员、金域医学中南大区总经理李慧源：满负荷运营的话，我们每天是可以检测500人份的。我们现在最大的意义是尽快地把没有确诊的病人，通过核酸检测把他诊断出来。

但当时，洪湖当地没有核酸检测的资质，所有样本送往荆州，单程就需要三个小时左右，更别说排队等待结果的时间。

广东医疗队决定立刻帮助洪湖市搭建核酸检测平台。

在当地相关部门的配合下，洪湖市申请到核酸检测资质，有了这个日均检测量达到500例的核酸检测实验室，整个过程不到48小时。

截至2月24日，洪湖市所有新冠肺炎确诊患者密切接触者筛查工作已全部完成。

同 类 报 道

广东卫视《广东新闻联播》　《广东支援荆州医疗队："挺进"洪湖破困局》　2020年2月14日
广东卫视《广东新闻联播》　《对口支援　我们一起和时间赛跑》　2020年2月29日

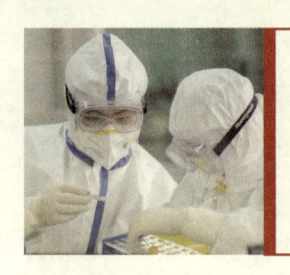

金域医学：
第三方核酸检测，民间队伍彰显"硬核"力量

◎《人之初》杂志　2020年3月31日　金穗

援湖北，在24小时内解决了洪湖没有核酸检测能力和资格的难题，承担雷神山医院、武汉、荆州等多个关键地区的新冠病毒检测任务；在广东，承担全省大部分检测任务，为"三个必查"等防控措施的落实提供强力支撑。

这是广州金域医学集团抗疫成绩单的一部分。核酸检测能力不足，曾是新冠肺炎疫情防控的重要掣肘，关键时刻，第三方检测机构加入，成为解决问题的"黑马"，金域医学就是其中的"硬核"代表。

援荆州：民营企业干出的"广东速度"

2月10日，金域医学集团党委书记、董事长兼首席执行官梁耀铭正在饭堂吃午饭，电话响了，是广东省卫健委打来的，希望他派几名核酸检测专家驰援荆州。"没问题，什么时候要人都可以。"梁耀铭回答。

当晚，广东省对口支援援荆州医疗队首批108名队员启程，其中就有金域医学7名技术骨干组成的检测团队。

彼时，650万人口的荆州市新冠肺炎确诊病例就达到1075例，而荆州疫情防控最难啃的硬骨头在洪湖——距离武汉市区不到100公里，确诊病例占荆州的1/4，且不具备核酸检测能力。

第一批援军主力进驻洪湖。疫情要控制住，早确诊是关键，医疗队将核酸检测作为突破口，金域医学检测团队和广东省疾控专家承担起了这个攻坚任务。

"洪湖原有的实验室设计虽然符合核酸检测要求，但只有一套检测设备，人员技术能力也不够。"金域医学中南大区总经理李慧源介绍，他们快速解决了设备、耗材、人员培训等问题，医疗队得到湖北卫生健康委的支持，特事特办，洪湖不到24个小时就取得核酸检测资格。

2月14日，洪湖实验室正式开始核酸检测，结束了以往样本只能送武汉或荆州检测的历史，每天可以检测500个样本。

开了个好头，荆州指挥部很快又传来指令，要奋战检测存量清零任务。得益于全国布局优势，金域医学紧急从长沙子公司调配检测设备支援洪湖实验室，技术人员每天"鏖战"15小时以上，扩大检测能力。2月21日—24日，荆州开展了9148例核酸样本检测，基本完成确诊、疑似、发热、密接者4类人群的筛查，其中，由洪湖实验室和武汉金域医学承担的约6000例，将新发病例从发病到诊断的平均间隔时间由8.8天缩短至0.9天。

"荆州战'疫'取得成功，源于我们抓住了三个重点，第一是重点地区洪湖，第二是重点手段核酸检测，第三是重点人群危重病人的救治。"广东省支援荆州医疗队前方指挥部总指挥，广东省卫健委党组副书记、副主任黄飞表示，核酸快速检测是荆州战"疫"的关键。

这只是部分贡献。疫情期间，金域医学在全国37个省级实验室的资源和设备相继驰援武汉金域医学，实现了每日检测量从2000份到10,000份的提升。武汉金域医学还承担荆门、咸宁、天门、孝感、荆州等多个地市的核酸检测任务。雷神山医院交付使用后，金域医学除了承担起核酸检测任务，还派出10名技术骨干入驻检验科支援。

截至3月26日，金域医学在湖北的核酸检测量逾14.5万。

战广东：最高峰单日核酸检测4.6万例

在集团总部所处的广州，金域医学爆发出更大的能量。

广州总部实验室1月25日即开始对第一批标本进行核酸检测，1月29日起接受全省疫情大排查的样本，成为广东省新冠肺炎病毒核酸检测的主力军之一。

1月30日，广东启动"三个必查"，重点疫情地区来粤人员、发热伴呼吸道症状病例、50岁以上发热人群必须开展核酸检测。

当天起，金域医学的专业冷链车分批前往各地市收集咽拭子样本，专人专车送回广州。总部实验室是呼吸疾病国家重点实验室病毒诊断研究分室，按照P2+实验室建设标准建设，且配备了一支经过专业培训的持有PCR资格证检验人员队伍。

多年打造的冷链物流系统在关键时刻也展示出强大的力量，广州总部紧急集结300多名物流人员，在全省建立多条物流干线和数个中转站，保障粤东西北的样本也能快速抵达广州实验室，实现"朝取夕至"。

2月7日，广东省要求发热门诊就诊患者实施全员核酸检测，加上复工复产有序推进，检测需求量井喷式增长；3月25日起，湖北省除武汉市以外地区解除离鄂通道管控，每日数十万湖北籍人员涌入广州。

"为提高检测效率，团队每天都在研究流程，为优化方案甚至常有争论！"梁耀铭感慨。在不断升级后，广州建起了7条检测线，对检测流程中的17个环节进行优化，达到单日检测量保底3.3万例。

"最高峰单日检测量达到4.6万例，高峰时期广州实验室其他临检项目全部停工，集中做新冠病毒检测。"他回忆。

谈未来：第三方检测机构的担当和优势

"硬核"的成绩单离不开未雨绸缪。

早在1月21日，金域医学就成立疫情防控专项小组，全面摸家底，确认有80多台PCR设备、200多名持证PCR检验人员可随时上阵；1月24日，集团发布抗疫总动员令，并开始物资采购；1月26日起，集团陆续对持证PCR检验人员进行培训；1月27日，各地子公司纷纷向当地卫健委提交请战书。

"如此严重的疫情，核酸检测又是诊断金标准，突然增加这么大量的检测样本，肯定要动用社会力量。"梁耀铭的判断在事后得到充分证实。

截至目前，金域医学已在27个省（区、市）陆续开展核酸检测，投入专业人员近1800人，其中在湖北一线的达137人，全集团单日检测能力可达7万例。

"我花了26年培育这个企业，结果没有叫我失望，关键时刻它更靠谱、勇于担当。"梁耀铭很欣慰，战"疫"中金域医学也显示出第三方检测机构的优势：机制灵活，能够迅速决策；资源调动能力强，能够全国"一盘棋"，做好各方面的保障。

2月4日，中共中央政治局常委、国务院总理、中央应对新型冠状病毒感染肺炎疫情工作领导小组组长李克强在会议上明确表示，"允许符合条件的第三方检测机构开展核酸检测"。

梁耀铭有些激动，第三方检测机构第一次获得如此高级别的官方认可，也迎来新的契机。"公共卫生体系的建设如果只靠政府投入成本巨大，希望在未来的规划和发展中，能够考虑体制外的力量，纳入第三方检测机构。"他呼吁。

同类报道

广州广播电视台《广州新闻联播》 《疫情下的生物医药发展》 2020年2月19日

《羊城晚报》T7版 《全国第三方医检龙头——广州金域医学支援雷神山医院完成病毒核酸检测 单日检测能力不断提升 "病毒猎人"出击 彰显"广东速度"》 2020年2月21日

专业报国 抗疫战场的"健康哨兵"

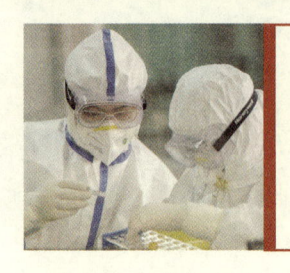

北京核酸检测的日与夜

◎《环球人物》杂志　2020年7月1日　杨学义

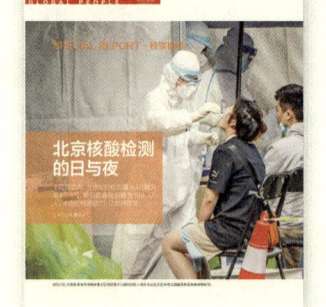

6月27日晚上7点50分，北京金域医学检验实验室。《环球人物》记者正在采访实验室中南大区总经理李慧源，有位工作人员走进办公室，大声说道："有紧急任务，要在晚上12点前把这些样本全部检测出结果。"他同时挥了挥手里的一张纸，上面用马克笔写着一个醒目的数字：16256。

整个实验室24小时不间断开足马力，能有3.5万到4万的检测量，而此时距离完成任务只剩下4个小时！李慧源刚刚还向记者说："在武汉疫情早期，我们每天的检测能力只有1万出头。"毕竟是在武汉和荆州经历过核酸检测的硬仗，此刻的李慧源很淡定："经常遇到这种情况，零点前完成，应该问题不大。"

"那是6月13日深夜1点左右，我们突然接到电话，一批标本要送过来筛查。"实验室科研主管郑燕华对当天的情景记忆犹新，当时北京前一阶段疫情形势已大为好转，但新发地农产品批发市场疫情出现后，实验室迅速进入战时状态。随即，几十个筛查样本送到实验室，

叁　业界之光　"病毒猎手"当之无愧

万幸的是，这些样本中并未检测出阳性。不过从那天开始至今，实验室接到的送检样本数量不断增加，"记得最多的一天，送来了5万多个"。

这是北京128家指定核酸检测机构的工作缩影。根据6月28日北京市新型冠状病毒肺炎疫情防控工作新闻发布会公布的信息，全市日检测量已由11日的4万份，提升至45.8万份，单日最高检测量为108.4万人。这样的提升速度，确实令人惊叹。

世界同行在问：中国经验是什么？

实验室工作人员告诉《环球人物》记者，随着全球疫情越来越严峻，越来越多国际检测机构通过各种方式向他们"取经"。

"我们的北京实验室是2018年底才成立的，而北京新发地疫情发生前，实验室专职做核酸检测的只有十多个人。"郑燕华说，北京疫情暴发不到半个月，有60多名经验丰富的同事驰援北京，组成"王牌检测小队"，仪器也从十几台扩增到40多台，几乎24小时不停机运转。

这种动员能力，正是全国抗疫表现的缩影。中国是最早面对疫情暴发的国家，在抗击疫情方面积累了宝贵经验。疫情暴发初期，几乎所有中国的核酸检测机构都不计成本地在世界上采购PCR仪器，而"现在很难再从国外采购到这些设备了"。在武汉、绥芬河、舒兰等抗疫战中，核酸检测机构摸索出很多实战经验。"一开始使用人海战术，如果1万个检测样本配10个检测人员，2万个就配20个检测人员。结果参与的人越多，出错概率越高，设备数量也跟不上。后来摸索发现，一个班次10台PCR仪器配备10个检测人员，最合理。"

不顾一切，做到极致

有参与北京核酸检测的市民抱怨"我的报告怎么还不出来？"的确，没有检测报告，会给市民出行造成不便。但《环球人物》记者实地探访后发现，核酸检测机构已是超负荷运转。"我们将原来的三班制改成了四班制。"郑燕华说，早晨8

点、下午2点、晚上8点、深夜2点,是换班时间,无论是人还是机器,都几乎24小时运转。

"原来加样也就是每天二三十板,但一下子就到了六七十板,翻了一倍多。"实验室检验技术员宋丹说,所有同事都不太适应,但两天后便驾轻就熟,"我们是干这个行业的,如果此时不出力,作为检测人员来说,就失去了价值。"

"回到刚才谈到的问题,世界为何惊叹于中国核酸检测的速度?"李慧源回忆着身边的事情,很有感触,"从技术上来说,大家几乎都是一模一样的,从每个环节对应的设备,世界并无差异。我能想到的原因只有一个:无论是机器,还是人自身,我们中国总能发挥到极致。世界上所有的医务工作者都有拯救生命的价值观,但愿意为此付出的劳动强度或许并不一样。而我们身边的这些核酸检测人员,正在用全天候24小时的付出,演绎着中国人的极致!"

同类报道

《中国经济导报》05版　　《北京核酸检测需求激增,多方合力加大供给》　2020年6月25日

中新社　　《北京:实验室多班次轮替　端午假期昼夜不息检测核酸》　2020年6月26日

新华社　　《深夜里的战"疫"身影》　2020年6月26日

《北京日报》02版　　《金域医学检验集团成立战"疫"一线临时党支部　22名党员扎营核酸检测实验室半个月》　2020年7月5日

第四节

担当！
公共卫生体系的新角色

"以'非典'经验抗击新冠肺炎疫情，这是广东的打法，尤其这里有第三方医检机构的优势。"金域医学集团党委书记、董事长兼首席执行官梁耀铭谈及新冠疫情防控时说道。

在核酸检测面临大量缺口、全国人民为之焦急之时，第三方医学检测机构如同及时雨一般解了这燃眉之急。"我们原本在全国各地就有子公司和实验室。因此，'金域医学模式'能在全国快速推广，不需要政府重复投入。"梁耀铭呼吁，希望未来第三方医检能够纳入国家公共卫生体系建设中，作为应急储备资源。

梁耀铭连任广州市十四届、十五届人大代表，一直高度关注公共卫生体系建设，而此次一线抗疫让他有了新的思考。在他看来，第三方医学检验机构平时作为企业自主经营，不增加国家财政负担，而发生重大公共卫生事件时又可作为公卫应急储备资源，做到"平战结合"，随时启动战备状态支援疫情战斗一线。他建议政府给予第三方医学实验室更多的关注和支持，特别是集团化和连锁化的第三方实验室，使其在医药卫生体制改革、分级诊疗、开展特殊检测服务等方面发挥更大的作用，助力建设健康中国。

在这样一个关键的转折时刻，媒体报道也时刻跟进，关注公共卫生体系的新变革。

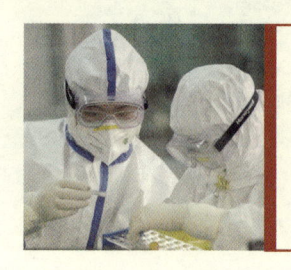

梁耀铭：专业报国
新冠病毒核酸检测一线的广州担当

◎《强音》杂志　2020年2月25日　刘玲玲

"截至2月11日，广州总部的新冠病毒核酸检测日检测量可达10,000例，武汉分部日检测量已达2500例，合肥分部把日检测样本能力提升到3000例，长沙分部日检测量超1000例……"

疫情当前，一家总部位于广州国际生物岛的第三方医检机构临危受命，在广东、湖北等多个省（区、市）陆续开展新冠病毒核酸检测，与当地疾控部门、公立医院形成强有力的互补，充分彰显了广州担当。而广州市人大代表，金域医学集团党委书记、董事长兼首席执行官梁耀铭，正是这支病毒筛查应急队伍的领头人，亲自挂帅集团新冠肺炎疫情防控专项小组的组长。

"以公民意识服务社会，拥仁者之心守护国人"，作为一名人大代表，他认为举全集团之力为老百姓的生命安全和身体健康做哨兵责无旁贷，"这是为社会为国家贡献专业力量的时刻"。

硬核抗疫，将检测效率提高了5倍

"一旦祖国召唤，定能立马出征。"沉甸甸的责任感和承诺背后，是梁耀铭他的专业判断与未雨绸缪。1月20日，当看到自己的老师钟南山院士在央视采访中出现，并明确指出"新冠病毒存在人传人现象"时，学医出身的梁耀铭立马就意识到疫情不简单。凭职业直觉他也敏锐地意识到，一般三甲医院一天样本检测量约为100—200例。随着疫情发展，检测量必然超出医院负荷，第三方检测机构一定能发挥其检测和服务网络的优势。1月24日除夕15：00，他紧急召开"战'疫'"动员会，在全国调集技术人员、检测设备、耗材等资源，迅速集结实验室、物流、物资采购等作战队伍，作好从备战、请战到参战的部署。

从1月29日开始，实验室开始接受全省疫情大排查的样本，成为广东省新冠肺炎病毒核酸检测的主力军之一。梁耀铭发挥金域医学专家们在应对急性、突发性传染病方面的经验，带领团队梳理流程和优化方法，最终将检测效率提高了5倍，从标本到达实验室马上组织检测最快3小时可以反馈报告。依托集团的标本运输体系，粤东西北的样本也能实现"朝取夕至"。

"做健康的哨兵，做好初筛，帮助疫情排查，这是我们的专业优势，也是第三方医检行业在疫情中应该发挥的作用。"从1月17日开始，疫情防控会议、流程梳理会议、资源协调会议……梁耀铭召集或参与了不下70场，坚守一线，与实验室的同事并肩作战。

一封振奋人心的感谢信

"危急关头，贵公司伸出援助之手，多方协调人力物力，迅速投入到新冠病毒核酸检测一线，充分彰显了强烈的社会责任感。"

梁耀铭向笔者展示了2月8日来自安徽省亳州市新型冠状病毒肺炎疫情防控应急指挥部的一封感谢信。2月1日，合肥金域医学受命承接亳州市新冠病毒核酸检测任务，24小时不停机开展检测，实验室日检测能力目前可达3000人份。 应急指挥部认为，金域医学集团，尤其是省级中心实验室合肥金域医学，为缓解亳州核酸检测压力，精准定位受感染人员、患者集中收治诊疗、快速切断病毒传染链条争取了宝贵时间，有力支持了亳州市的疫情防控工作。

这封鼓舞人心的感谢信极大提振了梁耀铭的信心。全集团疫情防控"一盘棋"，全力以赴为打赢疫情防控阻击战作出更多贡献。

党旗飘扬在武汉抗疫一线

"我宣誓，我志愿加入武汉金域医学抗击新型冠状病毒肺炎先锋队……全力以赴，不负使命，义无反顾，勇往直前！坚决打赢疫情防控阻击战，筑起保护人民群众生命安全健康的钢铁长城！"

2月1日，广州金域医学集团党委批准成立抗击新型冠状病毒肺炎武汉先锋队临时党支部。集团党委书记梁耀铭表示："要充分发挥党员先锋模范作用和临时党支部的战斗堡垒作用，全力支援新冠肺炎疫情检测工作，为打赢疫情防控阻击战提供坚强的组织保障。"

物流和检测人员要到位，检测耗材和防护物资要到位，检测质量要有保障……最让梁耀铭挂念的，便是全国的抗疫主战场湖北。1月27日，武汉金域医学被纳入湖北省可开展新型冠状病毒核酸检测的医疗机构目录。为进一步帮助提升病毒诊断能力，2月4日，由钟南山院士亲自授牌，武汉金域医学正式挂牌"国家呼吸系统疾病临床医学研究中心病毒诊断研究武汉分中心"，单日检测能力有望逐步提升到5000例以上（1月30日湖北全省检测能力单日4000例）。武汉金域医学助力湖北乃至全国打赢疫情防控战役，得到国家与当地卫健系统的大力肯定。

随着疫情防控的进一步发展，各省、市都开始扩大新冠病毒感染人群的筛查范围。梁耀铭表示，在这场群防群治的疫情防控人民战争中，"哪里需要，就往哪里调动资源。"2月11日，金域医学检测团队随广东首批对口支援荆州医疗队出发，再次出征湖北。

梁耀铭连任广州市十四届、十五届人大代表，一直高度关注公共卫生体系建设，而此次一线抗疫让他有了新的思考。在他看来，第三方医学检验机构平时作为企业自主经营，不增加国家财政负担，而发生重大公共卫生事件时又可作为公卫应急储备资源，随时启动战备状态支援疫情战斗一线。他建议政府给予第三方医学实验室更多的关注和支持，特别是集团化和连锁化的第三方实验室，使其在医药卫生体制改革、分级诊疗、开展特殊检测服务等方面发挥更大的作用，助力建设健康中国，提升人民群众的幸福感。

同类报道

广州市人大官网首页　《梁耀铭：专业报国　新冠病毒核酸检测一线的广州担当》　2020年2月12日

广东省人大常委会《人民之声》杂志2020年第3期　《梁耀铭：专业报国　新冠病毒核酸检测一线的广州担当》　2020年3月15日

《南方人物周刊》　《医检人梁耀铭　疫情大考下的家国担当》　2020年4月13日

《上海证券报》　《董事长专访|金域医学梁耀铭：做抗疫前线的"健康哨兵"》　2020年4月29日

专业 报国　抗疫战场的"健康哨兵"

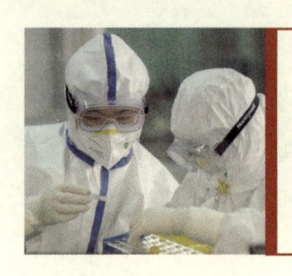

从堰塞湖到存量清零：
武汉周边核酸检测40天之变

◎《每日经济新闻》　2020年3月14日　陈星　金喆

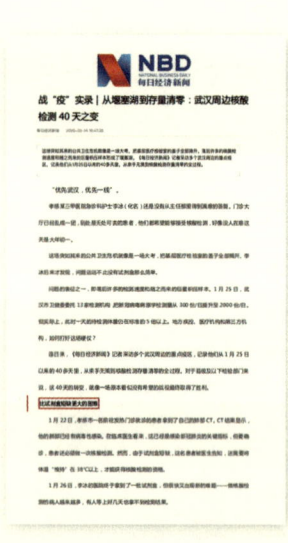

这场突如其来的公共卫生危机就像是一场大考，把基层医疗检验室的盖子全部揭开。问题远远不止没有试剂盒那么简单。

问题的表征之一，即落后许多的检测速度和随之而来的巨量积压样本。1月25日，武汉市卫健委委托13家检测机构，把新冠病毒病原学检测量从300份/日提升至2000份/日。但实际上，此时一天的待检测体量仍在标准的5倍以上。从1月25日以来的40多天里，从束手无策到核酸检测存量清零的全过程，地方疾控、医疗机构和第三方机构，如何打好这场硬仗？

比试剂盒短缺更大的困难

洪湖市人民医院的发热门诊，是洪湖市6家发热门诊之一。据该医院感染科副主任曾庆朗回忆，春节前后，来发热门诊看病的患者排了整整4条长龙。有一天，4名医生共急诊了297名患者。

在高峰期，整个洪湖市的发热门诊日均就医人数均在200人次以上，但官方同期通报的新增确诊人数屈指可数。记者注意到，最早显示洪湖确诊病例的可查日期是1月26日，截至当日累计报告4例确诊病例。此后，每天新增病例少则个位数，多则几十例，截至2月11日，累计报告确诊病例260例，而这只不过是洪湖发热门诊在一天之内接待的患者人数。

差距悬殊的两组数字与积压的5000多份等待检测的样本有很大关系。随广东医疗队支援荆州的检测机构金域医学中南大区总经理李慧源对记者表示，金域医学到达（2月10日）前，当地已经积压了一定数量的标本。

确诊人数与发热门诊就医人数之间为何会出现巨大的"剪刀差"？

主要原因在于，大部分县级医疗机构没有条件检测。记者注意到，荆州市所有县级医院中，只有公安县人民医院一家是荆州市定点的5家核酸检测机构之一，洪湖属于"零检测资质"。

当基层医疗机构无法消化样本时，只能将其送到市级疾控中心。2月12日之前，洪湖没有核酸检测的能力和资质，洪湖市疾控中心员工蔡杰每天都要把检测样本送到荆州市疾控中心，一来一回至少5个小时。

但实际上，每天陡增的样本量早已把各地疾控中心压得不堪重负，即便是检测机器、实验人员连轴转，也难以覆盖检测缺口。

医学检验领域专业人士关理（化名）认为，病原学检测产能不足是影响武汉疫情早期防控的重要瓶颈之一。

他分析，1月26日，全国新增疑似及密切接触者共13,174人。以武汉市占80%推算，武汉待检测人员接近11,000人，是13家指定医疗卫生机构检测能力总和的近6倍，还是一测难求。

而在"优先武汉，优先一线"的背景下，湖北其他城市在面对激增的待检人数时，就更加力有不逮。"如果缺乏检测能力，不仅疑似病例不能排除或确诊，实际上已经符合条件出院的也不能出院。"广东支援湖北荆州医疗队总指挥，广东省卫生健康委党组副书记、副主任黄飞说，在这方面，湖北各县市比较薄弱。

新冠肺炎揭开的盖子

多位采访对象对《每日经济新闻》记者表示，通过这次疫情检验才发现，基层医学检测的软实力比硬实力更加薄弱。

"我们到洪湖之后发现，当地实验室的基础是有的，框架也在，但是能做核酸检测的工作人员只有一两个，没办法满足大规模的检测。"李慧源表示。

另一个薄弱的核心，在于人。

但从另一个角度看，基层地区的检测能力并非都不合格，只是还不足以应对如此严峻的突发事件考验。

在中国医药卫生文化协会实验诊断与社会化服务分会会长申子瑜看来，核酸检测能力不是县级医院的"标配"。他对《每日经济新闻》记者表示，基层医院主要是诊疗常见病和多发病，需要的检测技术有限，只有部分经济发达地区的县级医院具备PCR实验室的检测能力，多数县医院不具备这样的检测平台和技术。

"新冠肺炎是突发公共卫生事件，不是常见病和多发病，如果要求基层医疗机构的检测能力和三级医院一样，那它的检测能力与临床服务能力就不匹配了。"申子瑜指出，一个医院实验室的实验条件、设备都是按照它需要解决的临床诊疗问题去设置的，基层医疗机构的实验室检测能力不能按照三级医院或者突发公共卫生事件的要求去设置。

申子瑜指出，县医院的检测能力不是简单配置设备就能解决的问题，检验人才的技术能力建设需要花时间积累，但这恰好是基层医疗机构最薄弱的环节，基层医疗普遍缺少能够从事复杂检测的技术人员。

多只手堵住的洞

从"堰塞湖"到"存量清零"，基层检测能力在短时间内完成了一次拔节式成长。最终，按照"常规情况"设置检测能力的基层地区在外地医疗队和第三方检测机构的紧急支援下通过了这场大考。

首先是基层检测的硬件短板在疫情暴发后得到了较为及时的补充。

其次，在较为棘手的软件方面，外地医疗队和第三方检测机构起到了巨大作用。

在抵达洪湖的第一时间，黄飞就清楚，要把洪湖堆积的样本尽快解决，首先要把检测资格放到县一级的洪湖市人民医院，再推广到所有市县。"广东队"立即写报告给湖北省卫健委，得到批复后与当地医疗机构共同建立了新冠病毒核酸检测实验室，在24小时内为洪湖补上检测短板。

在广东医疗队的帮助下，洪湖市人民医院实验室已完成疑似患者和需要筛查的密切接触者的核酸筛查。3月12日，李慧源表示，积压的样本早已清零，从2月起展开的重点人群、重点区域筛查也已经完成，目前主要进行的是出院患者样本检测，每天的检测量在300份左右。

据了解，荆州地区的实验室在建立起相关的操作流程并实现文件化以后，在金域医学检测团队休息时，仍能自主实现每天300余份的检测量。"之前他们主要缺的是大通量医学检测流程的意识和理念，而这套模式只要建立起来，以后是可以一直沿用的，检测能力相当于留给了基层。"

申子瑜则认为，应将集团化、连锁化的第三方医检实验室纳入未来国家的疾病预防控制体系。突发公共卫生事件发生时，第三方医检机构可迅速集中资源开展大规模病原体检测，以弥补疾控中心和医院实验室检测能力的不足。

作为第三方检测机构的代表，李慧源也提出，在这次疫情后，将积极呼吁国家将第三方医学检验机构纳入公共卫生防控体系，"危急时第三方有现成的技术、人才和模式，可以很快地加入公共卫生紧急事件中去，事后也不会造成人员冗余和设备浪费"。

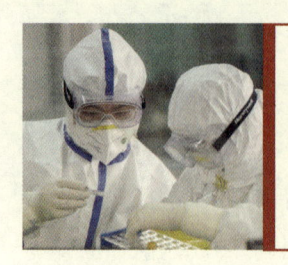

"政府认可比金钱重要"

第三方核酸检测：被忽视的"逆行者"

◎《南方周末》 2020年3月21日 马肃平

第三方医检机构平日接收样本只需和医院签订协议，但新冠肺炎疫情期间，所有样本必须由地市疾控部门统一分配。就近、产能和出具报告的及时性等是分配考量原则，"疾控没有明文规定必须送给哪家机构、送多少数量"。

在武汉，第三方医检机构核酸检测的结算方式尚未最终确定。

"我们现在不计成本地在做，政府和社会的认可比钱更重要。"

"真心希望再过一阵，湖北可以让我们没啥标本可做。"2020年3月6日，在朋友圈写下这段文字时，离春节已经过去了一个半月，但金域医学中南大区总经理李慧源仍会想起那段艰难的日子。

新冠肺炎病人和普通发热感冒人群无法区分确诊，奔波于医院和家之间，成为危险的传染源。检测试剂数量有限，检测仪器和实验人员超负荷运转。定点医院投入了全部检测力量，却依然无法覆盖检测缺口。很多人辗转各医院，到死也没有等来确诊的机会。

金域医学是独立于公立医疗机构之外、专门从事医学检验的第三方机构。武汉"封城"后的第六天，1月29日，李慧源带着试剂和防护用品，与实验室技术骨干，从长沙一路驱车赶到武汉，为新冠感染的早发现、早隔离、早治疗争取时间。

李慧源笑称自己属于"民兵"。在疫情最严重的湖北，提速核酸检测的是一支庞大的"民兵队伍"——包括武汉华大医学检验所有限公司（以下简称武汉华大）、武汉金域医学检验实验室（以下简称武汉金域医学）、武汉康圣达、武汉艾迪康等13家第三方医检机构。

与这支"民兵队伍"一起抗击新冠肺炎疫情的是"国家队"——截至目前，仅在湖北，就有18家疾控中心和66家公立医疗机构的检验科。

据《南方周末》记者粗略统计，2月22日前后，光是武汉华大和武汉金域医学两家第三方机构的日检测量，已占武汉市总量的近一半。最新数据显示，3月2日，武汉全市核酸检测超过2.1万人，武汉金域医学当日接收样本1.2万例，其中检测武汉市的样本5500多例。

"民兵集合起来也能打仗，这回我们打得还不错。"李慧源说。

"就算你有检测能力，没有政府授权也不能做"

"民兵队伍"成为疫情下核酸检测的主力之一，与检测权限下放有直接关联。

和日常验血验尿的生化法或免疫法不同，试剂盒用的是PCR分子诊断核酸检测法，并非所有医院检验科都能做，需要配备PCR实验室，操作人员也要有PCR上岗证。连锁的第三方医检机构大多具备这些资质，早期在武汉却使不上劲。

"就算你有检测能力，没有政府授权也不能做。"金域医学副总裁谢江涛解释，新冠病毒的核酸检测和日常检测不同，根据传染病防治法的规定，各级人民政府领导传染病防治工作，各级疾病预防控制机构承担传染病监测、疫情报告以及其他预防控制工作。

事实上，1月20日钟南山院士提醒病毒"肯定人传人"后，嗅觉敏锐的第三方医检机构就有所准备。1月25日以来，武汉金域医学将三千平方米的实验室在原有基础上进一步优化成符合核酸检测要求的核心实验室和辅助区域，全部用于应对新冠病毒的核酸检测，集团同时在全国范围内调集设备和人员。

1月27日，金域医学武汉实验室被纳入湖北省新冠病毒核酸检测的服务机构。

"军令"如山，"民兵"入列

2月2日，湖北省疫情防控指挥部下达任务书，要求各医疗检测机构立下"军令状"，最大限度挖掘检测潜能，2天内消化存量。"这在当时几乎是不可能完成的任务。"武汉市第七医院的一位医生分析，当时，湖北省人民医院检验科的日检测量最多可达1200份，已是三甲医院中的顶尖水平，普通医院单日检测量一般只有一两百例。

第三方医检最终进入决策层视野。2月3日，国务院总理李克强在中央应对新冠肺炎疫情工作领导小组会议上指出，要提高检测确诊能力，缩短检测时间，允许符合条件的第三方检测机构开展核酸检测。

2月5日，核酸检测机构扩充，金域医学的单日检测能力也提升到了五千例。

补齐基层检测短板

抗疫一个多月，谢江涛感觉到了政府对第三方医检机构的态度变化。

"他们会主动找你沟通产能，甚至来催你的检测报告。"2月底，武汉市特殊场所的疫情防控形势一度严峻，沌口经济技术开发区武汉金域医学的大院里，几乎每天都有相关部门领导现场"督战"，希望尽快看到检测结果。

值得注意的是，此次疫情中，第三方医检机构帮助基层补齐了检测能力的短板。

县级市洪湖曾是荆州疫情最重的地方。2月12日之前，洪湖没有核酸检测的能力和资质，洪湖市疾控中心员工蔡杰每天都要把检测样本送到荆州市疾控中心，一来一回至少5个小时，每天只能完成不到1000份的筛查量，约等于当地发热门诊一天的筛查量。

事实上，洪湖市人民医院有符合条件的实验室，只不过缺乏技术能力。2月12日，荆州指挥部迅速打报告到武汉，湖北省卫健委"特事特办"，当天就批复同意洪湖的核酸检测资格，广东医疗队联合金域医学全面进驻洪湖市人民医院。

"洪湖核酸检测第一天，我们就检测了500份标本，现在维持在每天1000（份），这在湖北省的三甲医院中都是比较高的水平。"李慧源说。此外，当地新发病例的确诊时间由平均8.8天缩短至0.9天。

第三方医检平时基本是"ToB"模式，从医院获取样本，由医院收取检测费用，再按一定折扣给到第三方医检机构。《南方周末》记者了解到，在武汉，第三方医检机构核酸检测的结算方式尚未最终确定。"我们现在不计成本地在做，政府和社会的认可比钱更重要。"谢江涛说。

当然，偶尔还会有小小的失落。3月5日，卫健系统表彰防疫工作的100个先进集体和500名先进个人，第三方医检机构鲜有人入选。国家卫健委统计口径中驰援湖北的4.26万名医护人员，也不包括这些"逆行者"。

纳入国家疾控体系，实现预警关口前移？

3月9日，中国医药卫生文化协会实验诊断与社会化服务分会会长申子瑜建议，将集团化、连锁化的第三方医检实验室纳入未来国家的疾病预防控制体系。突发公共卫生事件发生时，第三方医检机构可迅速集中资源开展大规模病原体检测，以弥补疾控中心和医院实验室检测能力的不足。

"第三方医检平时不需要国家财政预算支撑，可'平战结合'，这是最好的检测力量战略储备。"申子瑜说。同时，第三方可利用检验技术和遍布全国的服务网络，协助疾控部门将预警关口前移，在早期发现重大突发疫情。

目前，国内公立三甲医院一般能开展600—800项常规检测，第三方医检机构可达2600项。"说白了，第三方医检做的就是增量。"北京大学公共卫生学院硕士生导师傅虹桥解释，公立医院不愿做或做不了那些技术复杂、结果不稳定和样本量少的常规项目、基因检测等项目，给了第三方医检机构发挥的空间。

第三方医检机构的最大特点是以临床和疾病为导向，为各级医疗机构提供高效、集约经济的医检服务。比如一个可检测96人份的试剂盒，每盒一打开就需要96人的标本，如果医院只采集到了10人份的标本，分摊的成本就会升高。这些项目交给第三方检测，可以发挥集约效应，节省医疗支出。

"对医疗服务体系来说，第三方检测和医院并不是完全竞争的关系，而是补充和协同。"申子瑜说。

在傅虹桥看来，医保政策也限制了第三方医检机构融入公共卫生体系。目前，第三方医检机构提供的检验服务，很多还没被纳入医保报销。即便纳入，也先由医保结算给医院，医院再和第三方机构结算。如果未来实现医保局直接与第三方检验结算，将利好第三方实验室的发展。

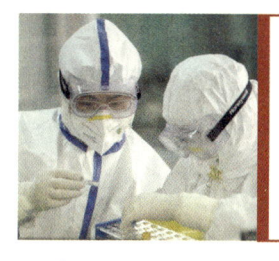

后疫情时代，第三方医疗机构如何发展？

业内人士建议：与体检项目相结合，助力早期筛查提高疾病治愈率

◎《南方日报》 2020年5月20日 黄锦辉

一场突如其来的疫情，让一个陌生的医学词汇迅速走红，它就是核酸检测。

在与新冠肺炎的对抗中，核酸检测报告是防控与救治的关键指标；在推进复工复产之际，它是人员流动的"安全通行证"。

是否想过一个问题：在巨大检测需求量背后，谁在为检测提供支撑？

从疫情防控攻坚战到现在的常态化，第三方医检机构凭借大规模核酸检测能力，成了医学界的"流量明星"。

日前，广州金域医学检验集团股份有限公司介绍，从1月25日正式"参战"以来，截至5月15日，集团已累计开展核酸检测超过500万例，日检测量可达15万例，可以说全球领先。

为全国抗疫贡献"广东力量"

在这一场战"疫"中，不管是中国新冠诊疗指南，还是美国FDA（美国食品药品监管局）及世卫组织发布

的文件，核酸检测都是新冠肺炎确诊的金标准。

核酸检测重要性不言而喻，各国纷纷扩大检测范围。来自英国卫生部和美国疾病控制和预防中心网站的数据显示，截至5月12日，英国拭子检测和血清学检测超过200万份，美国新冠病毒检测超过972万份。截至5月11日，广东完成的新冠病毒核酸检测量超过1041万份。

第三方医检机构成了核酸检测的主力。数据显示，美国排名前二的第三方医检机构Labcorp和Quest已分别累计开展核酸检测120万例（3月5日—5月4日）和170万例（3月9日—5月11日），5月份单日产能分别为7.5万例和5万例。

而在中国，第三方医检机构金域医学则已累计开展核酸检测超500万例（1月25日—5月15日），5月份单日产能为15万例，可以说全球最大。

疫情初期，面对高传染病性的新冠肺炎，一些地方核酸检测能力却严重不足。以武汉为例，1月27日官方称发热门诊就诊人数超过1.5万人，但直到1月30日，单日核酸检测能力仅有4000人份。

"一测难求"的局面下，国家卫健委果断引入第三方医检力量。

1月22日，国家卫健委办公厅发出《关于医疗机构开展新型冠状病毒核酸检测有关要求的通知》，明确"各省可以购买服务的方式，与具备条件的第三方检测机构合作开展检测"。2月4日，中央应对新型冠状病毒感染肺炎疫情工作领导小组会议再一次强调，允许符合条件的第三方检测机构开展核酸检测。

在武汉，在湖北，在全国各地，第三方医检为新冠感染的早发现、早隔离、早治疗争取时间。

疫情最严重时，金域医学承担着武汉雷神山医院，湖北省荆门、咸宁、天门和孝感等多个地区的新冠病毒初筛任务，并随广东医疗队支援荆州。在荆州洪湖，从抵达到开始检测，他们仅仅用了不到24小时，就扭转早期无法开展核酸检测的局面。

随着疫情的发展，各地检测需求不断变化，需求量不断增多。

2月，为找出疑似患者保障复工复产，大排查开展。广州金域医学参与广东"三个必查"，凭着强大的物流能力把粤东西北的任务担起来，安排检验人员三班

叁　业界之光　"病毒猎手"当之无愧

倒，仪器24小时不停机；

3月，境外疫情扩散蔓延，"守国门"防输入成重中之重。3月17日，上海金域医学受上海浦东新区新冠病毒防控指挥部委托开始负责浦东新区重点国家入境人员的核酸检测工作；

4月，陆续复学复课。4月12日，杭州金域医学迅速将单日产能提升至1万例，为师生安全上课保驾护航。战"疫"期间，核酸检测成了一张人员流动的"通行证"。

4月23日在京东上线旗舰店后，金域医学的核酸检测线上预约服务陆续在支付宝、百度健康、企鹅杏仁、美团等平台开通，已覆盖北京、上海、重庆、天津等15个城市。用户只需要线上预约，24小时内即可拿到检测报告。

这段时间，金域医学承担了武汉社区1.1万人血清流行病学调查的检测任务。

金域医学集团党委书记、董事长兼首席执行官梁耀铭介绍，截至5月17日，金域医学已根据政府部门的要求，在包括湖北、北京、上海、广东、黑龙江等全国28个省区市陆续获授权，开展核酸检测。

提升产能先优化流程

2003年"非典"暴发时，金域医学规模不大，无法承担更多责任，但如今，金域医学拥有覆盖全国90%以上人口的37家省级中心医学实验室，200多位专业PCR检验人员，以及深入基层一线的3000人医疗冷链物流团队，具备快速精准的核酸检测能力、深入一线的标本运输能力。

早在2018年，金域医学便在广州呼吸健康研究院专家团队的指导下，按照P2+实验室建设标准建设了"临床呼吸道病毒诊断与转化中心"。

据梁耀铭介绍，中心是全国领先的呼吸道病毒临床和实验室诊断的第三方精准检测平台。当时设立该中心的初衷之一，就是要在应对急性、突发性传染病时能发挥至关重要的作用。

因为具备这样的内功和未雨绸缪，当1月23日，梁耀铭参加完广东省科技厅和卫健委召开的新冠病毒防控联合攻关项目座谈会后，就紧急召集全集团管理人员：

专业报国 抗疫战场的"健康哨兵"

"有一场大仗要打!"

所有人准备就绪。金域医学呼吸道疾病学科带头人陈敬贤坐镇病毒诊断与转化中心;微生物学专家、金域医学副总裁任健康,大年三十从西安"逆行"广州;金域医学冷链物流事业部、金域达物流总经理刘为敏取消天津行程赶回广州;广州金域医学执行总经理马骥花了一天一夜的时间也从安徽老家回到了广州……一支超50人的"备战部队"首先在金域医学总部集结,更多的人员陆续到位。这支专业队伍召之即来,来之能战,在未知病毒面前,无所畏惧,冲锋在前。最终,金域医学投入到一线抗疫的人员就多达1800人。

物资调配运筹帷幄。防护物资缺一不可,金域医学的采购部门就找供应商、蹲工厂、找客户借,国内买不到,就全球采购,找欧洲供应商、中东供应商……物资"储备战"提前打响。哪里缺设备、缺耗材就全国调集。为开展"三个必查",上万个咽拭子耗材从金域医学全国各实验室一夜间汇集到广州总部。合肥金域医学缺设备,两台PCR仪就连夜从福州金域医学、青岛金域医学运到合肥。

要提升产能,首先就得优化流程。送达实验室的样本,从每天400份到2000份,再到1万,甚至3万……金域医学内部完全以创业的心态通宵达旦开会研究讨论,最终得出4台核酸提取仪、10台PCR扩增仪、6个人,三班倒,单日检测量可以达到1.1万至1.2万例的最佳组合。

2月4日,由钟南山院士亲自授牌,武汉金域医学正式挂牌"国家呼吸系统疾病临床医学研究中心病毒诊断研究武汉分中心",再为金域医学进一步提升病毒核酸检测能力和水平注入"强心剂"。

为了解决巨大的检测需求,金域医学果断行动,通过精准技术与成熟的物流标本运输体系,化解核酸检测存量,发挥了战"疫"力量。

与公卫体系互为补充

因为疫情,第三方检测机构成了医学界的"流量明星",广受关注,但在后疫情时代,第三方机构如何继续服务民生健康,实现更好的发展?

叁　业界之光　"病毒猎手"当之无愧

梁耀铭建议，一方面可将第三方检测纳入国家疾病预防控制体系，协助疾控部门将预警关口前移，在早期发现重大突发疫情；另一方面，将第三方检测服务与体检项目相结合，助力早期筛查，提高疾病治愈率。

"在疫情的大考中，第三方医检机构不断自我完善，探索了一些经验，得到了政府主管部门的认可，在社会上的受重视程度也提高了。关键时刻，社会化的第三方力量能打硬仗，成为现有公共卫生体系的有益补充。"梁耀铭表示。

中国医药卫生文化协会实验诊断与社会化服务分会会长申子瑜说，在突发重大公共卫生事件发生前，第三方检测机构可利用检验技术和遍布全国的服务网络，协助疾控部门将预警关口前移，在早期发现重大突发疫情。在突发公共卫生事件发生时，第三方医检机构可以弥补疾控中心和医院实验室检测能力的不足。

因此，他建议将集团化、连锁化的第三方医检实验室纳入未来国家的疾病预防控制体系。"第三方医检平时不需要国家财政预算支撑，可'平战结合'，这是最好的检测力量战略储备。"

第三方医学检测作用不止于此。作为医改的一股关键力量，它也能在日常补齐基层医疗机构的检测能力短板。

一直以来，由于建设成本较高，一些基层医疗机构没有配置检验科。梁耀铭认为，从卫生经济学角度考虑，基层医疗机构可考虑与第三方检测机构合作，迅速形成检测能力，让老百姓不出远门，即可享受高质量的检测服务。

疫情期间，金域医学就派出多股力量为全国多个地级市、县的医疗机构搭建或提高核酸检测能力。

这段时间，梁耀铭甚至还有了一个新想法：疫情过后，第三方医检可以通过整合好新一代信息技术，为老百姓健康预防做更多事情。

"这次疫情改变了很多人的健康检查习惯。今后，很多慢性病、体检项目，都可能会通过网上网下协同来实现。"梁耀铭畅想着，未来随着医学诊断技术的进步和互联网的发展，很多疾病，如肿瘤，可以通过验血检测代谢物来早期发现，以后老百姓甚至可以安坐家中让护士上门验血，有提示后再做B超、CT等项目进一步确诊。这不仅可以降低费用，还能实现早期预防。"我相信，这些很有可能变为现实。"

同类报道

《南方日报》A07版　《金域医学梁耀铭：与病毒赛跑，累计核酸检测近200万例》　2020年3月31日

《上海证券报》　《董事长专访 | 金域医学梁耀铭：做抗疫前线的"健康哨兵"》　2020年4月29日

《健康报》05版　《医药企业领导者两会大家谈　金域医学集团高级副总裁申子瑜：将第三方医学实验室纳入公卫体系》　2020年5月25日

《广州日报》11版　《践行中小企业能办大事　金域医学新型冠状病毒核酸检测700万例创全球之最　后疫情时代第三方医检将大有作为》　2020年6月3日

《南方日报》GC02版　《广州市人大代表梁耀铭：可将第三方医检纳入疾控体系》　2020年6月3日

附录

一线日记

2020年1月26日

妈妈，可以不走吗？

昨天，大年初一，我收到了公司的通知，我成为第一批前往广州总部参加培训抗疫人员之一。

今天，出门前，女儿抱着我的脖子说："妈妈，可以不走吗？妈妈，早点回来接悦悦……"

说实话，舍不得孩子，觉得很对不起两个宝宝。宝宝爸爸一边说："可以不去吗？大过年的，才陪了孩子两天。"一边无奈地开车送我到机场。我知道，他不希望我走，但是就像动员令上说的一样：重大疫情当前，吾辈义不容辞。

——贵州金域医学基因室　杨芸

专业报国 抗疫战场的"健康哨兵"

• 2020年1月27日

报名

1月24日除夕晚，我接到实验室通知，动员人员赴总部开始为期5天的三级安全防护和检测培训。我有PCR上岗证资质、荧光定量PCR检测经验、检验技师资质，应当冲在前面，没多想就报名了。到达广州第二天，我服从命令安排，立马进入培训和实操阶段，虽然今天行程很满，但整个人是精神的。

——上海金域医学病理技术员　李艳

• 2020年1月28日

搬入武汉公司宿舍

1月28日，我响应集团与公司领导的号召，收拾行李，辞别家人，搬入武汉公司宿舍，与历经艰难险阻赶到公司的领导和同事们一起为即将开始的检测工作做好充分的准备。由于时间紧张、物资紧缺，连续两天大家都是靠泡面解决一日三餐，每天都是从早上工作到深夜。虽然条件艰苦，工作繁忙，但是大家都在咬牙坚持，因为我们都知道我们所面对的是一场看不见硝烟的战争，为了保卫我们的家园和亲人，我们只能胜，不能败！

——武汉金域医学微生物室主管兼生物安全主管　熊勇泽

• 2020年1月29日

入市区真难!

在广州培训完后,我连夜赶回了郑州。但是没有想到,一路却是困难重重。郑州各个进入市区入口已经严格管控,我因为身份证户籍问题,到高速口就被劝返,禁止入市,拿着总部的培训证明,立马打电话给郑州金域医学的同事协调,几经周折终于在凌晨时分获放行进入市内。说真的,疫情面前,抗疫,连进个市区都很不容易。

——郑州金域医学物流部区域主管　王定邦

• 2020年1月30日

对我的工作肃然起敬

经过三天的生物安全培训,今天我申请进入新冠病毒实验室进行实操,戴上N95口罩、护目镜、双层手套,穿上防护服,带着医务工作者的使命感进入实验室。广州金域医学呼吸病毒诊断与转化中心冯力敏前辈给我们讲述实验中的关键要点,看着小伙伴操作实验,并在心里默念自己如何操作。一个小时、两个小时……六个小时过去了,为了节约防护装备,大家都是等实验全部结束后才走出实验室。这一刻我意识到这场战斗很不容易,我对这份从前习以为常的医学检验工作肃然起敬。

——长沙金域医学实验室诊断部临床基因室检验技术员　刘静怡

专业 报国 | 抗疫战场的"健康哨兵"

· 2020年2月1日

从7楼到4楼的距离

今天迎来了新冠检测标本第一次的高峰，接到实验室通知须支援7楼前处理组。我与科室邓伟杰赶到707室，到达安排的工作岗位，将灭活的标本从7楼运输到4楼检测组传递窗内。这天我不断地往返于7楼与4楼之间，一直工作到凌晨，护目镜和N95口罩在脸上留下了勒痕。

——广州金域医学实验诊断部辅助技术组主管 黄程

· 2020年2月3日

坚持！不能晕倒！

检测时需要三级防护，会感到特别难受，甚至有两次差点晕在实验室。每次难受的时候都要提醒自己，坚持下去，很快就可以完成任务了。今天又感觉有点难受了。闷在防护服里面，我想着出去休息一下，结果衣服没有脱完就吐了。尽管这样，我还是不会退缩，这是我的人生里刻骨铭心的一段时光，也是很有意义的一件事。

——广西金域医学实验诊断部检验技术员 覃少达

防护服

• 2020年2月4日

现在最缺的是防护服了。前天公司好不容易从省指挥部弄来50套防护服，但都比较小，稍微弯下腰或动作大一点就撑破了。昨天一个实验室员工操作完毕脱防护服时，才发现防护服破了，惶恐得哭了。没有人再敢穿这样的防护服，这也是大家对未知的生物安全风险的莫名恐惧吧。没有防护服，实验室开不了工，影响可不是一丁点。好在总部非常给力，说让今天援汉的员工直接带50套防护服过来救急。大家翘首以盼，不断地与路途中的援汉员工联系，那种紧张而焦急的心情是难以言表的。

——集团实验室管理中心高级总监　陈建波

忐忑的电话

• 2020年2月4日

为了充实中心的检测能力，按照武汉市政府的要求尽快提升检验产能，我再一次向组织主动请缨到武汉第一线参与检测任务，为湖北省疫情防控工作贡献自己微薄的力量。此时，公司要求我再给父母打一个电话征得他们的同意，我心里很忐忑，因为我知道母亲一直抱病，我又是家里独子，他们在这个时候对我会更加挂念，也更加需要我陪在他们身边。但结果和我想的一样，父母非常支持我的决定，然而此时此刻的我反而更加难受，因为我知道在他们支持的背后，是一颗时时牵挂的心，是一种无法报答的恩。

——吉林金域医学基因室检验技术员　任建航

> 2020年2月4日

计划赶不上变化

　　长沙子公司已顺利通过验收，准备开展病毒核酸检测，跟排班的老师沟通后，我完成今天上午的班就从广州回长沙。但计划赶不上变化，同组的伙伴没有到齐，我带着两个临时调配过来的小伙伴进了实验室，由于两位小伙伴不熟练，我们在下午1点30分左右才结束了制备区的工作。出来简单吃了一点东西，我进入扩增区准备分析结果，直到下午5点才交接完毕。匆忙赶路，高铁和地铁的周转，回到长沙的住处已是晚上11点。忙碌的一天结束了，接下来希望我能为长沙子公司的战"疫"奉献我的力量。

——长沙金域医学实验室诊断部临床基因室检验技术员　林小乔

> 2020年2月5日

第一次到武汉

　　这是我第一次来武汉，相信也是最难忘的一次。就在刚才，看到公司群里各位领导和伙伴都在为我点赞，给我鼓励和关心，这一刻，我深深地感觉到我不是一个人在战斗，我的背后有济南金域医学这个大家庭，有整个金域医学集团。

　　关于疫情，就像中华民族经历过的其他灾难一样，这一次也一定会取得胜利，这一点我始终坚信。目前武汉的病毒检测能力急需提高，将普通发热病人和新冠病毒感染者区分出来是急需解决的问题。因此，我们来了。金域医学集团的领导和伙伴也给予了我们最好的后勤保障。感谢所有的伙伴，谢谢你们的支持和关心，我们一定能打赢这场抗疫攻坚战！

——济南金域医学常规PCR室授权签字人　张守都

"爸爸,我们等你凯旋"

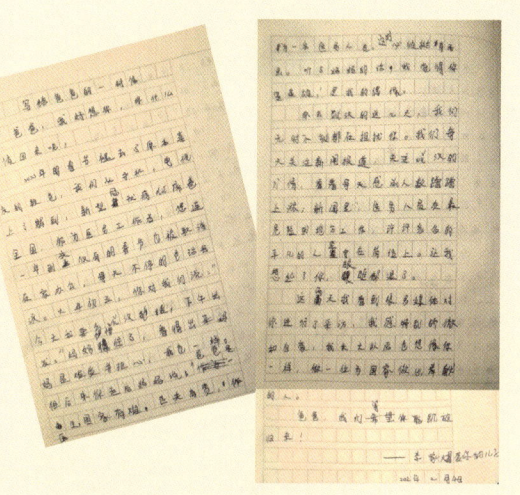

李慧源儿子《写给爸爸的一封信》

2020年2月5日

过几天武汉雷神山医院就要正式交付使用了,我和根石正在积极争取,希望承担起雷神山医院核酸检测任务。我们很有信心,目前实验室日检测能力已达到5000例,流程方案还在不断优化中。可期!预计日检测产能马上可翻倍。

前线战斗进入第8天,明显感觉到伙伴们疲惫了,包括我自己也觉得身体和精神是在咬着牙坚持,开始考虑安排适当的休整和心理辅导。因为更大的考验在后头。

心有灵犀!今天下午,我接受了一次疗愈效果极好的心理辅导——儿子给我写了一封"表白信"。稚嫩的字迹,混合着拼音和涂改错别字,可爱又感人。刚看到第一句我就眼睛泛热,爸爸也很想你们。

但当我看到他们写到,看到很多媒体对我进行了采访,为我感到特别的骄傲和自豪,希望自己以后也能成为能为国家作出贡献的人。这一针"鸡血",让我充满了力量。

"爸爸,我们等你凯旋"也成了我继续奋战前线的无限动力和能量续航。

——金域医学中南大区总经理 李慧源

专业 报国 | 抗疫战场的"健康哨兵"

・2020年2月6日

南下返黔，支援故乡

没有想到，有一天我可以为自己的家乡献上绵薄之力。毕节当地的筛查任务很重，今天，我和特地从广州飞过来的副总裁任健康一同，赶赴毕节。我们考察了当地的医院，有针对性地提出了实验室改造、产能提升的方案，上报给卫健委，然后和医院检验科主任协商了具体工作后，就立马投入实验室工作。我们一定可以按时保质保量完成任务。

——贵州金域医学基因室技术主管　苏蒙

・2020年2月6日

战斗吧

西安实验室的标本正在飞速增加，因为交通管制，我们的人手严重不足。大家都是白班夜班轮着上，现在就只想倒头就睡。我们完全靠肾上腺素在撑着。尽管如此，我们每天还是信心满满，顶着满脸的勒痕和穿着被汗浸湿的衣裳，坚持战斗，防护安全和质量控制丝毫不放松。

——西安金域医学基因室检验技术员　晋盼盼

● 2020年2月6日

又是马不停蹄的一天

早上8点我和凌颖分为一组准备去定点医院收取标本。在去定点医院的路上，我的心跳也跟车速一样飞快。虽然平时也每天都到医院收取标本，但这次面对的是新冠病毒，我还是特别紧张。第一家医院收完设好标本箱上的温度计，标本装箱反复检查并消毒完毕，还有3家医院。为了保证这批标本在上午10点能到达实验室，我和凌颖又马不停蹄赶往下一家医院。上午交接完标本感觉实际操作流程中有些环节比较混乱，我和凌颖对收取流程又做了明确的分工，比如：谁负责在客户手中接取标本，谁负责相关资料填写，谁负责消毒，等等，下午再收取标本时操作流程变得井然有序。在顺利完成下午标本收取开车回公司的路上，车胎突然被钉子扎破了。原以为赶紧换上备胎就能解决问题，可谁知备胎拿出来后发现也没有气，这下可把我难住了。于是我赶紧给负责车辆管理的江主管打电话汇报，20多分钟后江主管赶到。一下车就对我们说："你们赶紧用我这个车把标本送回去，这里交给我。"我当时心中感激不已，赶紧把标本箱换到车上送回了公司。交接之后我们对标本收取做了复盘总结。不知不觉已到晚上9点，我们这才感觉到饥肠辘辘，还好公司为我们准备速食餐和补充能量的牛奶和甜点。我赶紧泡了两桶泡面，边吃边跟凌颖说："一会还要去收一次标本，时间比较紧，抓紧时间吃。"她也不多说朝我点点头赶紧吃起来，虽然她是女生但是从她坚定的眼神中，我看到了她巾帼不让须眉的勇敢和担当。

晚上由于标本量大，为了确保标本记录完整，标本数量准确，我们在医院跟医生交接确认了很长时间，最后一批标本全部安全到达实验室已是凌晨3点。终于完成了第一天的标本收取任务，由于精神高度集中下班后非常疲惫，但是想着在疫情暴发的当下，能尽自己所能为抗疫增加一分力量又无比自豪。

——重庆金域医学物流部区域主管　唐良伟

•2020年2月10日

做梦都在做检测

我们每天穿戴防护服、口罩、护目镜等三级防护用具后很闷热，感觉呼吸不畅，在提取时因实验室内为负压环境，更容易缺氧。标本量多时，工作总是到深夜，为了节约防护用具，总是挤着时间尽量多做一些标本出来，几次头晕眼花、恶心、冒冷汗全身湿透。今天坚持不住，就差最后一板的时候，还是晕倒了。

休息的时候我就想，如果能够坚持到做完最后一板再晕就好了。这样子后面的同事就不用再干我的这一份了。现在每天都高度集中注意力、精神紧绷地工作，连做梦都是在做核酸检测。

——广西金域医学实验室诊断部检验技术员　周世新

•2020年2月10日

兄弟，我来了！

由于武汉"封城"，只能从广州一路北上中转长沙，再搭乘长沙金域医学支援武汉的物资车才能到达武汉，一路急行5小时后我们抵达武汉西高速路口，记得很清楚文聘大哥说："平安送你到达武汉，希望几月以后接你回来，做好防护！"其实这一路上遇到伙伴们，大家都会叮嘱一句："兄弟，保护好自己，平安回来！"一句平安，一份感动，一句加油，就是一股力量。傍晚的江城，初次相遇，干净、细腻、幽静。刚到武汉子公司，武汉的伙伴，立马用大锅饭来招待我，饭后就立即扎进新冠核酸检测的队伍中，晚些时候检测结束后，才知道我们临时组建的小组来自五湖四海（济南"台柱子"、吉林"扛把子"、青海"小学生"）。突兀的阳性率，让我已经忘记了害怕，反而更觉得时间宝贵。早发现、早隔离，这不是一句口号，这是在跟死神抢人。

——青海金域医学实验室技术主管　胡永佳

附 录

· 2020年2月10日

任务

今天跑了不知道多少公里的路运送标本了，能吃到热腾腾的泡面就已经知足了。随着国家认可并允许第三方检验机构进行核酸检测，公司也第一时间承接了亳州地区的新冠核酸的检测任务。此时，疫情的严重已经超乎我想象，而且对于新冠，我们也不再陌生。作为物流部的一员，许多和我一样的同事，面对即将承接新冠运输的任务，没有退缩，也没有害怕，而是遗憾因未能有机会参与一线抗疫工作。

——合肥金域医学物流部区域主管　侯彬

· 2020年2月13日

援荆

刚到洪湖的时候，由于缺乏标准的检测实验室，不能及时地进行核酸检测成为当地疫情防控的最大难点，标本大量堆积、许多疑似病例无法确诊，一到战地就感受到当地疫情形势的严峻。从昨天到今天，我们都在绞尽脑汁改造实验室，让其成为可以开展检测的标准的检测实验室，今天，这个实验室终于达标可以用了，不枉费我们熬夜，把实验室改造好。接下来就真的要开始一场硬仗了。

——昆明金域医学实验室诊断部基因室　赵兴邓

专业报国 | 抗疫战场的"健康哨兵"

• 2020年2月13日

雷神山报到

今天，我正式在雷神山医院检验科报到并立刻投入检验科的工作。因检验科人员组成复杂，分别来自6个不同的单位，人员的专业背景、工作经历各不相同，有很多同事以前从来没有接触过现场的仪器，也没有穿过防护服，实验室里面的各种物资摆放杂乱无章，新装的仪器上、桌面上都是厚厚的灰尘，很多人员的职责与工作流程都是不清不楚，为了使检验科能尽快正式开展检测工作，我们加班加点，任劳任怨，利用在金域医学合作共建部新建各个检验中心的工作经验，快速地安排人员整理各项物资，将金域医学的6S复制到雷神山检验科，梳理各个检测环节的流程，确保环节不出差错，根据各个人员的专业背景与工作经历，设立工作岗位，安排所有人员培训仪器操作、梳理各个岗位人员的工作职责……一切的一切都是为了尽快使检验科正式运营。好在类似的工作，我在金域医学已经做了5年，做起来心中有数，毫无压力！

——广州金域医学金沙洲实验室技术总监　张玲

· 2020年2月18日

有爱的检验科

　　经过两天穿着隔离衣前期准备的普通穿戴，到了第三天，我们因为正式接收确诊患者而科室的整个画风突变，全副武装，全部人都开始严格要求自己和对方。来自6家不同单位的17名工作人员团队之间相互叮咛，相互帮助，相互检查。眼罩会起雾水，儿童医院的李老师亲自示范如何用洗手液解决这个问题；全副武装后大家都认不出你我他，中医院的老师帅气地帮我们一一提笔标注；第一天上班，时而大脑会对系统和仪器暂时短路，年轻帅气的三院毛老师和中南王老师随呼随到，"手到病除"，跑遍整个全场……我们虽然有分岗，但都是哪里活多就聚集哪里一起分担。

　　　　　　　　　　　　——广州金域医学特检诊断支持代表　陈丹

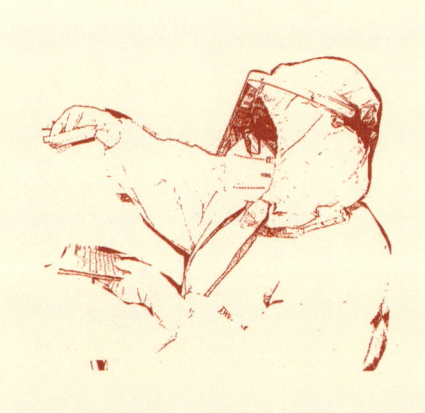

专业报国 抗疫战场的"健康哨兵"

• 2020年2月18日

到达武汉

今天，我在到达武汉站的时候，哭了。一直强忍着的泪水终于止不住。使命所在性命相托，一定要不辱使命不负所托才是，完成任务是使命，平安凯旋更是使命！

疫情在继续，抗"疫"仍在继续，我所做的这一切，就是为尽早打败病毒尽自己的一份力，恢复我们美丽的家园，有公司、身边这些可爱的同事及坚强的家属作后盾，相信我的"逆行"，能换来更加美好的明天。我不知道等待我的是什么样的状况，什么样的环境，什么样的工作强度，一切都是未知。但无论怎样，武汉，我来了。我相信，不管遇到什么样的困难肯定都能克服，无畏者胜。

——呼和浩特金域医学基因室检验技术员　范永亮

• 2020年2月18日

我不能害怕

清晨8点30分，往年这个时候的市中心早已经是车水马龙。而今年的南昌城因为疫情还沉浸在静谧之中，空荡荡的八一广场人迹罕至。大多数人应该正在温度适宜的空调房中酣睡，但有一个地方，基本根本没有平静可言，那就是江西省儿童医院，这里似乎每天人头攒动。医院规定所有发热的儿童只有先采集核酸样本送金域医学检测为阴性的才能办理入院诊治。

今天是我第一次来发热门诊收取标本，说实话我们也很忐忑，害怕被传染被隔离。但是看到那么多渴望的眼神期待地看着我们。那种恐惧感又渐渐散去，不惜代价尽最大努力30分钟内要把标本送到金域医学实验室，在下午5点医生下班前发出报告单。

——江西金域医学物流部　陈考究

附 录

· 2020年2月20日

疫情早点结束吧

经过了几天的适应后,迎来了第一次的大批量标本检测,从15号开始,连续六天我们要帮助洪湖市检测所有的新冠核酸样本,我们每天都是从中午十二点开始到凌晨一两点结束,回到宾馆休息基本上都在三点以后,因为每次回去都要进行一番洗漱才敢爬床上睡觉。每天除了做实验就是睡觉,没有一点多余的时间想别的。这一周每天穿防护服的时间至少8小时,真的很害怕穿防护服。希望疫情早点结束。

——黑龙江金域医学　马丽娜

· 2020年2月20日

红烧肉

今天的午餐有惊喜:红烧肉,这是真正的硬菜。像久旱逢甘霖,大家吃得非常开心,纷纷夸奖朱姐的手艺不错。确实,疫情期间餐馆关门,外卖停业,为解决几十号人的吃饭问题,武汉公司找了一间厨房,每天安排人员自己做饭。但物资采购又遇到困难,超市只在有限的时间开门,而且限人流。总部领导也托人带来广东香肠,但也只解了一时之需。很长一段时间,大家碗里的菜就是蔬菜肉片、青椒鸡蛋之类,大鱼大荤的情况比较少见。长沙的一家国企,听闻我们的处境后,主动给我们每周送来一头猪,这才真正从根本上给大家解了馋。

——集团实验室管理中心高级总监　陈建波

专业报国 | 抗疫战场的"健康哨兵"

● 2020年2月27日

第一次独立值夜班

这是我来到雷神山的第四天,也是来到这里之后最紧张的一天。经过3天的早班和中班的学习,今天我第一次独立值夜班,内心的不安可想而知。我知道,领导是认可了我的能力,我内心也知道我能够完成独立值夜班,可是这毕竟是第一次,由于对各台仪器以及医院的工作流程还不是特别熟悉,害怕出现一些特殊状况无法处理。于是我白天及时向身边的小姐姐请教夜班需要处理的事情和注意事项,并铭记于心。傍晚得知夜班临检组和生化组各放一人值班,内心的不安减少了一些。

晚上8点,我优先检测急诊标本,由于负压环境再加上穿着厚厚的防护服无法长时间工作,我们两人轮着进舱,一人负责接电话。今天还恰巧赶上仪器维修,新仪器装机,我们快凌晨1点才结束检测任务。2小时后,再次进舱查看是否有标本送来,一整夜几乎没有休息,早上8点30分才回到宿舍休息,可是我很兴奋,因为我顺利地完成了第一个夜班。

——吉林金域医学生化发光室技术主管 肖含

附　录

· 2020年3月1日

特殊的"战友"

县公安局局长亲自守候在公司大堂里，劝也劝不走，这在武汉金域医学历史上还是头一遭。公安局局长亲自押车，晚上护送一批新冠核酸标本到达公司，要求第二天早上出结果。这些天正是实验室工作最繁忙的时候，人手异常紧张，许多员工连续多天没有休息，如果这批标本临时插队，则意味着又得安排人加班了。当实验室经理面露难色时，公安局局长都快哭了，说他的使命是必须拿到结果，为表诚意他会晚上一直在大堂等候。我们最后请他在公司总经理办公室待了一个多小时。又是一个不眠之夜，这次多了一位公安局局长的共同陪伴。

——集团实验室管理中心高级总监　陈建波

· 2020年3月17日

汗水

今天是参加新冠肺炎疫情核酸检测工作以来最繁忙的一天。因为标本量在不断增加，每个班次都要加班一个小时，大家都没有休息，不脱防护服。等到脱下来的时候，后背已经被汗液浸湿，脸也被N95口罩勒出一道道的红印子，双手因为长时间戴着手套被汗水浸泡变得发白。

灭活的实验室都是60℃的水浴箱和烤箱里进行。通常工作不到半小时，我的护目镜就开始起雾，渐渐的，呼吸也变得困难，只能变换姿势让自己看清楚东西。下了夜班，回到宿舍，看到同事们放在桌上的宵夜，心里都感慨万千。即便很累，我还是很自豪自己能够在这场战"疫"中贡献自己的力量。

——天津金域医学实验诊断部　张洁

专业报国 抗疫战场的"健康哨兵"

•2020年3月18日

机场开工

经过前一天的现场演练，今天正式进入工作状态，主要负责：样本信息的核对、条码粘贴是否正确、耗材及时补充、监督样本到点运输、现场流程优化、上级新指示的快速落实到位等。由于工作内容极度饱和，标本量也较大，小伙伴们从早上8点到位穿防护服后，一直到晚上8点才脱下。主要也是因为机场的高风险性，每穿脱一次也会增加被感染的概率，大家都是12小时不吃不喝不尿尿，护目镜的压迫致使鼻梁骨处皮肤破损……整天的疲惫并没有让小伙伴们有一丝丝退后的想法，反而因为使命感更加地愿意去坚持。

——北京金域医学三级医院部经理　陈莉健

•2020年3月30日

复工体检

院子里排了两个长队，那是来进行企业复工体检的人群。一条队伍是采集血液样本，另一条队伍是采集咽拭子样本，现场秩序有条不紊。小陈穿着笨重的防护服，负责采集咽拭子样本，取样、放入专用保存液、密封、消毒，一连串动作已操作非常娴熟，1分钟不到就完成了1个人的全套采样操作。这些天复工体检的需求越来越多，武汉公司除了派采样队伍到各个企事业单位上门采样外，还安排了附近及零散客户到公司采样。好在公司有一个大的空旷的操场，正好用作新冠开放式采样的场所。企业复工关系国计民生，这场抗疫战也进入到新的阶段，我们适时地转战到新的战场。从全国及全球形势来看，这场抗疫战还将持续相当长一段时间。我们也将坚持疫情防控工作"不松懈、不厌战、不麻痹"的思想，打好持久战，直至最后取得抗疫战的全面胜利。

——集团实验室管理中心高级总监　陈建波

附 录

· 2020年4月1日

最美日出

  4月1日，离武汉解封还有七天，而距我来汉已经过去23天了。我像往常一样，把复查样本编好模板，用QS5上了机。就在下三楼的台阶上，透过窗子，我看到了日出！是的，武汉倒春寒后的第一个日出！我欣喜若狂地跑上楼顶，看到东方徐徐升起的旦日，咸蛋黄儿似的明亮，莫名的激动。我看过很多地方的日出，海上日出，云海日出，但都没有这一次的日出，让我如此的百感交集！或许是因为日见好转的疫情吧，才有了"偷得浮生半日闲"的时间。

  分析完结果，我就下班了。走在回酒店的路上，我发现武汉的鸟儿特别多，这里常见的是灰蓝色长尾巴黑脑袋的鸟儿，很漂亮，见了生人也不害怕，自顾自地梳理着毛发。还有全身乌黑，黄色喙的鸟儿，虽然我也不认识，但我对它可有印象，凌晨4点的街头，你准能听到它那嘹亮的叫声，还带回音。

  酒店门口，有一棵一人合抱的大树，树上有一个喜鹊的窝，还有一只喜鹊从里面向外探了探头，叫了两声。我想着："这下，春天是真的来了吧！"

——四川金域医学办公室质量监督员 董静

专业报国 | 抗疫战场的"健康哨兵"

·2020年7月17日

火速驰援乌鲁木齐

夜幕降临,路上的车辆川流不息,急促电话中传来"乌鲁木齐从0点起社区封闭管理,务必在封闭前回到公司。"

没想到相隔几小时,道路上就变得空荡。部分伙伴因交通停运滞留在家,我放下行李,又一一去接他们,全部人开始乱中有序地安排宿舍,生活物资的采购、餐食的准备……

供应商因无法配送,一趟、两趟、三趟……到深夜两三点,公司的大力士、女强人依然不停地折返公司与供应商之间,去取回所需的耗材物资、被褥、洗漱用品、高低床、办公用品、早餐食材等等,为大家全身心地投入一线中垒砌坚强的后盾。万事俱备,等待不远万里从各子公司过来的60多名救兵集结,马上开战。

——新疆金域人力行政部　吕爱玲

附 录

• 2020年7月22日

抵乌鲁木齐就开干6小时

武汉的战"疫"刚结束，新疆疫情却悄悄蔓延了，更没想到命令来得如此突然。当接到公司的电话"驰援乌鲁木齐，有没有困难？"时，我脱口而出"没有困难！"随着新疆确诊病例不断增加，我内心早已就像小区院子里宣传的海报写的一样——时刻准备战斗！

火速把手头的工作安排好，20日我赶往乌鲁木齐已是晚上8点。坦白说，直到亲眼见到小伙伴们都做好三级防护，我才真切感知到疫情的严重性，二话不说就穿上一样的战袍一干就干到凌晨4点，接着今天继续上凌晨0点到早上8点的大夜班。在战场，时刻准备的心终于有着落了，甚至酣畅淋漓。

——新疆金域医学物流部　谢小琼

"入村下海"收样本又破纪录

·2020年7月25日

三天前大连新增本土确诊一例，我放松的心又紧绷了起来，大连是全国第二个进行全民筛查核酸的城市，第一个是武汉。我们公司受大连市政府委托，到市内的各个街道的防控点接收标本的任务，昨天早上我带着满满当当的家伙（采样耗材、防护装备、登记表、条码卷等等）抵达大连。

第一站去船舶集团现场采样及收取，带来的耗材立马就派上了用场，手没歇过，半天不到收了4000余例，突破了自己白天接收样本的数量记录。

晚上8点，又紧急奔赴重灾区大连湾街道的村子收取高风险样本，工作比白天混乱得多。跟街道重新协商收取及登记流程，凌晨，终于开始接收标本，一晚上就采集了3000多例标本，又破了我夜晚的纪录。

刚刚我挤出时间坐下来吃两天来的第一顿饭，30分钟前结束了海岛上的5000例采集和接收。好吧！记录又打破了！还有高新、沙河口、西岗、瓦房店等地区的标本等我们，革命仍需努力！

来时万事俱备，唯独忘记把孩子的痱子粉抢过来。防护服捂得严实，竟然得了痱子。心心念念的减肥大业估计也可顺理成章完成了。

——沈阳金域医学物流部　陈萍

2020年7月28日

从37℃的乌鲁木齐到更热的喀什

今天,我们又登上了自治区疫情防控指挥部前往喀什支援的包机。喀什更炎热、更艰辛,汗水来得更猛烈。望着夜光里赶送标本的工作人员——他们有的是老师,有的是社区干部,有的是志愿者,大多数为了送标本,从几百公里赶过来,一天不吃不喝,劳累不堪。我突然一时兴起,扯开我那五音不全的嗓门唱起来:轻轻敲醒沉睡的心灵,慢慢张开你的眼睛……让我们期待明天会更好!于是所有人都跟着合了起来。那一刻,泪水模糊了我的双眼,大家都知道,这就是中国力量!

——新疆金域医学物流部 谢小琼

专业报国 | 抗疫战场的"健康哨兵"

· 2020年8月27日

香港特别群组筛查

今天是正式进入香港特别群组筛查的第三天,由于此次筛查任务的安排时间非常紧迫,预先留给我们和警署沟通的时间只有短短几个小时。一开始前两天并不顺利,前一天晚上团队的每一个人都是彻夜难眠,需要重新审视整个采样流程。工作就在一个不眠的夜晚,叠加着香港早上4点的太阳开始了。

8点准时开始采样,我们改进的流程非常合理,采样区和等候区用屏风分割,进采样区只有一个入口,出来也只有一个出口。一名助理在入口控制人流和指引等候人员,而出口处则安排另外一名助理负责收取和核对样本,过程中不许逆流,这也确保了每人一个样本交到我们手上不会出现差错。为了保护个人隐私,这次筛查除了采样瓶上的唯一条码以外,我们不设置任何其他识别资讯。警署方安排了两位警官,一位手动记录条码和警队编号,另外一位用电脑再登记一次电子版,两边即时对照样本数量,力争做到万无一失。

——香港金域医学业务和市场部 罗春贺

一起在香港抗疫路上

● 2020年8月31日

七天的特定群组筛查终于圆满完成。这七天，大家平均每天睡眠不超过4小时，可谓经历了各种坎坷。

今晚我最迟回到公司清点交接标本。到办公室时，其他10个采样点的伙伴都在等我开阶段性总结会。

我刚坐下，女儿的微信视频响起，我挂了，怕一个大男人在各位伙伴面前出洋相。视频还是再次打来。

"爸爸你什么时候回来啊？怎么还不回来阿？病毒被你打败了吗？你是不是很忙很辛苦啊？"我跟她说，我在忙，在开会，匆匆就挂了。

过年紧急出征武汉雷神山医院，如今因为香港疫情，没能参加她主持的幼儿园毕业典礼。明天是她小学第一天，我也不能送她，因为明天也是大筛查的第一天。小家庭的事情暂且放下。

无论在雷神山，还是到香港，我都告诉自己：一切听从领导安排，不用多想，拼命干就是！再苦再累，幸好有过支援雷神山的经历，让我可以有条不紊地梳理实验室管理流程，也更能扛压，跟香港金域医学同事合作无间。但当我在会上做总结时，越说越是哽咽，想起严婷总奔赴采样点帮忙录入信息的身影，想起杨万丰总每天站超过12小时做引导员，腰疼到极点找个角落就地躺下的样子……眼泪忍不住地往下掉，两位金域医学大哥大姐带着我们，一起在香港抗疫路上无惧艰难前进。

我们坚信党和国家的领导，坚信香港会好起来。

我相信明天的全民大筛查，我们会做得更好。

——广州金域医学呼吸病毒诊断与转化中心授权签字人、曾支援武汉雷神山医院检验科　李妙知

专业报国 | 抗疫战场的"健康哨兵"

• 2020年10月12日

三天！900万！

我市新增三例无症状感染者！

刘超广总预言可能要全民筛查，果不其然昨天便接到通知。

三天！900万！

金域人并没有表现出太多的慌张，而是有条不紊地排兵布阵，很快成立并明确各个小组的任务，耗材不够？调！仪器不够？借！地方不够？扩！

直到今天凌晨，仍有医院及社区络绎不绝来领耗材、送标本，崂山区有关领导来视察工作，对我们的应急机制表示极高的赞许。

同时，集团的耗材、仪器以及物流、实验室、灭活、IT等部门的同事，都像"瞬间转移"一样，从全国赶到青岛！来者都是精英选手，全是主管级以上员工。最让人感动的是来自北京金域医学的同事，连人带货，坐着货拉拉就连夜赶来了。我仿佛听见他们在说，海蛎子加油，青岛啤酒挺住！

预计今天标本量会猛增，一切都已准备就绪。

——青岛金域医学物流部　王绍梅

● 2020年10月12日

"您好，我们是来换班的"

昨晚，从石家庄过来的我们8人刚到达青岛就投入战斗。我很快穿完防护服走到检测实验室门口，然而上一班岗的同事们还没有察觉，正不容干扰地专注手上的实验。

"您好，我们是来换班的。"

这才让他们从那忙碌的氛围中慢下来看向我们，我开始了"大夜班之旅"。

刚开始状态所向披靡，但到了凌晨4点，口罩带来的憋闷感和因口罩原因耳朵被勒的疼痛感与困意糅杂在一起，有点难熬。可大家都没有因为疲惫而放慢速度，依然在努力地进行着手里的工作，样本的运送也没有因为到了凌晨而停止。

不禁想起，坐出租车去往青岛金域医学的路上，司机问："怎么在这个时候来青岛旅游？"我们说来这边工作，司机反问道："不会是来支援核酸检测的吧？"我愕然地点头，司机激动地说了声——谢谢你们，你们辛苦啦。有点受宠若惊，其实我们只是做了分内的事。

——石家庄金域医学支援青岛检测组　吴帆

专业报国 抗疫战场的"健康哨兵"

· 2020年10月14日

三日雷霆大筛查

时维国庆，波澜之初。突现阳性，全员检测。十有其七，任降金域。我司众人，加班赶点。历时三日，彻底完工！吾辈感叹：是为雷霆！

三日雷霆，当属今日最为凶猛，是大筛查最后一天。应上级要求，当天下午5点之前检测完所有的标本，我们提前两小时完成任务。50—60万人的样本，三言两语，描述不了此等壮举，但是金域人团结一致、坚韧不拔的精神，可谓云霄万里，浩气展虹霓。

——青岛金域医学免疫室　王黎明

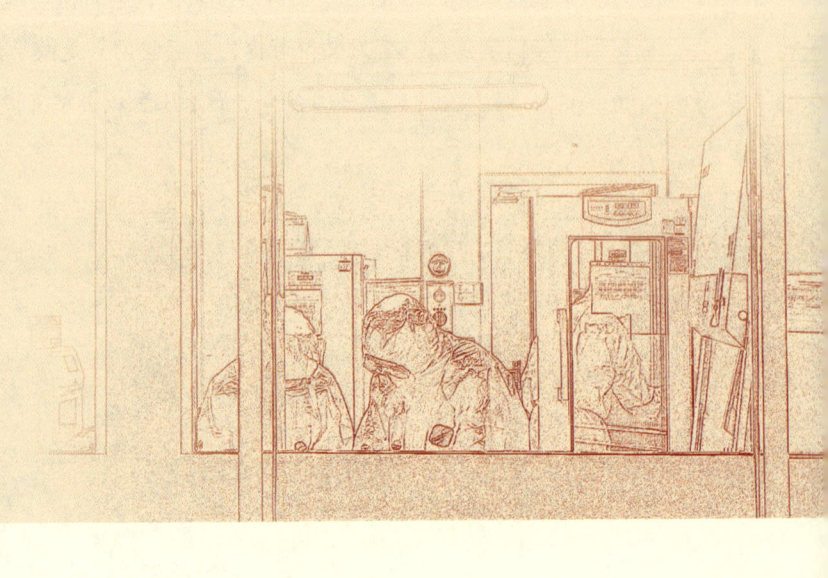

感谢信

"为打赢这场疫情防控阻击战提供强有力的检测支持，贵公司积极选派出10名技术骨干积极支援我院，与各检验通道一同扛起了武汉雷神山检验科的大旗。他们的工作表现得到了医院同道的一致认可，让武汉雷神山医院防控工作取得了阶段性成效。"

武汉雷神山医院
2020年3月9日

"贵公司派出的人员积极支援荆州市的核酸检测等工作，连日来，他们不辱使命、肩负重托、连续奋战、忘我工作，同时间赛跑，与病魔较量，我省支援荆州疫情防控工作取得了阶段性成效。"

广东支援湖北荆州医疗队前方指挥部
2020年3月4日

"在抗击疫情过程中，你们坚持守土有责、守土担责、守土尽责，群策群力、众志成城，和全省医务人员并肩筑起抗击疫情的坚固防线。你们用心用情用功关心关爱医务人员，全力以赴解除后顾之忧，使医务人员深受鼓舞，有力激发了战胜疫情的必胜信念和昂扬斗志，为打赢疫情防控阻击战提供了坚强后盾。我委代表全省医务工作者，谨向与我们心手相连、守望相助、共克时艰的你们，致以崇高的敬意和衷心的感谢！"

广东省卫生健康委员会
2020年7月8日

> "贵公司响应国家号召,紧急调拨专业人员、设备与试剂,和北京海关双方技术共建新冠病毒检测实验室,共同承担出入境人员核酸检测工作,为疫情防控贡献了力量,彰显了专业医学检测上市机构应有的社会责任感。"
>
> 中华人民共和国北京海关
2020年3月27日

> "在中央政府和香港社会各界的大力支持下,为期14日的普及社区检测计划(普及计划)已于九月十四日圆满结束。普及计划有助尽量和尽早识别社区隐形患者及切断社区传播链,从而达致'早识别、早隔离、早治疗'的目标,以阻止病毒进一步在社区传播,更好地控制第三波疫情。
>
> "贵公司为普及计划进行检测工作,协助检测了数以万计金域医学的样本,对普及计划的推进发挥了重要作用,对此我表示衷心的感谢。"
>
> 香港特别行政区政府食物及卫生局局长陈肇始
2020年9月23日

> "春暖花开,全国疫情得到了有效控制,安徽省派出的援鄂医疗队白衣天使都将陆续载誉归来。合肥金域医学检验实验室有限公司作为合肥高新区重点支持的企业,主动请愿承担我省援鄂医疗队医护人员的新冠核酸检测工作,以专业之力守护英雄的健康!
>
> "感谢贵公司高效的专业能力和高度的社会责任感!"
>
> 安徽省新型冠状病毒感染肺炎疫情防控应急综合指挥部办公室
2020年4月28日

附 录

"危急关头,贵公司伸出援助之手,承接我市筛查工作,累计完成4.5万人份核酸标本检测,充分彰显了强烈的社会责任感,积极发挥了第三方检验检测机构的作用。在此,谨对你单位表示衷心感谢!"

舒兰市新冠肺炎疫情防控工作领导小组办公室

2021年1月7日

"危急关头,贵公司伸出援助之手,多方协调人力物力,迅速投入到新型冠状病毒核酸检测一线,充分彰显了强烈的社会责任感。"

安徽省亳州市新型冠状病毒感染的肺炎疫情防控应急指挥部

2020年2月8日

"对你们提供的宝贵支持和帮助,我们会永远铭记!"

贵州毕节市疾病预防控制中心

2020年2月10日

"文成县作为浙江省的第二大侨乡,外防境外输入的形势愈发严峻,贵公司伸出援助之手,短短几日,迅速、出色完成我县千余人核酸检测任务,有效缓解了我县核酸检测压力。"

浙江省文成县新冠肺炎防控工作领导小组办公室

2020年3月20日

"南京金域医学勇于担当,及时解决我中心部分物资缺乏的燃眉之急,并且及时反馈检测报告,有力缓解了玄武区的抗疫一线急难问题。"

南京市玄武区疾病预防控制中心

2020年3月24日

专业 报国　抗疫战场的"健康哨兵"

抗疫荣誉

2020年3月4日	金域医学集团援荆检测小分队作为广东疾控系统驻荆州市防控小分队的核心成员之一,与集体一起荣获"全国卫生健康系统新冠肺炎疫情防控工作先进集体"称号
2020年9月29日	金域医学抗疫核酸检测先锋队荣获"抗击新冠肺炎疫情全国三八红旗集体"称号
2020年10月21日	金域医学集团党委书记、董事长兼首席执行官梁耀铭荣获"广东省抗击新冠肺炎疫情先进个人"称号
2020年9月29日	金域医学轮值首席运营官、金域医学武汉湖北抗疫前线总指挥谢江涛荣获"上海市抗击新冠肺炎疫情先进个人"称号
2020年12月7日	合肥金域医学荣获"安徽省抗击新冠肺炎疫情先进集体"称号
2020年9月22日	武汉金域医学荣获"武汉市抗击新冠肺炎疫情先进集体"称号
2020年4月10日	吉林金域医学总经理王双阁被吉林省政府评为"疫情期间突出贡献民营企业家"
2020年5月19日	广东医疗队驻洪湖检测小分队被授予"广东青年五四奖章"

附 录

2020年6月30日　　海南金域医学支部委员会被评为"海南省两新组织疫情防控先进基层党组织"

2020年12月10日　　金域医学被评为"广州市抗击新冠肺炎疫情先进集体"

2020年8月　　金域达被评为"抗击新冠肺炎突出贡献城市配送企业"

2020年7月31日　　金域医学被《南方周末》评为"2020年度战'疫'先锋企业"

2020年12月29日，金域医学集团隆重举行抗疫先进事迹报告与表彰大会，授予全集团25个团队"先进集体"称号、85人"先进个人"称号、472人"最美逆行者"称号、13名中共党员"2020年优秀共产党员"称号、6个基层党组织"2020年先进党组织"称号，并予以通报表扬

专业报国 | 抗疫战场的"健康哨兵"

诗歌·战"疫"哨兵

罗 丽

2020年12月29日,金域医学全体高管在集团抗疫先进表彰会上朗诵诗歌《战"疫"哨兵》

（一）岁末降疫

己亥岁末，疫降神州，新冠病毒悄然而至，无处不立。
楚中第一繁华地，转眼成萧条，无辜生命以死亡献祭。

八旬老人赶赴武汉，不辞劳苦，句句真心，坦诚相向。
他千般叮咛，早发现、早报告、早隔离、早治疗，言犹在耳。
他万般嘱咐，联防联控，以检验铸就抵御病毒的钢铁长城。

他，泪凝在眼，他说：英雄的城市，是能过关的！

武汉封城，党中央发出号令：坚决打赢这场硬仗！
如同天地间最强音，应对疫情，稳定人心。
全党、全军、全国各族人民响应党的号召，严防死守，众志成城。

全国医疗队逆流而上，星夜驰援武汉，向没有硝烟的战场挺进。
出征的除夕夜里，夜空出现了绚烂的彩光。
那不是庆祝新年的焰火，而是党旗、国旗下信念的光芒！

武汉坚强！中国坚强！

泱泱大国，能抵风霜，华夏子孙，同袍共挡！

（二）尖兵出征

总书记说，这是一场人民的战争。
举国命运与共，瘟疫面前，没有谁是一座孤岛。

作为第三方医检的尖兵，金域勇于担当，请战出征，刻不容缓。
高效准确的核酸检测，将成为抵御新冠病毒的第一道防线！
金域仝人将成为阻击新冠病毒的战"疫"哨兵，当仁不让！

不惜一切代价、全力备战！我们有能力上，我们也必须上！
26年的艰苦创业，到了为国家为社会作贡献的时候，
只要还能"有米下锅"，金域决不退缩！

我，请战！
我，请战！
我，请战！
我们，请战！

华南、中南、华中、华东、华北、东北、西南，
庚子年春节，四面八方的金域人火速集结广州总部培训。
狂风骤雨，挡不住他们出征的步伐；
万水千山，隔不断这份职责的牵挂。

我知道，你是一位老党员，是你生病的老父亲踩着三轮车送你奔赴武汉战场；
我知道，你是一位7岁女儿的父亲，女儿总是在电话中问你：爸爸，你几时回家？
我知道，2月9日，是你们大婚的日子，这一天，你们却双双奔跑在收取新冠标本的路上；
我知道，你是一名"95后"，一腔热血的你瞒着家人支援武汉。

你们深知,病毒面前自己很可能也会倒下,
然而,没有人退缩害怕,依然前行。
重重防护服下,再熟悉的同事都瞬间成了陌生人,
为此,你们在彼此的背后都写上了各自的名字,
这不光是为了认出对方,更是你们对每一份标本的承诺。
"健康所系,性命相托",那也是学医时许下的承诺!

风雨江城纵萧瑟,未怕罡风起。
战"疫"哨兵满豪情,千里驰飞骑。
何惧关山路更长,金域使命达。
不论来处,只循真心,专业报国,一腔挚情,向死而生。

武汉,我们来了!
湖北,我们来了!

荆州,我们来了!
雷神山,我们来了!
北京,我们来了!
青岛,我们来了!
新疆,我们来了!
吉林,我们来了!
香港,我们来了!

你们不是一个人,彼岸也不是一座城,
在你们的身后,有我们!还有:
众志成城的中华儿女,你我他!

（三）不负初心

"帮助医生看好病"，是金域的初心。
26年前，从一家校办企业开始，
金域成为国内最早的第三方医学实验室。

回望来路，风雨兼程，砥砺前行，
扎扎实实的步伐，永不休止的目标。
今日金域，茁壮成长，成为行业龙头。
一路走来，初心不改，以专业报国的使命感，争当健康哨兵。

26年的专注与实力，凸显了第三方医检的社会价值，
聚焦临床检测能力、专业管理提高应对效率、统分结合驱动产能跃升。
策划能力、组织能力、运营能力、技术能力，创新力、执行力、战斗力，
金域"全国一盘棋"，事事着力。

在这场分秒必争的较量中，
扬广东特长，做广东特色，行广东速度，
为疫情防控的"中国方案"贡献智慧和力量。

26年的厉兵秣马，志同道合的金域人扛起如山的责任，
一支"特别敢战斗、能战斗、善于战斗"的检验铁军，
"若有战，召必回，战必胜"。

党员必须上！骨干勇当先！还有一批批"90后""95后"义不容辞，
挺进武汉，驰援荆州，布局全国，
誓要打赢这场硬仗！

附 录

我们深深知道这份事业的价值和意义！
做健康的哨兵，做病毒的猎手，是金域的优势，也是金域的使命！
然而，光有专业技术，光凭一腔热血是不够的。
在抗疫前线，随时都需要解决种种意料不到的困难：

物流和检测人员如何调配？耗材和防护物资如何到位？
检测质量如何保证？

还有，前线人员的吃饭住宿，还有更重要的健康和安全问题。

齐心协力，上下同心，顶住压力，
面对全民筛查，金域人有条不紊。

耗材不够？调！
仪器不够？买！
地方不够了？扩！
11个月来，金域在全国32个省市区站岗放哨。
无论是全民筛查、发热门诊、住院、院内感染、复工、复学，
还是入境等相关人员的核酸检测和抗体检测，

哪里有疫情，哪里就有金域人的身影。
金域累计检测超过3000万人份，
成为全球检测量最高的机构。
殚精竭虑、夜以继日，我们全力以赴。

每个检测数据背后，

都有一双双渴望的眼睛，一颗颗急切的心，
每个检测数据背后，
都是一条条鲜活的生命，以及无数个家庭。

我们和全国人民一起，
共同面对新冠疫情带来的危险和困难，
共同应对这一严峻的挑战，
用专业技术为疫情防控贡献力量，
战"疫"哨兵，这就是我们共同的名字！

我以金域为荣！

我们以金域为荣！

（四）共写信念

休言凡人无英雄，奔走互助存丹心。
欲将诗句慰穷愁，天下无名皆相识。

和我们共同战斗在抗疫一线的兄弟姐妹们，
你们看到了吗？
神州大地上众志成城一同抗疫的兄弟姐妹们，
你们看到了吗？
看到了吗？看到了吗？

中国人让全世界看到了一个勇敢的中国，
一个团结的中国，

一个勇于担当的中国,
一个永远向前的中国!

金域人让全中国看到了第三方医检的力量,
看到了一个民企的担当,
看到了中小企业能办大事,
看到了健康哨兵应有的模样!

如今,全球疫情形势依然不容乐观。
不怕!这里有我!守土有责!

对,不怕!这里有我!守土担责!
还有我!
还有我!
还有我们!守土尽责!

中国,必胜!

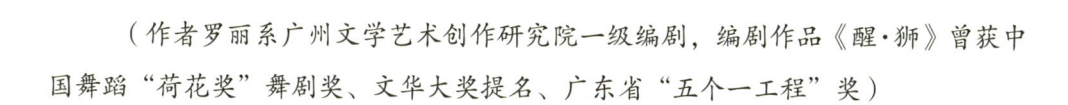

中国,必胜!
中国,必胜!
必胜!必胜!必胜!

(作者罗丽系广州文学艺术创作研究院一级编剧,编剧作品《醒·狮》曾获中国舞蹈"荷花奖"舞剧奖、文华大奖提名、广东省"五个一工程"奖)

专业报国 | 抗疫战场的"健康哨兵"

跋

在全球新冠疫情依然严峻、国内疫情防控常态化之际,这本记录金域人参与2020年全国战"疫"的图书终于成稿。掩卷而思,在党和政府的领导下,全国人民同心抗疫的磅礴画卷,必将载入中华民族伟大复兴的史册。而疫情中一个个大写的人、一件件生动的事,让这段厚重的历史有了鲜活的色彩。金域人的战"疫"史,则是时代大背景下一个心怀大爱、众志成城的温暖注脚。

金域自创业之日起,就树立了"帮助医生看好病"的初心,在第三方医检的大道上坚定前行。26年来,我们无数次直面生与死的较量,与疾病赛跑,与健康同行,深刻感悟到健康对于每一个生命的意义,领悟到这份事业的分量——"每一份标本都是一颗期待的心"。这是一份沉甸甸的信任,也是义不容辞的责任,更是激励我们在医检主航道上创新发展永无休止的精神动力。

正是源于这份对守护国人健康的认同与热爱,我们坚定一个初心,认准一个方向,以钟南山院士所提炼的金域人精神——"扎扎实实的步伐,永不休止的目标",不断对标国际前沿技术和先进业态,紧跟趋势,不断突破,践行以社会化专业力量服务健康中国的使命。这次金域在疫情危难之际尽显身手,实则源自一直以来公司在医检技术和服务模式创新上的持续攀登,源自团队、文化、管理、意志、责任担当等企业底蕴的厚积薄发。而此次锻造出的"特别敢于战斗、特别能够战斗、特别善于战斗"的金域人抗疫精神,更是对金域初心使命和精神的延展、丰富和升华,必将成为今后企业创新发展、助力"健康中国"建设的内在驱动力,是我们的志气所在,也是底气所在!

2003年,"非典"疫情暴发时,中国加入世贸组织(WTO)不足两年,金域刚刚完成从校办企业到民营企业的第一次改制,引入实验室管理标准化体系不久,

跋

中国的第三方医检行业还处于发展初期。2020年春季新冠疫情暴发后，以金域医学为代表的第三方医检行业，已成为抗疫战场上的核酸检测主力军，以自己的实际行动，生动阐释了习近平总书记关于"中小企业能办大事"的殷殷嘱托。这在17年前是想都不敢想的事情。

当前，中国正在走向前所未有的历史深度和时代宽度，未来充满无限可能。再过10年，或在更长的时间视野里，中国的健康事业、以金域医学为代表的第三方医检行业，必将有更加广阔的前景。到那时，站在新历史方位的人们，翻开这本书，通过一家健康行业民营企业的视角，回望这段抗疫历程，将得以一窥特殊时期的中国故事，探寻一点中华民族伟大复兴背后，普通人所展现时代精神的内涵与真味。

这无疑也是我们的巨大财富。

谨以此书献给所有平凡而又伟大的抗疫英雄！

梁耀铭

金域医学董事长兼首席执行官

二〇二一年一月六日